# $\mathscr{C}UAIRT$ $NA$ $\mathscr{C}RUINNE$ $IN$ $\mathscr{O}CHTÓ$ $\mathscr{L}Á$

## Jules Verne

*a scríobh an bunleagan Fraincise*

## Torna
(Tadhg Ua Donnchadha)

*a rinne an leagan Gaeilge*

## Nicholas Williams

*a chóirigh an t-ea*

evertype

*2008*

Arna fhoilsiú ag Evertype, Cnoc Sceichín, Leac an Anfa, Cathair na Mart, Co. Mhaigh Eo, Éire. *www.evertype.com*.

Bunteideal: *Le Tour du monde en quatre-vingts jours*, 1873
Teideal aistriúcháin 1937: *Cuaird an Domhain i gCeithre Fichid Lá*.

Tá taifead catalóige don leabhar seo le fáil ó Leabharlann na Breataine.
*A catalogue record for this book is available from the British Library.*

ISBN-10 1-904808-15-8
ISBN-13 978-1-904808-15-2

Dearadh agus clóchur: Michael Everson.
Fournier MT agus *Journier Le Jeune* na clónna.

Maisiúcháin: Alphonse-Marie de Neuville agus Léon Benett, 1873.

Clúdach: Michael Everson.

Arna chlóbhualadh ag LightningSource.

# CLÁR AN ABHAIR

*VI*

# CLÁR NA MAISIÚCHÁN

# Réamhrá an Aistritheora

Tuairim is 25 bliana ó shin a rinneadh an t-aistriú seo ar dtús agus cuireadh i gcló ón tseachtain go chéile é san *Irish Weekly Independent*. Is minic ó shin a iarradh orm é a thabhairt amach ina leabhar; ach ní raibh neart agam air go dtí gur tháinig Roinn an Oideachais i gcabhair do scríbhneoirí na Gaeilge agus gur bhain siad an cúram sin díom. Táim buíoch díobh dá bharr.

Is é Passepartout an t-aon duine amháin ar fhoireann an scéil a bhfuil dealramh na fírinne is na nádúrthachta air. Is é is fearr a thaitneoidh leis an léitheoir. Francach ceart is ea é de bhrí gur Francach ceart a chuimhnigh air. Ar an ábhar sin ba mhaith liom a chur in iúl don té nach bhfuil an Fhraincis aige gur *Pas-par-tú* a thugtar ar an ainm sin sa teanga sin, agus gur mar sin is cóir an t-ainm a rá sa Ghaeilge.

Torna
Eanáir 1937

# RÉAMHRÁ AN EAGARTHÓRA

Chuir Tadhg Ó Donnchadha Gaeilge ar *Le tour du monde en quatre vingt jours* le Jules Verne go luath i bhfichidí na fichiú haoise, bíodh nár foilsíodh an t-aistriúchán Gaeilge i bhfoirm leabhar go dtí 1938 agus *Cuaird an Domhain i gCeithre Fichid Lá* mar theideal air. Is sa chló Gaelach agus i seanlitriú a bhí eagrán 1938. Bhuail mise an cló Rómhánach agus an litriú caighdeánach anuas ar leagan Thorna chun é a chur in oiriúint do léitheoirí an lae inniu. Is nós le Torna ina aistriúchán figiúirí fada a scríobh amach i bhfocail; chuir mé uimhreacha in áit a leithéidí, mar shampla £2,000 a scríobhaimse in ionad *dhá mhíle punt* i mbunleagan Thorna. Bhí orm freisin roinnt de na logainmneacha atá ag an aistritheoir a choigeartú sa chaoi go dtuigfeadh an léitheoir nua-aimseartha iad. Ar mhaithe leis an soiléire, d'athraigh mé stór focal Thorna i bhfíor-chorráit freisin.

Cé go bhfuil an teicneolaíocht atá mar bhonn le taisteal Philéas Fogg timpeall an domhain sa leabhar as dáta le fada an lá, ní rachaidh téama an úrscéil, an geall a leagadh agus an rás in aghaidh na haimsire, as dáta go deo, agus tá súil agam go mbainfidh an gnáthléitheoir taitneamh as an eagrán nua seo.

Táim buíoch de mo mhac Jerome as an gcúnamh a thug sé dom le léamh na bprofaí; agus de Michael Everson as a chlóchuradóireacht phointeáilte agus as na maisiúcháin a chuir sé ar fáil.

Nicholas Williams
Baile Átha Cliath
Meitheamh 2008

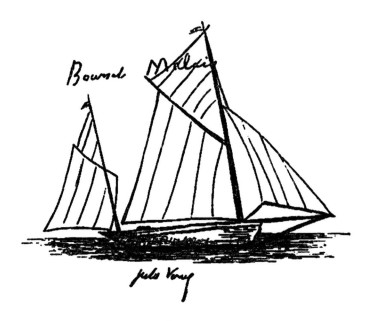

AN *SAINT MICHEL*, BÁD DE CHUID JULES VERNE

# Cuairt na Cruinne in Ochtó Lá

PHILÉAS FOGG

# CAIBIDIL I

*Ina réitíonn Philéas Fogg agus Passepartout le chéile,*
*duine acu ina mháistir agus an duine eile ina sheirbhíseach.*

Sa bhliain 1872 chónaigh fear darbh ainm Philéas Fogg sa teach úd dá ngairtí 7 *Saville Row, Burlington Gardens*, mar a bhfuair an Sirideánach bás sa bhliain 1816. Bhí Philéas Fogg ar na fir ab aite is ab iontaí dár bhain leis an *Reform Club* i Londain; ar shon go ndéanadh sé a dhícheall, dar leat, gan aon ní a dhéanamh a tharraingeodh air féin úidh ná aire an tslua.

I dteach dhuine de na cainteoirí ba bhreátha dá bhfuair gradam riamh i Sasana fuarthas mar sin, Philéas Fogg seo, duine ar leithligh, nach bhfuil a fhios ag aon duine pioc ina thaobh, ach mura n-áireofaí gur duine ró-onórach é, agus go raibh taithí aige ar an gcéim is airde i saol na huaisleachta i Sasana.

Deirtí gur chosúil le Byron é—go mór mór i leith gnúise, mar bhí na cosa gan cháim faoi—ach ba Bhyron é a chaitheadh croiméal agus féasóg; agus ba Bhyron gan chor é, a mhairfeadh míle bliain is gan chló na haoise a theacht air. Sasanach agus ball den *Reform Club* ab ea Philéas Fogg; b'fhéidir ina dhiaidh sin nár Londanach é. Ní fhacthas riamh ar Mhargadh an Airgid é, ná sa Bhanc, ná in aon cheann de na tithe áirimh sa "Chathair." Níor tháinig chun calaidh i Londain soitheach le Philéas Fogg. Ní tharla a ainm ar líon aon chóiste riaracháin. Níor chualathas a ainm á ghlaoch in óstaí cúirte an Teampaill ná i *Lincoln's Inn*, ná *Gray's Inn*. Ní dhearna sé cúis a phlé riamh i gCúirt na Seansaireachta ná i mBinse an Rí, san *Exchequer* ná i gcúirt eaglasta. Níorbh fhear le déantús é, ná fear le tráchtáil; níor cheannaí é ná feirmeoir acmhainneach. Níor dhalta é den *Royal Institute of Great Britain* ná den *London Institute*, den

*Workmen's Institute*, ná den *Russell Institute*, den *Western Literary Institute of Arts and Sciences* seo atá faoi uachtaránacht a Mórgachta Ríoga, na Banríona féin. Go deimhin níor bhain sé le haon cheann den mhórlíon cumann seo atá neadaithe i bpríomhchathair Shasana, ón *Harmonic Society* anuas go dtí an *Entomological Society* a cuireadh ar bun go sonraíoch chun míola beaga díobhálacha a dhíothú

Ball den *Reform Club* ab ea Philéas Fogg; sin é a fhad ar a leithead agat!

Agus dá mb'ionadh le haon duine a leithéid sin d'fhear rún-diamhrach a bheith ar líon an chomhlachta móroinigh úd, b'fhéidir a rá mar fhreagra air sin gur thug Baring Brothers dea-theist air mar go dtabharfaidís breith a bhéil féin ar cairde dó. Mhéadaigh ar a theist a rá go ndíoltaí ar an toirt a chuid seiceanna as a chuntas reatha acu—agus bhíodh an fáltas chuige sin ann i gcónaí.

Arbh fhear saibhir é an Philéas Fogg seo? Ba ea, gan dabht. Ach conas a fuair sé a chuid airgid, b'shin fadhb ar theip ar an ndream ba mhó eolas air a réiteach, agus níorbh é an Foggach an chéad duine ar cheart dul ag lorg feasa air. Níorbh fhear scaipeach é go deimhin; agus ar an taobh eile de, níor sprionlóir é. Dá mbeadh airgead ag teastáil ar son aon ní uasal nó fónta nó carthanach, shínfeadh sé a chion féin uaidh go ciúin, agus ba mhinic a rinne amhlaidh gan a ainm a lua.

Chun scéal gairid a dhéanamh de, duine ba lú caint ná é níorbh fhéidir a fháil; ní labhraíodh sé ach beagán; agus ba dhóigh le duine air gur mhéadú ar a rúndiamhracht a chiúineacht a bhí sé. Mar sin féin bhí a shaol agus gach ar bhain leis os cionn boird; ach gach a ndéanadh sé bhíodh chomh mór sin ar aon dul i gcónaí nach sásaítí aigne dhuine gan tuilleadh cuardaigh.

An raibh a lán siúlta aige? Ba dhealraitheach go raibh, mar ba é ab fhearr eolas ar léarscáil an domhain. Ní raibh ball dá iargúlta ann nach raibh eolas an tseanfhondúra aige air. Ba mhinic a cheartaigh sé, agus sin i mbeagán focal, na mílte tuairim a bhíodh ag a chomhaltaí sa "chlub" i dtaobh lucht taistil a chuaigh amú nó a cailleadh i gcríocha i gcéin. Thaispeánadh seisean an rud is mó a mbíodh dealramh leis, agus d'fhíoraítí a chaint chomh minic sin i rudaí a thit amach, gur leathmheasadh gur fáidh a bhí ann. Ní foláir nó b'fhear é a raibh gach roinn den domhan siúlta aige—ina aigne féin ar aon chuma.

Bhí aon ní amháin deimhnitheach gur iomaí bliain nár fhág Philéas Fogg Londain. An dream ar mhó ná a chéile a n-aithne air, dhearbhaigh siad mura bhfeicfí ina theach féin nó sa chlub nó ar an tslí dhíreach eatarthu gach lá é, nárbh fhéidir é a fheiceáil ina mhalairt d'áit. Ní bhíodh de chaitheamh aimsire aige ach léamh na bpáipéar lae agus imirt fuist. I gcluiche sin an chiúnais ba ghnách leis buachan, mar d'oireadh sé dá nádúr; ach ní dheachaigh an sochar ina phóca féin raimh, de bhrí go dtugadh sé uaidh ina dhéirc é; agus níorbh é an chuid ba lú dá dhéirc é leis.

Ina theannta sin ní miste a lua nach chun sochair a d'imríodh an Foggach, ach le grá don chluiche féin. Ba chomhrac dó an cluiche sin, is ba thabhairt faoi dheacra é; ach ba chomhrac gan chorraí gan ghluaiseacht é, agus réitíodh sin lena mheon.

Ní dheachaigh amach ar Philéas Fogg bean ná clann a bheith aige—rud a thitfeadh amach don dream is macánta ar bith—ná níorbh eol d'aon duine cara ná gaol aige—rud nach rómhinic a thiteann amach go deimhin. Chónaíodh Philéas Fogg ina aonar ina theach féin i *Saville Row*, áit nach bhfaigheadh aon duine cuireadh ann. Ar a theaghlach ní raibh an t-eolas ba lú le fáil. Ba leor leis seirbhíseach aonair chun freastal air. Sa chlub a chaitheadh sé a bhéile maidine is a dhinnéar gach lá ar uaire an chloig a bhí socraithe go poncúil, agus sa tseomra céanna agus ag an mbord céanna i gcónaí; níor ghnách leis béile a thairiscint d'aon duine dá chomhaltaí ná cuireadh a thabhairt d'aon strainséir; ar uair an mheán oíche d'fhilleadh sé abhaile chun dul a chodladh, mar ní chleachtadh sé riamh aon cheann de na seomraí compordacha suain a choimeádann lucht an *Reform Club* i dtómas a gcomhaltaí bá. As an 24 uair an chloig sa lá chaitheadh sé deich gcinn ina theach féin, cuid den aimsir ina chodladh agus an chuid eile de á ní agus á dheisiú féin. Dá rachadh sé ag siúl, d'fheicfí gan dearmad é ag spaisteoireacht de chéimeanna rialta ar feadh halla an dorais agus ar a urlár mórga, nó neachtar acu ar an lochta ciorclach a raibh mar dhíon air cruinneachán arna dhéanamh de ghloine ghorm, agus fiche colún de cholúin Iónacha de phorfaire dhearg ag iompar an chruinneacháin sin. Dá gcaithfeadh sé béile maidine nó dinnéar, bhíodh tarraingt as cistin is as seomra an ime, as bialann is as uachtarlann an chlub d'fhonn a bhord a líonadh le sólaistí. Seirbhísigh an chlub ina bpearsana troma agus cultacha dubha orthu, agus leathar de chraiceann eala faoi bhoinn a mbróg, is iad a dhéanadh freastal dó ar na hárthaí ab uaisle cré agus ar an línéadach is míne dá ndearnadh i Sacsóin na Gearmáine. Soithí gloine an chlub—soithí ar fadó a chaill lucht ceirde eolas ar a ndéanamh agus iad a thoilleadh dó seiris is portfhíon is cláiréad arna dtéamh is arna spíosrú de chainéal; agus ina dteannta sin go léir, leac oighir an chlub—earra a tugadh ar thromchostas ó lochanna Mheiriceá—is é a choimeádadh a dheoch fionnuar i gceart.

Más leithlí é maireachtáil mar sin, ní foláir a admháil nach olc an rud an leithlí!

An teach úd i *Saville Row*, ar shon nach raibh sé go róbhreá, bhí dealramh an mhórchompoird air. Agus ó ba rud é nach ngabhadh an té ar leis é athrach béas chuige riamh, níor ghá ann de lucht fónaimh ach duine amháin. Ach bhíodh Philéas Fogg ag súil le tráthúlacht thar meán uaidh sin i gcónaí. An lá seo féin a bhfuilimid chun tagairt dó, an 2 Deireadh Fómhair, bhí Philéas Fogg tar éis a rá le James Foster imeacht leis féin. Bhí James ciontach in uisce a bhearrtha a bhreith chuige ar 88° Fahrenheit in ionad 86°; agus bhí Philéas Fogg ag feitheamh leis an bhfear nua a theacht chuige idir a 11 a chlog agus 11:30.

Bhí Philéas Fogg ina shuí go lom díreach ina chathaoir shocair, a dhá chos ar síneadh uaidh mar a bheadh dhá chos saighdiúra ar garda; a dhá lámh ar a ghlúine; a cholainn go díreach; a cheann in airde; é ag dlúthfhaire snáthaidí an chloig; agus inneall éagsúil ab ea an clog céanna, mar thaispeánadh sé an uair agus an nóiméad, an tsoicind agus an lá, an mhí agus an bhliain. Ní túisce a bhuailfeadh an leathuair tar éis a haondéag ná mar a bheadh ar an bhFoggach, dá leanfadh a ghnáthnósanna, an teach a fhágáil agus dul go dtí an *Reform Club*.

JEAN PASSEPARTOUT

Láithreach baill cnagadh ar dhoras an tseomra mar a raibh Philéas Fogg.

Séamas Foster an seanseirbhíseach a tháinig isteach.

"An fear nua," ar seisean.

Leis sin tháinig isteach sa seomra, buachaill óg a bhí timpeall deich mbliana fichead d'aois, agus d'umhlaigh do Philéas Fogg.

"Nach Francach thusa agus nach John is ainm duit?" arsa Philéas Fogg.

"Jean is ainm dom, i gcead do d'onóir," arsa an fear nua; "Jean Passepartout atá orm; agus is amhlaidh a fuaireas an sloinne sin óna fhusacht liom ó dhúchas éirí tuirseach d'ealaíona beatha. Is dóigh liom, a dhuine uasail, gur buachaill macánta mé; ach chun an fhírinne a insint, thug mé tamall ag cloí le mórán ealaíon. Bhí mé seal i m'amhránaí siúil; seal i mo mharcach in amharclann taistil, mar a ndéanainn léim na héifide ar nós Léotard agus rince ar théadán ar nós Bhlondin. Ansin bhí mé i mo mháistir lúthchleas, agus an chaoi agam ar a thuilleadh cleas fónta a fhoghlaim. Agus faoi dheoidh thug mé tamall i mo sháirsint i measc lucht dóiteán a mhúchadh i bPáras. Dá chomhartha sin tá tuairiscí agam i mo chuid pháipéar ar roinnt dóiteán iontach. Ach tá cúig bliana ann ó d'fhág mé an Fhrainc, agus de bhrí gur mhian liom obair tís a fhoghlaim, táim ó shin i mo bhuachaill seomra i Sasana. Is ea, ar an ábhar go raibh mé gan post oibre, agus gur chuala mé an duine uasal Philéas Fogg a bheith ar an duine is cruinne nós agus is lú griothalán dá bhfuil sa Ríocht Aontaithe, táim ag teacht chugat le súil an tsuaimhnis a fháil i d'fhochair, agus chun dearmad a dhéanamh ar an ainm sin Passepartout féin…"

"Taitníonn Passepartout liom," arsa an duine uasal. "Moladh dom thú a ghlacadh. Agus fuair mé dea-thuairisc ort. An eol duit mo choinníollacha?"

"Is eol, a dhuine uasail."

"Tá go maith. Cén t-am atá agatsa?"

"Dhá nóiméad fhichead tar éis a haondéag," arsa Passepartout, tar éis dó uaireadóir ollmhór airgid a tharraingt as duibheagáin a phóca.

"Tá sé mall agat," arsa an Foggach.

"Gabhaim pardún agat, a dhuine uasail, ach ní fhéadfadh a bheith…"

"Tá sé mall de cheithre nóiméad. Ach is cuma ina thaobh, má chuimhnítear ar an difríocht. Is ea, tá tú i do bhuachaill aimsire agamsa ón nóiméad seo .i. naoi nóiméad fhichead tar éis a haondéag, ar maidin inniu, Dé Céadaoin, an 2 Deireadh Fómhair, 1872."

An túisce a bhí an méid sin ráite ag Philéas Fogg, d'éirigh sé ina sheasamh; ghabh a hata ina lámh chlé, chuir ar a cheann é mar a bheadh meaisín aige á dhéanamh, agus d'imigh sé an doras amach gan focal eile a rá."

D'airigh Passepartout doras an tí á dhúnadh. B'shin é a mháistir nua ag dul amach. D'airigh sé an dara huair é. B'shin é James Foster, an seanbhuachaill aimsire ag imeacht leis féin.

Ansin bhí Passepartout ina aonar sa teach úd i *Saville Row*.

# CAIBIDIL II

*Ina mbuailtear isteach ina aigne Phassepartout
an máistir ceart a bheith aige.*

"Dar mo chúis," arsa Passepartout leis féin, agus iarracht de sceon ann, "ní fheicfinn i dteach Mhadame Tussaud féin daoine is lú bíog ná mo mháistir nua!"

Ní miste a chur in iúl gur dealbha céarach iad "daoine" Mhadame Tussaud, agus go dtéitear ina sluaite i Londain á bhfeiceáil; go deimhin níl d'uireasa orthu ach an chaint amháin.

I gcaitheamh an bheagán nóiméad a bhí siad ag caint le chéile, rinne Passepartout iniúchadh dian daingean ar a mháistir nua. Rinne sé amach gurbh fhear daichead bliain d'aois nó mar sin é; go raibh gnúis uasal dathúil aige; go raibh airde mhaith ann, agus nár loiteadh sin lena bheathaitheacht a d'fhéach sé; a ghruaig is a fhéasóg fionn, a éadan réidh, agus gan aon roc faoina uisinní; gur threise ar an mbán ná ar an dearg ina cheannaithe; agus go raibh fiacla thar barr amach aige. Bhí aige, ar fheabhas an tsaoil, an tréith úd a dtugadh lucht gnúis a léamh *le repos dans l'action* nó "righneas le linn saothair" air; agus sin tréithe a leanann coitianta don dream ar thúisce acu gníomh ná glór béil. Fear socair righin ab ea é; bhí a shúil go gléigeal, is a fhabhra go neamhchorraitheach; is é ba cheartoidhre ar na Sasanaigh fhuarchroí úd a fheictear go minic sa Ríocht Aontaithe, agus a ndearna Angelica Kauffmann rótharraingt ar a ndeilbh lena scuaibín péintéireachta. Dá mbreathnófaí ar an duine uasal seo, is é i mbun a ghnáthchúrsaí, mheasfaí gur dhúil é a bhí ar dea-ord i ngach ball de, agus ar dea-ghluaiseacht le cruinneas mar a bheadh uaireadóir ó lámha Leroy nó Earnshaw. Go deimhin fuarthas barr cruinnis i bhPhiléas Fogg; b'fhéidir sin a thuiscint go soiléir ó "fhíor a chos is a lámh"; mar, géaga an duine féin, chomh maith le géaga aon ainmhí, déanann siad nochtadh ar gach corraí sa chroí.

Le dream an chruinnis ealaíonta a bhain Philéas Fog; iad siúd a bhíonn choíche ullamh, is nach raibh riamh faoi dhithneas, agus iad siúd a choiglíonn a gcoiscéimeanna siúil agus a luail géige. Níor thug sé céim sa bhreis riamh, mar ghabhadh sé an cóngar i gcónaí. Ní dhearna sé amharc uaidh go díomhaoin. Níor cheadaigh sé dó féin riamh gotha ná bagairt gan ghá. Ní fhachtas é go buartha, ná tríd a chéile. Bhí sé ar na daoine ba lú deabhadh, ach ina dhiaidh sin thagadh sé in am trátha i gcónaí. Ní foláir a thuiscint, áfach, go maireadh sé ina aonar, agus saor mar a déarfaí ó gach ceangal muintearais. Bhí a fhios aige nach foláir sa tsaol seo sracadh na cuimilte a áireamh, agus ós rud é go moillíonn an chuimilt sin duine, níor chleacht sé a chuimilt féin d'aon duine.

Maidir le Jean, ar a nglaoití Passepartout, fíor-Phárasach ab ea é; ar feadh na gcúig bliana a bhí caite aige i Sasana ina ghiolla seomra i Londain, bhíodh sé ag síoriarraidh máistir a thuillfeadh meas uaidh ach theip sin air.

Níor dhuine é Passepartout, murab ionann is Frontin nó Mascarille, a chleachtadh na guaillí ar goic nó an tsrón in airde, féachaint phráis nó an tsúil ar glinniúint, agus nach mbíodh iontu ach dailtíní gan náire. Níorbh ea. Buachaill maith ab ea é; gnúis lách air; a bhéal iarracht beag i leith na raimhre, faoi mar a bheadh sé ullamh chun ithe nó pógadh. Fear ciúin fónta ab ea é, agus cloigeann dea-chruinn aige, mar ab áil linn a fheiceáil ar ghuaillí carad. Bhí dhá shúil ghlasa aige, agus snua luisneach; oiread de phluc air is a ligfeadh dó bior na grua a fheiceáil; bhí a chliabh go fairsing, agus a chom go láidir, agus a chuisle go tréan; bhí neart coirp Earcail ann; agus is iontach mar a mhéadaigh lúthchleasa a óige air sin. Bhí folt donn air, agus é pas mothallach. Insítear ar shnoíodóirí cloiche, a mhair sa tseansaol, arbh eol dóibh ocht slí dhéag chun gruaig Mhineirve a chóiriú, ach Passepartout níorbh eol dó sin ach aon slí amháin: trí scrabha den chíor tríthi agus bhí an gnó déanta.

Agus a rá go réiteodh a mheon fairsing sin le meon Philéas Fogg, sin rud nach leomhfadh an stuaim is lú. An mbeadh ag Passepartout an róchruinneas úd nárbh fholáir dó i seirbhís an mháistir sin. An aimsir amháin a thaispeánfadh sin. Tar éis dó a óige a chaitheamh ar seachrán, faoi mar is eol dúinn, bhí a shúil le suaimhneas feasta. D'airigh sé á mhaíomh a chruinneas a mhaireadh Sasanaigh is a fhuaire a bhíodh nósanna na n-uaisle agus tháinig sé ag iarraidh slí mhaireachtála i Sasana. Go dtí seo, áfach, ní maith mar a tharla dó. Níor fhéad sé fréamh a chur i dtalamh in aon áit. Bhí triail bainte aige as deich gcinn de thithe. I ngach teach acu sin bhíothas go haerach is go mírialta; bhítí ag titim i gcontúirt nó ag rith faoin tuath; agus b'shin saol nár oir a thuilleadh do Phassepartout. An máistir deireanach a bhí aige, tiarna óg Longsferry, ball Parlaiminte, ba ghnách leis an oíche a chaitheamh in *Oyster-rooms* an Haymarket, agus ba rómhinic a thagadh sé abhaile á iompar ar ghuaillí póilíní. Níorbh fholáir le Passepartout, den chéad dul síos, go mbeadh meas ar a mháistir, agus thug sé beagán comhairle dó go hómósach; ach ní buíoch a bhí an máistir de mar gheall air, agus d'fhág sé ansin é. Lena linn sin chuala sé Philéas Fogg a bheith d'uireasa sheirbhísigh. Chuir sé tuairisc an duine uasail sin, agus tuigeadh dó gur duine é a chaitheadh saol rórialta; nach gcodlaíodh sé ach ina theach féin, is nach dtéadh ar cuairt in aon áit; agus nach bhfágadh an baile oiread is lá amháin; níorbh fholáir nó d'oiriúnódh a leithéid sin é. Chuaigh sé ag triall air agus réitíodh leis faoi mar atá inste cheana againn.

Leathuair tar éis a haondéag mar sin, fágadh Passepartout ina aonar sa teach úd i *Saville Row*. Láithreach baill dhírigh sé ar an áit a fhéachaint. D'iniúch sé óna bhun go dtí a bharr. Bhí an teach go glan is ar dea-ordú; bhí sé go pioctha is go sollúnta, agus i bhfeidhm chun seirbhíse; agus thaitin sé leis. Buaileadh isteach ina aigne nár mhíchosúil le sliogán álainn seilide é, ach é a bheith á shoilsiú is á ghoradh le gás, mar is é sin a dhéanadh solas agus teas ann. Ar an dara hurlár fuair Passepartout go haosáideach an seomra a bhí ceaptha ina chomhair féin. Thaitin sé leis. Bhí cloigíní leictreacha ann agus píobáin chun cainte tríothu, agus iad á gceangal de na seomraí laistíos. In airde ar an gclabhar bhí clog leictreach a d'fhreagraíodh don chlog i seomra suain Philéas Fogg; bhí an dá inneall ar aon luascadh agus ar aon bhuille

"Maith é sin, maith é sin!" arsa Passepartout leis féin.

Thug sé faoi deara mar an gcéanna ina sheomra fógra ar crochadh den bhalla os cionn an chloig. Clár oibre an lae ab ea é sin. Insíodh ann tuairisc is tráth na bpost gnótha óna hocht ar maidin, an uair chruinn an chloig a d'éiríodh Philéas Fogg, go dtí leathuair tar éis a haondéag, an uair a d'fhágadh sé a theach chun dul go dtí an *Reform Club* ar lorg a bhéile maidine. Ar na poist sin bhí: tae agus tósta, trí nóiméad fhichead tar éis a hocht; uisce chun bearrtha, trí nóiméad fhichead chun a deich; an t-éidiú, fiche nóiméad roimh a deich, agus mar sin dóibh. Ansin, gach aon fheidhm ag baint leis an teach ó leathuair tar éis a haondéag ar maidin go dtí meán oíche, an tráth a théadh an duine uasal úd an chruinnis a chodladh, rinneadh áireamh orthu, cuireadh in eagar iad, agus scríobhadh ansin iad. Ba lúcháireach é Passepartout ó fhéachaint ar an gclár sin agus ó mheabhrú na bpost ilghnéitheach oibre ina aigne féin.

Maidir le halmóir éadaigh an duine uasail, is é a bhí go tofa agus lán d'earraí. Ní raibh bríste ná casóg ná veist ann gan uimhir faoi leith air; agus bhíodh an uimhir chéanna le feiceáil i leabhar a choimeádtaí chuige sin; agus cuireadh síos na laethanta, de réir an tséasúir, inar cheart gach ball éadaigh faoi leith a chaitheamh. Bhí riail do bhróga ar an dul céanna ann.

Chun scéal gairid a dhéanamh de, sa teach sin i *Saville Row*—nach folair nó b'áitreabh mírialta é le linn an tSirideánaigh, a bhí go hoirirc má bhí go neamh-mheasartha—nochtadh an troscán cluthar féin cad é an compord a bhain leis. Leabharlann ná leabhar ní raibh ann, mar ní raibh aon ghnó ag an bhFoggach díobh. Sa *Reform Club* bhí tarraingt aige as dhá leabharlann; ceann acu faoi ghnáthlitríocht, agus an ceann eile faoi leabhair dlí agus polaitíochta. Ina sheomra codlata bhí cófra iarainn, cuibheasach mor, agus é cumhdaithe i slí a thabharfadh a dhúshlán faoin dóiteán is faoin mbuirgléir. Ní raibh faoi iamh an tí arm fiaigh ná cogaidh. Ní thabharfaí faoi deara ar a raibh ann ach na béasa is síochánta a bheith ag fear an tí.

Tar éis do Phassepartout an t-ionad cónaithe sin a mhionscrúdú, chuimil sé a dhá bhois dá chéile; shoilsigh ar a leathanghnúis, agus dúirt sé go háthasach: "Taitníonn an áit seo liom! Siod é an áit domsa! Ní baol ná go réiteoimid le chéile, mé féin agus Mister Fogg! Fear a bhíonn i gcónaí istigh, agus a leithéid sin de chruinneas ann! Is geall le hinneall é! Tá go maith, ní miste liomsa inneall féin mar mháistir agam!"

# CAIBIDIL III

*Ina gcuirtear síos comhrá áirithe*
*go mb'fhéidir do Philéas Fogg gan teacht róshaor as.*

D'fhág Philéas Fogg a theach féin i *Saville Row* leathuair tar éis a haondéag agus tar éis dó a chos deas a chur amach thar a chos chlé 575 uair, agus a chos chlé thar a chos deas 576 uair, shroich sé an Reform Club, foirgneamh fairsing fíorard ar *Phall Mall*, a chosain timpeall le trí mhilliún franc, nó £120,000.

Rinne Philéas Fogg ceann ar aghaidh ar seomra an bhia; is amhlaidh a bhí an seomra sin agus naoi gcinn d'fhuinneoga air, agus radharc tríothu amach ar gharraí álainn a raibh a chuid crann á n-órdhathú san fhómhar. Ansiúd shuigh sé chun an bhoird ba ghnách leis, mar a raibh a chuid ag feitheamh air. Siod é ábhar a lóin: mias neamhchoitianta ar a raibh iasc beirithe gona anlann de thogha an *Reading Sauce*; deargstéig de mhairteoil rósta arna chóiriú le muisiriúin; bocaire arna líonadh de bhiabhóg is de spíonáin, giota cháise *Chester*, agus roinnt cupán den tae áirithe a bhailítí go sonraíoch i dtómas an *Reform Club*.

D'éirigh an duine uasal ina sheasamh, trí nóiméad déag chun a haon, agus dhírigh a chosa faoi dhéin an halla mhóir .i. seomra aoibhinn mar a raibh pictiúir agus frámaí daora orthu. Ansin thug giolla dó ina lámh an *Times* gan ghearradh, agus bhí de chinnteacht láimhe ag an bhFoggach á ghearradh sin gurbh fhurasta a thuiscint taithí thar meán a bheith aige i ngníomh sin na deacrachta. Thug sé an aimsir as sin go dtí ceathrú roimh a ceathair ag léamh an pháipéir sin; ghlac sé an *Standard* ina dhiaidh, agus choimeád sin ar siúl é go dtí aimsir dhinnéir. Comhlíonadh caitheamh an bhéile sin go díreach mar a caitheadh an lón, ach *Royal British Sauce* a chur mar bhreis ar áireamh na sólaistí.

D'fhill an duine uasal ar an halla mór fiche nóiméad roimh a sé, agus chrom ar an *Morning Chronicle* a léamh.

I gcionn leathuair an chloig ina dhiaidh sin tháinig isteach baill eile den *Reform Club*, agus dhruid siad faoi dhéin an tinteáin mar a raibh tine mhaith ghuail. Ba iad sin gnáthchompánaigh Philéas Fogg; agus bhí acu an an-dúil chéanna san fhuist. Siod iad a n-ainmneacha is a n-ealaíona beatha: Aindrias Stíobhart, innealtóir; Seán Ó Súilleabháin agus Samuel Failintín, fir bhainc; Tomás Ó Flannagáin, bríbhéir; Uáitéar Ralf, duine de lucht stiúrtha Bhanc Shasana. Ba daoine saibhre sármheasta iad go léir sa chlub úd féin, mar a raibh fir chinn riain na tráchtála is an airgid.

"Is ea, a Ralfaigh," arsa Tomás Ó Flannagáin, "cad mar gheall ar an bhfoghail úd?"

"Ní baol," arsa Aindrias Stíobhart, "ná go mbeidh an banc an méid sin chun deiridh."

"Ní dóigh liom é," arsa Uáitéar Ralf, "tá súil agam go mbéarfar ar an ngadaí. Tá lorgairí aclaí as na constáblaí curtha againn go Meiriceá is chuig Mór-roinn na hEorpa chun faireachán sna bailte poirt is mó iontu, agus buachaill cliste is ea é siúd má éalaíonn sé uathu."

"Tá a chomharthaí agaibh, mar sin?" arsa Aindrias Stíobhart.

"Dá chomhartha sin féin, ní gadaí in aon chor é," arsa Uáitéar Ralf go húdarásach.

"Conas a dhéanann tú amach nach gadaí an bithiúnach atá tar éis £55,000 i nótaí bainc a sciobadh chun siúil leis?"

"Mar sin féin, ní gadaí é," arsa Uáitéar Ralf.

"An fear tionsclaíochta é?" arsa Seán Ó Súilleabháin.

"Deir an *Morning Chronicle* gur duine uasal é."

Ba é Philéas Fogg féin a thóg go hobann a cheann aníos as an gcarn páipéar a bhí timpeall air, agus dúirt an chaint sin. Ansin bheannaigh sé dá chomhaltaí agus bheannaigh siad sin dó.

An gníomh sin a rabhthas á chur trí chéile agus a raibh páipéir nuachta na Ríocht Aontaithe ag tagairt agus ag síorthagairt dó,

tharla sé trí lá roimhe sin .i. an 29 Meán Fómhair. Is amhlaidh a
goideadh ó chuntar an phríomhchisteora i mBanc Shasana beart de
nótaí bainc a raibh luach £55,000 ann. Uáitéar Ralf, an
leasreachtaire, ní raibh de fhreagra aige ar aon duine a dhéanfadh
ionadh dá usacht a rinneadh an gníomh ach go raibh an cisteoir, le
linn a dhéanta, ag scríobh tuairiscí nóta fáltais ar a trí scilling agus
sé phingine, agus nach bhféadfadh sé a shúil a choimeád ar gach aon
áit.

Ní haon díobháil a rá anseo, gur dhóigh le duine ar an gcuma ina
ndéantar obair sa teach úd dá ngairtear an *Bank of England*, go
bhfuil ardmhuinín ag an dream ar de é as daoine i gcoitinne. Níl
faire ná garda ná ráille iarainn ar an gcuntar sin. Bíonn ór agus
airgead agus nótaí bainc ansin i radharc chách, agus iad mar a
déarfaí ann don chéad duine a thiocfadh an treo. Ní bheadh amhras
acu ar aon duine a ghabhfadh isteach ann. Fear nach bhféadfadh gan
a bheith eolach i mbéasa Shasana, is é a d'inis an scéal seo i mo
dhiaidh. Bhí sé lá i seomra áirithe sa bhanc. Chonaic sé barra óir, a
sheacht nó a hocht de phuint mhéachain ar chuntar an chisteora,
agus ba mhian leis féachaint air níos géire. Ghlac sé an barra ina
lámh agus d'iniúch é. Ansin thug í don té ba neasa dó. Thug seisean
don duine eile é, agus bhí mar sin ó dhuine go duine go dtí gur
imigh sé síos faoi dhó go bun phóirse dhorcha, agus níor fhil sé thar
n-as go ceann leathuaire an chloig. I gcaitheamh na haimsire sin
níor thog an cléireach a cheann oiread is uair amháin.

An 29 Meán Fómhair, ámh, ní mar sin a tharla. Níor fhill an bheart
nótaí bainc, agus tar éis don chlog breá sa *drawing-office* a cúig a
bhualadh agus gur dúinadh na doirse, ní raibh le déanamh ag Banc
Shasana ach an £55,000 a chur sa chuntas sochair is dochair

Tar éis fios na foghla a fháil cuireadh lorgairí, as an dream ab aclaí
orthu sin go dtí na bailte poirt is mó, mar atá, Learpholl, Glaschú,
Le Havre, Suais, Brindisi, Nua-Eabhrac, ⁊rl. Gealladh £2,000 mar
dhuais don té a bhéarfadh ar an ngadaí, mar aon le 5% den airgead
a gheofaí thar n-ais. An fhaid a bheifí ag feitheamh leis an eolas
nárbh fholáir a theacht tríd an bhfiosrúchán, dúradh leis na lorgairí

géarfhaire ar gach taistealaí dá mbeadh ag teacht i dtir nó ag imeacht ar bord loinge sna bailte móra sin.

Díreach faoi mar a dúirt an *Morning Chronicle*, ceapadh, agus ní gan fáth é, nach raibh aon bhaint ag fear na foghla le haon dream gadaíochta i Sasana. I rith an lae úd, an 29 Meán Fómhair tugadh faoi deara duine uasal dea-éidithe, dea-bhéasach, dea-ghnúiseach agus é ag siúl anonn is anall sa tseomra íocaíochta a ndearnadh an fhoghail as. B'fhéidir a chomharthaí sin a chur i dtoll a chéile, de bharr an fhiosrúcháin, agus seoladh iad chun lorgairí na Ríochta Aontaithe, agus go dtí Mór-roinn na hEorpa. Mheas lucht an dóchais—agus bhí Uáitéar Ralf orthu sin—nár mhiste súil le scéala á insint go mbeadh beirthe ar an ngadaí.

Ní nach ionadh, bhí an eachtra i mbéal gach aon duine i Londain agus ar fud Shasana. Bhítí á chur trí chéile, daoine á rá in ard a gcinn is a ngutha go n-éireodh leis na lorgairí agus daoine eile á rá nach n-éireodh. Ní dhéanfar ionadh de, ar an ábhar sin, a chloisteáil go raibh baill an *Reform Club* ag cur síos ar an gceist chéanna, agus go háirithe ó tharla duine de leasreachtairí an Bhainc ina measc.

Ba leasc le Uáitéar Ralf a chreidiúint ná go n-éireodh go maith leis an lucht cuardaigh. Mheas sé go gcuirfeadh an duais faobhar ar a ndúthracht is ar a n-intleacht. Ach Aindrias Stíobhart, a chomhalta, b'fhada uaidh sin an dóchas céanna. Ar aon chuma níor stadadh den chaint idir na daoine a bhí ina suí chun aon bhoird ag imirt fuist .i. an Stíobhartach ar aghaidh Uí Fhlannagáin, agus an Failintíneach ar aghaidh Philéas Fogg. Le linn imeartha ní labhraítí focal, ach idir dhá iarracht leantaí ar an gcaint arís.

"Is dóigh liomsa," arsa Aindrias Stíobhart, "go bhfuil an cluiche i bhfabhar an ghadaí. Ní foláir nó is buachaill cliste é!

"Más ea," arsa an Ralfach, "níl tír faoi luí na spéire ba dhíon dó."

"Ráiméis, a dhuine!"

"Cá rachadh sé, an dóigh leat?"

"Ní fheadar," arsa an Stiobhartach, "ach tá an domhan mór go leor aige.

"Bhí, tráth dá raibh ann!" arsa Philéas Fogg de ghuth íseal. "Leatsa gearradh," ar seisean agus shín sé na cártaí chun Tomáis Uí Fhlannagáin.

Stadadh den chaint le linn na hiarrachta sin. Ach ba ghearr gur thosnaigh Aindrias Stíobhart arís. Dúirt sé: "Tráth dá raibh ann? An amhlaidh a chuaigh an domhan i laghad?"

"Gan amhras," arsa Uáitéar Ralf. "Táimse ar aon aigne leis an bhFoggach. Tá an domhan imithe i laghad, mar is féidir a mhór-chuairt a dhéanamh anois 10 n-uaire níos mire ná mar ab fhéidir é 200 bliain ó shin. Agus sa scéal atá i gceist againn, cuirfidh sin anam sa chuardach."

"Agus cabhróidh sé le teitheadh an ghadaí!"

"Imirse, a Stíobhartaigh," arsa Philéas Fogg.

Ach níorbh fhéidir áitiú ar an Stíobhartach beagchreidmheach, agus tar éis na hiarrachta sin, dúirt sé: "Ní foláir a admháil, a Ralfaigh, gur greannmhar an chuma ina measann tú é a chur ina luí orainn an domhan a bheith imithe i laghad! Mar sin, ós rud é gur féidir dul timpeall air i gceann ráithe–"

"I gceann 80 lá," arsa Philéas Fogg.

"Tá an ceart agat," arsa Seán Ó Súilleabháin, "is féidir a dhéanamh anois laistigh de 80 lá ón uair a críochnaíodh an roinn úd den *Great-Indian Peninsular Railway* idir Rothal agus Allahabad. Siod é an t-áireamh a dhéanann an *Morning Chronicle*:

| | *Laethanta* |
|---|---|
| Ó Londain go Suais, trí thollán Mhont Cenis agus trí Bhrindisi—bóithre iarainn agus báid ghaile | 7 |
| Ó Shuais go Bombay—bád gaile | 13 |
| Ó Bhombay go Calcúta—bóthar iarainn | 3 |
| Ó Chalcúta go Hong Cong sa tSín—bád gaile | 13 |
| Ó Hong Cong go Yokohama sa tSeapáin—bád gaile | 6 |
| Ó Yokohama go San Francisco—bád gaile | 22 |
| Ó San Francisco go Nua-Eabhrac—bóthar iarainn | 7 |
| Ó Nua-Eabhrac go Londain—bád gaile | 9 |
| An t-iomlán | 80 |

"Is ea, 80 lá!" arsa Aindrias Stíobhart in ard a ghutha, agus trí uireasa aireachais, d'imigh roinnt na gcártaí amuigh air. "Ach más ea, ní chuirtear san áireamh an drochaimsir ná an ghaoth chontrártha, an longbhriseadh ná tionóisc a bhualadh faoi thraein, ná a leithéidí sin."

"Gach aon ní a chur san áireamh," arsa Philéas Fogg, agus thiomáin sé leis ag imirt in ainneoin na cainte.

"Cuir i gcás go sracfadh na Hiondúigh ráillí an bhóthair iarainn," arsa Aindrias Stíobhart, "nó, dá gcuirfidís stad ar an traein, nó dá scriosfaidís na carráistí, nó dá bhfuadóidís na taistealaithe!"

"Gach aon ní a chur san áireamh," arsa Philéas Fogg, agus le linn sin do leag sé a chártaí ar an mbord, "dá mhámh," ar seisean.

Ar Aindrias Stíobhart a chuaigh an déanamh, agus ag bailiú na gcártaí chuige dúirt sé: "De réir mhachnamh chinn, b'fhéidir an ceart a bheith agat, ach de réir an ghnímh—"

"De réir a ghnímh, leis, a Stíobhartaigh."

"Ba mhaith liom thú a fheiceáil á dhéanamh."

"Fút féin atá. Imeoimis in éineacht."

"I bhfad uainn an t-olc!" arsa an Stíobhartach. "Chuirfinnse £4,000 leat an nóiméad seo, ámh, nach féidir an chuairt sin a dhéanamh sa mhéid sin aimsire."

"Is féidir é a dhéanamh ina dhiaidh sin is uile," arsa an Foggach.

"Déan é, mar sin!"

"Dul mórthimpeall an domhain laistigh de 80 lá?"

"Is ea."

"Tá go maith."

"Cathain?"

"Láithreach bonn. Ach táim á rá leat gur ar do chostas-sa a dhéanfaidh mé é."

"Díth céille, a dhuine!" arsa an Stíobhartach. Is amhlaidh a bhí fearg ag teacht air de bharr dhianáitiú a chomrádaí.

"Caithimis uainn é mar scéal agus leanaimis den imirt."

"CHUIRFINNSE £4,000 LEAT AN NÓIMÉAD SEO, ÁMH, NACH FÉIDIR
AN CHUAIRT SIN A DHÉANAMH SA MHÉID SIN AIMSIRE."

"Suaitear arís iad, más ea," arsa Philéas Fogg. "Chuaigh mé amú
sa roinnt dheireanach."

Thóg an Stíobhartach na cártaí arís. Bhí a dhá lámh ar crith. Ansin
chaith sé na cártaí go hobann ar an mbord, agus dúirt: "Bíodh ina
mhargadh, a Fhoggaigh. Cuirfidh mise an £4,000 leat!"

"Éist, a Stíobhartaigh," arsa an Failintíneach, "agus bíodh ciall agat. Ní i ndáiríre atá tú."

"Gach aon uair a deirimse 'cuirim geall'," arsa an Stíobhartach, "bím i ndáiríre."

"Bíodh ina mhargadh," arsa an Foggach. Ansin d'iompaigh sé chun a chomhaltaí eile: "Tá £20,000 míle punt i dtaisce agam i mBanc Bharing. Cuirfidh mé libh gan mhairg iad—"

"£20,000!" arsa Seán Ó Súilleabháin, "Agus a rá go gcaillfeá an £20,000 sin ach an mhoill is lú nach dtuigtear roimh ré a theagmháil duit."

"An rud nach dtuigtear roimh ré níl sé ann," arsa Philéas Fogg de ghuth íseal.

"Ach an 80 lá seo nach shin é an aimsir is lú a áirítear chuige?"

"An aimsir is lú, ach a chaitheamh go maith, is leor é."

"Mar sin, agus gan dul thairis, ní foláir léim go ródhíreach as bóithre iarainn isteach i mbáid agus as báid isteach i dtraenacha."

"Léimfidh mise go ródhíreach."

"Mar mhagadh atá tú."

"An fíor-Shasanach ní bhíonn sé choíche mar mhagadh an fhaid a bhíonn geall i gceist. Cuirfidh mise £20,000 libh go rachaidh mé mórthimpeall an domhain laistigh de 80 lá, an chuid is sia de, is é sin in 1920 uair an chloig, nó in 115,200 nóiméad. An bhfuil sibh sásta?"

"Táimid," arsa an cúigear eile .i. an Stíobhartach is an Failintíneach, Ó Súilleabháin is Ó Flannagáin is an Ralfach, tar éis dóibh a gcomhairle a chur le chéile.

"Tá go maith," arsa an Foggach. "An traein go Dover, imíonn sí a ceathrú chun a naoi. Beidh mise inti."

"Anocht féin?" arsa an Stíobhartach.

"Is ea," arsa Philéas Fogg. Ansin tharraing sé chuige féilire póca, agus tar éis dó tamall a thabhairt á scrúdú, dúirt sé: "Ós é seo an Chéadaoin an 2 Deireadh Fómhair, ní foláir dom a bheith thar n-ais i Londain, agus sa tseomra céanna seo an *Reform Club*, Dé Sathairn, an 21 Nollaig, ceathrú chun a naoi a chlog tráthnóna, nó is libhse ó cheart, a chairde, an £20,000 atá i dtaisce i m'ainmse ag Muintir Bharing. Sin agaibh seic ar an méid sin airgid."

Scríobhadh ar pháipéar coinníollacha an ghill, agus an seisear a bhí páirteach ann chuir siad a n-ainmneacha leis ar an mball sin. Ní raibh buaireamh ná meascadh aigne ar an bhFoggach lena linn sin. Is deimhin nach chun airgead a dhéanamh a chuir sé an geall. Agus maidir leis an £20,000 úd—leath a raibh den tsaol aige—ní chuirfeadh sé síos ach an méid sin, de bhrí go bhfaca sé roimh ré go mbeadh air an leath eile a chaitheamh ag iarraidh an chrua-obair sin, a bhí dodhéanta, b'fhéidir, a thabhairt chun críche. Maidir leis an dream eile, d'fhéach siad buartha go leor, agus ní mar gheall ar an airgead a bhí thíos acu é, ach sórt scátha a ghabh iad um gheall a chur faoina leithéidí sin de choinníollacha.

Bhuail sé a seacht a chlog ansin. Tairgeadh don Fhoggach stad den fhuist go ndéanfadh sé ullmhú chun imeachta.

"Bímse ullamh i gcónaí," arsa an fear righin sin, agus shuaith sé na cártaí arís.

"Muileata an mámh," ar seisean. "Leatsa tosnú, a Stíobhartaigh."

# CAIBIDIL IV

*Ina mbaineann Philéas Fogg preab as a ghiolla .i. Passepartout.*

Ag 25 nóiméad tar éis a seacht d'fhág Philéas Fogg slán ag a chomhaltaí, agus 20 giní buaite aige san fhuist, agus d'imigh sé leis as an *Reform Club*. Deich nóiméad chun a hocht d'oscail sé doras a thí féin agus chuaigh isteach ann.

Bhí a chlár oibre meabhraithe i gceart ag Passepartout um an dtaca sin, agus ar an ábhar sin is air a bhí an t-an-ionadh nuair a bhraith sé Philéas Fogg ciontach i míchruinneas agus filleadh a leithéid de thráth neamhchoitianta. De réir an chlár oibre ní thiocfadh fear an tí sin i *Saville Row* abhaile go dtí meán oíche díreach.

Ghluais Philéas Fogg ceann ar aghaidh go dtí a sheomra féin; ansin ghlaoigh sé ar Phassepartout.

"A Phassepartout!" ar seisean.

Níor fhreagair Passepartout. Níorbh fhéidir gur chuige féin a bhíothas. Níor tháinig an tráth fós.

"A Phassepartout!" arsa an Foggach arís, ach níor ardaigh a ghuth puinn.

Tháinig Passepartout.

"Ghlaoigh mé ort faoi dhó," arsa an Foggach.

"Ach níl sé an meán oíche fós" arsa Passepartout agus a uaireadóir ina lámh aige.

"Tá a fhios agam sin," arsa Philéas Fogg, "agus níl aon mhilleán agam ort. I gcionn deich nóiméad beimid ar an mbóthar go Dover is go Calais."

Tháinig mar a bheadh draid ar cheannaithe an Fhrancaigh. Ba léir nár thuig sé an scéal i gceart.

"An amhlaidh atá mo mháistir chun imirce a dhéanamh?" ar seisean.

"Is ea," arsa Philéas Fogg. "Táimid chun dul mórthimpeall an domhain."

Leath an dá shúil ar Phassepartout; d'éirigh idir fhabhraí is mhalaí air. Shín sé a dhá lámh uaidh. Chrom a cholainn agus bhí sé i riocht titim i bhfanntais le neart alltachta.

"Dul mórthimpeall an domhain!" ar seisean.

"Is ea, agus sin laistigh de 80 lá," arsa an Foggach, "i gcás nach bhfuil nóiméad le cailleadh againn."

"Cad mar gheall ar thruncaí?" arsa Passepartout, agus gan fhios dó bhí a cheann ar luascadh anonn is anall ar a ghuaillí.

"Ná fan le truncaí. Is leor aon mhála canbháis amháin. Dhá léine olla agus trí phéire stocaí ann domsa agus an oiread céanna duit féin. Ceannóimid romhainn ar an mbóthar. Beir leat mo chóta báistí agus m'fhallaing taistil, agus bróga láidre, ar shon gur dóichí gur beag a shiúlfaimid. Seo leat."

Ba mhaith le Passepartout rud éigin a rá mar fhreagra air sin. Ní bhfuair sé ann féin é a dhéanamh. D'fhág sé seomra a mháistir. Chuaigh suas chun a sheomra féin. Shuigh sé i gcathaoir ann, agus dúirt sé leis féin: "An bhfaca aon duine riamh a leithéid! Agus mise agus gan uaim ach suaimhneas!"

Agus is neamhshuimiúil a dhírigh sé ar ullmhú chun imeachta. Mórthimpeall an domhain laistigh de 80 lá! An ar ceangal de dhuine buile a bhí sé? Níorbh ea. An mar mhagadh a bhí sé siúd? Ag dul go Dover a bhíothas. Bhí go maith. Agus as sin go Calais. Bíodh sé mar sin. Tar éis an tsaoil, ní chuirfeadh sin aon chorrabhuais ar an mbuachaill macánta úd nár luigh cos leis ar a thalamh dhúchais le cúig bliana. B'fhéidir go rachfaí go Páras féin; agus, dar fia, ba bhreá leis an phríomhchathair álainn úd a fheiceáil arís. Ar ndóigh, aon duine uasal a bhí chomh coigilteach sin ar a choiscéimeanna siúil ní folair nó ba mhian leis stad ansin. Ní folair gan amhras. Ach ar an taobh eile den scéal, níorbh fholair a admháil go raibh sé chun gluaiseachta, agus chun a theach féin a thréigean, ar shon gur dhuine uasal é a bhí go dtí sin gan chorraí as a theach féin!

Ar a hocht a chlog bhí ullamh ag Passepartout an mála beag inar cuireadh éadaí dó féin is dá mháistir. Ansin, agus a aigne go buartha fós, d'fhág sé a sheomra féin; chuir sé an glas go daingean ar an doras, agus d'imigh ag triall ar an bhFoggach

Bhí an Foggach ullamh chun gluaiseachta. Bhí ar iompar aige faoina ascaill *Bradshaw's Continental Railway Steam Transit and General Guide* a thabharfadh dó gach uile eolas a bheadh uaidh. Thóg sé an mála as lámha Phassepartout; d'oscail é agus chuir isteach ann beart mhór de na nótaí bainc úd a ghlactar i ngach tír faoin spéir.

"Ar dhearmad tú aon ní?" ar seisean.

"Ní dhearna, a mháistir."

"Mo chóta báistí is m'fhallaing, cá bhfuil siad?"

"Siod iad anseo iad."

"Tá go maith. Beir leat an mála seo."

Thug an Foggach an mála thar n-ais do Phassepartout.

"Agus tabhair aire mhaith dó," ar seisean. "Tá £20,000 istigh ann."

Dóbair go dtitfeadh an mála as lámh Phassepartout, díreach mar dá mba in ór a bheadh an £20,000 agus gurbh ualach trom é.

An máistir agus an giolla, tháinig siad araon anuas ansin, agus cuireadh an glas go dúbailte ar dhoras an tí.

Bhí stáisiún cóistí ag ceann *Saville Row*. Chuaigh Philas Fogg is a ghiolla isteach i gcab agus tiomáineadh go mear iad go dtí an stáisiún ag *Charing Cross*, mar a bhfuil stad sa *South Eastern Railway*.

Stad an cab ag geata an stáisiúin 20 nóiméad tar éis a hocht. Léim Passepartout amach. Lean a mháistir é agus dhíol sé an tiománaí.

Tháinig chuige an nóiméad sin bean bhocht is páiste ar a baclainn aici, í cosnocht, lán le pluda; bonéad gioblach ar a ceann agus cleite ar sileadh go hainnis de; seál preabánach uirthi os cionn an chuid eile dá ceirteacha. Dhruid sí leis an bhFoggach agus d'iarr déirc.

BEAN BHOCHT

Thóg sé as a phóca an 20 giní a bhí buaite aige san fhuist, agus á dtabhairt don bhean bhocht dúirt: "Seo, a bhean mhaith, is maith liom gur bhuail tú umam."

D'imigh sé leis ansin.

Mhothaigh Passepartout an bhoige ag éirí chuige ina dhá shúil. Bhí a mheas ar a mháistir ag tosnú ar dhul i méid ina chroí.

Chuaigh sé féin agus an Foggach gan mhoill isteach i seomra scoir an stáisiúin. Is ann a thug Philéas Fogg ordú do Phassepartout dhá thicéad den chéad ghrád as sin go Páras a cheannach. Ansin ag casadh ar a shála chonaic sé a chúigear comhaltaí ón *Reform Club*.

"A dhaoine córa," ar seisean, "táim chun imeachta; agus na víosaí a chuirfear ar phas atá agam a bhreith liom chuige sin, déanfaidh siad dearbhú daoibh ar mo thuras nuair a fhillfidh mé."

"Arú, a Fhoggaigh, a chroí," arsa Uáitéar Ralf le corp sibhialtachta, "níl aon ghá leis sin. Ní beag linn d'fhocal duine uasail chuige."

"Is fearr mar seo é, ámh," arsa an Foggach.

"Ná dearmad nach foláir duit a bheith thar n-ais—" arsa Aindrias Stíobhart.

"I gcionn 80 lá," arsa an Foggach, "is é sin Dé Sathairn, 21 Nollaig 1872, ceathrú roimh an naoi, um thráthnóna. *Au revoir*, a chairde."

Ag 8:40 chun a naoi chuaigh Philéas Fogg is a ghiolla isteach sa charráiste céanna, agus shuigh siad ann. Ag 8:45 ligeadh fead agus ghluais an traein.

Bhí an oíche dorcha, agus mionfhearthainn ag titim. Luigh Philéas Fogg siar ina chúinne féin agus níor labhair focal. Ní raibh an alltacht imithe fós de Phassepartout, ach é ansiúd agus greim an fhir bháite aige ar mhála na nótaí bainc.

Ar éigean a bhí an traein thar *Sydenham* amach, ámh, nuair a lig Passepartout liú éadóchais as!

"Cad tá ortsa?" arsa an Foggach.

"A leithéid seo…leis an…leis an dithneas…agus an bhuairt…is amhlaidh a dhearmad mé—"

"Cad a dhearmad tú?"

"An gás a mhúchadh i mo sheomra féin."

"Tá go maith, a bhuachaill," arsa an Foggach go réidh, "ar do chostas féin fanfaidh sé ar lasadh.

# CAIBIDIL V

*Ina n-insítear conas mar a tháinig Bannaíocht nua
ar Stocmhargadh Londain.*

Ar fhágáil Londain do Philéas Fogg is lag a shíl sé gan amhras go mbeadh fothram mór ann mar gheall ar a chúrsaí féin. I dtosach báire leath a scéala ar fud an *Reform Club*, go dtí gur adhnadh an-díospóireacht ina thaobh idir na baill ann. Ón gclub leath an fothram is an t-imreas de bharr shaothair na bhfear tuairisce go dtí na páipéir nuachta, agus tríothu sin shroich sé an pobal i Londain agus sa Ríocht Aontaithe.

An cheist sin "chuairt na cruinne," a bhí i mbéal gach aon duine; agus rinneadh an oiread clampair is achrainn mar gheall air agus a dhéanfaí dá mba é ceist an *Alabama* féin é. Bhí dream ar thaobh Philéas Fogg, agus dream eile—a bhí i bhfad ní ba líonmhaire ná an chéad dream—ina choinne. A rá go bhféadfaí an chuairt sin an domhain a dhéanamh lasmuigh de cheapadóireacht duine, nó a léamh i scéal fiannaíochta, sa bheagán aimsire sin agus leis na háiseanna taistil a bhí an uair úd le fáil, ní hamháin gur díth céille é, ach deargbhuile ab ea é.

An *Times*, an *Standard*, an *Evening Star*, an *Morning Chronicle* agus fiche páipéar eile a raibh ceannach fada orthu, bhí siad i gcoinne an Fhoggaigh. An *Daily Telegraph* amháin a lagchuidigh leis. Ba é an meas coitianta gurbh fhear buile nó amadán é, agus ní beag an milleán a bhí ar a chomhaltaí sa *Reform Club* mar gheall ar chur an ghill úd a thaispeáin go soiléir go raibh sé ag dul dá chéill.

Cuireadh i gcló aistí lán de nimh agus lán de loighic um an gceist. Tá a fhios ag an saol go gcuireann muintir Shasana spéis i ngach a mbaineann le tíreolaíocht. Ar an ábhar sin, níor fhan léitheoir páipéir ann, ba chuma íseal nó uasal é, nár léigh le cíocras na colúin chló a chuirtí amach mar gheall ar Philéas Fogg.

NÍOR FHAN LÉITHEOIR PÁIPÉIR ANN, BA CHUMA ÍSEAL NÓ UASAL É,
NÁR LÉIGH LE CÍOCRAS NA COLÚIN CHLÓ A CHUIRTÍ AMACH
MAR GHEALL AR PHILÉAS FOGG.

I dtosach na haimsire bhí roinnt daoine dána, agus mná ab ea a lán acu sin, ar a thaobh, go háirithe tar éis don *Illustrated London News* a phictiúr a chur i gcló; macasamhail ab ea an pictiúr sin de ghrianghraf a fuarthas i dtaisce sa *Reform Club*. Ansin ghabh daoine áirithe misneach chucu á rá: "Ach! Cad chuige nach ndéanfadh sé é, ina dhiaidh sin is uile? Is minic a tharla rud ní b'éagsúla ná é." Is é an *Daily Telegraph* a léidís sin, áfach. Agus mothaíodh gan mhoill an páipéar sin féin ag lagú um chúnamh ina thaobh.

Faoi dheireadh, an 7 Deireadh Fómhair, tháinig iris an *Royal Geographical Society* amach, agus alt fada faoin gceist ann. Tagraíodh don ghnó ó gach taobh agus foilsíodh os comhair an tsaoil cad an leanbaíocht a bhí ag baint leis. De réir na haiste sin bhí gach ní i gcoinne an taistealaí á chosc: bhí an duine agus lámh Dé féin á chosc. Chun an gnó úd a chomhlíonadh níorbh fholáir aontú míorúilteach a bheith idir tráthanna teachta is imeachta, rud nach raibh ann agus nach bhféadfadh a bheith ann. Teacht traenach ar uair áirithe an chloig, b'fhéidir a bheith deimhnitheach go maith de sin ar Mhór-roinn na hEorpa, áit nach bhfuil le dul orthu ach bóithre cuibheasach gearra; ach baineann sé trí lá de dhuine chun dul trasna na hIndia agus seacht lá chun gabháil thar na Stáit, agus arbh fhéidir súil le dlúthchruinneas uathu sin? Cá bhfios ná go mbrisfeadh inneall éigin, nó go bhfágfadh traein a rian, nó go rithfeadh dhá thraein isteach ar a chéile, nó go mbeadh drochaimsir ann, nó carnadh sneachta; agus nár leor ceann amháin acu sin chun cosc a chur ar Philéas Fogg? Nach mbeadh seisean ar bháid ghaile in aimsir an gheimhridh, á chur amú ag rachtanna gaoithe is ceo? Agus nach minic a mhoillítear ar feadh a trí nó a ceathair de laethanta na báid is treise gluaiseacht, le linn dul thar farraige dóibh? Agus féach, ba leor aon chosc amháin chun slabhra an bhealaigh a bhriseadh thar fóir. Dá dteipfeadh ar Philéas Fogg d'oiread is cúpla uair an chloig breith ar bhád gaile, níorbh fholáir dó fanacht leis an gcéad bhád eile, agus níor bheag an méid sin féin chun a chur bunoscionn lena áireamh.

Rinneadh ardghleo mar gheall ar an alt sin. Athfhoilsíodh é sna páipéir uile agus laghdaigh go follas ar "stoc" Philéas Fogg.

I rith na laethanta tosaigh tar éis imeacht an duine uasail cuireadh mórchuid airgid idir daoine as ucht chomhlíonadh na cuairte. Tá a fhios ag an saol gur i Sasana atá domhan na ngeall, agus gurb uaisle is gurb intleachtúla an domhan sin ná domhan na gcearrbhach. Tagann geallchur le haigne an tSasanaigh. Ar an ábhar sin chuirtí gill ar Philéas Fogg, nó ina choinne, ní hamháin i measc bhaill an *Reform Club*, ach ar fud an phobail choitianta i Sasana. Scríobhadh ainm Philéas Fogg mar a scríobhfaí ainm chapall ráis i saghas "groíleabhair." Ceapadh bannaíocht dó agus rinneadh "lua" uirthi ar Stocmhargadh Londain. D'iarrtaí nó thairgtí an "Philéas Fogg" is é "ar cothrom" nó "in airde" agus rinneadh margaíocht iontach ann. Ach i gcionn cúig lá tar éis imeachta dó, agus nuair a tháinig an t-alt úd i gcló in iris an *Geographical Society* dhírigh an t-éileamh ar dhul i laghad. "D'ísligh" ar an bhPhiléas Fogg. Thairgtí ina bhearta é. Ar dtús bhíodh iontu a cúig in aghaidh a haon; ansin a deich; ansin ní ghlacfaí níos lú ná fiche; caoga ansin, agus faoi dheireadh céad!

Bhí aon fhear amháin agus d'fhan sé dílis dó tríd síos. Ba é sin an Tiarna *Albermarle*, duine uasal críonaosta a bhí ina mhairtíneach. An duine uasal onórach sin, nár fhéad corraí as a chathair shocair, thabharfadh sé a raibh den tsaol aige ar a bheith ina chumas dul mórthimpeall an domhain i ndeich mbliana féin. Chuir seisean £4,000 ar Philéas Fogg; agus nuair a chuirtí in iúl dó a amadántaí agus a neamhfhóntacht a bhí an gnó, ba ghnách leis mar fhreagra: "Más féidir an gnó a dhéanmh, is maith an rud Sasanach á chéad-déanamh!

Is mar sin a tharla don dream a bhí i bhfabhar Philéas Fogg; chuaigh siad i laghad is i laghad. Bhí gach aon duine, agus ní gan fáth é, ag casadh ina choinne. Ní ghlactaí geall a thuillleadh gan a céad go leith in aghaidh a haon. Agus i gcionn seachtane tar éis imeachta dó, tharla rud nach raibh an choinne ba lú leis; rud a chuir stad leis an ngeallchur go léir.

Ar a naoi a chlog tráthnóna an lae sin, tháinig go dtí Coimisinéir Chonstáblacht na Príomhchathrach sreangscéal agus an méid seo i mo dhiaidh ann:

Ó Shuais go Londain
*Ó Ruáin, Coimisinéir Constáblachta, Scotland Yard.*
Philéas Fogg gadaí an Bhainc faighte agam. Cuirtear láithreach barántas gabhála go Bombay na hIndia.
*Fisc, Feidhmeannach.*

Láithreach baill chonacthas toradh na teachtaireachta sin. D'imigh "an duine uasal onórach" as caint an tslua agus tháinig ina inad "gadaí na nótaí bainc." Scrúdaíodh a ghrianghraf a bhí i dtaisce sa *Reform Club* i bhfochair ghrianghraf a chomhaltaí uile. D'iompaigh sé amach ina oidhre ar an té ar insíodh a chomharthaí don choiste iniúchta. Cuimhníodh ansin ar a rúndiamhracht a bhí saol Philéas Fogg; ar a leithleachas sin; agus ar a imeacht obann. B'fhollas don tsaol ansin gurb amhlaidh a bhí sé á ligean air dul mórthimpeall an domhain agus á dhearbhú le geall amadánta, agus nár theastaigh uaidh ach mearbhall a cur ar lorgairí is ar chonstáblacht Shasana.

# CAIBIDIL VI

*Ina gcuirtear aithne ar Fisc Feidhmeannach*
*agus é i ndeireadh na foighne.*

Seo mar a tharla gur seoladh an sreangscéal i dtaobh Philéas Fogg:

Ar 11:00 a.m. Dé Céadaoin an 9 Deireadh Fómhair bhí súil i Suais le teacht an bháid ghaile, ar a dtugtaí an *Mhongóil*. Bád iarainn ab ea í. Ba leis an *Peninsular and Oriental Co.* í. Bád scriú ab ea í agus bhí deic sparraí aici. Bhí toilleadh 2,800 tonna aici, agus neart 500 each-chumhacht aici de réir a cairte. Bhíodh an *Mhongóil* i gcónaí ag dul is ag teacht idir Brindisi agus Bombay trí Chanáil Shuaise. Bhí sí ar na báid ba mhire gluaiseacht dá raibh i seilbh na cuideachta úd, mar ba ghnách léi sárú ar an luas a ceapadh di .i. 10 míle farraige san uair an chloig idir Brindisi agus Suais, agus timpeall 9 míle go leith idir Suais agus Bombay.

Bhí ag feitheamh le teacht an *Mhongóil* beirt fhear is iad ag siúl síos suas feadh an chalaidh i measc sluaite dúchasach is eachtrannach as a bhfuil bailithe díobh araon sa chathair sin. Níor mhionchathair an uair sin féin í, agus de dheasca mhórobair Lesseps is deimhin gur ag fás a bheidh sí.

Consal Shasana i Suais ab ea duine den bheirt sin. Agus in ainneoin drochthuair Pharlaimint na Breataine agus fáistine bréige Stephenson innealtóir, d'fheiceadh an consal sin gach aon lá loingeas ó Shasana ag dul thar bráid sa chanáil. Dá bharr sin ciorraíodh dá leath ar an seanbhealach ó Shasana go dtí an India timpeall Rinn an Dóchais.

Fear beag caol ab ea an duine eile; bhí gnúis intleachtúil go leor aige, ach féithleoga na malaí aige a bheith ag síorphreabarnach. Bhí fabhraí fada aige, agus dhá shúil ghlé. Ach b'fhéidir leis glinniúint na súl a chosc nuair ba mhaith leis é. Díreach mar a fheicimid anois é, tá cuid de chomharthaí na mífhoighne air. Féach mar a shiúlann sé anonn agus anall, agus nach bhféadann fanacht socair.

AN FISCEACH

Fisc ba shloinne don fhear sin, agus bhí sé ar an lorgairí as constáblacht Shasana a cuireadh go dtí na bailte poirt thar lear tar éis na foghla úd ar Bhanc Shasana. Bhí mar chúram ar an bhFisceach togha na faire a dhéanamh ar gach duine a ghabhfadh treo Shuaise, agus dá bhfeicfeadh sé aon duine a mbeadh amhras ina thaobh air, bhí d'fhiacha air é sin a leanúint go dtí go sroichfeadh barántas gabhála é.

Dhá lá go díreach roimhe sin, fuair an Fisceach ó Choimisinéir Chonstáblacht na Príomhchathrach comharthaí an té a ceapadh a rinne an ghadaíocht. Ba iad sin comharthaí an duine uasail dea-éidithe a tugadh faoi deara i seomra íocaíochta an Bhainc.

Baineann sé le dealramh gur géaraíodh ar dhúthracht an lorgaire de dheasca na duaise luachmhaire a tairgeadh; agus mar sin is furasta a thuiscint a mhífhoighní a bhí sé um an *Mhongóil* a theacht isteach.

"Agus deir tú liom, a Chonsail," ar seisean don deichiú huair, "nach baol go mbeidh moill ar an mbád seo?"

"Deirim é, a Fhiscigh," arsa an Consal. "Fuarthas tuairisc inné ar a teacht go Port Said, agus is beag ar a leithéidse de reathaí an céad go leith ciliméadar slí den chanáil i leith anseo. Agus deirim leat arís gurb í an *Mhongóil* a bhuann i gcónaí na £25, duais a dhíolann an Rialtas gach tráth a ndéantar an turas 24 uair an chloig faoi bhun na haimsire oifigiúla."

"An dtagann sí díreach ar a haghaidh ó Bhrindisi?" arsa an Fisceach.

"Tagann. Is ansin a fuair sí litreacha i gcomhair na hIndia; agus d'fhág sí an áit sin Dé Sathairn, ar a cúig a chlog tráthnóna. Bíodh foighne agat, mar sin. Tiocfaidh sí in am is i dtráth. Ach chun an fhírinne a insint, ní fheadar féin ó na comharthaí atá faighte agat, conas a aithneoidh tú an fear úd má tá sé ar bord an *Mhongóil*."

"Is amhlaidh mar atá an scéal, a Chonsail," arsa an Fisceach, "is túisce a mhothaítear an dream sin ná mar a aithnítear iad. Ní foláir boladh chun na hoibre; agus an boladh sin is geall le céadfa faoi leith é mar a gcomhoibríonn cluasa an duine is a shúile is a shrón. Ní hé an chéad uair agamsa ag breith ar dhuine de na buachaillí sin, ámh, agus má tá an gadaí ar bord an bháid, geallaimse duit nach n-éalóidh sé uaim."

"Tá súil agam nach ndéanfaidh, mar foghail an-dána ab ea é.

"Thar na bearta," arsa an lorgaire go mórálach. "£55,000! Sin rud nach raibh súil againn leis. Sin rud agus ní minic a thiteann a leithéid amach! Tá lucht na gadaíochta ag imeacht chun suarachais! Tá ag dul de threibh na Sheppards! Ní bhíonn le crochadh anois ach fir a ghoideann roinnt scilling!"

"Is maith liom an chuma a labhraíonn tú, a Fhiscigh," arsa an Consal, "agus tá súil le Dia agam go n-éireoidh leat. Ach deirim leat arís gur baol liom go mbeidh sé an-deacair agat agus an treo seo atá ort. Nach dtuigeann tú féin go maith, de réir na gcomharthaí atá faighte agat, nach míchosúil le haon fhear macánta an foghlaí úd.

"A Chonsail," arsa an lorgaire go húdarásach, "lucht na mor-fhoghla seo, bíonn cosúlacht daoine macánta orthu i gcónaí. An té a bhfuil dreach an chladhaire ar a cheannaithe, ní folair dó maireacht-áil go macánta ar eagla go mbéarfaí air. Acht lucht na ndreach macánta, sin iad an dream a gcaithfear an púicín a shracadh anuas díobh. Admhaím duit gur deacair é a dhéanamh, agus gur mó a bhaineann sé le healaín ná le ceird."

Tuigfear as an méid sin gur dhuine a raibh tuairim aige de féin ba ea an Fisceach.

Bhí an slua ar an gcaladh ag dul i líonmhaireacht leis an aimsir. Bhí ag bailiú ann go tiubh mairnéalaigh ó thíortha éagsúla, is lucht ceannachais, fir long a dhíol, is póirtéirí is *fellahin*. B'fhollas gur ghearr go dtiocfadh an bád.

Bhí an uain go hálainn ach an t-aer a bheith pas fuar, mar bhí an ghaoth anoir. Cinn na miontúr sa chathair agus iad ag éirí os cionn na dtithe, agus an ghrian ag taitneamh orthu. Tóchar timpeall 2,000 méadar ar fhad ag síneadh ó dheas, mar a bheadh géag, amach ar mhúir-ród Shuaise. An-chuid bád iascaigh is cósta is iad ag luascadh ar thonnta na Mara Rua; agus roinnt díobh sin rinneadh iad ar nós rámhlong na seanaimsire.

Bhí an Fisceach ag gluaiseacht tríd an mórghasra úd agus é á iniúchadh, faoi mar is gnách le lucht a cheirde.

Bhí sé leathuair tar éis a deich um an dtaca sin.

"Ní thiocfaidh an bád seo go brách!" ar seisean nuair a chuala sé clog an chalaidh ag bualadh.

"Ní fada uainn anois í," arsa an Consal.

"An fada a fhanfaidh sí anseo ag Suais?" arsa an Fisceach.

"Ceithre huaire an chloig, an fhaid a bheidh sí ag fáil guail. Áirítear 1,310 míle slí idir Suais agus Áidin, ar an gceann theas den Mhuir Rua, agus ní foláir ábhar tine a sholáthar i gcomhair an turais sin."

"Agus an dtéann sí díreach ó Shuais go Bombay?"

"Téann, gan a hualach a chorraí."

"Más mar seo a ghabh an gadaí, mar sin," arsa an Fisceach, "agus go bhfuil sé ar an mbád seo, ní foláir nó tá ceaptha aige teacht i dtír ag Suais, i dtreo go bhféadfaidh sé gabháil bóthar eile go dúiche éigin dá mbaineann leis an Ísiltír nó leis an bhFrainc san Áise. Ní foláir nó bhí a shárfhios agie gur bhaol dó san India, tír a bhaineann le Sasana."

"Mura rud é gur buachaill an-ghlic é," arsa an Consal. "Tá a fhios agatsa gurb fhusa do mheirleach in aghaidh dlí Shasana dul i bhfolach i Londain ná i gcoigríocha."

Leis sin d'imigh an Consal go dtí a oifig féin, áit nach raibh ach beagán slí uathu. Agus d'fhág sé an lorgaire ina dhiaidh ag smaoineamh go géar ar an bhfocal deireanach a dúirt sé. D'fhan a Fisceach ina aonar ansin agus é geall leis i ndeireadh na foighne. Leath-thaibhríodh dó go bhfaighfí an gadaí ar bord an *Mhongóil*. Agus conas eile bheadh an scéal, mar dá bhfágfadh an gadaí Sasana ar intinn dul go Meiriceá, cár dhóichí bealach a ghabhfadh sé ná tríd an India, an bealach ba lú faire air, agus an bealach ba dheacra le faire?

Níor fágadh i bhfad ag déanamh na smaointe é. Airíodh na feadanna á ligean go géar ard i ndiaidh a chéile, á chur in iúl go raibh an bád gaile ag teacht isteach chucu. An scata póirtéirí agus *fellahin*, bhrúigh siad ar a chéile faoi dhéin an chalaidh, á gcuimilt féin de bhaill bheatha is éadach an lucht taistil. Ghluais dosaen coite ó thaobh an chalaidh ag dul i gcoinne an *Mhongóil.*

Ba ghearr go bhfacthas cabhail ollmhór an *Mhongóil* ag déanamh isteach béal na canálach agus díreach ar bhuille a haondéag d'ancraigh sí sa mhuir-ród; agus fothram uafásach á dhéanamh ag an ngal ag éalú aisti.

Bhí roinnt mhaith taistealaithe inti. D'fhan cuid acu sin ar bord ag féachaint ar radharc álainn an bhaile mhóir; ach tháinig a bhformhór i dtír sna coití a chuaigh amach faoi dhéin an bháid.

D'iniúch an Fisceach go géar gach duine dár chuir cos ar thalamh ann.

Ba ghearr gur tháinig duine faoina dhéin. Bhí sé tar éis na *fellahin* a bhrú go fuinniúil as a shlí. Is amhlaidh a theastaigh uathu go dtabharfadh sé post éigin le déanamh dóibh. D'fhiafraigh sé go modhúil den Fhisceach ar mhiste leis a insint dó cá raibh oifig Chonsail Shasana. Lena linn sin thaispeáin an taistealaí dó pas ar mhian leis séala Shasana a fháil air.

De réir an dúchais a bhí ann, rug an Fisceach ar an bpas ina ghlac agus ar iompú do bhoise bhí comharthaí an duine ar leis é léite aige.

Ba ródhóbair go mbainfí preab as. Chrith an duilleog pháipéir ina lámh. Mar a chéile go díreach na comharthaí a bhí ar an bpas sin agus na comharthaí a bhí faighte aige féin ó Choimisinéir Chonstáblacht na Príomhchathrach!

"Ní leat féin an pas seo," ar seisean leis an taistealaí.

"Ní liom," arsa an duine eile, "is le mo mháistir é.

"Agus cá bhfuil do mháistir?"

"D'fhan sé ar bord.

"Ach," arsa an lorgaire, "ní foláir dó féin teacht go dtí oifig an Chonsail, go mbeifear deimhnitheach de."

"Ach aidhe, an gá dó sin?"

"Níl aon dul as aige."

"Cá bhfuil an oifig sin?"

"Sin é ansiúd é ag cúinne na cearnóige," arsa an lorgaire, agus thaispeáin don taistealaí teach a bhí timpeall dhá chéad slat uathu.

"Más mar sin atá an scéal, is fearr dom dul thar n-ais ag iarraidh mo mháistir, agus geallaim duit nach áthas a bheidh air sin de chionn na trioblóide seo."

D'fhág an taistealaí a bheannacht ag an bhFisceach, agus d'fhill sé ar an mbád.

BHÍ SÉ TAR ÉIS NA *FELLAHIN* A BHRÚ GO FUINNIÚIL AS A SHLÍ.

# CAIBIDIL VII

*Ina dtaispeántar uair eile a neamhúsáidí*
*atá pasanna i ngnóthaí constáblachta.*

D'fhill an lorgaire anuas an caladh arís agus dhírigh le mire gluaiste ar oifig an Chonsail. Dúirt sé leis an bhfear sin gur theastaigh uaidh é a fheiceáil gan chairde, agus láithreach baill a ligeadh isteach é.

"A Chonsail," ar seisean gan tuilleadh moille, "táim geall leis deimhnitheach de go bhfuil an gadaí againn ar bord an *Mhongóil*."

Agus d'aithris an Fisceach an méid a thit amach idir é féin agus an buachaill mar gheall ar an bpas.

"Is maith é sin," arsa an Consal, "níor chás liom ceannaithe an chladhaire a fheiceáil. Ach b'fhéidir nach dtiocfadh sé go dtí an oifig seo in aon chor, go háirithe más é an fear is dóigh leatsa é. Ní maith le foghlaí an rian a fhágáil ina dhiaidh, agus ina theannta sin níl d'fhiacha ar dhuine feasta pas a bheith aige."

"A Chonsail, a dhuine uasail," arsa an lorgaire, "más é an buachaill glic is dóigh linne é, ní baol go dtiocfaidh sé anseo."

"Chun go gcuirfidh mise m'ainm ar a phas, an ea?"

"Is ea. Níl aon mhaith sna pasanna úd ach chun daoine macánta a bhuaireamh, agus chun cabhrú le teitheadh cladhairí. Gabhaimse orm go mbeidh an pas úd i gceart is i gcóir, ach tá súil agam nach gcuirfidh tú d'ainm air."

"Cad ina thaobh nach gcuirfinn? Má tá sé i gceart," arsa an Consal, "níor dleathach domsa a dhiúltú m'ainm a chur ann."

"Mar sin féin, ní foláir domsa an fear úd a choimeád anseo go dtí go bhfaighidh mé barántas gabhála ó Londain."

"Ach conas a bhaineann sin liomsa, a Fhiscigh?" arsa an Consal, "Ní fhéadaimse—"

Níor ligeadh don Chonsal an abairt a chríochnú. I láthair na huaire sin buaileadh ar dhoras a sheomra phríobháidigh. Lig an giolla isteach beirt fhear iasachta, agus duine acu sin ab ea an giolla ar tharla an comhrá idir é féin is an lorgaire.

An máistir is an buachaill a bhí ann. Shín an máistir a phas chun an Chonsail á fhiafraí de san am céanna ar mhiste leis a ainm a chur air.

Ghlac an fear eile an pas agus léigh go haireach é. Lena linn sin bhí an Fisceach ina sheasamh i gcúinne den tseomra agus é ag iniúchadh an duine iasachta go géar, agus dá ndéarfainn é, leath a dhá shúil.

Nuair a bhí deireadh léite ag an gConsal:

"An tusa Philéas Fogg?" ar seisean.

"Is mé," arsa an duine iasachta.

"Agus an fear seo, an é do sheirbhíseach é?"

"Is é. Francach is ea é, agus Passepartout is sloinne dó."

"Ó Londain a tháinig tú?"

"Is ea."

"Agus cá bhfuil do thriall?"

"Ar Bhombay.

"An ea, muise? Is dócha gurb eol duit gur obair dhíomhain é an séalú seo, agus nach n-iarrtar ar dhuine anois a phas a thaispeáint.

"Is eol," arsa Philéas Fogg, "ach is amhlaidh ba mhian liom do shéalasa a bheith agam á dhearbhú mé a bheith i Suais."

"Tá go maith."

Chuir an Consal a ainm agus dáta an lae sa phas agus ansin cheangail a shéala dó. Dhíol an Foggach an costas, agus ag beagchromadh a chinn mar chomhartha imeachta, chas ar a shála agus ghluais chun siúil agus a ghiolla ina dhiaidh.

"Is ea?" arsa an lorgaire.

"Is ea go díreach," arsa an Consal, "ní bhraithimse air sin ach dealramh fir mhacánta."

"B'fhéidir an ceart a bheith agat," arsa an Fisceach, "ach ní hí sin an fhadhb. Nach dóigh leat go bhfreagraíonn an duine uasal righin sin ar gach slí don chuntas atá faighte agamsa ar an ngadaí?"

"Ligim leat an méid sin, ach tá a fhios agat féin go mbíonn cuntais—"

"Is gearr go mbeidh mé deimhnitheach de," arsa an Fisceach. "Is lú is dothuigthe, dar liom, an buachaill ná an máistir. Francach is ea é, agus ní fhéadfaidh sé gan a bheith ina chadrálaí. Beannacht agat go fóill."

Tar éis don lorgaire an méid sin a rá, d'imigh sé amach ar lorg Phassepartout.

Nuair a d'fhág an Foggach oifig an Chonsail chuaigh sé thar n-ais go dtí an caladh. Ar shroicheadh na háite sin dó, dúirt sé lena ghiolla dul agus rudaí áirithe a cheannach. Ansin chuaigh sé isteach i gcoite. D'fhill ar bord an *Mhongóil*, agus ghluais isteach arís ina chábán féin. Thóg sé amach a leabhrán póca mar a raibh scríofa an t-eolas seo i mo dhiaidh:

"D'fhág mé Londain, Dé Céadaoin, 2 Deireadh Fómhair, 8:45 um thráthnóna.

"Shroich mé Páras, Déardaoin, 3 Deireadh Fómhair, 7:20 ar maidin.

"D'fhág mé Páras, Déardaoin, 3 Deireadh Fómhair, 8:40 ar maidin.

"Shroich mé Torino, tar éis teacht trí Mhont Cenis dom, Dé hAoine, 4 Deireadh Fómhair, 6:35 ar maidin.

"D'fhág mé Torino, Dé hAoine, 7:20 ar maidin.

"Shroich mé Brindisi, Dé Sathairn, 5 Deireadh Fómhair, 4 um thráthnóna.

"Chuaigh mé ar bord an *Mhongóil*, Dé Sathairn, 5 um thráthnóna.

"Shroich mé Suais, Dé Céadaoin, 9 Deireadh Fómhair, 11 ar maidin.

"Iomlán uaireanta an chloig caite agam: 158 ½; nó i laethanta 6 ½ lá."

Scríobh an Foggach an t-eolas sin i leabhar taistil a bhí aige. Bhí beagán leathanach den leabhar sin roinnte aige ina gcolúin, á thaispeáint, ón 2 Deireadh Fómhair go dtí an 21 Nollaig, an mhí agus lá na míosa, lá den tseachtain agus an teacht de réir cairte is an teacht de réir gnímh ag na bailte poirt is mó cáil, mar atá Páras, Brindisi, Suais, Bombay, Calcúta, Singeapór, Hong Cong, Yoko-hama, San Francisco, Nua-Eabhrac, Learpholl agus Londain. Agus maraon leo sin bhí slí ann chun áireamh ar an aimsir a bhí buaite nó caillte aige ar a theacht go dtí gach áit acu sin.

Bhí gach aon eolas le fáil sa leabhar cruinnaithrise sin, agus ar an gcuma sin bhíodh a fhios ag an bhFoggach i gcónaí cé acu chun tosaigh nó chun deiridh a bhíodh sé

An Aoine úd, mar sin, an 9 Deireadh Fómhair, chuir sé sa leabhar a theacht go Suais, agus sin a bheith de réir chairte, i slí nach raibh buaite ná caillte aige.

Ansin d'ordaigh sé a bhéile maidine a bhreith chuige ina chábán féin. Maidir le dul ag féachaint ar an mbaile mór, ní dhearna sé oiread is smaoineamh air. Bhí sé ar an treibh Shasanach seo a fhágann faoina lucht aimsire dul ag féachaint gach dúiche dá dtéann siad tríthi.

# CAIBIDIL VIII

*Ina labhraíonn Passepartout beagán níos mó*
*ná mar ba cheart dó b'fhéidir.*

Ba ghearr gur casadh ar a chéile arís an Fisceach agus Passepartout ar an gcaladh. Is amhlaidh a bhí Passepartout ag snámhaíocht is ag féachaint timpeall air. Níor cheap seisean, de réir dealraimh, go raibh d'fhiacha air gan nithe a thabhairt faoi deara.

"Is ea, a chara," arsa an Fisceach ag teacht ina ghaobhar, "an bhfuil an pas sin socair agat?"

"Is ann atá tú, a dhuine uasail," arsa an Francach. "Táim an-bhuíoch díot. Tá an pas socair i gceart."

"Ag féachaint ar an dúiche atá tú?"

"Is ea, ach táimid ag imeacht chomh tapa sin gur dóigh lom gur á thaibhreamh atáim. Agus deir tú liom gur i Suais atáimid?"

"Is ea."

"San Éigipt?"

"Is ea, go díreach."

"Agus san Afraic?"

"Is ea, leis.

"A thiarcais!" arsa Passepartout. "Ar éigean a fhéadaim é a chreidiúint. Féach, a dhuine uasail, mheas mé nach rachaimis thar Pháras. Agus an gcreidfeá mé nach bhfaca mé den phríomhchathair chlúiteach sin, ar mo theacht dom inti, ach an méid ab fhéidir a thabhairt faoi deara as fuinneoga carr fostaithe agus an fhearthainn ag tuirlingt ina clagarnach, idir 7:20 agus 9:20 ar maidin, an fhaid a bhíomar ag teacht ón *Gare du Nord* go dtí an *Gare de Lyon*! Tá cathú orm ina dhiaidh! Ba bhreá go léir liom *Père Lachaise* agus an Amharclann ar na *Champs-Elysées* a fheiceáil!"

"Tá an-dithneas ort, mar sin?" arsa an lorgaire.

"Ní ormsa atá ach ar mo máistir. Dá chomhartha sin, caithfidh mé bróga is léinte a cheannach! D'fhágamar an teach gan aon trunc a bhreith linn. Táimid i dtaobh le haon mhála canbháis amháin."

"Taispeánfaidh mise siopa duit mar a bhfaighidh tú gach a bhfuil uait."

"AN tUAIREADÓIR SEO, AN EA? UAIREADÓIR A THÁINIG ANUAS CHUGAM Ó MO SHIN-SEANATHAIR!"

"Táim faoi chomaoin agat, a dhuine uasail!" arsa Passepartout.

Agus siúd chun siúil an bheirt. Bhí Passepartout ag síorchaint.

"Cibé rud a dhéanfaidh mé nó nach ndéanfaidh," ar seisean, "ní foláir gan an bád a chailleadh."

"An bhfuil an t-am ceart agat?" arsa an Fisceach. "Níl sé ach an dá uair déag fós."

Tharraing Passepartout a mhóruaireadóir as a phóca.

"An dá uair déag," ar seisean. "Éist do bhéal, a dhuine! Níl sé ach ocht nóiméad roimh a deich!"

"Tá d'uaireadóir mall," arsa an Fisceach.

"An t-uaireadóir seo, an ea? Uaireadir a tháinig anuas chugam ó mo shin-seanathair! Ní théann sé amú oiread is cúig nóiméad sa bhliain! Fíorchrónaiméadar is ea é!"

"Tuigimse conas mar atá an scéal," arsa an Fisceach. "Aimsir Londain atá agat, agus is moille é sin de dhá uair an chloig ná aimsir Shuaise. Is éigean duit an t-uaireadóir a cheartú i lár an lae do gach tír."

"M'uaireadóir a cheartú," arsa Passepartut, "ní dhéanfainnn a leithéid go brách!"

"Más ea, ní fhreagróidh sé don ghrian."

"Don ghrian is measa sin, a dhuine uasail! Is í a bheidh san éagóir!"

Agus an giolla maith, chuir sé an t-uaireadóir thar n-ais ina phóca le geáiste a bhí thar barr.

Faoi cheann cúpla nóiméad dúirt an Fisceach:

"Mar sin, bhí an-dithneas oraibh ag fágáil Londain?"

"Abair é! Dé Céadaoin seo a ghabh tharainn, ar a hocht a chlog tráthnóna, tháinig Mr Fogg abhaile óna chlub, rud nach ndearna riamh roimhe sin chomh luath sin, agus i gcionn trí cheathrú d'uair an chloig ina dhiaidh sin bhíomar ar an mbóthar."

"Agus cá rachaidh do mháistir, mar sin?"

"Díreach ar a aghaidh i gcónaí! Tá sé ag dul mórthimpeall an domhain!"

"Aililiú!" arsa an Fisceach.

"Tá, agus in 80 lá leis! Ar gheall atá sé á dhéanamh, a deir sé, ach eadrainn féin, ní chreidim focal de. Ní bheadh aon chiall lena leithéid. Tá fáth éigin eile leis."

"Duine greannmhar is ea an Foggach, de réir dealraimh?"

"Ní miste duit a rá gurb ea."

"An fear saibhir é?"

"Is ea gan dabht. Tá suaitheantas Éireann d'airgead ina nótaí úrnua bainc ar iompar aige! Agus ní ag spáráil an airgid atá sé ach chomh beag! Ní chreidfeá mé ach tá éiric tiarna de dhuais geallta aige do thiománaí an *Mhongóil* má shroichimid Bombay go maith chun tosaigh ar an gcairt!"

"An fada atá aithne agatsa ar an máistir seo agat?"

"An lá díreach a d'fhágamar an baile is ea a chuaigh mé ar aimsir chuige.

Is furasta a aithint cad é an toradh nárbh fholáir a bheith ag an gcaint sin ar aigne ró-amhrasach an lorgaire.

Cad chuige an imeacht dithneasach sin ó Londain chomh luath sin tar éis na foghla? Agus an méid sin airgid go léir a iompar? Agus an leithscéal sin an ghill amadánta? Rinneadh deimhin dá thuairim don Fhisceach. Agus ar ndóigh níorbh fhéidir a mhalairt. Lean sé air ag baint cainte as an bhFrancach, agus ba ghairid go raibh sé cinnte de gur róbheag an t-eolas a bhí aige ar a mháistir, ach amháin an méid seo: go maireadh sé go haonracánta i Londain; go ndeirtí gurbh fhear saibhir é, ach nárbh fhios conas a rinne sé a chuid airgid; gur duine dothuigthe é, agus rudaí eile mar sin. Ach san am céanna bhí sé socair ina aigne ag an bhFisceach nach dtiocfadh Philéas Fogg i dtír i Suais, ach go rachadh sé i ndáiríre go Bombay.

"Bombay seo, an fada uainn é?" arsa Passepartout.

"Tamall maith," arsa an lorgaire, "aistear deich lá ar an bhfarraige."

"Ach cá bhfuil sé?"

"San India."

"San Áise?"

"Is ea, ar ndóigh."

"Mo dhearmad is mo chuimhne, theastaigh uaim a insint duit—tá an ní amháin do mo bhuaireamh—mo bhuaiceas!"

"Cad é an buaiceas?"

"An buaiceas gáis i mo sheomra sa bhaile, dhearmad mé é a mhúchadh agus sinn ag fágáil an tí, agus fanfaidh sé ar lasadh ar mo chostas féin. Áirím go gcosnóidh sé dhá scilling sa ló go n-oíche. Agus is mó de réal an méid sin ná mo thuilleamh lae; i gcás, an dtuigeann tú, dá laghad a mhoillítear sinn, gurb amhlaidh—"

Ach, ar thuig an Fisceach scéal an bhuaicis? Ní dócha é. Ní ag éisteacht a bhí sé ach ag ceapadh comhairle leis féin. Um an dtaca sin bhí sé féin agus an Francach tagtha go dtí an siopa. D'fhág an Fisceach an fear eile ansin ag margaíocht, á rá leis gan a dhearmad gan a bheith ullamh sula n-imeodh an *Mhongóil*, agus d'fhill sé féin le barr dithnis go dtí oifig an Chonsail.

Ó ba rud é go raibh deimhin an scéil ag an bhFisceach ansin bhí aigne sásta aige ar a chasadh dó.

"A Chonsail," ar seisean, "níl aon mhearbhall orm feasta ina thaobhsan. Tá an fear úd i mo ghlac agam. Is amhlaidh atá sé á ligean air don tsaol gur duine greannmhar é atá ag dul mórthimpeall an domhain in 80 lá."

"Buachaill gasta is ea é, más ea" arsa an Consal, "agus measann sé filleadh ar Londain tar éis púicín a chur ar chonstáblaí dhá mhór-roinn den domhan!"

"Fan go bhfeicfimid," arsa an Fisceach.

"Ní féidir go mbeadh dearmad ort?" arsa an Consal arís.

"Níl aon dearmad orm."

"Más ea, dá mba ghadaí é, cad chuige dó a bheith chomh dian sin ag éileamh a phas a shéalú agus á dhearbhú tríd sin a theacht go Suais?"

"Cad chuige dó é? Ní fheadar 'on tsaol, a Chonsail," arsa an lorgaire, "ach éist liomsa go fóill."

Agus i mbeagán focal rinne sé aithris ar an gcuid ba thábhachtaí den chomhrá a tharla idir é féin agus Passepartout.

"Más mar sin atá an scéal," arsa an Consal, "tá gach aon ní i gcoinne an fhir sin. Cad a dhéanfaidh tú anois, áfach?"

"Sreangscéal a chur go Londain á iarraidh orthu barántas gabhála a cur chugam láithreach baill go Bombay. Rachaidh mé féin or bord an *Mhongóil*, agus leanfaidh mé an foghlaí go dtí an India. Agus ansiúd ar thalamh a bhaineann le Sasana, rachaidh mé go modhúil chuige, mo bharántas sa dara lámh agam, agus leagfaidh mé an lámh eile ar a ghualainn.

Tar éis don lorgaire an méid sin a rá go fuaraigeanta, d'fhág sé slán ag an gConsal, agus chuaigh go dtí oifig na sreangscéalta. Ón áit sin sheol sé go dtí Coimisinéir Chonstáblacht na Príomh-chathrach an sreangscéal úd is eol dúinn.

Ceathrú uair an chloig ina dhiaidh sin tháinig an Fisceach agus máilín éadrom ar iompar aige i lámh leis, agus airgead go leor ina phóca aige, agus ghluais ar bord an *Mhongóil*, agus ba ghairid dá éis go raibh an bád mear tapa sin ag éalú léi faoi lán ghaile ar uisce na Mara Rua.

# CAIBIDIL IX

*Ina n-éiríonn go maith le Philéas Fogg
ar an Muir Rua is ar an Aigéan Indiach.*

Idir Suais agus Áidin tá 1,310 míle slí, agus de réir chairt na Cuideachta tá 138 uair an chloig ceaptha do bháid ghaile chun an turas a dhéanamh. Ní rabhthas go gann um an ngual ar an *Mongóil*, agus dá dhroim sin bhí de mhire ina gluaiseacht nach bhféadfadh sí gan teacht i gcuan go maith chun tosaigh ar an aimsir a bhí sa chairt di.

Formhór na ndaoine a chuaigh ar bord ag Brindisi is ar an India a bhí a dtriall. Bhí cuid acu ag dul go Bombay; agus tuilleadh go Calcúta, ach d'fhágfaidís sin an bád ag Bombay, mar bhí bóthar iarainn nua déanta trasna na hIndia agus níor ghá feasta dul timpeall Oileáin Séalóin.

I measc na ndaoine ar an *Mongóil* an turas sin tharla a lán oifigeach dlí agus airm de gach céim. Cuid de na hoifigigh airm sin bhain siad le harm Shasana féin ansiúd; an chuid eile bhí siad ina gcinn oird ar shaighdiúirí dúchais na tíre, nó na *sipahis*. Bhí poist dea-thuarastail acu go léir ón uair a ghlac an rialtas air féin cumhacht agus cúram an *East India Company*. D'fhaigheadh foleifteanant £280 sa bhliain; briogáidire £2,400 agus ginearál £4,000.

Mar sin bhí an-saol ar bord an *Mhongóil* i gcuideachta na n-oifigeach úd, in éineacht le dream beag d'óg-Shasanaigh a bhí ag siúl an domhain, agus airgead go flúirseach acu, ag iarraidh breis tráchtála a cur ar bun dóibh féin. An sparánaí, an té arb eol dó rún cogair na Cuideachta, agus a bhí d'aonchéim le captaen an bháid, bhí sé ar bord agus d'fhreastail is d'fhriotháil dóibh go huasal. Le linn béile na maidine, agus an lóin ar a dó a chlog, le linn an dinnéir leathuair tar éis a cúig, is an tsuipéir ar a hocht, bhíodh na boird ag lúbadh faoi ualaí mias is iad lán d'fheoil úr is de mhilseáin, arna dtarraingt as bialann is as teach búistéara an bháid. Bhí scata beag ban ar bord, agus faoi dhó gach lá chuiridís malairt éadaigh umpu. Bhí ceol ann agus rince leis, an fhaid a bhíodh an mhuir go ciúin.

Ach ní annamh an Mhuir Rua go corrthónach is go garbh ar nós gach farraige atá fada caol. Nuair a thagadh an ghaoth ón Áise anoir nó ón Afraic aniar luascadh an *Mhongóil* go huafásach de dheasca a fhad is a chaoile a bhí sí agus an séideadh sa chliathán uirthi. Ansin is ea a ghabhadh na mná uaisle síos. Scoirtí de sheinm na bpianónna agus stadadh na hamhráin is an rince go hobann. Ina dhiaidh sin is uile, in ainneoin na garbhghaoithe agus bhorradh na mara, bhí de neart in inneall tiomána an bháid gur ghluais sí roimpi gan bhac gan bharrthuisle faoi dhéin chaol Bhab-el-mandeb.

Cad a bhí ag Philéas Fogg á dhéanamh i rith na haimsire go léir? B'fhéidir go measfaí é a bheith go neamhshocair is go himníoch; nó a aigne trína chéile um aistriú na gaoithe a mhoilliú an bháid; nó mírialtacht an ghála a imirt tionóisce ar an inneall tiomána; nó um aon tsaghas díobhála eile a theacht ar an *Mongóil*, a chuirfeadh d'fhiacha uirthi tarraingt ar chalafort éigin agus go mbeadh cuairt in aistear aige féin dá bharr.

Ní mar sin a bhí, ámh, nó má chuimhnigh an duine uasal ar a leithéidí sin, níor lig sé aon ní air. Ba é an fear dochorraitheach céanna é; ba é an ball neamhshuimiúil céanna den *Reform Club* é. Agus ní fhéadfadh tionóisc ná matalang, dá uafásaí, preab a bhaint as. Ní mó den athrú a bhraithfí ar a ghnúis sin ná ar chrónaiméadair an bháid. Is annamh a d'fheictí thuas ar bord é. Ba róchuma leis radharc a fháil ar an Muir Rua; áit a raibh an oiread sin seanchais ann mar gheall air, agus mar ar tharla na scéalta tosaigh i stair an chine dhaonna. Ní thagadh sé chun féachaint ar na bailte atá suite ar a himeallbhoird, ar shon go bhfeictí uaireanta a ndúscáthanna sin i gcoinne fhíor na spéire. Ní dhearna sé oiread is smaoineamh ar an muir seo na hAraibe a mbíodh dronga le seanchas sa tseansaol, mar atá Strábó is Airrián, Airtéamadór is Edris, faoi bharr imeagla le linn tagartha dó;

agus lucht seoil san aimsir úd nach leomhfadh triall uirthi gan íobairtí cúitimh a ofráil roimh ré d'fhonn a dturas a choisreacan.

Cad eile cad a rinne an duine greannmhar sin a bhí mar a bheadh ina bhrá sa *Mhongóil*? An chéad ní ná a chéile, níor lig sé aon lá thairis gan a cheithre bhéile a ithe, mar cibé luascadh nó léimneach a dhéanadh an bád ní chuirfeadh sé as inneall goile a bhí chomh dea-ordaithe lena ghoile sin. An chuid eile den aimsir a chaitheadh sé ag imirt fuist.

Is amhlaidh a thit sé i gcuideachta daoine eile a bhí chomh tugtha leis féin don chluiche sin. Fear cánach a bhailiú ab ea duine acu sin; ag filleadh ar a ionad oibre i nGoa a bhí sé. An dara duine, an tOirmhinneach Decimus Smyth, ministir, ag casadh ar Bhombay a bhí sé. Agus an tríú duine, briogáidire-ginearál d'arm Shasana, bhí sé ag dul thar n-ais chun a chuid fear ag Benares. Bhí ag an triúr sin an dúil chéanna san fhuist a bhí ag an bhFoggach, agus thugadh an ceathrar uaireanta a chloig as a chéile á imirt, agus gan oiread is focal eatarthu

Maidir le Passepartout, níor rug an tinneas farraige aon ghreim air sin. Bhí cábán aige i dtosach an bháid, agus d'itheadh sé gan ghearán gach a bhfaigheadh sé. Ní miste linn a admháil nár mhíthaitneamhach leis in aon chor an turas a dhéanamh ar an gcuma sin. Gheobhadh sé cur suas leis. Bhí an bia go róbhlasta agus an teacht faoi go maith. Bhí radharc aige ar na dúichí. Ina theannta sn dúirt sé leis féin go dtiocfadh an amadántacht chun deiridh ag Bombay.

Lá arna mhárach tar éis imeacht an bháid ó Shuais .i. an 10 Deireadh Fómhair, agus é ag spaisteoireacht thuas ar an deic, níor bheag é a áthas nuair a buaileadh uime an duine ar chuir sé stró air nuair a chuaigh sé i dtír san Éigipt.

"Mura bhfuil mearbhall mór orm," ar seisean, ag dul suas chuige is gnúis gháiriteach air, "is tusa an fear a threoraigh chomh sibhialta sin mé i Suais?

"Is mé," arsa an lorgaire. "Agus aithnímse thusa, leis. Nach tusa buachaill aimsire an tSasanaigh ghreannmhair úd—?"

"Is mé go díreach, a *Mhonsieur*—?"

"Fisc."

"A *Mhonsieur* Fisc," arsa Passepartout. "Tá áthas orm chionn bualadh umat arís. Agus cá bhfuil do thriallsa?"

"Faoi mar a bhfuil bhur dtriallsa, go Bombay.

"Mar sin is fearr é! Is dócha go ndearna tú an turas seo cheana?"

"Minic an uair," arsa an Fisceach. "Don *Pheninsular Company* a bhím ag obair."

"Is eol duit an India mar sin."

"Aidhe—is eol," arsa an Fisceach. Níor mhaith leis dul rófhada.

"Airím gur ball an-éagsúil é an India."

"Agus is ea leis. Is ann a bhíonn moscanna is miontúir is teampaill, fáicéirí is pagódaí, tíogair is nathracha nimhe; agus rinceoirí mná. Ach tá súil agam go mbeidh sé d'uain agat dul ar cuairt faoin tír ann."

"Tá súil agam féin é leis. Aon duine a mbeadh a chiall is a mheabhair i gceart aige, an dtuigeann tú mé, ní fheicimse conas ba cheart dó a shaol a chaitheamh ag imeacht de léim as bád gaile isteach i dtraein agus de léim arís as an traein isteach i mbád gaile, agus gan de leithscéal aige chuige ach a rá go raibh sé ag déanamh chuairt na cruinne laistigh de 80 lá! Ní fheicimse é, a deirim leat. Níl aon phioc dá mhearaí orm ná go stadfar den ghleacaíocht seo ag Bombay."

"Agus an Foggach féin, an bhfuil sé go maith?" arsa an Fisceach den ghuth ba nádúrtha ar domhan.

"Tá, go hálainn, a dhuine. Agus mé féin ar an nós céanna. Tá goile agam mar a bheadh ag ollphéist ar céalacan. Aer na farrraige faoi deara é, is dócha."

"Ach ag tagairt do do mháistir, ní fheicim in aon chor ar an deic anseo é."

"Ní thagann sé aníos. Ní duine fiosrach é."

"An bhfuil a fhios agat, a Phassepartout, go bhfuilimse á cheapadh go mb'fhéidir nach mbeadh sa chuairt seo mórthimpeall an domhain in 80 lá ach púicín, agus go mbeadh folaithe faoi sin teachtaireacht rúin éigin—teachtaireacht go dtí rí tír iasachta, cuirimis i gcás!"

"M'fhocal duit, a Fhiscigh, nach bhfuil pioc mar gheall air ar eolas agam. Agus chun an fhírinne a insint, ní thabharfainn leathchoróin ar a fhios a bheith agam."

Ina dhiaidh sin ba mhinic a bhíodh pas seanchaíochta idir Phassepartout agus an Fisceach. Níor mhiste leis an lorgaire éirí muinteartha le giolla Fogg, duine uasal. B'fhéidir go mbeadh gnó aige de. Ar an ábhar sin, is minic a thairgeadh sé do, i gcábán tábhairne an *Mhongóil*, gloine nó dhó d'uisce beatha nó de bheoir. Ghlacadh Passepartout iad go toilteanach agus dhíoladh an comhar chomh maith, de bhrí nár mhaith leis a bheith spadánta, agus ina theannta sin gur cheap sé gur duine uasal thar meán an Fisceach seo.

Le linn na haimsire sin bhí an bád ag gluaiseacht go mear. An 13ú lá den mhí, thángthas i radharc Mhóca. Chonacthas í agus balla briste mar a bheadh crios ina timpeall; agus in airde ar an mballa sin bhí crainn ghlasa dáta ag fás. I gcéin, i measc na gcnoc, tugadh faoi deara goirt mhóra agus crainn chaifé ag fás iontu. Ar Phassepartout a bhí an t-an-áthas faoin mball clúiteach úd a fheiceáil, agus samhlaíodh dó, ag féachaint ar an mballa a bhí timpeall ar an áit, agus ar an bhfothrach daingin a bhí ann, gur gheall le cupán is sásar é.

An oíche a bhí chucu ghabh an *Mhongóil* trí chaol Bhab-el-mandeb .i. "Geata na nDeor" san Araibis. Agus lá arna mhárach, an 14ú lá den mhí, thángthas i gcuan ag *Steamer-Point* ar an taobh thiar thuaidh de chaolas Áidin. San áit sin b'éigean tuilleadh guail a sholáthar di.

Gan mórchúraim is ea soláthair ábhar tine do bháid ghaile an fhaid sin ó na mianaigh ghuail. An *Peninsular Company* amháin, caitheann siad timpeall £800,000 ar ghual. B'éigean dóibh tithe stóir a chur ar bun i mbailte áirithe poirt. Agus sna ceantair úd ceannaítear an gual ar thrí phunt nó as sin go dtí ceithre phunt an tonna meáchain.

Bhí le déanamh fós ag an *Mhongóil* 1,650 míle slí sula sroichfeadh sí Bombay, agus b'éigean di stad ar feadh ceithre uair an chloig ag *Steamer Point* an fhaid a bhíothas á hathlíonadh de ghual.

B'ÉIGEAN DI STAD AR FEADH CEITHRE UAIR AN CHLOIG
AG *STEAMER POINT.*

Ach ní dhéanfadh an scor sin an toirmeasc ba lú ar Philéas Fogg. Bhí sé comhairthe roimh ré aige. Ina theannta sin bhí an *Mhongóil* tagtha go dtí Áidin um thráthnóna, an 14ú lá den mhí in ionad teacht ann ar maidin an 15ú lá. B'shin 15 uair an chloig buaite aici.

Chuaigh an Foggach is a ghiolla ar tír d'fhonn an pas a shéalú. Lean an Fisceach iad i ngan fhios dóibh. Ar mbeith socraithe don phas, d'fhill an Foggach ar bord an bháid agus shuigh arís i measc a chuideachta chun imirt.

Ach Passepartout, faoi mar ba ghnách leis, d'fhan sé ag leadrán ar fud na háite, ag breithniú ar na Somálaigh is na Bainianaigh, ar na Parsaigh is na Giúdaigh, ar na hArabaigh is na hEorpaigh, mar is díobh sin an 25,000 duine a áitríonn Áidin. Ba bhreá leis na daingin a rinne den bhaile sin ath-Ghiobráltar cois an Aigéin Indiaigh; agus thaitin thar barr leis na mórdhabhcha a raibh innealtóirí Shasana ag obair orthu fós, 2,000 bliain tar éis innealtóirí Sholaimh, mhic Dháibhí rí.

"Is ait agus is an-ait an saol é," arsa Passepartout ag filleadh ar an mbád dó. "Feicimse anois gur maith an rud siúl tíortha iasachta más mian le duine rudaí nua a fheiceáil.

Ar a sé a chlog um thráthnóna dhírigh an *Mhongóil* ar threabhadh an uisce trí chaolas Áidin, agus ba ghearr go raibh sí ar an Aigéan Indiach. Bhí aici ón gcairt 168 uair an chloig chun an turas ó Áidin go Bombay a dhéanamh. Bhí an fharraige fabhrach; a ghaoth aniar aduaidh; na seolta ar leathadh i gcúnamh don ghal ón inneall; an bád ar cothrom is í gan luascadh puinn. Tháinig an lucht taistil ar an deic arís, agus cultacha úra ar na mná. Tosnaíodh ar cheol is ar rince. Bhí ag éirí thar na bearta leis an bhFoggach sa méid sin dá thuras. Is ar Phassepartout a bhí an t-an-áthas mar gheall ar an bhFisceach a bhualadh uime agus a bheith aige ina chomrádaí.

Dé Domhnaigh an 20ú lá den mhí, agus é ag druidim ar 12 a chlog, thángthas i radharc cósta na hIndia. Dhá uair ní ba dhéanaí tháinig píolóta ar bord an *Mhongóil*. Chonacthas ar feadh fíor na spéire cnocáin agus a mullaí á meascadh féin go hoiriúnach ar cheo na spéire. Ba ghearr go bhfacthas go soiléir ranganna na gcrann pailme atá ag fás go foithriúil timpeall an bhaile mhóir. Ghluais an bád an bóthar isteach idir na hoileáin darb ainmneacha Salcette, Colaba, Eilifeanta, Búistéir, agus leathuair tar éis a ceathair shroich sí an caladh ag Bombay.

FAOI MAR BA GHNÁCH LEIS, D'FHAN PASSEPARTOUT
AG LEADRÁN AR FUD NA hÁITE.

Bhí Philéas Fogg uma an dtaca sin ag críochnú an 33ú cúrsa
d'áireamh cluichí an lae sin. Bhí sé féin is a chomrádaí le fiontar
dánaíochta, tar éis na dtrí iarracht déag sa chluiche deireanach a
bhreith, agus mar sin críochnaíodh ar thuras álainn le goin bhreá
chluiche.

De réir na cairte ní thiocfadh an *Mhongóil* go dtí an 22 Deireadh Fómhair. Ach tháinig sí an 20ú lá. B'shin dhá lá buaite ag Philéas Fogg ó d'fhág sé Londain; chuir sé an méid sin ina leabhar i gcolún an tsochair.

# CAIBIDIL X

*Ina n-insítear a róshástacht atá Passepartout*
*agus éalú ar airgead ar uireasa a bhróg.*

Is beag duine nach bhfuil a fhios aige gur cosúil an India le triantán ar a bhéal faoi .i. a ceann ó dheas is a boinn ó thuaidh; agus gurb é a méid 140,000 míle chearnógach fearainn; agus an slua á haitriú 180 milliún duine, is iad arna roinnt go neamhchothrom uirthi. Tá cumhacht láidir ag rialtas Shasana ar roinnt áirithe den tír ollmhór sin. Bíonn arduachtarán i gCalcúta, agus uachtarán i Madras is i mBombay is i mBeangáil, agus fo-uachtarán in Agra.

Ach an chuid den India a bhainean le Sasana níl sí ach 700 míle chearnógach ar a méid, agus níl inti de lucht áitrithe ach ó 100 milliún go dtí 110 milliún. Is ionann sin agus a rá go bhfuil cuid nach beag den mhórchríoch sin fós is gan smacht Bhanríon Shasana air; go go deimhin tá ríthe no *rajas* i gceartlár na tíre istigh go bhfuil an tsaoirse acu gan spleá le haon duine de dheasca a fhraochmhaire is a chumhachtaí atá siad.

Sa bhliain 1756 chuir na Sasanaigh a gcéad daingean ar bun sa bhall a bhfuil cathair Mhadras anois. Agus ón uair sin anuas go dtí an bhliain inar éirigh na *sipahis* amach .i. 1857, bhí an chumhacht go léir faoi riar an *East India Company*. Ghabh siad sin seilbh diaidh ar ndiaidh ar na hilchúigí ann, á bhfáil ó na ríthe dúchais ar cíos bliana, agus ba rómhinic an cíos sin gan díol. Is acu a bhíodh togha an arduachtaráin is lucht cinn riain an stáit is an airm. Ach ní mhaireann an chuideachta sin a thuilleadh, agus ar an ábhar sin tá sealúchas Shasana san India faoi chúram na Corónach féin anois.

Tá, de dhroim sin, athrú in aghaidh an lae ag teacht ar an tír is ar bhéasa na ndaoine is ar na gnéithe ciníochais ann. Tráth dá raibh ann, b'éigean taisteal de réir na sean-nósanna, mar atá ar coisíocht nó ar muin capaill, i gcairteacha nó i mbaraí, i bpalaincíní nó i gcóistí, ar muin duine nó ar chuma eile mar sin. Anois tá báid mheara gaile ar an Indus is ar an nGainséis, agus téann bóthar iarainn trasna leithead na tíre agus a ghéaga ar síneadh ar gach taobh, i gcás gur féidir dul i dtrí lá ó Bhombay go Calcúta.

An bóthar iarainn sin ní leanann sé an cóngar díreach trasna na hIndia. Ní bheadh an cóngar sin ach idir 1,000 míle slí agus 1,100 míle slí, agus traenacha a mbeadh luas cuibheasach féin acu, ní bhainfeadh sé trí lá díobh chun an turas sin a dhéanamh. Ach cuirtear a thrian eile leis sin de dheasca an timpeall a théann an bóthar iarainn ar a shlí suas go dtí Allahabad i dtuaisceart na tíre.

Seo gearrchuntas ar an gcúrsa a thugann an *Great Indian Peninsular Railway*. Nuair a fhágann sé oileán Bhombay, téann sé trí oileán Salcette, agus ritheann sé ar an mórthír ar aghaidh bhaile Tanná amach. Ansin téann sé thar na sléibhte ar a dtugtar na Gáta Iartharacha, agus ritheann soir ó thuaidh go Burhampur. Téann sé ansin tríd an dúiche neamhspleách, nó geall leis, darb ainm Bundelkund. Ina dhiaidh sin téann sé suas go hAllahabad, agus ag iompú soir san áit sin tagann go dtí an Ghainséis ag Benares. Casann sé beagán i leataobh ansin agus ag iompú soir ó dheas tagann anuas thar Burduan is thar Chandernagór na Fraince, go dtí go sroicheann sé Calcúta.

Leathuair tar éis a ceathair um thráthnóna thángthas i dtír as an *Mongóil* ag Bombay, agus díreach ar a hocht a chlog bheadh an traein go Calcúta ag imeacht.

D'fhág an Foggach slán is beannacht ag a chuideachta agus chuaigh sé i dtír; dúirt lena ghiolla earraí áirithe a cheannach, á chur ina luí air san am céanna gan a dhearmad gan a bheith ag an stáisiún roimh a hocht; agus ansin dá chéimeanna rialta a bhuaileadh an tsoicind mar a dhéanfadh luascadán cloig é, ghluais sé ceann ar aghaidh go dtí oifig na bpasanna.

Ní dhearna sé oiread is cuimhneamh ar aon cheann de mhóriontais Bhombay a fheiceáil, mar atá halla na cathrach agus an

leabharlann álainn, na daingin is na longlanna, margadh an chadáis
is na siopaí, na moscanna is na sionagóga, ha heaglaisí Airméanacha
is an pagóda álainn ar Chnoc Mhalabar a bhfuil dhá thúr iltaobhacha
air. B'fhada óna chuimhneamh féachaint ar iarsmaí na sean-
cheardaíochta nó na seomraí faoi thalamh in oileán Eilifeanta ar an
taobh thoir theas den chaolas, nó ar uaimheanna Khanheria in oileán
Salcette, iarsmaí iontacha ar obair chloiche na mBúdach!

B'fhada uaidh sin é go deimhin. Nuair a d'fhág sé oifig na
bpasanna, d'imigh air go socair go dtí an stáisiún agus d'ordaigh a
dhinnéar a bhreith chuige. Cheap fear an teach ósta nár mhiste a
mholadh don Fhoggach i measc na n-earraí eile "coinín dúchais" ina
thurscar, á rá go raibh sé thar barr amach.

D'aontaigh Philéas Fogg an "coinín" a ghlacadh, agus bhlais sé de
dá réir; ach in ainneoin an anlann spíosra a bhí leis ba dhobhlasta
leis é.

Bhuail sé cloigín agus tháinig fear an tí.

"Inis dom," ar seisean agus é ag cur na súl tríd, "an feoil coinín é
sin?"

"Is ea, a thiarna," arsa an rógaire go dána, "feoil coinín coille is ea
é."

"Agus an coinín sin, nár lig sé mí-abha as le linn bháis dó?"

"Mí-abha! Ní i ndáiríre atá tú, a thiarna! Mí-abha a theacht ó
choinín! Tugaimse an leabhar—"

"A fhear an tí," arsa an Foggach go neamhchorrabhuaiseach, "ná
tabhair aon leabhar. Ach cuimhnigh ar an méid seo: fadó san India
bhí cáil na beannaitheachta ar chait. B'shin é an saol maith."

"Do na cait, a thiarna?"

"Is ea, agus do lucht taistil b'fhéidir!

Tar éis don Fhoggach an méid sin a rá thiomáin sé leis go socair
ag ithe a dhinnéir.

I gcionn beagán nóiméad tar éis teacht i dtír don Fhoggach, d'fhág
an Fisceach an *Mhongóil*, agus bhrostaigh air féin ag triall ar
Choimisinéir na gconstáblaí i mBombay. Chuir sé in iúl dósan gur
lorgaire é, agus a leithéid seo de ghnó ar bun aige, agus an foghlaí,

dar leis, faoina shúile aige. D'fhiafraigh sé den Choimisinéir ar tháinig aon bharántas ó Londain. Níor tháinig. Go deimhin níorbh fhéidir é, mar ní raibh d'uain aige ar theacht fós.

Chuir sin an Fisceach trína chéile. Theastaigh uaidh barántas a fháil ón gCoimisinéir chun "an tUasal Fogg" a ghabháil. Dhiúltaigh an Coimisinéir é. Ceist a bhí faoi chúram oifig na Príomhchathrach ab ea é, agus níor dhleathach dá réir sin d'aon oifig eile barántas a chur amach. Is de bhéasa an tSasanaigh an leanúint sin de rialacha agus an cruinn-chomhlíonadh sin ar an dlí; in aon ní a bhaineann leis an duine féin ní cheadaítear ponc neamhchruinn

Ní dheachaigh an Fisceach níos sia ar an scéal, mar thuig sé go maith nárbh fholáir fuireach go foighneach mar a raibh aige go dtí go dtiocfadh an barántas. Ach chinn sé ina aigne féin gan an cladhaire dothuigthe a ligean as a radharc an fhaid a d'fhanfaí i mBombay. Ní raibh aon phioc den mhearaí air ná go bhfanfadh Philéas Fogg ann; agus faoi mar is eol dúinn b'shin é tuairim Phassepartout leis. Mar sin bheadh cairde aige go dtiocfadh an barántas gabhála.

Ach tar éis na n-orduithe a fuair Passepartout óna mháistir agus iad ag fágáil an *Mhongóil*, bhí a fhios aige sin gurbh ionann scéal acu i mBombay agus mar a bhí i Suais agus i bPáras; nach dtiocfadh an turas chun críche ansin; go rachfaí chomh fada le Calcúta, nó b'fhéidir níos sia ná sin. Ansin d'fhiafraigh Passepartout de féin cá bhfios nach i ndáiríre cruinn a bhí an Foggach um an ngeall, agus nach air féin a bhí an mí-ádh agus a bheith ag déanamh chuairt na cruinne in 80 lá, tar éis dó a aigne a shocrú ar an suaimhneas a cheapadh dó féin!

Cheannaigh sé roinnt léinte agus stocaí, agus ó tharla go raibh aimsir a dhóthain aige, dhírigh sé ar shiúl síos suas sráideanna Bhombay. Bhí suaitheantas daoine ann; agus orthu sin Eorpaigh as gach dúiche sa mhór-roinn sin; Peirsigh is caipíní bioracha orthu; Bunhyas is turbain chruinne orthu; Sindigh is caipíní ceathair-chúinneacha orthu; Airméanaigh is fallaingí fada umpu; agus Parsaigh is bairéid dubha orthu. Lá saoire i measc na bParsach ab ea an lá sin. Is iad sin sliocht an tseanchine a lean Zoróstar; agus is iad an dream is mó tionscal is sibhialtacht is intleacht de mhuintir na hIndia go léir. Is leis an treibh sin a bhaineann formhór na gceannaithe saibhre i measc siopadóirí dúchais Bhombay.

NA RINCEOIRÍ MNÁ I mBOMBAY.

An lá seo a bhfuilimid ag tagairt dó bhí saghas éigin tabhairt amach i leith creidimh ar bun acu; bhí mórshiúl ann agus cleasanna súgartha ar na sráideanna; chonacthas ann cailíní rince agus éadaí de shról tanaí dearg orthu, is siogairlíní óir is airgid ar sileadh leo, agus iad ag rince go haclaí is go banúil le ceol viól agus bodhrán.

Ní gá dom a rá gur stad Passepartout ag féachaint ar na gothaí sin; go raibh a dhá shúil is a dhá chluas ar deargoscailt á dtabhairt faoi deara; agus go raibh air cruth agus cuntanós an ghamail is tuathaí ab fhéidir a thabhairt chun cuimhne.

Lá léin dó féin is dá mháistir a chuaigh sé i bhfiontar an turas ar fad a chur i gcontúirt, mar do tharraing a chuid fiosrachta é i bhfad thar teorain an chirt.

Seo mar a tharla. Tar éis dó tabhairt amach na bParsach a fheiceáil, chas sé thar n-ais chun dul go dtí an stáisiún. Ach nuair a bhí sé ag gabháil thar bráid an phagóda álainn ar Chnoc Mhalabar, is oth liom a rá gur buaileadh isteach ina aigne gur mhaith leis an taobh istigh a fheiceáil.

Bhí dhá ní in ainbhios air. Den chéad dul síos, tá pagódaí áirithe san India agus ní cheadaítear do Chríostaí dul isteach iontu. Agus ina theannta sin, na fíréin féin ní ligtear isteach iad go bhfágann siad a mbróga ina ndiaidh sa doras. Ní miste a lua anseo go dtaispeánann rialtas Shasana ardurraim do ghnásanna an chreidimh dhúchais, agus go gcuireann siad d'fhiacha ar dhaoine eile ardurram a thaispeáint dó i ngach ponc. Tá cúis mhaith polaitíochta acu chuige sin, agus tugann siad pionós crua ar gach duine a bhrisean na gnásanna céanna.

Isteach le Passepartout gan smaoineamh ar aon díobháil; agus faoi mar a dhéanfadh aon duine iasachta, bhí sé ag baint lán a dhá shúil as an taitneamh is as an spréacharnach a dhéanadh na hornáidí Bráimíneacha a bhí ann, nuair de gheit, leagadh ar fhleasc a dhroma ar an urlár coisricthe é. Léim chuige triúr sagart agus cruth nimhneach orthu. Shrac siad de idir stocaí agus bróga, agus chrom siad ar bheith ag fearadh na mbuillí go tiubh air, agus iad ag liúireach ar nós daoine allta.

Bhí an Francach go fuinniúil is go haclaí, agus ba ghearr go raibh sé ina sheasamh arís. Le buille doirn is le speach dá chos leag sé beirt acu. Ba dheacair dóibh éirí de dheasca na róbaí fada a bhí umpu. Ar an ábhar sin chuir sé chun reatha as an bpagóda chomh tiubh is a bhí sna cosa aige. Phreab an tríú duine acu ina dhiaidh ach ba ghearr an mhoill air é sin a chur amú i measc na sluaite ar an tsráid.

LE BUILLE DOIRN IS LE SPEACH DÁ CHOS LEAG SÉ BEIRT ACU.

Shroich sé stáisiún an bhóthair iarainn cúig nóiméad roimh a hocht a chlog. B'shin roinnt nóiméad sular ghluais an traein; é gan hata, a chosa lomnocht agus an bheart a raibh inti na hearraí a bhí ceannaithe aige bhí sí imithe uaidh sa chíréib.

Bhí an Fisceach ann is é ina sheasamh ar an gcaladh. Tar éis dó an Foggach a leanúint go dtí an stáisiún thuig sé go raibh an cladhaire sin chun Bombay a fhágáil i ndáiríre. Shocraigh sé ina aigne a leanúint go Calcúta agus níos sia ná sin dá mba ghá é. Bhí an Fisceach ina sheasamh i mball dorcha agus ní fhaca Passepartout é, ach is rómhaith a d'airigh an Fisceach an scéal a d'inis Passepartout dá mháistir i dtaobh na heachtra a tharla dó

"Tá súil agam nach dtitfidh a leithéid amach arís duit," arsa an Foggach. Ansin chuaigh sé isteach i gcarráiste sa traein agus shuigh sé dó féin.

An giolla bocht cosnocht agus a cheann faoi, lean sé a mháistir gan focal eile a labhairt.

Bhí an Fisceach ar tí dul isteach i gcarráiste eile, nuair a tháinig smaoineamh go hobann dó, a chuir ar athrach intinne é.

"Fanfaidh mé anseo," ar seisean leis féin. "Rinneadh dlíréabadh i gcríoch na hIndia féin—. Tá beirthe agam air."

Díreach ag an nóiméad sin lig an t-inneall fead ard agus ghluais an traein amach trí dhoircheacht na hoíche.

# CAIBIDIL XI

*Ina gceannaíonn Philéas Fogg ábhar marcaíochta ar airgead an-mhór.*

D'imigh an traein ar an nóiméad díreach. Bhí inti de lucht taistil roinnt oifigeach airm is stáit, agus ceannaitheoir sú codlaidín is plúirín gorm a raibh gnó le déanamh acu in oirthear na tíre.

Bhí Passepartout in aon charráiste lena mháistir. Agus sa chúinne ar a n-aghaidh anonn bhí taistealaí eile ina shuí.

Ba é sin Sir Francis Cromarty, briogáidire ginearálta. Bhí seisean ar an gceathra a bhíodh ag imirt fuist ar an mbád ag teacht ó Shuais go Bombay; agus ag dul go Benares a bhí sé mar a raibh a chúram fear an uair sin.

Fear mór fionn ab ea Sir Francis, agus bhí timpeall leathchéad bliain d'aois aige. Bhí sé tar éis ardchlú a bhaint amach dó féin san éirí amach a rinne na *sipahis*; agus ba bheag ná go bhféadfaí a rá gurbh Indiach dúchasach é. San India is ea a chaith sé a óige, agus b'annamh riamh a thugadh sé cuairt ar a thír dhúchais. Duine ab ea é a raibh togha an eolais aige ar an tír is ar bhéasa is ar stair is ar staid na ndaoine, agus roinnfeadh sé go toilteanach le Philéas Fogg an t-eolas sin dá n-iarrfadh sé air é. Ach ní iarrfadh an duine uasal sin aon ní. Ní ar taisteal a bhí sé sin ach ar timpeallú. Ba thoirt throm é, a bhí ar a fhithis mórthimpeall na cruinne domhanda, agus sin de réir rialach ealaíne. Bhí sé um an dtaca sin ag athchomhaireamh dó féin na n-uaireanta cloig a bhí caite aige ar an turas ó d'fhág sé Londain, agus mura mbeadh nár ghnách leis ó dhúchas cor ná casadh gan tairbhe, chuimleodh sé a dhá bhos dá chéile le fonn áthais.

Ní raibh Sir Francis Cromarty gan ghreannmhaireacht a chomhthaistealaí a thabhairt faoi deara, ar shon nach ndearna sé staidéar air mura n-áireofaí le linn déanamh na gcártaí nó idir dhá chluiche. Ní gan fáth mar sin a bhí sé á fhiafraí de féin an raibh croí daonna ar aon chor i gcliabh fuar Philéas Fogg, nó ar fhan tuiscint aige d'áilleacht na tuaithe, nó suim i dtaithí na suáilcí. Ba í sin an cheist ba mhaith leis a réiteach. Is iomaí duine greannmhar a casadh ar an mbriogáidire i gcaitheamh a shaoil, ach ní fhaca sé riamh duine a thiocfadh in aon ghaobhar don iarsma sin na n-ealaíon comhchruinn.

Níor cheil Philéas Fogg ó Sir Francis Cromarty an fheidhm a bhí roimhe ag dul mórthimpeall an domhain, ná níor cheil ach chomh beag na coinníollacha a bhí ceangailte air. Ní raibh sa gheall úd, dar leis an mbriogáidire, ach barr leithleachais, agus bhí ag teastáil an *transire beneficiendo* nárbh fholáir a stiúradh an duine a mbeadh a chiall is a thuiscint aige. De réir an fhuadair a bhí faoin duine ait seo ní dhéanfadh a chuairt tairbhe dó féin ná d'aon duine eile.

I gcionn uair an chloig tar éis Bombay a fhágáil dóibh, bhí an traein imithe thar oileán Salcette, is thar na tóchair isteach ann agus amach as, agus bhí sí istigh ar an mórthír. Ag an stáisiún ar a dtugtar Caillián, d'fhág sí ar an lámh dheas an bóthar iarainn a théann trí Chandallá is trí Phuaná agus a théann go dtí an taobh thoir theas den India, agus ghluais sí uirthi go Pabhúill. San áit sin chrom sí ar dhreapadóireacht trí ghleannta diamhra na nGát Iartharach, sléibhte a bhfuil an trap is an chloch dhubh ina gcroí istigh agus coillte tiubha ar a maoileanna.

Ó am go ham bhíodh pas beag seanchais idir Philéas Fogg is Sir Francis Cromarty. Um an dtaca a raibh an traein ag dul suas na sléibhte rinne Sir Francis athnuachan ar an gcomhrá úd ar mhinic a thagadh stad air, agus dúirt: "Roinnt blianta ó shin, a Fhoggaigh, dá mbeadh an chuairt seo á dhéanamh agat chuirfí ort sa bhall seo moill ar bhaol duit dá bharr."

"Conas sin, a Sir Francis?"

"Mar stadadh an bóthar iarainn ag bun na sléibhte abhus, agus b'éigean dul tharstu i bpalaincín nó ar muin pónaí, chomh fada le stáisiún Khandallá ar an taobh thall de na sléibhte."

"Ní chuirfeadh an mhoill sin amú mé," arsa an Foggach; "nílim gan a thabhairt faoi deara roimh ré go mb'fhéidr go mbuailfeadh rud éigin trasna orm a chuirfeadh cosc orm."

"Féach, a Fhoggaigh," arsa an briogáidire, "is mór atá tú i gcontúirt do chur amú mar gheall ar an eachtra a tharla don bhuachaill sin."

Bhí fallaing ag Passepartout agus í fillte timpeall a chos, agus é ina dhúchodladh; agus ní móide gur rith sé trína rámhaillí go rabhthas ag caint air.

"Tá rialtas Shasana an-dian ar a leithéid sin de choir. Agus is ceart é leis," arsa Sir Francis Cromarty. "Cuirtear ina luí ar gach aon duine nach foláir urraim a thaispeáint do ghnásanna creidimh na Hiondúch, agus dá mbéarfaí ar do ghiollasa…"

"Is ea, dá mbéarfaí air, a Sir Francis," arsa Philéas Fogg, "dhaorfaí é, is dócha. Ansin d'fhulaingeodh sé a phionós, agus d'fhillfeadh sé ar a shocracht abhaile. Ní fheicimse conas a mhoill-eodh sin ar a mháistir!"

Agus ansin stadadh den chaint arís. I gcaitheamh na hoíche chuir an traein bealach na nGát di, agus ghluais síos amach thar Nasaic. Lá arna mhárach, an 21 Deireadh Fómhair, d'imigh sí cuibheasach mear thar an machaire réidh i gcríoch Kháindéise. Saothraítear go maith an talamh réidh sin, agus tá an-chuid bailte beaga scaipthe ar a fuaid; agus feictear os cionn gach baile acu túirín pagóda díreach mar a fheictear cloigtheach eaglaise os cionn baile bhig san Eoraip. Chonacthas a lán sruthán uisce ann; faoi dhéin abhainn na Godavaria a ritheadh a bhformhór; agus fónann siad go maith do thaisiú an talaimh shaibhir sin

Dhúisigh Passepartout, agus ag féachaint timpeall air, is ar éigean d'fhéadfadh sé a chreidiúint go raibh sé ar stáir trasna na hIndia i dtraein de thraenacha an *Great Peninsular Railway*. Chreid sé nárbh fhíor é. Agus ina dhiaidh sin bhí corplár na fírinne ann! Nárbh shiúd an t-inneall faoi stiúir innealtóra chliste, agus é á thiomáint le gual ó Shasana; agus an ghail ag stealladh as an inneall, is í ag imeacht trasna na ngort mar ar fhás crainn chadáis is caifé, agus luibheacha idir noitmig agus ingne gairleoige is piobar dearg; agus an ghal sin á casadh féin ina scriúnna mórthimpeall torpán crann pailme a bhfeictí ina lár istigh grianáin ar a dtugtar bungalónna agus seanmhainistreacha folmha ar a dtugtar *viharina*, agus teampaill éagsúla is ornáidí do-áirithe na hIndia tarraingthe orthu? Chomh fada agus d'fhéadfadh súil duine a fheiceáil, bhí aon raon mór amháin talún ar síneadh uathu; ina dhiaidh sin chuaigh siad trí fhásach mar a bhfacthas nathracha nimhe agus tíogair nach gcuireadh fothram na traenach sceon iontu; agus faoi dheoidh d'imigh siad trí choillte tiubha ar gearradh slí don bhóthar iarainn tríothu, mar a ngnáthaíodh eilifintí is mar a bhféachaidís lena mallsúile ar an traein is í ag mearghluaiseacht thar bráid.

I gcaitheamh na maidine sin, ar an taobh thall de stáisiún Mallaguam, is ea a chuathas tríd an dúiche uafásach sin, inar dhoirt lucht leanúna an bhandé úd *Kali* an oiread sin fola. Ní fada ón mball sin atá Ellora is a pagódaí iontacha; agus Arungabad, ba phríomhchathair tráth dá raibh ag Aureng-Zeb fíochmhar; ach gan de cháil air inniu ach a rá gurb é ba bhaile cinn i gcúige de na cúigí a bhaineadh le ríocht an Nízaim. Sa dúiche seo is ea a bhíodh ardréim ag Feringhéa, fear cinn riain na dTugaí agus rí na dTachtairí. Na coirpigh sin bhí siad ceangailte le chéile i bpáirtíocht rúnda, agus thachtaidís in onóir bhandia an bháis, daoine bochta ba chuma cad ab aois dóibh, ach gan braon fola a dhoirteadh. Bhí an ceantar sin tráth, agus cibé ball a rómhrófaí an talamh ann ní fhéadfaí gan teacht ar chorp marbh. Tá cosc curtha le formhór na drochoibre sin ag rialtas Shasana, ach maireann an pháirtíocht fós agus bíonn an obair ar siúl i nganfhios.

Stad an traein leathuair tar éis a 12 an chlog ag stáisiún Bhurhampúr agus san áit sin d'éirigh le Passepartout ceannach ar ór buí péire de bhábúisí, nó de shlipéir Indiacha, a raibh péarlaí bréige orthu mar ornáidí. Chuir sé air iad agus ba léir gurbh é a bhí go mórálach astu.

AN GHAIL AG STEALLADH AS AN INNEALL...

Bhris an lucht taistil a gcéalacan faoi dhithneas; ansin ghluais an traein roimpi go hAssurghúr ar feadh an leataobh d'abhainn na Taiptí, abhainn bheag a ritheann isteach i gcuan Chambáigh in aice le Surát.

Ní miste linn a insint cad iad na smaointe a bhí an uair sin ag rith trí aigne Phassepartout. Go dtí gur shroich sé Bombay mheas sé go bhfanfaidís san áit sin. Ach tháinig athrú ar a mheon agus iad ag imeacht faoi lán seoil trasna na hIndia. D'fhill an seandúchas air de phreab. Rug smaointe na hóige greim arís air. Fuair sé ann féin creidiúint dáiríre sa gheall agus sa chuairt a bhí siad a dhéanamh mórthimpeall an domhain, agus nárbh fholáir an chuairt sin a dhéanamh san aimsir a bhí ceaptha di. Cheana féin bhí eagla air go mbuailfeadh tionóisc fúthu nó go gcuirfí moill éigin orthu. Tuigeadh dó páirt a bheith aige féin sa gheallchur, agus tháinig crith cos agus lámh air nuair a mhachnaigh sé ar a ghaireacht a bhí sé féin do chailleadh an ghill sin tráthnóna inné roimhe sin, de dheasca a chuid amadántacht díomhaoin. Ar an ábhar sin ní raibh dá laghad righneas ann i gcomparáid leis an bhFoggach, nach amhlaidh ba mhóide a neamhshocracht aigne é. Chomhaireadh sé agus d'ath-chomhaireadh sé na laethanta a bhí caite acu; ligeadh sé mallacht as gach uair dá stadadh an traein, á rá nár mhiste di a luas a bhí sí; agus chuir sé milleán os íseal ar an bhFoggach féin toisc gan breab a gheallúint don tiománaí. Níorbh eol don bhuachaill bocht nach mar a chéile an traein is an bád sa chás sin, de bhrí go bhfuil luas áirithe ceaptha don traein.

I gcaitheamh an tráthnóna sin chuathas tríd na gleannta aimhréidhe i measc sléibhte Sútpúr, ar an teorainn idir Khándéis agus Bundelkund.

Lá arna mhárach, an 22ú lá den mhí, d'fhiafraigh Sir Francis Cromarty de Phassepartout cad é an t-am a bhí aige. D'fhéach Passepartout ar a uaireadóir agus dúirt sé go raibh sé a trí a chlog ar maidin. Is amhlaidh mar a bhí an scéal, an t-uaireadóir clúiteach úd bhí sé ar aon dul le haimsir Greenwich, ball a bhí 77° siar uathu an taca sin; i gcás nárbh fholáir don uaireadóir a bheith ceithre huair an chloig mall; agus bhí leis.

Cheartaigh Sir Francis an aimsir a thug Passepartout uaidh, agus d'inis dó conas mar a bhí, díreach mar a d'inis sé dó cheana é. Rinne sé iarracht ar a chur ina luí ar an bhfear bocht gur cheart dó an t-uaireadóir a réiteach de réir domhanfhaid, agus ó ba rud é go rabhthas i gcónaí ag gluaiseacht soir i gcoinne na gréine go ngiorraítí ar an lá ceithre nóiméad in aghaidh gach céime den chrios dá siúltaí. Ach ní raibh aon mhaith dó ann. An buachaill ceanndána úd, cibé acu ar thuig sé caint an bhriogáidire nó nár thuig, d'eitigh sé go tur snáthaid an uaireadóra a chur ar aghaidh, agus is í aimsir a Londain a choinnigh sé tríd síos. Éigiall gan díobháil ab ea é, ar aon chuma, mar ní thiocfadh dochar d'aon duine as

Ar a hocht a chlog ar maidin agus iad timpeall 15 míle amach ó stáisiún Rótal, stad an traein i gceartlár oscailt mhór mar a raibh roinnt bungalónna, agus cábáin lucht oibre ina seasamh. Ghaibh stiúrthóir na traenach thar bráid acu agus gach re nóiméad deireadh sé: "Tuirlingítear anseo."

D'fhéach Philéas Fogg ar Sir Francis Cromarty, ach b'fhollas nár thuig seisean dada mar gheall ar an stad obann sin i gceartlár choill crann tamairíní is dátaí.

Bhí an-ionadh ar Phassepartout, agus léim sé amach ar an bport; ach d'fhill sé láithreach agus dúirt: "Ní théann an bóthar iarainn níos sia ná an áit seo, a mháistir."

"Cad é sin a deir tú? arsa Sir Francis Cromarty.

"Deirim nach ngabhfaidh an traein níos sia ná seo!"

Thuirling an briogáidire den traein gan mhoill. Lean Philéas Fogg é, ach gan aon dithneas air sin. Chuaigh an bheirt chun cainte leis an stiúrthóir:

"Cad é an áit é seo?" arsa Sir Francis.

"Tá, baile beag a dtugtar Cholba air," arsa an stiúrthóir.

"Agus an stadtar anseo?"

"Gan amhras. Níl an bóthar iarainn críochnaithe—"

"Níl sé críochnaithe!"

"Níl. Tá timpeall leathchéad míle slí den bhóthar gan déanamh, idir an áit seo agus Allahabad, mar a dtosnaíonn sé arís."

"Nach bhfacamar ar na páipéir go bhfuil an bóthar ar fad críochnaithe!"

"Cad é an leigheas atá agamsa air sin, a chaptaein? Mealladh lucht na bpáipéar.

"Agus nach bhfuaireamar ticéid uaibh ó Bhombay go Calcúta?" arsa Sir Francis agus cochall ag teacht air.

"Fuair, gan amhras," arsa an stiúrthóir, "ach tá a fhios ag gach aon duine a thagann an tslí nach foláir dó malairt mharcaíochta a sholáthar dó féin idir Cholba agus Allahabad."

Dhubhaigh agus ghormaigh ag Sir Francis. Maidir le Passepartout, dóbair go leagfadh sé an stiúrthóir, bíodh is nach raibh leigheas aige sin ar an scéal. Ní leomhfadh sé féachaint ar a mháistir."

"A Sir Francis," arsa an Foggach go ciúin, "dá mba é do thoil é, b'fhearr dúinn dul ag iarraidh áis éigin a thabharfadh go hAllahabad sinn."

"Nach sin moill ortsa, a Fhoggaigh, a chuirfidh do ghnó bunoscionn ar fad?"

"Ní hea, a Sir Francis, chonaic mé roimh ré é."

"An amhlaidh a bhí a fhios agat an bóthar iarainn—"

"Ní hea go deimhin, ach bhí a fhios agam go mbuailfeadh rud éigin luath nó mall orm a chuirfeadh moill orm. Ach ní scéal gan leigheas é. Tá dhá lá buaite agam go dtí seo, agus féadfaidh mé iad sin a chaitheamh ar mo thoil. Tá bád ag fágáil Calcúta, ag dul go Hong Cong ar a 12:00 sa lá an 25ú lá den mhí. Inniu an 22ú lá, agus ní baol ná go sroichfimid Calcúta in am."

Níorbh fhéidir cur i gcoinne na cainte sin agus an tréandóchas a bhí ag gabháil léi.

B'fhíor é gan aon agó gur stad an bóthar iarainn san áit sin. Ní míchosúil na páipéir le huaireadóirí áirithe a mbíonn saghas buile orthu chun imeacht rómhear; agus bhí inste roimh ré acu gur críochnaíodh an bóthar iarainn. B'eol d'fhormhór a raibh sa traein nach ndearnadh an bóthar iarainn thar an áit sin. Mar sin, thuirling siad den traein agus ghabh siad chucu gach a raibh sa bhaile beag d'áiseanna marcaíochta, mar atá *palki-ghari* cheithre roth agus carráiste séabann—saghas daimh is cruit air—agus cóistí taistil i gcosúlacht pagódaí ar rothaí, agus palaincíní agus pónaithe, ⁊rl. Chuardaigh an Foggach is Sir Francis an baile ach b'éigean dóibh filleadh is a gcuairt in aisce acu.

"Déanfaidh mé ar coisíocht é," arsa Philéas Fogg.

Bhí Passepartout ag éisteacht leis an gcaint sin. Lig sé smiota gáire as agus d'fhéach síos a a bhábúisí. Bhí siad go han-deas agus go mór i leith na laige. Tharla gur imigh seisean ag cuardach leis. I gcionn tamaillín dúirt sé: "Is dóigh liom, a mháistir, go bhfuil áis marcaíochta faighte agamsa."

"Cad é an saghas é?"

"Eilifint is ea é! Eilifint le hIndiach a chónaíonn timpeall slat ón mball seo."

"Éirímis ag féachaint ar an eilifint," arsa an Foggach.

I gcionn cúig nóiméad bhí Philéas Fogg is Sir Francis Cromarty is Passepartout ag cábán a bhí déanta i gcoinne páil clóis de ráillí arda. Bhí Indiach istigh sa chábán agus eilifint istigh sa chlós. Tar éis don triúr stró a chur ar an Indiach, lig sé isteach sa chlós iad.

Is ann a chonaic siad ainmhí leathcheansa; ainmhí nach chun ualaí a iompar a bhí an té ar leis é á chothú ach chun cogaidh. Chuige sin bhí tosnaithe aige ar chiúinmheon dúchais an ainmhí a athrú ionas go dtarraingeodh sé é, diaidh ar ndiaidh, chun taithí na feirge buile a dtugtar *muist* air i dteanga na hIndia; bheadh sin aige ach an t-ainmhí a bheathú ar feadh ráithe ar siúcra is im. Ní cheapfadh aon duine gurb é sin an cothú a chuirfeadh amhlaidh é, ach éiríonn go maith leo sin a thriaileann é. Ba mhaith don Fhoggach mar a tharla; ar éigean a bhí tosnaithe ar an mbia sin a thabhairt don eilifint, agus ní raibh aon rian den *muist* air fós.

Kíúnaí a bhí mar ainm air; agus faoi mar is dual dá shórt ba ghearr an mhoill air bóthar fada a chur de; agus ón uair nach raibh a mhalairt le fáil, shocraigh Philéas Fogg ina aigne féin ar an ábhar marcaíochta sin a bheith aige.

Ach is daor na hearraí iad eilifintí san India féin, mar, ag dul i ngannchúisí atá siad. Bíonn an-tóir ar eilifintí fireanna, mar is iad sin amháin ar féidir feidhm a bhaint astu in amarclanna taistil. Is annamh riamh a thagann sliocht ar na hainmhithe sin tar éis a mbriste, i gcás nach féidir iad a fháil ach le fiach. Ar an ábhar sin is mór an cúram a dhéantar díobh; agus nuair a d'fhiafraigh an Foggach den Indiach cad air a bhfaigheadh sé tamall dá eilifint, dhiúltaigh sé idir fuí feá a ligean amach ar aon chor.

IS ANN A CHONAIC SIAD AINMHÍ LEATHCHEANSA

Ní bheadh an Foggach sásta gan tairiscint, agus thairg sé £10 san uair an chloig. Diúltaíodh don méid sin. Thairg sé £20. Diúltaíodh dó sin leis. Ansin thairg sé £40. Eitíodh é arís. Le gach ardú san airgead bhaintí preab as Passepartout. Ach ní ghéillfeadh an tIndiach.

Ba mhaith an tuarastal é, ina dhiaidh sin. Cuirimis i gcás go mbainfeadh sé 15 uair den eilifint chun dul go hAllahabad, b'shin £600 tuillte aige don té ar leis é.

Leis sin d'fhoráil Philéas Fogg, agus gan ribe gruaige a chorraí air, an t-ainmhí a cheannach ón Indiach. Thairg sé míle punt air.

Níor theastaigh ón Indiach é a dhíol! Is dócha go raibh súil ag an gcladhaire le hairgead mór.

Tharraing Sir Francis Cromarty an Foggach i leataobh agus chomhairligh sé dó a mhachnamh a dhéanamh sula rachadh sé níos airde air. D'fhreagair an Foggach agus dúirt nár ghnách leis féin aon ní a dhéanamh gan machnamh roimh ré air; go raibh geall £20,000 san imirt sin; nárbh fholáir chuige sin an eilifint sin a fháil; agus dá gcaithfeadh sé a fiche oiread is ab fhiú é, a thabhairt air, go gceann-ódh sé an eilifint.

D'iompaigh an Foggach ar a shála is chuaigh arís chun cainte leis an Indiach; bhí a dhá shúil bheaga sin ar lasadh le saint, agus b'fhurasta a aithint air nach raibh uaidh ach a dhóthain airgid. Thairg Philéas Fogg dó £1,200; ansin £1,500; ansin £1,800; agus faoi dheoidh sin an £2,000. Chuir imní an mhargaidh sin iompáil lí ar ghnúis luiseach Phassepartout.

Ar an £2,000 ghéill an tIndiach.

"Dar na bábúisí seo ormsa," arsa Passepartout, "ach is diail an t-airgead é ar fheoil eilifinte."

Socraíodh an margadh agus ní raibh d'easnamh orthu ansin ach tiománaí. Níor dheacair é sin a fháil. Tháinig chuca Parsach óg agus féachaint thuisceanach ina ghnúis, agus d'fhoráil sé dul leo. Bhí an Foggach sásta leis, agus chun a thuiscint agus a dhúthracht a mhéadú gheall sé luch maith saothair dó.

Tugadh amach an eilifint agus gabhadh gan mhoill é. Is maith a thuig an Parsach ceird an *mahout*, nó an tiománaí. Chuir sé ar mhuin na heilifinte saghas éadach diallaite, agus cheangail ar gach taobh de, thiar os cionn a dhá bhléin, dhá *húdáh* nó cliabh, nach raibh róchompordach ar fad.

Dhíol Philéas Fogg an tIndiach le nótaí bainc as an mála úd a bhfuil tagartha againn cheana dó. Ba dhóigh leat go deimhin ar Phassepartout gur as inmhe féin a bhíothas á dtarraingt. Ansin thairg an Foggach marcaíocht do Sir Francis Cromarty chomh fada le stáisiún Allahabad, rud a ghlac an briogáidire agus fáilte, mar nár bhaol don eilifint mhór sin éirí tuirseach de chionn duine amháin sa bhreis a dhul air.

Ceannaíodh ábhar bia ag Cholba. Chuaigh Sir Francis Cromarty in airde i gceann de na cléibh, agus an Fogach sa cheann eile. Shocraigh Passepartout é féin ar a chorraghiob ar mhuin an ainmhí idir a mháistir agus Sir Francis. Ansin tháinig an Parsach is shuigh ar bhaic mhuiníl na heilifinte, agus siúd chun siúil iad. Ar a naoi a chlog d'fhág an t-ainmhí an baile beag agus ghluais gach cóngar tríd an tiúchoill phailmeach.

# CAIBIDIL XII

*Ina ngabhann Philéas Fogg agus a chuideachta trí choillte diamhra
na hIndia agus an eachtra a tharla dóibh sa turas sin.*

D'fhonn an bóthar a chiorrú d'fhág an tiománaí ar a lámh
dheas comharthú an bhóthair iarainn a rabhthas ag obair air.
Níor lean an comharthú sin an cóngar arbh é leas an Fhoggaigh a
ghabháil; is amhlaidh a lúbadh sé timpeall ag bun sléibhte Vindhias.
Bhí togha an eolais ag an bParsach ar gach bóthar is cosán sa dúiche
sin; cheap sé 20 míle a bhaint den turas ach bualadh díreach tríd an
gcoill, agus réitigh an chuid eile leis ann.

Philéas Fogg is Sir Francis Cromarty bhí siad sáite go dtí a
muineál sna cléibh, agus is iad a bhí ag bogadaíl go maith de dheasca
a aimhréidhe a bhí sodar na heilifinte, agus a mhire a bhí an tiománaí
á brostú. Ach d'fhulaing siad an míchothrom leis an bhfoighne is
dual don tSasanach; níor labhair siad puinn, agus ar éigean a bhí
radharc acu ar a chéile.

Dála Phassepartout a bhí ar mhuin an ainmhí agus a d'fhaigheadh
idir bhuille agus frithbhuille le gach luascadh ó thaobh go taobh,
sheachain sé é féin go maith, faoi mar a d'ordaigh a mháistir dó, gan
a theanga a ligean faoina fhiacla, ar eagla a bainte de d'urchar.
Chaití an buachaill bocht ar a aghaidh ar mhuineál na heilifinte; agus
chaití é i ndiaidh a chúil siar ar cheathrúna an ainmhí; i gcás go
mbíodh sé ag síorthabhairt bocléimeanna mar a dhéanfadh geocach
de chlár luascáin. Ach, mo ghraidhn chroí é, ní dhearna sé ach sult
is gáire le linn na bocléimní; ó am go ham tharraingíodh sé as an
mála cnapáinín siúcra agus shíneadh chun na heilifinte é; ghlacadh
Kiúnaí glic na cnapáin sin ar ghob a thrunca is gan aon laghdú a
theacht ar a shodar rialta.

CHAITÍ PASSEPARTOUT BOCHT AR A AGHAIDH
AR MHUINEÁL NA hEILIFINTE

Tar éis dhá uair an chloig a thabhairt ar an aiste sin stad an tiománaí, agus tugadh uair an chloig ar scor don eilifint. Mhúch an t-ainmhí a thart as lochán uisce a bhí in aice leo, agus ansin dhírigh ar mhionchraobhacha crann is ar luibheanna a bhailiú agus a alpadh siar. Níor chás le Sir Francis Cromarty an scor sin, mar bhí sé tabhartha, geall leis. Ba dhóigh le duine ar an bhFoggach gurb é an nóiméad sin a d'fhág sé an leaba.

"Ainmhí iarainn is ea é sin," arsa an briogáidire, ag féachaint le corp iontais ar an eilifint.

"Is ea, agus ainmhí iarainn bhuailte," arsa Passepartout, agus é go griothalánach ag ullmhú bricfeasta reatha.

I dtaca an mheán lae rinne an tiománaí comhartha chun gluaiseachta. Ba ghearr gur tháinig dreach fiáin ar an dúiche. Tar éis na mórchoillte a chur díobh, ghabh siad trí fháschoillte tamairíní is mionphailmeacha; ina dhiaidh sin chuaigh siad trí thurmhachairí fairsinge nach raibh ag fás orthu ach sceacha fánacha, agus a raibh carraigeacha móra síníte scaipthe ar a bhfuaid. Is annamh eachtrannaigh ar stáir tríd an taobh uachtarach sin de Bhundelkund, agus tá ina gcónaí ann daoine fiáine atá calctha ó na gnásanna is uafásaí i gcreideamh na Hiondúch. Ní féidir le Sasana a cumhacht a chur i bhfeidhm i measc daoine atá fós faoi riar ag ríthe nach bhféadfaí teacht orthu i ndiamhra do-eolais sléibhte Vindhias.

Ba mhinic a chonacthas buíonta d'Indiaigh fhraochta a dhéanadh comharthaí bagracha nuair a d'fheicidís an eilifint ag mear-ghluaiseacht tharstu. Ach choinníodh an Parsach uathu sin an oiread agus ab fhéidir leis é, mar mheas sé gurbh fhearr dó gan bualadh umpu. Ba bheag d'ainmhithe a tugadh faoi deara sa dúiche sin, mura n-áireofaí roinnt moncaithe a theitheadh as an tslí agus míle saghas geáitse is drannadh acu. Bhí Passepartout i riocht scoilte le neart gáirí fúthu.

I measc na smaointe a tháinig don bhuachaill sin, bhí ceann amháin agus bhí sé ag déanamh an-bhuartha dó. Ba é an smaoin-eamh é ná cad a dhéanfadh an Foggach leis an eilifint tar éis dóibh stáisiún Allahabad a shroicheadh. An amhlaidh a thabharfadh sé leis í? Ní hea, mar ní fhéadfadh sé é. Costas an tsiúl a chur leis an méid a thug sé uirthi, dhéanfadh sin ainmhí daor di. An ndíolfadh sé arís í, nó an scaoilfeadh sé chun siúil í? Is maith a bhí tuillte ag an ainmhí bocht go mbeifí go maith aige. Dá mbronnfadh an Foggach air féin, ar Phassepartout í, cuir i gcás, ní fhéadfadh sé an cúram a sheasamh. Agus ní stadadh an smaoineamh sin dá bhuaireamh.

Ar a hocht a chlog um thráthnóna, bhí an chuid ab airde de shléibhte Vindhias curtha díobh acu, agus ar an taobh thuaidh díobh sin ag bun cnoic, mar a raibh fothrach bungaló is ea a stad siad arís.

Bhí timpeall 25 míle slí déanta acu an lá sin, agus níor fhan uathu ach tuairim an oiread céanna as sin go dtí stáisiún Allahabad.

Oíche fhuar ab ea í. Ar an taobh istigh den tseanfhotharach d'adhain an Parsach tine chonnaidh dóibh agus thaitin an teas leo. Cuid den lón a ceannaíodh ag Cholba a bhí acu mar shuipéar, agus ní ithe a rinne siad air ach alpadh. Tosnaíodh ar righinchomhrá ach ba ghearr gur iompaigh sé ina shranntarnach ardghlórach. Rinne an tiománaí faireachán in aice le Kiúnaí; agus chuir an t-ainmhí sin a chodladh de ina sheasamh agus a dhroim le stoc crainn mhóir.

Níor tharla i gcaitheamh na hoíche sin aon ní is fiú a áireamh. Anois is arís chloistí i gciúnas na hoíche méileach na bhfia-chat nó sceamhaíl na bpantar nó cabaireacht ghéarard na moncaithe. Ach ní dheachaigh sé thar glór béil ag na beithígh allta, mar níor chuir siad isteach ar na daoine a bhí san fhothrach. Chodail Sir Francis Cromarty go trom, mar ba dhual do shaighdiúir maith a mbeadh an-tuirse air. Bhí codladh Phassepartout an-bhuartha, mar lean sé ann de bhocléimneach an lae. Ach an Foggach féin chodail ar a sháimhe a chodlódh sé i gciúnas a thí féin i *Saville Row*.

Ar a sé ar maidin chuir siad chun siúil arís. Bhí súil ag an tiománaí go sroichfidís stáisiún Allahabad um thráthnóna. Ar an ábhar sin, ní bheadh caillte ag an bhFoggach ach cuid den dá lá is an dá oíche a bhí buaite aige ó thosanaigh sé ar a chuairt.

Chuir siad díobh cnocáin íochtaracha sléibhte Vindhias, agus Kiúnaí ar sodar go mear. I lár an lae sin stiúraigh an tiománaí iad timpeall an bhaile bhig ar a dtugtar Kallenger, baile atá ar bhruach abhainn Cání .i. fo-abhainn de chuid na Gainséise. Is amhlaidh a sheachnaíodh sé na baill chónaithe, mar cheap sé gur shábháilte dóibh é, an fhaid a bheidís ag dul trasna na machairí uaigneacha atá suite ar scríoba uachtaracha na mórabhann sin. Ní raibh stáisiún

Allahabad ach tuairim le dosaen míle slí uathu soir ó thuaidh. Stadadh faoi scáth moinge de chrainn banána, agus thaitin leo go breá a dtoradh sin a bhí ar fholláine an aráin is, dar leo "ar mhilseacht uachtair."

Ar a dó a chlog chuaigh siad isteach i gcoill an-dlúth, arbh éigean dul tríthi ar feadh roinnt mhíle slí. B'fhearr leis an tiománaí gluaiseacht an fhaid sin faoi scáth na gcrann. Go dtí sin níor bhuail aon tionóisc umpu agus de réir dealraimh d'éireodh an turas leo; ach más ea, tháinig iarracht de mhíshuaimhneas ar an eilifint, agus stad sí go hobann.

Bhí sé a ceathair a chlog an uair sin.

"Cad tá air sin? arsa Sir Francis Cromarty, agus a cheann ar síneadh aige aníos as an gcliabh ina raibh sé.

"Ní fheadar, a chaptaein," arsa an Parsach. Bhí cluas air sin agus é ag éisteacht le bodharshiosarnach éigin a bhí ag druidim tríd na crainn faoina ndéin.

Ba ghearr gur airíodh an tsiosarnach go maith. Bíodh gurbh fhada uathu fós é, b'fhéidir a rá gur saghas comhcheoil é; agus go raibh an guth daonna agus ceol ar ghléasanna práis measctha lena chéile ann.

Chuir Passepartout súil le féachaint air féin, agus cluas le héisteacht. D'fhan an Foggach go foighneach gan focal a rá.

Léim an Parsach anuas; cheangail an eilifint de chrann agus shleamhnaigh sé isteach trí mhionfhás na coille. Ba ghearr gur fhill sé chucu agus dúirt: "Díorma Bráman is ea iad, agus mar seo atá a dtriall. Ná feicidís sinn, más féidir é."

Scaoil an tiománaí ceangal na heilifinte agus thionlaic í i mball a raibh na crainn go tiubh ann; chomhairligh sé don chuid eile gan tuirlingt ar an talamh. Choinnigh sé é féin ullamh chun preabadh in airde ar an ainmhí, dá ma ghá dóibh teitheadh. Ach bhí sé á cheapadh go n-imeodh na "fíréin" thar bráid gan iad a thabhairt faoi deara toisc a dhlúithe is a bhí an duilliúr timpeall orthu.

An fhuaim neamhcheolmhar úd an ghutha dhaonna is na ngléasanna ceoil, bhí sé ag teacht faoina ndéin i gcónaí. Salm ar aon phort a bhí á chantaireacht le cúnamh ceoil tiompán is ciombal. Ba ghairid go bhfacthas tosach na buíne sin ag teacht faoi na crainn, timpeall leathchéad coiscéim ón mball a raibh an Foggach is a chuideachta i bhfolach. Ba shaoráideach a d'fhéad siad sin breathnú uathu tríd na mionchraobhacha, ar an dream éagsúil a bhí páirteach sa ghnás creidimh sin.

I dtús na buíne bhí rang de shagairt; caipíní agus róbaí fada ildathacha orthu. Laistiar díobh sin tháinig fir agus mná agus páistí; agus salmaireacht bhrónach éigin ar siúl acu; bíodh gach re tamall acu air sin agus ar na tiompáin is ar na ciombail. Tháinig ina ndiaidh sin cóiste is dhá roth arda faoi; spócaí an dá roth sin agus iad i bhfoirm nathair nimhe fhillte ina chéile; dealbh uafásach in airde ar an gcóiste, agus í á tarraingt ag dhá sheisreach damh is éadaí breátha orthu. Ceithre lámh ar an dealbh sin; dath craorag ar a cabhail; a dhá súil agus sceon iontu; folt sractha garbh ar a ceann; a teanga ar sileadh léi; dathanna hine is beitil ar a béal; slabhraí de chloigíní timpeall a muiníl; agus crios de lámha daonna timpeall a coim. Cuireadh í ina seasamh is í ag satailt ar dhealbh fhathaigh gan cheann.

D'aithin Sir Francis Cromarty an dealbh.

"Kálí, bandia an bháis is an ghrá í siúd," ar seisean.

"Ligim leat bandia an bháis," arsa Passepartout, "ach bandia an ghrá! Ní chreidim focal de! An tseanchailleach ghránna!"

Mórthimpeall na trucaileach sin bhí gasra fáicéirí críonna is iad ag léimneach is á lascadh is á gclaochlú féin le haon chorp buile; síoga ruachailce tarraingthe ar a gcolainn; iad lán de chréachtaí i bhfoirm croise, agus an fhuil ag teacht astu. Lucht buile agus dallintinne is ea iad; le linn tabhairt amach san India deirtear go gcaitheann a leithéidí iad féin faoi rothaí cóiste Jagannát.

Laistiar díobh sin tháinig scata Bráman; cultacha áille orthu faoi mar is gnách sa domhan thoir; iad ag tionlacan bean ar ar éigean a bhí inti siúl.

Bean óg ab ea í, agus cneas geal aici mar a bheadh ar Eorpach mná. A ceann is a muineál, a guaillí is a cluasa, a géaga is a lámha is méara a cos, bhí orthu ualaí de sheoda luachmhara idir slabhraí is bráisléid, búclaí is fáinní. Bhí léine arna gréasadh d'órshnáth uirthi; agus fallaing den línéadach éadrom anuas air sin; agus thaispeáin siad sin a dheiseacht a bhí a cló.

Laistiar den bhean óg a chonacthas athrach radhairc ar fad, mar atá saighdiúirí is claimhte nochta ar crochadh dá gcriosanna maraon le piostail fhada órchumhdaithe; corp duine ar síneadh in airde ar phalaincín agus é á iompar acu.

Corp duine aosta ab ea é; bhí sé éidithe i dtrealamh uasal rí dúiche, díreach mar a bhíodh sé agus é ina bheatha; péarlaí ar sileadh den turban a bhí ar a cheann; róbaí síoda agus órshnátha uime; crios caismíre agus néamhainn air timpeall a chim; a airm uaisle rí ar síneadh lena ais.

Ina dhiaidh sin tháinig ceoltóirí agus ar deireadh bhí scata creidmheach buile ar minic a bhádh a gcuid liúirí an bodharghlór a dhéanadh na huirlisí ceoil.

D'fhéach Sir Francis Cromarty ar an mustar sin go léir agus gnúis bhrónach air. Nuair a bhí siad imithe tharstu d'iompaigh sé chun an tiománaí:

"Nach *sati* é sin?" ar seisean.

Rinne an Parsach comhartha á chur in iúl gurbh ea agus ansin leag barr méire chun a bhéil. Ba mhalltriallach a ghluais an tsochraid fhada uathu faoi scáth na gcrann, agus i gcionn tamaill bhí an chuid deiridh di imithe as a radharc i ndiamhracht na coille.

Diaidh ar ndiaidh chuaigh an tsalmaireacht in éag. Chloistí fós in imigéin foliú agus gáir, ach faoi dheoidh tháinig an ciúnas in ionad an fhothraim go léir.

Chuala Philéas Fogg an focal úd a dúirt Sir Francis leis an ngiolla, agus tar éis don tsochraid imeacht as a radharc:

"Cad é an rud é *sati*?" ar seisean.

"Íobairt dhaonna is ea é," arsa an briogáidire, "ach íobairt le toil an duine féin. Ar thug tú faoi deara an bhean óg úd" Beidh sí sin á loscadh ar maidin amárach le breacadh an lae."

"Nach iad na bithiúnaigh iad!" arsa Passepartout. Níor fhéad sé an fhearg a bhrú chuige.

"Agus an corp úd?" arsa an Foggach.

"B'shin corp a fir phósta," arsa an tiománaí, "bhí sé ina rí neamhspleách ar Bhundelkund."

"Conas a thagann sé," arsa an Foggach, agus ní bhraithfí ar a ghlór go raibh an cathú ba lú air, "conas a thagann sé go maireann na béasa gránna sin fós san India agus nach bhfuil ar chumas Shasana iad a chur faoi chois?"

"Ar fud fhormhór na hIndia," arsa Sir Francis, "ní dhéantar na híobairtí sin a thuilleadh; ach níl aon chumhacht againn sna dúichí fiáine atá sa cheantar seo agus go sonraíoch sa ríocht seo Bhundelkund. Ar an taobh thuaidh de shléibhte Vindhias táthar tugtha do mharú is do bhradaíl choitianta."

"Nach trua Mhuire an bhean bhocht!" arsa Passepartout i gcogar, "agus í a loscadh ina beatha!

"Is ea," arsa an briogáidire, "agus mura n-aontódh sí leis ní fhéadfá a chreidiúint an drochíde a gheobhadh sí óna lucht comh-fhogais. Bhearrfaí an ghruaig di; ní bhfaigheadh sí le n-ithe ach lán ladhrach nó dhó de rís; shéanfaí aon ghaol léi; ní bheadh uirthi ach meas ainmhí neamhghlan, agus gheobhadh sí bás i gcúinne éigin mar a gheobhadh madra clamh bás; i gcás gur minice a thiomáineann cuimhneamh ar an íde sin na bochtáin úd chun na híobartha ná mar a dhéanann grá dá bhfir ná dúil i gcreideamh é. Mar sin féin déantar an íobairt uaireanta le saorthoil, agus is ar éigean don rialtas cur isteach air agus an gníomh a chosc. Roinnt blianta ó shin, bhí mé i mo chónaí i mBombay agus tháinig baintreach lá chun cainte leis an Uachtarán, a d'iarraidh a cheada air í a loscadh i dteannta chorp a fir. Ní gá dom a rá gur eitigh an tUachtarán í. Ansin d'fhág an bhaintreach an chathair sin agus d'imigh ar scáth rí neamhspleáigh, mar a ndearnadh an íobairt."

Le linn cainte an bhriogáidrire chroith an tiománaí a cheann uair nó dhó, agus nuair a bhí deireadh ráite aige siúd: "Ní le saorthoil a bheidh íobairt an mhaidin amárach á déanamh," ar seisean.

"Cá bhfios duitse sin?"

"Tá a fhios ag gach aon duine i mBundelkund é," arsa an Parsach.

"Ba dhóigh le duine uirthi sin go raibh sí fonnmhar don ghnó," arsa Sir Francis.

"Is amhlaidh a bhí meisce uirthi ó ghal chnáibe is sú codlaidín."

"Agus cá bhfuiltear á tabhairt?"

"Go dtí pagóda Phillaji, tuairim le dhá mhíle fearainn as seo. Caithfidh sí an oíche ansin ag feitheamh le tráth na híobartha."

"Agus cathain a dhéanfar an íobairt?"

"Ar maidin le céadsholas an lae."

Tar éis an fhreagra sin a thabhairt, thug an tiománaí an eilifint as an drisleach dlúth agus léim sé in airde ar a muineál. Ansin bhí sé chun an ainmhí a chur ar siúl le fead áirithe, ach choisc an Foggach é. Dúirt seisean le Sir Francis: "Ní fheadar an bhféadfaimis a bhean úd a tharrtháil?"

"Í a tharrtháil, a Fhoggaigh!" arsa an briogáidire agus ionadh air.

"Is ea. Táimse 12 uair a chloig chun tosaigh fós. Féadfaidh mé an méid sin aimsire a thabhairt don ghnó seo."

"Dar mo chúis, ach is tréan an fear thú!" arsa Sir Francis.

"Is ea, uaireanta," arsa an Foggach, "nuair a bhíonn an chaoi agam."

# CAIBIDIL XIII

*Ina bhfíoraíonn Passepartout arís an seanfhocal a deir*
*go dtoghann an t-ádh an teannasnach.*

An gnó sin a chuir siad rompu a dhéanamh, gnó deacair lánchontúirteach ab ea é, agus níorbh fhios an dtiocfadh leo é a thabhairt chun críche. Bhí an Foggach ag dul i mbaol a anam a chailleadh; nó den chuid ba lú de ag dul i mbaol cead a chos a bhaint de, agus nach n-éireodh leis san fheidhm a bhí cheana féin air; ach níor tharraing sé siar. Ba mhaith an mhaise do Sir Francis é, is é a bhí go fonnmhar chun cabhrú leis.

Dála Phassepartout, bhí seisean ullamh chun a chion féin a dhéanamh. Thaitin an chomhairle sin a mháistir leis. Mhothaigh sé truamhéala agus taise a bheith neadaithe faoi chlúdach oighreata ina chroí sin. Bhí a chion ar Philéas Fogg ag dul i méid.

Níor fhan uathu ach an tiománaí. Cé acu taobh a ghlacfadh seisean? Nár dhealraithí é a bheith i bhfabhar na Hiondúch? Mura dtabharfadh sé cúnamh dóibh, níorbh fholáir a bheith deimhnitheach de ar aon chuma nach ndéanfadh sé beart ina gcoinne.

Chuir Sir Francis Cromarty an scéal go hoscailte os a chomhair

"A Chaptaein," arsa an tiománaí, "Parsach is ea mise, agus Parsach mná is ea í siúd. Táimse libhse."

"Tá go maith, a thiománaí," arsa an Foggach.

"Mar sin féin," arsa an tiománaí, "bíodh a fhios agaibh nach é amháin go bhfuil ár n-anamacha á gcur i gcontúirt againn, ach má bheirtear orainn go gcuirfear pionós uafásach orainn. Féachaigí romhaibh, mar sin."

"Tá féachta romhainn againn," arsa an Foggach. "Is dócha go gcaithfimid fanúint go hoíche chun an t-amas a dhéanamh?"

"Is dócha é," arsa an tiománaí.

Is ansin a d'inis an tIndiach dóibh scéala na mná. Ban-Indiach ab ea í, agus ainm na háilleachta amuigh uirthi; Parsach ab ea í, leis, agus iníon cheannaí acmhainnigh ó Bhombay. Sa chathair sin a fuair sí tabhairt suas oiriúnach ar nós mná Sasanaí, agus mheasfadh aon duine ar a hiompar is ar a meoin gurbh Eorpach í. Áúda an t-ainm a bhí uirthi.

Fágadh ina dílleachta í, agus ansin pósadh í dá deargainneoin le rí aosta Bhundelkund. I gcionn ráithe ina dhiaidh sin fágadh ina baintreach í. Ó bhí a fhios aici cad é an íde a bhí ina comhair, d'éalaigh sí i ngan fhios as an bpálás; ach rugadh uirthi, agus tugadh thar n-ais gan mhoill í. Ba leas saolta do ghaolta an rí a bás, agus ar an ábhar sin, níor eitigh siad dá hofráil san íobairt, agus dhealraigh an scéal nach raibh dul as aici.

Ní fhéadfadh an tuairisc sin gan breis misnigh a chur ar an bhFoggach is ar a chuideachta don ghnó a bhí rompu. Socraíodh ar an tiománaí a dhíriú na heilifinte faoi dhéin phagóda Phillaji agus druidim ina cóngar a ghiorracht agus ab fhéidir leis.

I gcionn leathuair an chloig ina dhiaidh sin stadadh faoi scáth mhoing choille, tuairim is 500 coiscéim ón bpagóda, in áit nach bhféadfaí iad a fheiceáil; ach d'airigh siadsan go maith liúireach na ndaoine buile.

Ansin chuir siad a gcomhairle le chéile féachaint cad é an tslí ab fhearr chun an bhean óg a shroicheadh. Bhí eolas maith ag an tiománaí ar phagóda Phillaji, agus dhearbhaigh sé gur istigh inti a bhí an bhean ina bráid. Arbh fhéidir dul isteach doras éigin nuair a bheadh codladh na meisce ar an ngarda buile a bhí orthu? Nó arbh fhearr dóibh poll a dhéanamh trí bhalla ann? An áit féin agus an tráth d'inseodh dóibh cé acu seift ab fhearr. Bhí aon ní amháin deimhnitheach; níorbh fholáir an fuadach a dhéanamh i gcaitheamh na hoíche, nó tráth éigin roimh bhreacadh an lae, mar is í sin uair a bheadh an bhean óg á tionlacan chun ionad na híobartha. Dá rachadh sé thairis sin ní rithfeadh le haon daonnaí í a tharrtháil.

D'fhan an Foggach is a chuideachta mar a raibh acu ag feitheamh leis an oíche. Timpeall a sé a chlog um thráthnóna, agus é ag éirí dorcha, chinn siad ar chuairt a dhéanamh os íseal timpeall an phagóda. Bhí liúireach na bhfáicéirí imithe in éag um an dtaca sin. Bhí sé mar nós acu ina leithéid sin d'ócáid, saghas dí a dhéantar de shú chodlaidín is de chnáib na hIndia ar a dtugtar *bang* a ól go mbeidís ar deargmheisce; agus b'fhéidir go bhféadfaí sleamhnú tríothu isteach sa phagóda ansin.

Tháinig an Parsach i dtosach na buíne agus an Foggach is Sir Francis is Passepartout á leanúint, agus siúd tríd an gcoill iad gan an fhuaim ba lú a dhéanamh. Tar éis dóibh deich nóiméad a thabhairt ag lámhacan faoi ghéaga na gcrann shroich siad bruach srutháin bhig san áit sin, le solas tóirsí iarainn a raibh pic ar lasadh ina mbarr, thug siad faoi deara carn mór adhmaid. B'shin é an breocharn; d'adhmad luachmhar santail a rinneadh é, agus cheana féin bhí íle chumhra doirte anuas air. Thuas ar a mhullach bhí sínte corp an rí a bhí lena dhó i bhfochair na baintrí. Timpeall céad coiscéim ón gcarn sin bhí an pagóda agus a thúiríní ina seasamh sa dorchadas os cionn mhullach na gcrann.

"Téanam," arsa an tiománaí i gcogar agus le breis aireachais shleamhnaigh sé trí an driscoill agus an chuid eile á leanúint go ciúin.

Níor chualathas gíocs ach amháin crónán na gaoithe i gcraobhacha na coille.

I gcionn tamaill stad an tiománaí ar teorainn oscailt sa choill. Bhí roinnt tóirsí ar lasadh ann; gasraí daoine sínte ina sraitheanna ar an talamh, is iad i ndúchodladh na meisce. Ba gheall le láthair chatha é a bheadh líonta de choirp na marbh. Fir agus mná agus leanaí, bhí siad measctha trína chéile. D'airítí duine anseo is ansiúd ag sranntarnach.

Laistiar i measc na gcran chonacthas go breacshoiléir pagóda Phillaji. Ach baineadh geit an an tiománaí nuair a chonaic sé garda an rí, is tóirsí deatúla lena n-ais agus iad ag faire na ndoirse is ag siúl síos suas is a gclaimhte ar nochtadh acu. B'fhéidir a mheas go raibh na sagairt ag faire laistigh mar an gcéanna.

Ní dheachaigh an Parsach ní ba shia. Bhí a fhios aige nárbh fhéidir ar áis nó ar éigean dul isteach an doras, agus chuaigh sé féin is a chompánaigh siar tamall.

GARDAÍ AN RÍ

Thuig Philéas Fogg agus Sir Francis Cromarty chomh maith leis an tiománaí féin gur dhíomhaoin dóibh amas a dhéanamh ar an taobh sin.

I gcionn tamaill stad is do luigh siad ar chogarnach.

"Fanaimis tamall," arsa an briogáidire. "Níl sé a hocht a chlog fós, agus cá bhfios ná go dtitfeadh a gcodladh ar an ngarda."

"B'fhéidir go dtitfeadh," arsa an Parsach.

Ansin shín siad iad féin ag bun crainn agus chrom siad ar faireachán.

B'fhada leo a bhí siad ann. Anois is arís d'fhágadh an tíománaí iad, agus théadh go teorainn na coille chun féachaint timpeall. Ach bhíodh lucht faireacháin an phagóda go haibí is na tóirsí ar lasadh i gcónaí; agus bhí breacsholas ag teacht tríd na fuinneoga.

Mar sin dóibh go meán oíche. Níor tháinig aon athrú ar an dream eile. Bhí an fhaire chéanna ar na doirse. B'fhollas ansin gur bheag an mhaith a bheith ag brath ar aon mhúisiún a thitim ar an ngarda. Is dócha nach bhfuair siad aon chuid den *bang* a chuirfeadh ar meisce iad. Ar an ábhar sin ba mhithid cuimhneamh ar an gcleas eile, agus poll a dhéanamh i mball de bhallaí an phagóda. Ba mhaith leo a fhios a bheith acu an raibh na sagairt istigh ag faire leis an imní a bhí ar na saighdiúirí amuigh. B'shin ceist a d'fhan gan réiteach fós acu.

Tar éis beagán cainte dúirt an tiománaí go raibh sé féin ag gluaiseacht. Lean an Foggach is Sir Francis is Passepartout é. Rinne siad an-timpeall d'fhonn teacht ar an bpagóda laistiar den tsanctóir.

Ag déanamh ar leathuair tar éis a dó dhéag shroich siad an balla gan aon duine a bhualadh umpu. Níor cuireadh aon gharda ar an taobh sin, ach is ceart a rá nach raibh doras ná fuinneog ann ach chomh beag.

Bhí an oíche dorcha; ré chaol a bhí ann, agus ar éigean a bhí sí os cionn fhíor na spéire mar a raibh scamaill cruachta. Méadaíodh ar an doircheacht faoi scáth na gcrann.

Ach níor leor teacht go bun an bhalla; b'éigean fós poll a dhéanamh tríd. Chuige sin ní raibh d'áis ag Philéas Fogg ná ag a chompánaigh ach a sceana póca. Ar ámharaí an tsaoil is amhlaidh a rinneadh ballaí an phagóda de bhrící is d'adhmad, agus níor ródheacair a dtolladh. Dá mbeadh aon bhríce amháin bainte as, thiocfadh an chuid eile go saoráideach.

Luigh siad ar obair le barr ciúnais. Mheas siad poll dhá throigh ar leithead a dhéanamh; tháinig an Parsach ar thaobh, agus Passepartout ar an taobh eile agus chrom siad ar na brící a bhogadh.

Bhí an obair ag dul ar aghaidh go breá nuair a airíodh go hobann na béiceanna arda laistigh den phagóda, agus béiceanna eile á bhfreagairt ón taobh amuigh.

Stad Passepartout is an tiománaí dá n-obair. An amhlaidh a airíodh iad ag saothar, agus go rabhthas á fhógairt sin? Ba é ba lú ba ghann dóibh a dhéanamh an áit a fhágáil; agus rinne siad amhlaidh, iad féin agus Philéas Fogg agus Sir Francis Cromarty. Chuaigh siad i bhfolach arís sa choill ag feitheamh go rachadh an tóir tharstu agus iad ullamh chun tosnú arís gan aon bhreis mhoille.

Ach mar bharr ar an ainnise cuireadh garda ina seasamh ag an sanctóir ansin, i slí nach raibh teacht i ngan fhios ar an bpagóda.

Ba dheacair cur síos ar a mhíshuaimhní a bhí an ceathrar gur cuireadh cosc ar a n-obair. Ní raibh aon dul acu ansin ar an mbean óg a shroicheadh agus ar an ábhar sin conas a thiocfadh leo í a tharrtháil? Chrom Sir Francis ar bhagairt a dhorn faoi dhéin an phagóda. Bhí Passepartout ar buile, agus an tiománaí ar spriúchadh. An Foggach dochorraithe, áfach, níor thaispeáin sé an rian ba lú den bhuairt

"An bhféadfaimid tuilleadh a dhéanamh?" arsa an briogáidire i gcogar.

"Ní fhéadfaimid, ach imeacht sa siúl arís," arsa an tiománaí.

"Ná himígí," arsa an Foggach. "Is leor domsa Allahabad a shroicheadh roimh eadra amárach."

"Ach cad is dóigh leat a d'fhéadfá a dhéanamh?" arsa Sir Francis, "I gcionn cúpla uair an chloig beidh sé ina lá agus ansin—"

"Cá bhfios ná go mbuailfeadh an chaoi umainn an nóiméad deireanach," arsa an Foggach.

Tháinig dúil don bhriogáidire súile an Fhoggaigh a fheiceáil nuair a d'airigh sé an chaint sin uaidh.

Cad air a raibh an Sasanach fuarchroíoch sin ag smaoineamh? An amhlaidh a mheas sé rith faoi dhéin na mná óige nuair a bheadh an íobairt ag tosnú agus í a sciobadh as seilbh na ropairí?

Ní bheadh ina leithéid sin de ghníomh ach obair gan chiall, agus ba dheacair leis an mbriogáidire a admháil an Foggach a bheith chomh mór sin ar uireasa meabhrach. Mar sin féin, bhí Sir Francis ullamh chun fanúint go gcuirfí críoch ar an ngnó uafásach sin. Níor cheadaigh an tiománaí dá compánaigh fanúint mar a raibh siad, agus thug sé thar n-ais iad go dtí an t-ionad úd i gciumhaiseanna na coille mar ar tháinig siad ann i dtosach báire. Ansin ar scáth dlúth moinge, d'fhéad siad bheith ag faire na ngasraí a bhí ina gcodladh ar an talamh.

Le linn na haimsire sin d'fhan Passepartout ina shuí ar ghéag de ghéaga íochtaracha crainn, agus é ag cur is ag cúiteamh leis féin ar smaoineamh a bhí tagtha go hoban dó, agus gur ghearr go raibh sé buailte isteach go daingean sa cheann aige.

Ar theacht an smaoinimh sin ar dtús dó, deireadh sé leis féin: "Ach! Níl ann ach díth céille!" Agus uma an dtaca go raibh a aigne socair mar gheall air dúirt sé: "Tar éis an tsaoil cad ina thaobh nach ndéanfaí é? Níl ann ach fiontar. An t-aon chaoi amháin, b'fhéidir, chun teacht ón tsloigisc sin!—"

Ní dhearna Passepartout a thuilleadh cainte leis féin ná le haon duine eile um a smaointe, ach ba ghairid an mhoill air sleamhnú roimhe ar nós nathrach trí ghéaga íochtaracha an chrainn go raibh a gcinn ag lúbadh faoi dhéin na talún.

Bhí an aimsir ag imeacht agus i gcionn tamaill tugadh faoi deara léas beag solais ag éadromú ar an doircheacht. Ach bhí sé dorcha go leor fós.

B'shin é an tráth. Tharla rud ba chosúil le héirí ó mhairbh don dream a bhí ina gcodladh. Phreab siad ina ndúiseacht. Tosnaíodh ar dhrumaí a bhualadh. Athnuadh ar an salmaireacht is ar an liúireach. Faoi dheoidh bhí an tráth ann ina bhfaigheadh an bhean bhocht bás.

Osclaíodh láithreach doirse an phagóda. Chonacthas ní ba shoiléire an solas laistigh ann. B'fhéidir leis an bhFoggach is le Sir Francis Cromarty an bhaintreach a fheiceáil sa tsolas, is beirt shagart á tarraingt ina ndiaidh amach. Ba dhóigh le duine a raibh iarracht á déanamh aici, d'aon chorp dúchais an t-anam a chumhdach, ar shámhán na meisce a bhrú fúithi agus éalú ó na crochairí. Thug croí Sir Francis preab ina chliabh, agus cor obann dar chuir sé de, rug sé greim láimhe ar an bhFoggach, agus mhothaigh sa lámh sin scian is í ar oscailt.

Bhíothas go hanamúil i measc an ghasra lasmuigh. Tugadh tuilleadh de tsú chnáibe don bhean uasal, agus thit an sámhán uirthi arís. Cuireadh ó dhuine go duine de na fáicéirí í agus an ardliúireach a bhí acu sin féin níor mhúscail sí í.

Lean an Foggach is a chompánaigh í, á meascadh féin ar an gcomhthionól. Faoi cheann dhá nóiméad an chloig bhí siad ag bruach an tsrutháin, agus stad siad tuairim is leathchéad coiscéim ón mbreocharn a raibh corp an rí ar a bharr. Ar shon go raibh sé breacdhorcha fós chonaic siad an bhean óg is í gan chor aisti, á síneadh acu le hais chorp marbh a fir.

Ansin fuarthas tóirse, is cuireadh leis an adhmad é, agus ó ba rud é go raibh íle doirte ar an gcarn, bhí sé ina bhladhm lasrach gan mhoill.

B'éigean don bhriogáidire is don tiománaí breith ar an bhFoggach, mar, le corp fearúlacht díchéillí mheas sé rith faoi dhéin an bhreochairn.

Bhí sé díreach tar éis é féin a shracadh as lámha na beirte eile, nuair a tháinig athrú radhairc ann d'urchar. Tógadh liú crith-eagalach. Ghlac an comhthionól uile scanradh agus thit gach duine riamh acu ar a aghaidh ar an talamh.

Ní hamhlaidh a bhí an seanrí tar éis bás a fháil in aon chor; mar chonacthas é ansin ag éirí ina thaibhse ina cholgsheasamh; rug sé ar an mbean óg ina bhaclainn; agus thuirling léi den charn i lár an deataigh nach ndearna ach méadú ar a thaibhsiúlacht.

TÓGADH LIÚ CRITHEAGALACH

Ná fáicéirí is an garda is na sagairt bhí siad ansin, is a gcinn ar an talamh acu, agus scanradh an bháis orthu, is ní leomhfaidís a súile a thógáil chun féachaint ar a leithéid de mhíorúilt!

Iompraíodh chun siúil an bhean óg agus í i bhfanntais, idir an dá lámh chalma sin, faoi mar nach mbeadh meáchan cleite gé inti.

D'fhan an Foggach is Sir Francis Cromarty ina seasamh. Bhí an Parsach ina sheasamh agus a cheann faoi; agus Passepartout, níor lú den ionadh air sin gan amhras ná ar chách eile!

An té ar tháinig an athbheochan air, ghluais sé i gcóngar na háite a raibh an Foggach agus Sir Francis agus ansin de ghuth obann dúirt: "Bailímis linn as seo!

Ba é Passepartout féin a bhí ann! Is amhlaidh a shleamhnaigh sé i ngan fhios in airde ar an gcarn, tríd an deatach tiubh; agus ó tharla gan an doircheacht a bheith imithe fós, sciob sé an bhean óg ón mbás; agus d'imir sé a bheart leis an oiread sin dánaíochta gur éirigh leis teacht slán tríd an gcomhthionól scanraithe.

An chéad nóiméad eile bhí an ceathrar imithe as radharc isteach sa choill, agus an eilifint ar sodar acu á mbreith chun siúil. Mar sin féin tuigeadh dóibh go bhfacthas an cleas, mar d'airigh siad liúireach is béicíl ina ndiaidh, agus d'imigh urchar trí cheannbheart Philéas Fogg.

Bhí corp an tseanrí ansin ina aonar ar an mbreocharn, agus ní túisce a bhí a racht scanraidh curtha díobh ag na sagairt ná mar a thuig siad gur fuadach a bhí déanta

Láithreach baill rith siad ceann ar aghaidh isteach sa choill. Lean an garda iad. Scaoileadh roinnt urchar. Ach bhí lucht an fhuadaigh ag teitheadh go mear, agus ba ghearr go raibh siad as raon urchair nó saighde.

# CAIBIDIL XIV

*Ina dtéann Philéas Fogg síos gleann álainn na Gainséise*
*gan oiread is féachaint air.*

Bhí ag éirí leis an bhfuadach. Uair an chloig ní ba dhéanaí bhí Passepartout fós ag gáire uime féin. Rug Sir Francis Cromarty greim ar lámh leis an mbuachaill calma agus d'fháisc go teann í. "Go maith," a dúirt a mháistir leis; ach b'ionann is ardmholadh an méid sin féin as béal Philéas Fogg. Dúirt Passepartout nach dó féin a bhí an chreidiúint go léir ag dul, ach dá mháistir mar nach raibh de bhaint aige féin leis an ngnó ach smaoineamh "ait" a bhualadh isteach ina cheann; agus chrom sé ar gháirí arís nuair a smaoinigh sé air féin agus é ar feadh roinnt nóiméad i dtuairim chách ina bhaintreach fir do bhean bhreá óg, is ina sheanrí arna thonachadh i mbalsam; ach ina dhiaidh sin nach raibh ann ach Passepartout, gleacaí lúith tráth dá raibh sé, agus sáirsint i measc lucht dóiteán a mhúchadh, tráth eile dá raibh sé!

Maidir leis an Indiach óg mná, níorbh eol di pioc dar tharla di. Bhí fallaingí uimpi, agus í ina codladh i gceann de na cléibh. I rith na haimsire níor stad an eilifint, ach í ag sodar tríd an gcoill le fáinnín an lae agus an Parsach á tiomáint go haclaí. I gcionn uair an chloig tar éis pagóda Phillaji a fhágáil ina ndiaidh dóibh, sciuird an t-ainmhí thar chlármhaigh leathan réidh. Ar a seacht a chlog stadadh. Bhí an bhean óg i bhfanntais dlúth i gcaitheamh na haimsire go léir. Chuir an tiománaí siar uirthi bolgam nó dhó de chaolbhranda, ach an mheisce is an anbhainne a bhí uirthi ní imeoidís go ceann tamaill eile.

Ní raibh aon chathú ar Sir Francis Cromarty mar gheall uirthi, de bhrí gurbh eol dó cúrsaí na meisce a thagann ó chaitheamh ghal na cnáibe.

Ina dhiaidh sin is uile bhí an-chathú air ina taobh i gcomhair na haimsire a bhí ag teacht. Níorbh é a dhearmad gan a insint do Philéas Fogg dá bhfanfadh Áúda san India nár bhaol ná go bhfaigheadh na ropairí greim uirthi arís. Bhí na daoine buile sin scaipthe ar fud na tíre go léir, agus ní raibh pioc dá mhearbhall air ná go bhfaighidís caoi ar a gabháil aris, in ainneoin chonstáblaí na tíre, cé acu i Madras nó i mBombay nó i gCalcúta a bheadh sí. Agus mar dheimhniú air sin, d'inis Sir Francis scéal eile dá shamhail a ráinig tamall roimhe sin. Ba é a thuairim féin nach mbeadh an ógbhean as baol i gceart go mbeadh sí lasmuigh den India ar fad.

D'fhreagair an Foggach, is dúirt sé gur airigh sé an chaint, agus go ndéanfadh sé a mhachnamh ar an ngnó.

Timpeall a deich a chlog shroich an tiománaí stáisiún Allahabad. Bhí siad tagtha chun an bhóthair iarainn arís, agus ní bhainfeadh sé lá go n-oíche de thraein chun iad a bhreith as sin go Calcúta.

Mar sin ba chóir go mbeadh Philéas Fogg in am chun beirthe ar an mbád, tráth is nach mbeadh sí sin ag fágáil Chalcúta go dtí um eadra lá arna mhárach, an 25 Deireadh Fómhair, chun dul go Hong Cong.

Socraíodh an bhean óg i seomra ar leith sa stáisiún. Cuireadh Passepartout ar theachtaireacht ag iarraidh ball éadaigh ina comhair, mar atá gúna agus seál, is earraí clúimh, nó cibé nithe ab fhéidir leis a fháil. Níor fhág a mháistir gann faoin airgead é.

D'imigh Passepartout gan mhoill, agus scaoil chun reatha trí shráideanna na cathrach. Tá Allahabad .i. "cathair Dé" ar na cathracha is mó a dtugtar urraim dóibh san India, toisc í a bheith sa bhall ina dtagann dhá abhainn choisricthe le chéile .i. an Ghainséis agus an *Yamuna*. Agus tagann daoine as gach aird den tír á ní féin san uisce ann. Deirtear leis i seanscéalta na *Ramayana* gur ar neamh atá tobar nó tosach na Gainséise, ach d'fhearta Bhráhma go dtagann sí as sin anuas ar an talamh.

An fhaid a bhí Passepartout ag cuardach do na hearraí níor dhearmad sé gan féachaint ar an gcathair. Bhí daingean an-láidir á cosnamh uair, ach rinneadh carcair de. Níl tuilleadh tráchtála ná tuilleadh déantúis inniu sa chathair sin a bhí, tráth dá raibh sí, ina cathair mhór thráchtála agus déantús. Is amhlaidh a bhí Passepartout ag iarraidh siopa áilleagán, de shaghas siopa a thaithíodh sé i *Regent Street*, tamall slí ó thigh Mhuintir Farmer, ach theip sin air, ní nach ionadh. Tháinig sé go dtí siopa éadaí leathchaite; seanchrostálaí ab ea an té ar leis é, agus is ann a fuair Passepartout na hearraí a bhí uaidh .i. gúna de bhréid Albanach, fallaing anfhairsing; agus casóg álainn de chraicinn dobharchú. Níor rómhór leis £75 a thabhairt orthu. Ansin d'fhill sé go buacach chun an stáisiún.

Bhí Áúda um an dtaca sin ag tosú ar theacht chuici féin. Iarsma na meisce a chuir sagairt Phillaji uirthi, bhí sé ag glanadh di i ndiaidh a chéile, agus an bhoige Indiach ag casadh ar a súile áille. Seo mar a labhraíonn Uçaf Uddaul, rífhile, is é ag áireamh cáilíochta Ámednagár Banríon:

"Tá a bláthfholt arna comhroinnt ina dhá leath, ag teacht timpeall gealfhíor a dhá caoinleicean bhána, agus iadsan ag taitneamh go soilseach is go taisúr. A dhá dúmhala ar dheilbh is ar chumhacht bhogha Cháma, dia an ghrá; agus dá fabhraí fada síodúla i mogaill chiardhubha a dhá mallsúl mhórghlana, a fheictear ar síorluascadh, faoi mar a d'fheicfí ar niamhlochanna naofa Himiléithe, gathanna greanta glana an tsolais neamhaí. Is mín mínrialta modhbhán a fhéachann a déad ina béal gáiriteach, mar a bheadh braonacha den drúcht ar ucht leathfholaithe na mbláthanna ar an gcrann gránúll. A dhá cluas sodheilbhe, a dhá lámh dheargbhána, is a dhá beagchos ar cruth is ar mhíne ógbhláth an lótais, soilsíonn sin le lonrú na bpéarlaí ó Shéalainn, nó na liaga lómhara ó Gholgana. A coim sheang chaol, a rachadh glac duine timpeall uirthi, cuireann sí maise ar fhíor álainn a crutha chothroim agus ar fhlúirse a brád mar a nochtann an óige ar fheabhas a seoda is róchumhdaithe; agus faoi chlúid a róba síoda samhlaítear í arna déanamh d'airgead ó lámha diaga Viçvacarma, an snoíodóir domharfa."

Gan an tuarascáil sin a bhac, ní beag a rá gur bean álainn gurbh ea Áúda, baintreach seanrí Bhundelkund, ar gach cuma ina dtuigfeadh Eorpach an focal. Labhair sí an Sacsbhéarla go blasta is go canta, agus ní ag cur leis an scéal a bhí an tiománaí nuair a dúirt sé go ndearna an tabhairt suas a fuair sí athrú thar meán ar an mbean óg Pharsach.

Um an dtaca seo bhí an traein chun imeachta as stáisiún Allahabad. D'fhan an Parsach ag feitheamh ann. Thug an Foggach dó an tuarastal a bhí socraithe eatarthu gan dul feoirling thairis. Bhí iarracht d'ionadh ar Phassepartout, ag cuimhneamh ar dhílseacht an tiománaí agus ar an gcomaoin a bhí curtha aige ar a mháistir. Ní bréag a rá go ndeachaigh an Parsach go deonach i bhfiontar a anam a chailleadh san obair a rinneadh ag Pillaji, agus dá bhfaigheadh na hIondúigh boladh an scéil ní ba dhéanaí bheadh sé ar Éire aige éalú uathu.

Níor fhan gan socrú ansin ach cúrsaí Kíúnaí. Cad a dhéanfaí leis an eilifint, tar éis a dhaoire agus a ceannaíodh é?

Ach bhí a aigne socair cheana féin ag Philéas Fogg mar gheall air.

"A Pharsaigh," ar seisean leis an tiománaí, "fuair mé thú go fónta is go dúthrachtach. Tá díolta agam leat as d'fhónamh, ach níl díolta agam fós leat do dhúthracht. Ar mhaith leat an eilifint sin? Bíodh sí agat."

Las an dá shúil ag an tiománaí.

"Tá spré agam á fháil ó d'onóir," ar seisean.

"Beir leat é, a thiománaí," arsa an Foggach, "agus beidh mé fós i bhfiacha agat.

"Maith mar a tharla!" arsa Passepartout. "Glac é, a chara! Ainmhí cneasta calma is ea Kíúnaí!

Dhruid sé faoi dhéin an ainmhí agus shín chuige roinnt cnapán siúcra is dúirt: "Seo, a Khíúnaí! Seo duit!"

Lig an eilifint cnead shásta aisti. Ansin chuir sí a trunc timpeall na coime ar Passepartout agus d'ardaigh go mullach a cinn é. Ní raibh pioc eagla ar Passepartout, agus nuair a bhí sé thuas, thug sé barróg don ainmní, agus ansin d'ísligh an eilifint chun talún é go breá réidh. Chroith Kíúnaí barra a trunca ag ceiliuradh do Phassepartout, agus chroith seisean lámh thar n-ais á freagairt.

NÍ RAIBH PIOC EAGLA AR PASSEPARTOUT

Chuaigh Philéas Fogg is Sir Francis Cromarty is Passepartout isteach i gcarráiste compordach san traein; agus tugadh an cúinne ba chluthaire ann d'Áúda; agus ba ghearr go raibh siad ag imeacht ar bharr reatha faoi dhéin Bhenares.

Ochtó míle fearainn, an chuid is mó de, atá idir Allahabad is an chathair sin, agus níor bhain sé den traein ach dhá uair an chloig.

Le linn an turais sin dóibh is ea a tháinig an bhean óg chuici féin i gceart. Bhí iarsmaí an *bang* go léir imithe.

Nach uirthi a bhí an ionadh í féin a fháil sa charráiste sin de thraein ar bhóthar iarainn; éadach Eorpaigh uirthi, agus í i measc lucht taistil nárbh aithnid is nárbh eol di!

I dtosach báire thug an chuideachta uile an-aire di agus fuair sí braon beag biotáille chun í a athbheochan i gceart. Ansin d'inis an briogáidire an scéal tríd síos di. Mhol sé go sonraíoch a dhílseacht a bhí an Foggach; conas mar nár staon sé óna anam a imirt d'fhonn í a tharrtháil. Agus mhol sé deireadh na heachtra, a tharla de bharr intleacht dána Phassepartout.

Lig an Foggach an scéal sin de, gan focal a rá. Dhearg ar Phassepartout go bun na gruaige, is dúirt sé faoi dhó nó faoi thrí: "Ní fiú biorán é."

Ghabh Áúda a mórbhuíochas le lucht a tarrthála agus na deora ag teacht tríd an gcaint aici. Ba thúisce a nocht a súile breátha a buíochas ná mar a rinne a béal é. Ansin tháinig arís chun a cuimhne an *sati* agus gach ar thit amach di ann. D'fhéach sí uaithi ar thír na hIndia agus gach a raibh de chontúirt ina comhair inti; agus tháinig crith lámh is cos uirthi le neart imní is eagla.

Thuig an Foggach cad a bhí ag déanamh buartha d'Áúda, agus mar ábhar suaimhnis di, thairg sé di, ach más ea ní go rótheasaí é, í a thionlacan go Hong Cong, mar a bhféadfadh sí fanúint go n-imeodh an scéal as cuimhne daoine.

Ghlac Áúda go buíoch beannachtach leis an tairiscint. Go deimhin bhí duine dá gaolta ina chónaí i Hong Cong. Parsach ab ea é leis; agus bhí sé ar na ceannaithe ba shaibhre sa chathair Shasanach sin ar chóstaí na Síne.

Leathuair tar éis a dó dhéag sa lá shroich an traein stáisiún Bhenares. Deir seanscéalta na mBráman gur sa bhall sin a bhí seanchathair *Kashi* a bhí tamall dá raibh sí, ar crochadh ar neamhní idir an spéir is an talamh ar nós tuama Mhuhammad. Ach an tráth a bhfuilimid ag tagairt dó, bhí Benares, nó Aithne na hIndia, mar a thugann daoine atá oilte ar léann an domhain thoir uirthi, bhí sí ina gnáthsheasamh ar úir na talún, agus d'fhéach Passepartout ar feadh nóiméid nó dhó ar a tithe bríce, is ar a botháin chré, a thug uirthi dreach an-uaigneach, gan aon deise faoi leith uirthi.

San áit sin a bhí Sir Francis Cromarty chun stad. Na saighdiúirí a raibh sé ina cheann orthu, bhí siad ag cur fúthu roinnt mhíle slí lastuaidh den chathair. D'fhág sé slán ag Philéas Fogg, á ghuí go n-éireodh a thuras leis, agus á rá go raibh súil aige go dtiocfadh an Foggach ar an turas céanna arís ach é a dhéanamh ar shlí ba lú greannmhaireacht agus ba mhó tairbhe. Chroith an Foggach lámh a chomrádaí go righin neamhchúiseach. Bhí tuilleadh croí sa slán a thug Áúda uaithi. An dá lá dhéag a mhairfeadh sí ní dhéanfadh sí dearmad dá ndearna Sir Francis ar a son. Maidir le Passepartout, chroith an briogáidire a lámh seisean go croíúil agus an buachaill bocht ba mhór aige an méid sin mar onóir dó. Tháinig tocht air, agus d'fhiafraigh sé den bhriogáidire canad nó cathain a d'fhéadfadh sé rud a dhéanamh air, agus go ndéanfadh sé é. Ansin scar siad ó chéile.

Ag fágáil Bhenares téann an bóthar iarainn ar feadh tamaill slí síos gleann na Gainséise. Ag féachaint trí fhuinneoga an charráiste mar a bhí an lá go breá geal, b'fhéidir leo críocha éagsúla Bhéhar a thabhairt faoi deara; a cnoic is féar go mullach orthu; a ghoirt eorna is cruithneachta is choirce; a shruthanna is a locháin mar a lonnaíodh ailgéadair bhreacuaine; a bhailte beaga slachtmhara, is a choillte a bhí fós go glasuaine. Chonacthas eilifintí is daimh dhronnacha ag teacht á n-iomlasc féin in uisce na habhann coisricthe; agus chonacthas leis in ainneoin a dhéanaí a bhí an séasúr agus a ghlaise a bhí an t-aer, foirne Hiondúch, idir fhir is mhná, ag déanamh a bhfothragadh chrábhaidh.

CHONACTHAS FOIRNE HIONDÚCH, IDIR FHIR IS MHNÁ

Naimhde gan trócaire do chreideamh Bhúda is ea na daoine sin; ach leanann siad go dílis do chreideamh Bhráma, dar déithe Visniú, dia na gréine, is Síva, dia na gcumhachtaí nádúrtha, agus Bráma, ardmháistir na cléire is na mbreithiúna. Ach cad é an tuairim a bheadh ag Bráma is ag Síva is ag Visni d'India gallda an lae inniu, dá bhfeicfidís bád gaile ag sraothartaíl is ag lascadh an uisce mar a théann sí síos suas an Ghainséis, agus ag scanrú na bhfaoileán os cionn an usice, is na dturtar ar bhruacha na habhann, chomh maith leis na fíréin á síneadh is á searradh féin ar an bport?

B'shin é an pictiúr a bhí á shíorshoilsí féin don mhuintir sa traein, mar a ghabh sí le luas urchair thar bráid. Uaireanta, ámh, thagadh néal gaile á cheilt uathu. Ar éigean a fuair siad radharc ar dhaingean Chúnar, baile atá timpeall is 20 míle soir ó dheas ó Bhenares, mar a mbíodh dún seanrí Bhéhar; ná ar Ghásapúr lena mhonarchana rósuisce; ar thuama an tiarna Cornwallis, atá ar an taobh chlé den Ghainséis; ar dhaingean Bhúxar ná ar Phatna, cathair mhór thráchtála is déantúis mar a mbíonn an margadh sú chodlaidín is mó san India; ar Mhonghír, baile agus dreach an-Eorpach uirthi, agus baile chomh gallda le Manchain nó le Birmingham, agus a bhfuil ardchlú uirthi de bharr a monarchana iarainn is arm faobhair agus a mbrúchtann as a simléir dúbhrait deataigh i spéartha geala Bhráma—fíormheitheal i mbranar sa tír úd an tsuain.

Ansin tháinig an oíche agus ghluais an traein le barr dithnis. D'airítí uallfartach tíogar is mathún is faolchúnna mar a theithidís roimh an traein. Ní fhactas pioc d'iontais Bheangáil ná Cholgonda; fothracha Ghúr; ná Murshedabad ba phríomhchathair Bheangáil tráth; á Burdwan ná Hougly; na Chandarnagór, baile ar thalamh na hIndia a bhaineann leis an bhFrainc, bíodh is gur bhreá le Passe-partout bratach a thír dhúchais a fheiceáil ag luascadh le gaoth ar mhúrtha na cathrach sin!

Faoi dheoidh shroich siad Calcúta, ar a seacht a chlog ar maidin. An bád a bhí ag dul go Hong Cong, ní thógfaí a hancaire go dtí a 12. Ar an ábhar sin bhí cúig uair an chloig ar scor ag Philéas Fogg.

De réir an leabhar áirimh ba cheart don duine uasal sin príomh-chathair na hIndia a shroicheadh an 25 Deireadh Fómhair, 23 lá tar éis dó Londain a fhágáil; agus bhí sé sroichte aige an lá a bhí ceaptha dó. Mar sin ní bhfuarthas chun deiridh ná chun tosaigh é. An dá lá a bhí buaite aige ó Londain go Bombay, is oth liom a rá go raibh siad caillte arís aige, faoi mar is eol don léitheoir, ar an turas trasna na hIndia, ach ní móide gur fhan a gcathú ar Philéas Fogg.

# CAIBIDIL XV

*Ina mbaintear arís roinnt mhíle punt as an mála
a raibh na nótaí bainc ann.*

Bhí an traein tar éis stad sa stáisiún. Ba é Passepartout an
chéad duine a thuirling as an gcarráiste; tháinig an Foggach
ina dhiaidh, is thug seisean lámh chúnta dá bhanchompánach chun
teacht ar an bport. Bhí ceaptha ag an bhFoggach dul láithreach baill
go dtí bád Hong Cong d'fhonn Áúda a chur ar a socracht inti, de
bhrí nár mhaith leis fanúint i bhfad uaithi an fhaid a bheadh sí ar
thalamh na hIndia.

Díreach agus an Foggach ag fágáil an stáisiúin, tháinig constábla
chuige is dúirt sé leis: "An tusa Philéas Fogg?"

"Is mé," arsa an Foggach.

"Agus an fear seo," ar seisean, ag bagairt a chinn chun
Passepartout, "an seirbhíseach duit é?

"Is ea."

"Leanadh an bheirt agaibh mise, más é bhur dtoil é."

Ní dhearna an Foggach an cor ba lú a thaispeánadh go raibh
ionadh air. Bhí údarás ag an gconstábla ón dlí, agus rud beannaithe
is an dlí, i dtuairim an tSasanaigh. Theastaigh ó Phassepartout fios
fátha an scéil a fháil, ar nós na Fraince, sula gcorróidh sé cos, ach
thug an constábla cnag dá bhata dó, agus chomhairligh Philéas
Fogg dó géilleadh.

"An miste leat an bhean óg seo a theacht in éineacht linn?" arsa an
Foggach.

"Ní miste," arsa an constábla.

Thionlaic an constábla an triúr go dtí *palki-ghari*, saghas cóiste
cheithre roth a mbíonn slí do cheathrar an, agus péire capall faoi.

D'imigh siad leo. Oiread is focal níor labhraíodh le linn na haimsire a caitheadh ar an aiste sin, timpeall le fiche nóiméad.

Ghluais an carráiste ar dtús tríd an "dúchathair" mar a raibh na sráideanna go cúng, is ar gach taobh den tslí bothóga mar a lonnaíodh daoine ilchineálacha, salacha, liobarnacha. Ina dhiaidh sin d'imigh siad tríd an roinn Eorpach den chathair mar a raibh tithe bríce, ar scáth crann cnó cócó; agus crainn seoil ar an loingeas san abhainn; agus an-chuid daoine galánta gealghléasta, agus iad ag tiomáint tríd na sráideanna i gcóistí áille in ainneoin a mhoiche a bhí sé ar maidin.

Stad an *palki-ghari* os comhair tí nach raibh féachaint ró-uasal ar fad air, ach arbh fhollas nár theach cónaithe é. Dúirt an constábla lena phríosúnaigh tuirling—ní miste príosúnaigh a thabhairt orthu—agus rug sé leis isteach iad i seomra a raibh fuinneoa agus grátaí iarainn orthu. Ansin dúirt sé leo: "Leathuair tar éis a hocht tiocfaidh sibh os comhair Obadiah, breitheamh."

Leis sin d'imigh sé amach agus chuir an glas ar an doras ina dhiaidh.

"Aililiú! Príosúnaigh is ea sinn!" arsa Passepartout, agus shuigh sé i gcathaoir.

D'iompaigh Áúda chun an Fhoggaigh gan mhoill. agus de ghuth a raibh ag dul di an bhuairt a cheilt, dúirt sí: "Ní foláir duit mise a thréigean, a dhuine uasail! Ar mo shonsa atáthar ar bhur dtí! De bhrí go ndearnadh mé a tharrtháil!"

Ní dúirt an Foggach ach amháin nach bhféadfadh sin a bheith amhlaidh. Iad a leanúint mar gheall ar an *sati* úd! Heit! Níorbh fhéidir é! Ní leomhfadh na héilitheoirí teacht i láthair. Duine éigin a rinne dearmad. Ina éagmais sin, dúirt an Foggach nach dtréigfidís an bhean óg, ach go mbéarfaidís leo í go Hong Cong.

"Imíonn an bád ar a 12, ámh," arsa Passepartout.

"Beimidne ar bord inti roimhe sin," arsa an Foggach dochorraithe.

Dúradh chomh toghail sin é nár fhéad Passepartout gan a rá leis féin: "Dar fia, is deimhin é mar sin! Beimid ar bord inti roimhe sin!"

Ach ní raibh a aigne sásta i dtaobh an scéil.

Leathuair tar éis a hocht osclaíodh doras an tseomra, agus tháinig an constábla arís. Thug sé na bránna isteach sa seomra ba ghaire dó. Teach cúirte ab ea é sin, agus bhí gasra mhaith Eorpach is Indiach tar éis bailiú isteach ann.

An Foggach is Áúda is Passepartout, cuireadh ina suí iad ar fhorma agus a n-aghaidh chun an bhínse ar a shuíodh an giúistís is an cléireach.

Ba ghearr an mhoill gur tháinig isteach ann Obadiah breitheamh, agus an cléireach lena shála. Fear mór méith ab ea an breitheamh. Thóg sé anuas peiriúic a bhí ar crochadh as tairne agus chuir go dithneasach ar a cheann é.

"An chéad chúis," ar seisean.

Ansin chuir sé lámh ar a cheann:

"Arú!" ar seisean, "ní liomsa an pheiriúic seo!"

"Ní le d'onóir é," arsa an cléireach, "is liomsa é."

"Arú, a Oysterpuf," arsa an giúistís, "conas a mheasann tú a thabharfadh breitheamh aon bhreith cheart is gan air ach peiriúic cléirigh!"

Rinneadh malairt peiriúicí ansin. An fhaid a bhí an t-ullmhúchán ar siúl, bhí ag dul d'fhoighne Phassepartout, mar bhí sé ag féachaint ar chlog mór na cúirte, agus dar leis bhí na snáthaidí ag imeacht timpeall ar chosa in airde.

"An chéad chúis," arsa an breitheamh arís.

"Philéas Fogg," arsa an cléireach.

"Táim anseo," arsa an Foggach.

"Passepartout."

"Anseo," arsa Passepartout.

"Go maith!" arsa Obadiah breitheamh. "Le dhá lá táthar ag feitheamh oraibhse a theacht ar an traein ó Bhombay."

"Ach cad atá agaibh inár gcoinne?" arsa Passepartout go mífhoighneach.

"Is gearr go mbeidh a fhios agat," arsa an breitheamh.

"A bhreithimh," arsa an Foggach, ansin, "Sasanach dúchais is ea mise agus is ceart—"

"An raibh mé go mí-urramúil duit?"

"Ní raibh ar aon chor."

"Tá go maith! Tagadh na héilitheoirí isteach."

Ar an ordú sin an bhreithimh osclaíodh doras agus thionlaic giolla triúr sagart isteach.

"Maith mar a tharla," arsa Passepartout leis féin, "sin iad na cladhairí a mheas ar bhean óg a loscadh ina beatha!"

D'fhan na sagairt ina seasamh os comhair an bhreithimh. Léigh an cléireach in ard a ghutha gearán um naomhaithis i gcoinne Philéas Fogg, duine uasal is a ghiolla sin de chionn gur sháraigh siad ionad a bhí coisricthe de réir chreideamh Bhráma.

"Ar airigh tú é sin?" arsa an breitheamh.

"D'airíos, a bhreithimh," arsa an Foggach, ag féachaint ar a uaireadóir, "agus admhaím é."

"Ach aidhe! Admhaíonn tú é."

"Admhaím, agus tá tnúth agam go n-admhóidh an triúr sagart seo a gcuid féin den scéal, is go n-inseoidh siad dúinn cad ba mhian leo a dhéanamh ag pagóda Phillaji."

D'fhéach na sagairt ar a chéile. Ba dhealraitheach nár thuig siad focal ar bith den chaint sin.

"Is ea, gan amhras," arsa Passepartout, is ráig ina ghlór, "ag pagóda Phillaji mar ar mheas siad bean a loscadh ina beatha!"

Leis sin tháinig breis alltachta ar an triúr sagart, agus ionadh an domhain ar Obadiah breitheamh.

"Cad é an bhean óg?" ar seisean. "Cé a bhí le loscadh? Nó an ndéanfaí a leithéid i mbolg na sráide istigh i lár Bhombay?"

"I mBombay, an ea?" arsa Passepartout.

"Is ea, gan dabht. Ní do phagóda Phillaji a bhaineann an chúis, ach don phagóda ar Chnoc Mhalbar i mBombay."

"Agus mar dhearbhú ar an gcoir," arsa an cléireach, "siod iad bróga an bhithiúnaigh," agus leag sé péire bró ar an mbinse.

"Mo bhrógasa!" a liúigh Passepartout i ngan fhios dó féin, de dheasca an ionaidh is an trí chéile a bhí air.

"MO BHRÓGASA!" A LIÚIGH PASSEPARTOUT

Féadtar tuairim a dhéanamh den mhearbhall aigne a tháinig ar an máistir is ar an ngiolla. An eachtra úd a tharla sa phagóda i mBombay, bhí sé dearmadta ar fad acu, agus féach gurbh shin é go díreach a thug os comhair an ghiúistís i gCalcúta iad.

Seo mar a thit sé amach: thuig an Fisceach go maith cad é an tairbhe dó féin a thiocfadh de bharr an ghnó mhí-ámharaigh sin. D'fhan sé i mBombay ar feadh 12 uair an chloig eile agus chuaigh a dhéanamh chomhairle leis na sagairt ar Chnoc Mhalbar. Gheall sé dóibh go bhfaigheadh scot trom, mar bhí a fhios aige rialtas Shasana a bheith dian ar a leithéid de choir. Ansin scaoil sé sa tóir iad sa chéad traein eile. Ach de bharr na haimsire a bhí caillte ag tarrtháil na baintrí óige, ba thúisce a bhain an Fisceach agus na sagairt Calcúta amach ná mar a rinne Philéas Fogg is a ghiolla é, bíodh go raibh siad sin fógartha do na giúistísí, is go rabhthas á bhfaire le teacht gach traenach chun go mbéarfaí orthu. Nach ar an bhFisceach a bhí an díomá nuair a fuair sé amach ar shroicheadh phríomhchathair na hIndia dó, nach raibh an Foggach ann roimhe. Chreid sé nárbh fholáir gur stad an gadaí ag stáisiún éigin de chuid an *Pheninsular Railway* is go ndeachaigh sé i bhfolach sna dúichí i dtuaisceart na tíre. Ar feadh 24 uair an chloig d'fhan an Fisceach ag faire sa stáisiún, agus é go neamhshocair is go míshuaimhneach. Agus nach air a tháinig an t-áthas, maidin an lae sin, nuair a chonaic sé a dhuine ag teach as carráiste den traein agus go raibh ar chuideachta an duine sin bean óg nach raibh a fhios aige conas a tharla ann í. Láithreach baill chuir sé constábla chuige agus sin mar a tharla gur tugadh an Foggach is Passepartout is baintreach óg sheanrí Bhundelkund os comhair Obadiah breitheamh.

Agus mura mbeadh an mhearaí a bhí ar Phassepartout um an gcúis, b'fhurasta dó an lorgaire a fheiceáil i gcúinne den chúirt agus é ag éisteacht leis an gcúis á plé; agus bhí an-suim aige á chur ann, ní nach ionadh, de chionn an bharántas gabhála a bheith in easnamh air i gCalcúta, faoi mar a bhí ag Bombay agus ag Suais!

Obadiah breitheamh, thug sé faoi deara an admháil a shleamhnaigh ó Phassepartout, ar shon go dtabharfadh seisean a dtiocfadh is ar tháinig ar an gcaint sin a tharraingt siar.

"An admhaítear an choir?" arsa an breitheamh.

"Admhaítear," arsa an Foggach go neamhchorrabhuaiseach.

"Is ea, más ea," arsa an breitheamh, "ar an ábhar gur mian le dlí Shasana cosnamh cóir coiteann ar gach creideamh dá bhfuil ag muintir na hIndia; agus ar an ábhar go ndearna an fear seo darb ainm Passepartout admháil sa choir; agus ar an ábhar go raibh sé ciontach i dtruailliú urlár an phagóda ar Chnoc Mhalbar i mBombay lena bhoinn naomhaithiseacha, an 20ú lá de Dheireadh Fómhair seo; tugaim mar bhreith air 15 lá a chaitheamh i gcarcair, agus £300 fíneála a dhíol"

"£300!" arsa Passepartout, mar ba chuma leis aon ní ach an t-airgead.

"*Silence!*" arsa giolla na cúirte dá ghlór caolard.

"Agus," arsa an breitheamh, "de bhrí nár dearbhaíodh os ár gcomhair nach raibh comhpháirt sa ghnó idir an ngiolla is an máistir, agus de bhrí gur ar an máistir a théann a bheith freagrach i ngníomhartha is i ngnóthaí a ghiolla thuarastail, tugaim mar bhreith ar an Philéas Fogg céanna ocht lá a thabhairt i gcarcair agus £150 fíneála a dhíol. Glaoitear an chéad chúis eile, a chléirigh!"

Bhí an Fisceach ina chúinne féin fós, agus is air a las an t-áthas thar meán. Dá moilleofaí Philéas Fogg ar feadh ocht lá i gCalcúta, bheadh breis is a dhóthain aimsire ag an mbarántas chun teacht ann.

Bhí náire is ceann faoi ar Phassepartout. Bhrisfeadh an bhreith sin a mháistir. B'shin geall £20,000 caillte acu; agus sin go léir de bhrí go ndeachaigh sé féin le corp óimhideachta isteach sa phagóda mí-ámharach úd!

Níor baineadh cleite as Philéas Fogg ach oiread is dá mba nach air féin a thabharfaí an bhreith; ní dhearna sé fiú na súile féin a ghlinniúint. Ach díreach mar a bhí an cléireach ar tí cúis eile a ghlaoch, d'éirigh sé ina sheasamh agus dúirt: "Tairgim urrús."

"Tá an ceart sin agat," arsa an breitheamh.

Mhothaigh an Fisceach mar a bheadh sruth fuarchreatha ag imeacht síos chnámh a dhroma. Ach más ea, tháinig sé chuige féin nuair a dúirt an breitheamh, "de bhrí gur daoine iasachta i dtír na hIndia Philéas Fogg is a ghiolla," agus gur shocraigh sé an t-urrús dóibh ar £1,000 an duine.

Chosnódh sé £2,000 don Fhoggach teacht saor ón mbreith úd.

"Díolfaidh mé anois é," ar seisean.

Agus tharraing sé as a mhála, a bhí i lámh Phassepartout, beart nótaí bainc agus leag sé ar an mbinse iad don chléireach.

"Déanfar aisíoc ar an airgead daoibh ar bhur dteacht as an gcarcair," arsa an breitheamh. "Go dtí sin, tá cead cinn agaibh faoi urrús."

"Téanam ort," arsa Philéas Fogg lena ghiolla.

"Faighimse mo bhróga thar n-ais ar aon chuma!" arsa Passepartout, ag dul faoina ndéin agus cochall air.

Síneadh chuige na bróga.

"Nach iad na bróga daora iad!" ar seisean os íseal. "Breis is míle punt an ceann! Agus ina dhiaidh sin bíonn siad ag luí orm."

Thairg an Foggach uillinn mar thaca don bhean óg is lean Passepartout iad agus dreach truamhéalach air. Bhí súil ag an bhFisceach fós nach bhfágfadh an gadaí, dar leis, an an £2,000 ina dhiaidh ach go bhfanfadh is go gcaithfeadh an t-ocht lá sa charcair. Ghluais sé, mar sin, ar lorg an Fhoggaigh.

Fuair an Foggach carr is chuaigh isteach ann gan mhoill agus Áúda is Passepartout in éineacht leis. Rith an Fisceach ina ndiaidh agus ba ghearr gur stad an carr ar ché de chéanna na cathrach.

Ar an gcaolas timpeall leathmhíle uathu bhí an *Rangún* ar ancaire agus a bhratach gluaiste in airde aici. Bhí sé 11 a chlog go díreach. Bhí uair an chloig fós ag an bhFoggach. Chonaic an Fisceach é ag tuirling den charr agus ag dul isteach i naomhóg mar aon le hÁúda agus a ghiolla. Bhuail an lorgaire buille dhá chos ar an talamh.

"An cladhaire! ar seisean; "siúd chun siúil arís é! Sin £2,000 caillte! Nach flaithiúil an gadaí é! Leanfaidh mise é áfach! Agus leanfaidh mé go deireadh an domhain é más gá! Ach de réir an fhuadair atá faoi, is róbheag den airgead a bheidh fágtha aige i ndeireadh na scríbe!"

Bhí cúis mhaith ag an lorgaire leis an gcaint sin. Go deimhin ón uair a d'fhág Philéas Fogg Londain idir chostais siúil agus síneadh láimhe, idir cheannach na heilifinte is díol an urrúis is na fíneála, bhí scaipthe aige cheana féin ar a thuras os cionn £5,000; agus ag síordhul i laghad a bhí céatadán an airgid a gheofaí thar n-ais is a thabharfaí do lucht feidhme na gconstáblaí.

# CAIBIDIL XVI

*Ina ligeann an Fisceach air nach dtuigeann sé
gach a n-insítear dó.*

Bád gaile leis an *Peninsular and Oriental Company* ab ea an *Rangún*, agus choimeádtaí ag obair ar farraigí na Síne is na Seapáine í; ba bhád álainn iarainn í; inneall scriú aici; toilleadh 1,770 tonna inti; agus 400 each-chumhacht de réir a cairte aici. Sháraigh sí an *Mhongóil* ar mhire siúil, ach níor sháraigh i gcompord. Ní raibh Áúda chomh socair inti is ba mhian leis an bhFoggach í a bheith. Ach ina dhiaidh sin, ní raibh i gceist ach aistear 3,500 míle slí, cúrsa nach mbainfeadh díobh thar 12 lá, agus níor dheacair an bhean óg a shásamh.

Na laethanta tosaigh ar an aistear sin is ea a chuir Áúda aithne cheart ar an bhFoggach. Gach tráth dá bhfeiceadh sí é chuireadh sí a buíochas in iúl dó. D'éisteadh an fear righin sin go neamh-chorrabhuaiseach léi, nó ligeadh sé air é ar aon chuma, agus gan aon cor ba lú a theacht ar a ghlór ná ar a ghnúis. D'fhéach sé chuige nach mbeadh aon ní ag teastáil uaithi. Ar thráthanna áirithe gach lá thugadh sé cuireadh uirthi, d'fhonn comhrá léi nó chun a bheith ag éisteacht léi. D'iompair sé é féin os a comhair le barr sibhialtachta agus le cruinneas an innill a chuirfí ar siúl d'aon ghnó chun na hoibre sin. Níor fhéad Áúda aon tuairim a dhéanamh de go dtí gur mhínigh Passepartout di an leithleachas a bhain lena mháistir. D'inis sé di cúrsaí an ghill is na cuairte mórthimpeall an domhain. Bhain sin gáire aisti; ach ina ainneoin sin is dó a bhí buíochas a tarrthála ag dul, agus ní baol gur lúide a meas air í a bheith buíoch de.

CHUIREADH SÍ A BUÍOCHAS IN IÚL DÓ

Dhearbhaigh Áúda fírinne an scéil a d'inis an tiománaí mar gheall uirthi. Duine de threibh na bParsach ab ea í gan dabht; agus is í sin an treibh is uaisle ar chlanna dúchais na hIndia. Is iomaí ceannaí Parsach san India a d'éirigh chun saibhris trí mhargaíocht chadáis. Duine acu sin ab ea Sir Jamsetjee Jejeebhoy, a fuair gairm ridire ó rialtas Shasana; bhí gaol ag Áúda leis sin; agus i mBombay a bhí cónaí air. Gaol gairid dó sin ab ea Jejeeh onórach, agus b'shin é go díreach an fear a raibh súil aici go mbuailfeadh sí uime i Hong Cong. An bhfaigheadh sí tearmann agus cúnamh uaidh sin? Ní fhéadfadh sí a rá. Ach dúirt an Foggach mar fhreagra air sin gan aon bhuairt a bheith uirthi, mar go dtiocfadh gach ní chun cinn go "matamaiticiúil"—sin é an focal féin a ndearna sé úsáid de.

Ceist: ar thuig an bhean óg an dobhriathar uafásach sin? Ní fheadair aon duine. Cibé scéal é, bhí an dá mhallsúil aici ar dianleathadh is iad ag féachaint isteach i súile an Fhoggaigh; bhí a dhá súil bhreátha "mhearghlana mar a bheadh niamhlochanna naofa na Himiléithe." Ach an Foggach doleighis, choinnigh sé é faoi scéith na seanchúlántachta; níorbh é sin an fear a thabharfadh léim caorach i nduibheagán isteach sa loch.

D'éirigh go hálainn leis an *Rangún* sa chuid tosaigh dá turas. Bhí an aimsir gan a bheith rótheasaí. "Feánna Bheangáil" a thugann mairnéalaigh ar an gcuid sin den bhá mhór úd, agus ghluais an bád go buacach tríd. Ba ghearr go bhfuarthas radharc ar Andamán Mór, an t-oileán is mó ar an gcnuasach oileán san fharraige úd; agus chonacthas *Saddle-peak*, cnoc álainn ar an oileán sin; 2,400 troigh ar airde atá an cnoc agus is féidir le mairnéalaigh é a fheiceáil i bhfad i gcéin.

Ghluais siad thar bráid in aice na trá. Ní fhaca siad aon duine de na Papúigh allta a chónaíonn ar an oileán. Daoine a bhaineann leis an gcéim is ísle ar an gcine daonna is ea iad sin, bíodh is nach canablaigh iad, faoi mar a deir daoine áirithe.

B'álainn an pictiúr reatha a rinne na hoileáin sin ar imeacht an bháid tharstu. Coillte do-áirithe pailme is airéice is bambú is muscaidí is téice is miomóis aird is crainn raithniúla ar an taobh abhus ann, agus laistiar díobhsan éagasc álainn na gcnoc. Feadh na trá bhí ar eitilt na fáinleoga luachmhara úd a mbíonn an móréileamh ar a neadacha sochaite i gcomhair bia in Impireacht an Oirthir. Ach is mear a ghluais tharstu an radharc taitneamhach sin ar oileáin Andamáin; agus dhírigh an *Rangún* ar threabhadh roimpi faoi dhéin chaolas Mhalaca, mar a bhfaigheadh sí pasáiste isteach i bhfarraigí na Síne.

Cad a bhí á dhéanamh ag an bhFisceach, an lorgaire a tarraingíodh dá lom-deargainneoin ó dhúiche go dúiche timpeall an domhain? Sular fhág an bád Calcúta, thug sé ordú ar shroicheadh na háite sin don bharántas, é a chur ina dhiaidh go Hong Cong; ansin chuaigh sé ar bord an *Rangún* i ngan fhios do Phassepartout; agus mheas sé é féin a choimeád i bhfolach go dtiocfadh an bád chun poirt. Is amhlaidh mar a bhí aige, ba dheacair leithscéal a cheapadh do Phassepartout, de bhrí gur mheas seisean gur fhan sé i mBombay. Ach chuir cúrsaí na himeachta d'fhiacha air breis cainte a bhaint as an mbuachaill macánta eile. Conas a rinne sé é? Is gearr go bhfeicfimid.

Bhí brath agus intinn an lorgaire feasta ar Hong Cong thar aon bhall eile sa domhan go léir; ní fhanfadh an bád fada go leor dó i Singeapór chun a chuid oibre a chur i gcrích ann. Ar an ábhar sin i Hong Cong b'éigean an gadaí a ghabháil nó d'imeodh sé gan ghabháil.

I Hong Cong bheidís fós ar thalamh a bhaineann le Sasana, ach más ea, b'shin é an talamh deireanach de chuid Shasana a bhuailfeadh umpu ar an mórchuairt. Ina dhiaidh sin thiocfadh an tSín is an tSeapáin agus Meiriceá, agus ní baol ná go bhfaigheadh an Foggach tearmann iontu sin. Dá bhfaigheadh sé an barántas ag Hong Cong, agus ba léir dó é a bheith ag teacht ina dhiaidh, bhéarfadh sé greim ar an bhFoggach agus chuirfeadh sé faoi chúram chonstáblaithe na háite é. B'fhurasta an méid sin a dhéanamh. Ach dá n-imeodh sé thar Hong Cong ní dhéanfadh barántas gabhála in aon chor an gnó. Níorbh fholáir barántas iasachta in éineacht leis. Ina theannta sin bheifí ag cur moille air agus á chosc ar gach slí, agus cá bhfios ná go n-éalódh an bithiúnach uaidh i ndeireadh na dála. Dá dteipfeadh air i Hong Cong b'an-deacair dó tabhairt faoi ina dhiaidh si; go deimhin ní fhéadfadh sé é, agus a bheith ag brath air go n-éireodh leis.

Ina chábán féin sa bhád a chaitheadh an Fisceach an aimsir agus is minic a deireadh sé leis féin: "Is ea, beidh an barántas romham i Hong Cong, agus béarfaidh mé greim ar an bhfear sin; nó ní bheidh an barántas ann, agus beidh orm an duine a mhoilliú ar áis nó ar éigean. Theip orm i mBombay; theip orm i gCalcúta. Má theipeann orm i Hong Cong, sin imithe idir ghairm is chlú! Cibé ní a thiocfaidh as dom, ní foláir gníomh a dhéanamh ansin. Ach conas a chuirfidh mé cosc le himeacht an Fhoggaigh mhallaithe seo, más gá sin?"

Dá gcuirfí chuige é, bhí socair ag an bhFisceach an scéal go léir a insint do Phassepartout, agus a chur in iúl dó cérbh é an máistir a bhí aige; mar ba dheimhin leis Passepartout a bheith gan pháirt sa ghnó. Nuair a bheadh fios an scéil i gceart ag Passepartout, ní ligfeadh eagla dó gan cabhrú lei féin, leis an bhFisceach, Ach b'shin slí an-chontúirteach, agus níor cheart feidhm a bhaint as ach amháin nuair a theipfeadh gach slí eile. Focal amháin ó Phassepartout i gcluas a mháistir agus bhí an gnó ar fad ina chíor thuathail.

Bhí meascán mearaí ar an lorgaire. Chuimhnigh sé ansin ar Áúda, a bhí i bhfochair an Fhoggaigh ar bord an *Rangún*. Chuir sin ag machnamh ar a mhalairt de chuma é.

Cérbh í an bhean sin? Conas a tharla í a bheith i dteannta an Fhoggaigh? B'fhollas gur idir Bhombay agus Calcúta a casadh ar a chéile iad. Ach canad é? Cá bhfios nach d'aon ghnó a casadh an Foggach agus an bhean seo ar a chéile. Ní raibh de thrúig ag an duine uasal sin leis an turas trasna na hIndia ach d'fhonn bualadh um an mbean bhreá óg seo! Agus bean bhreá óg ab ea í, gan aon agó! Bhí radharc maith ag an bhFisceach uirthi i dteach na cúirte i gCalcúta.

Is féidir a mheas cad iad na caisleáin ghaoithe a thóg an lorgaire. Bhí, dar leis, éalú aindleathach ann. Bhí gan amhras; ní fhéadfadh gan a bheith! Ní túisce a bhuail an smaoineamh sin ina aigne ná mar a chuimhnigh sé ar an tairbhe a thiocfadh dó féin as. Ba chuma an bhean a bheith pósta nó gan a bheith pósta, éalú ab ea é, agus b'fhéidir fear a dhéanta a chur ina leithéid de chás i Hong Cong, nach saorfadh an t-airgead féin é.

Ach níor cheart fanúint go sroichfeadh an bád Hong Cong. Bhí sé mar dhrochbhéas ag an bhFoggach imeacht de léim as bád isteach i mbád eile; agus sula mbeadh tosnaithe i gceart ar an ngnó aige féin, b'fhéidir go mbeadh sé siúd imithe an fharraige amach.

Ba é an chéad rud a bhí le déanamh mar sin, ná scéala a chur roimh ré go dtí cinn an bhaile poirt sin agus an *Rangún* a chosc sula sroicheadh sí caladh ann. B'fhurasta an méid sin a dhéanamh, mar stadfadh an bád ag Singeapór, agus tá sreangscéal as sin ar feadh chósta na Síne.

Ina dhiaidh sin is uile, sula dtosnódh an Fisceach ar an ngnó, agus d'fhonn a bheith deimhnitheach dá chúrsaí féin, shocraigh sé ina aigne ar thuilleadh cainte a dhéanamh le Passepartout. Bhí a fhios aige nár dheacair dó é sin a chur ag caint, agus d'fhéadfadh sé féin an t-aitheantas bréige a choinnigh sé leis go dtí sin a chaitheamh uaidh. Mar sin ní raibh nóiméad le cailleadh aige. Ba é sin an 30 Deireadh Fómhair, agus lá arna mhárach stadfadh an *Rangún* ar feadh tamaill ag Singeapór.

Leis an intinn sin, thréig an Fisceach a chábán féin an lá sin agus chuaigh in airde ar bord chun go mbuailfeadh Passepartout uime; agus bheadh ionadh air, mar dhea, nuair a chasfaí ar a chéile iad. Bhí Passepartout ag siúlóid dó féin, ar bhéala an bháid, agus rith an lorgaire faoina dhéin agus dúirt: "An tusa atá ann?"

"Is mé," arsa Passepartout agus ionadh dáiríre air nuair a d'aithin sé an comrádaí a bhí aige ar an *Mongóil*, "agus tá tusa ar bord anseo leis, a Fhiscigh! Conas é sin, arú! D'fhág mé thú ag Bombay. Agus seo anseo arís thú ar stáir go Hong Cong. Ní amhlaidh atá tú, leis, ag dul mórthimpeall an domhain?"

"Ní hea ar aon chor," arsa an Fisceach, "táim ag brath ar chur fúm i Hong Cong ar feadh roinnt laethanta ar aon chuma."

"An mar sin é!" arsa Passepartout agus iarracht d'ionadh air. "Agus conas a thagann nach bhfaca mé thú anseo thuas ó d'fhágamar Calcúta?"

"Im briathar gur buaileadh breoite mé. Iarracht de thinneas farraige—níor fhág mé mo chábán in aon chor—ní réitíonn Bá Bheangáil liom chomh maith le Farraige na hIndia. Ach conas tá Philéas Fogg, do mháistir?"

"Ar fheabhas saoil agus sláinte! Agus ag imeacht de réir a chairte! Gan oiread is lá amháin chun deiridh! Arú, a Fhiscigh, is dócha nach bhfuil a fhios agat é, ach tá bean uasal óg in éineacht leis anois."

"Bean uasal óg?" arsa an lorgaire, agus níor dhóigh le duine air gur chuir sé róshuim i gcaint an fhir eile.

Ba ghearr an mhoill ar Phassepartout iomlán an scéil a chur i dtuiscint dó. D'inis sé dó cúrsaí an phagóda i mBombay, is ceannach na heilifinte ar dhá mhíle punt, is scéal an bhreithimh i gCalcúta, is díol an urrúis. Is maith ab eol don bhFisceach an chuid deiridh den scéal agus lig sé air a bheith in ainbhios air go léir; agus is ar Phassepartout a bhí an t-áthas ag insint an scéil do dhuine a thugadh an oiread sin toraidh air.

"Agus an amhlaidh is mian le do mháistir," arsa an Fisceach, "an bhean óg seo a bhreith leis go dtí an Eoraip?"

"Ní hea arú. Ní dhéanfaimid ach í a fhágáil faoi chúram duine dá gaolta, ceannaí acmhainneach i Hong Cong."

"Ní thiocfaidh aon ní as sin dom!" arsa an feidhmeanach leis féin; ach más ea bhrúigh sé a chathú chuige. "An ólfá gloine biotáille, a Phassepartout?" ar seisean.

"D'ólfainn agus fáilte. Ó tharla gur casadh ar a chéile sinn ar bord an *Rangún*, is é is lú is gann dúinn gloine a ól ar a chéile!"

# CAIBIDIL XVII

*Ina dtaispeántar roinnt rudaí a tharla
ar an turas idir Singeapór is Hong Cong*

Is minic a theagmhaíodh Passepartout is an lorgaire le chéile i rith an lae sin, ach más ea, choinnigh an Fisceach a aigne chuige féin is níor aimsigh sé a thuilleadh cainte a bhaint as Passepartout. Uair nó dhó fuarthas radharc ar an bhFoggach; b'fhearr leis sin fuireach i seomra mór an *Rangún* ag caint le hÁúda, nó ag imirt fuist de réir mar ba ghnách leis.

Dhírigh Passepartout ar mhachnamh dáiríre ar a aiteacht mar scéal é an Fisceach a bhualadh umpu an dara huair. Agus rud greannmhar ab ea é, leis. Níor mhiste machnamh ar chúrsaí an duine shoilbhir shibhialta sin; conas mar a buaileadh uime é ar dtús i Suais; conas mar a tháinig sé ar bord an *Mhongóil*; conas mar a chuaigh sé i dtír i mBombay; is go ndúirt go stadfadh ansin; conas mar a fuarthas arís ar an *Rangún* é ar cuairt go Hong Cong, agus é mar a déarfá ag leanúint ar an rian a bhí leagtha amach ag an bhFoggach dó féin. B'ait an teagmhálaí é, ar aon chuma. Cad é an bhaint a bheadh ag an bhFisceach seo leis an ngnó? Bhí na bábúisí i gcoimeád ag Passepartout, ach chuirfeadh sé i ngeall iad go bhfágfadh an Fisceach an lá céanna leo féin agus ar aon bhád leo, b'fhéidir.

Dá mbeadh Passepartout ag déanamh a mhachnamh ar an scéal go lá a bháis ní chuimhneodh sé ar ghnó an lorgaire. Ní thiocfadh chun a chuimhne go brách a rá go rabhthas ar thóir Philéas Fogg mór-thimpeall na cruinne domhanda de dheasca gadaíochta. Ach ós dual don daonnaí míniú a thabhair ar gach ní, seo mar a mhínigh Passepartout dó féin a dhlúithe a lean an Fisceach díobh, agus ní miste a rá ná go raibh dealramh lena mhíniú. Is amhlaidh mar a bhí an scéal dar leis: teachtaire ab ea an Fisceach ó chomhaltaí an Fhoggaigh sa *Reform Club* agus chuir siad é i ndiaidh an duine uasail sin chun a dhearbhú go ndéanfaí an chuairt sin mórthimpeall an domhain de réir na gcoinníollacha.

UAIR NÓ DHÓ FUARTHAS RADHARC AR AN bhFHOGGACH...

"Tá an méid sin soiléir go leor," arsa an buachaill fiúntach leis féin, agus an-mhóiréis air de bharr a ghéarchúise. "Is amhlaidh a cuireadh é sin ag faireachán orainne! Níor ghá dóibh an saothar! Nach dána an t-éadan nach foláir a bheith acu agus lorgaire a chur ar thóir duine mhaith mhacánta de shaghas an Fhoggaigh! Á! Díolfaidh sibh go daor as sin, a mhuintir úd an *Reform Club*!"

Dá mhéid lúcháir a bhí ar Phassepartout um a ghliceas, shocraigh sé leis féin gan focal a rá lena mháistir mar gheall air, ar eagla an uireasa muiníne sin na muintire eile a dhul sa bheo ann. Ach gheall sé dó féin soncanna a chur san Fhisceach de réir mar a gheobhadh sé an chaoi chucu, ach iad a dhéanamh le caint rúnda, agus gan sceitheadh air féin.

Dé Céadaoin, an lá deireanach de Dheireadh Fómhair sheol an *Rangún* isteach Caolas Mhalaca, atá idir ceann tíre Malaca agus oileán Súmátra. Ag folach an oileáin mhóir sin ó na daoine sa bhád bhí an-chuid oileáiníní ar a raibh aillte is carraigeacha agus éagasc an-álainn orthu.

Ar a ceathair a chlog ar maidin lá arna mhárach stad an *Rangún* ag Singeapór d'fhonn gual a fháil, agus leath lae buaite aici ó Chalcúta.

Scríobh Philéas Fogg an leath lae sin i gcolún an tsochair ina leabhar taistil; agus chuaigh i dtír ansin ag tionlacan Áúda de bhrí go ndúirt sise gur mhaith léi siúl tamall ar thalamh tirim.

Ó ba rud é go ndéanadh an Fisceach amhras de gach a ndearna an Foggach, lean sé iad i ngan fhios. Ghluais Passepartout ag gnáth-mhargaíocht agus é ag gáirí dó féin um ghothaí an Fhiscigh.

Ní haon bhall mór ná taibhseach é oileán Singeapór. Níl cnoic ann chun deise a chur ar a éagasc. Ach más íseal é is álainn é. Is geall le páirc mhór é agus tá bóithre áille ag dul tríd. Fuair an Foggach cóiste álainn is seisreach bhreá capall faoi de chapaill na hOllainne Nua .i. an Astráil. Chuaigh sé féin is Áúda isteach ann, agus tiomáineadh faoin tír iad i measc mórchrann pailme, a raibh duilliúr lonrach orthu, agus i measc crann clóbhais i gceartlár an bhlátha orthu. Toir phiobair a fhásann ar na claíocha san áit sin mar a bhíonn sceacha i dtíortha na hEorpa. Bhí crainn sáiste is crainn raithní ann, agus a gcraobhacha áille ag dathú na tíre teasaí. Bhí crainn noitmig ann, agus a nduilliúr lonrach ag sceitheadh bholaidh mhilis a mhothaítí i bhfad uathu. Ní ar díth moncaithe a bhí na coillte; mar a chonacthas scuainí acu is iad tuilte de bheogacht is de dhradaireacht; ná ní dócha gur ar díth tíogar a bhí an choill ach chomh beag. Dá ndéanfadh duine ionadh d'ainmhithe allta a bheith fós san oileán beag sin gan a ndíothú ar fad, d'fhéadfaí a rá gur ó Mhalaca a thagann ann ag snámh trasna an chaolais.

Tar éis d'Áúda is don Fhoggach dhá uair an chloig a chaitheamh ag tiomáint ar fud na tíre—agus eisean ag féachaint uaidh is gan rud ar bith á thabhairt faoi deara aige—d'fhill siad ar an sráidbhaile. Is é an rud an sráidbhaile sin ná cruinniú mór de thithe tulcaithe ceannísle, is gairdíní aoibhne leo mar a bhfásadh mangónna is anainn agus gach saghas torthaí ar fheabhas an domhain.

Ar a deich a chlog shroich siad an bád arís agus an lorgaire ina ndiaidh i ngan fhios dóibh; go deimhin b'éigean dósan carráiste eile a fháil agus díol as chomh maith.

Bhí Passepartout ag fuireach leo ar dhroichead an *Rangún*. Cheannaigh sé roinnt dosaen de mhangónna; gach ceann acu ar mhéad úill mhór; iad ciardhonn lasmuigh agus craorac laistigh; agus nuair a chuirtear a smior bán sa bhéal leánn sé ann; torthaí milse sobhlasta is ea iad. Thairg Passepartout cuid acu d'Áúda agus is modhúil a ghabh sise buíochas leis.

Ar a 11 a chlog bhí a dóthain guail istigh ag an *Rangún* agus shleamhnaigh sí chun siúil ón gcaladh; i gceann cúpla uair an chloig cailleadh an radharc ar shléibhte Mhalaca, mar a bhfaightear sna coillte ag a mbun na tíogair is áille dath ar domhan.

Tuairim is 1,300 míle farraige atá idir Singeapór agus oileán Hong Cong ar imeallbhoird na Síne. D'oirfeadh do Philéas Fogg an méid sin slí a chur de i sé lá den chuid is sia de, ionas go mbéarfadh sé ag Hong Cong ar an mbád a d'fhágfadh an áit sin an 6 Samhain ag dul go Yokohma, baile de na bailte poist is mó sa tSeapáin.

MÁS ÍSEAL AN tOILEÁN IS ÁLAINN É.

Bhí slua mór ar an *Rangún*. Ag Singeapór tháinig ar bord uirthi an-chuid daoine idir Indiaigh is Séalónaigh is Sínigh is Malaeigh is Portaingéalaigh; ach don rang íochtarach a bhain a bhformhór.

Bhí an spéir ar fheabhas go dtí sin, ach d'athraigh sé le teacht na caolré. Bhí an fharraige ag éirí. Chuaigh an ghaoth i ngairbhe; agus uaireanta shéideadh sí ina gála; ach bhí sí ag teacht anoir aneas, treo a rinne fabhrach dóibh í. Ní túisce a fuarthas an chaoi chuige ná mar a d'ordaigh an captaen na seolta a leathadh. Gléasadh an *Rangún* i bhfoirm luathbhairc agus ba mhinic í ag gluaiseacht is an dá sheol uachtair is an seol tosaigh ar leathadh aici; luathaítí go mór ar a himeacht toisc an ghal is an ghaoth a bheith in éineacht á tiomáint. Agus ar a gcuma sin chuir sí di an fharraige aicearrach achrannach sin ar feadh chósta *Annam* is na Cóitsinsíne.

Buaileadh breoite formhór na ndaoine a bhí sa Rangún; ach ní ar an bhfarraige ach ar an mbád féin ba chóir dóibh an milleán a chur mar gheall ar a dtinneas agus a dtuirse.

Is amhlaidh a d'imigh dearmad déantúis ar an dream a cheap na báid atá ag an *Peninsular Company* ar fharraigí na Síne. Níor comhaireadh i gceart an tarraingt uisce faoi ualach i gcomparáid leis an gcabhail iontu, agus dá dheasca sin ní maith a éiríonn leo an fharraige a sheasamh sa gharbhshíon. Ní leor dóibh a méid atá siad ná a dhlúithe atá an díon orthu ná a dheacracht don tsáile dul iontu. Bíonn siad "báite", mar a deir na mairnéalaigh, agus is beag tonnta a chaitear ar bord orthu nuair a fháisceann siad chun righnis. Is measa go mór na báid sin, in ainneoin chumhacht a n-inneall is a ligean gaile ná báid Fhrancacha de shaghas an *Impératrice* agus an *Cambodge*. De réir mar áiríonn innealtóirí é, na báid Fhrancacha sin, d'fhéadfaidís a gcomhualach féin d'uisce a ghlacadh sula rachaidís síos; ach báid an *Pheninsular Company*, an *Golgonda*, an *Korea* is an *Rangún*, agus an chuid eile acu dá dtagadh orthu an séú cuid dá n-ualach féin d'uisce, rachaidís go tóin poill.

B'éigean a bheith an-aireach le linn drochaimsire. Uaireanta bhítí ag brath ar an seol mór de dheasca a laghad a bhí tarraingt ar ghal acu. B'shin cailliúint aimsire, ach dar le duine ar nós Philéas Fogg níor luigh sé pioc air, an fhaid ab fholas d'aon duine an bhuairt is an mearbhall a bhí ar Phassepartout. Chuireadh sé sin a mhilleán ar an gcaptaen is ar an tiománaí is ar an gCuideachta; agus chuireadh in ainm an riabhaigh gach duine a raibh aon bhaint aige leis an mbád. B'fhéidir ina theannt sin gur chuimhnigh sé ar an ngoibín gáis a bhí ar lasadh i gcaitheamh na haimsire go léir ar a chostas féin sa teach i *Saville Row*, agus nach laghdú a rinne sin ar a mhífhoighne.

"An bhfuil an dithneas chomh mór sin oraibh go Hong Cong?" arsa an lorgaire leis lá.

"Tá an-dithneas orainn!" arsa Passepartut.

"Agus an dóigh leat go bhfuil fonn ar an bhFoggach a bheith in am chun breith ar an mbád go Yokohama?"

"Táim deimhnitheach de."

"Creideann tú mar sin sa chuairt ghreannmhar seo mórthimpeall an domhain.

"Creidim go daingean ann. Cad mar gheall ortsa, a Fhiscigh, an gcreideann tú ann?"

"Ní chreidim in aon chor ann!"

"Ag magadh atá tú!" arsa Passepartout, agus bhagair leathshúil ar an bhfear eile.

Chuir an focal deireanach sin an lorgaire ag machnamh. Bhuair sé é ar shon nach rómhaith a bhí a fhios aige cad ina thaobh é. Arbh eol don Fhrancach cad é an fuadar a bhí faoin bhFisceach féin? Níor fhéad sé a dhéanamh amach cé acu arbh eol dó nárbh eol. Ach conas a gheobhadh Passepartout amach gur lorgaire é, agus gan a fhios sin ag aon duine ach aige féin? Ach ní labhródh Passepartout mar sin mura mbeadh go raibh rud éigin laistiar den chaint aige.

Ráinig lá eile go ndeachaigh an buachaill macánta níos sia ná sin féin. Ach bhí an rún á loscadh is níor fhéad sé a bhéal a éisteacht.

"Cogar, a Fhiscigh," ar seisean, de ghuth nach bhféadfaí a dhéanamh amach cé acu ag magadh nó i ndáiríre a bhí sé, "an amhlaidh mar atá an scéal nach mbeidh sé de chrann orainn scarúint leatsa ag Hong Cong féin?"

"Aidhe! arsa an Fisceach agus iarracht d'alltacht air, "ní fheadarsa—b'fhéidir go—"

"Aililiú!" arsa Passepartout, "má bhíonn tú in éineacht linn nach ormsa a bheidh an t-áthas! Fan go bhfeicfimid anois! Fear feidhme ón b*Peninsular Company*, ní fhéadfadh a leithéid stad in aon áit! Ag dul go Bombay a bhí tú ar dtús, agus anois is gairid go mbeidh tú sa tSín! Ní fada ón áit sin Meiriceá! Agus ó Mheiriceá go dtí an Eoraip, a dhuine. Níl ann ach truslóg amháin!"

D'fhéach an Fisceach go géar ar an bhfear eile. Ní dhearna Passepartout ach cromadh ar gháirí go sultmhar, agus shocraigh an lorgaire ar gháirí in éineacht leis. Ach bhí fonn magaidh ar Phassepartout agus d'fhiafraigh sé dá chompánach an mbíodh puinn aige de bharr a shaothair.

"Bíonn agus ní bhíonn," arsa an Fisceach go neamhghruama. "Bíonn dea-iarrachtaí agus bíonn drochiarrachtaí ann. Ach tá a fhios agat, is dócha, nach ar mo chostas féin atáim amuigh."

"Tá a fhios agam é sin go dianmhaith," arsa Passepartout, agus dóbair go scoiltfeadh air le neart gáirí.

Tar éis an chomhrá sin d'imigh an Fisceach go dtí a chábán mar ar chrom sé ar bheith ag cur is ag cúiteamh leis féin. Ba léir dó go bhfuarthas amach an gnó a bhí idir lámha aige. Bhí tuairim ag an bhFrancach gur lorgaire é, cibé cuma inar tháinig an tuairim isteach ina cheann. Cá bhfios ná go raibh sé tar éis fógra a thabhairt dá mháistir? Cad é an bhaint a bhí aige leis an ngnó? An raibh sé páirteach ann nó nach raibh? An amhlaidh a bhí sceite air féin, agus go mbeadh buaite dá bharr sin air? Thug an lorgaire roinnt uaireanta an chloig san áit sin, agus é go buartha agus galar na gcás air. Uaireanta eile bhíodh dóchas láidir aige nach raibh a fhios an scéil ag an bhFoggach. Agus sa deireadh ní raibh a fhios aige cad ba cheart dó a dhéanamh.

D'fhill a mheabhair air leis an aimsir, ámh, agus shocraigh sé ar an oscailteacht a dhéanamh le Passepartout. Dá mba rud é nach mbeifí i gcóir chun breith ar an bhFoggach ag Hong Cong, agus an Foggach a bheith chun an tír Shasanach sin a fhágáil, bheadh air sin, ar an bhFisceach, an rún go léir a ligean le Passepartout. Má bhí páirt ag an ngiolla sa ghnó, agus gur inis sé a thuairim don mháistir, b'shin deireadh leis an scéal. Ach dá mba rud é nach raibh lámh ná ladar ag an ngiolla sa ghadaíocht, ansin ba é leas an ghiolla an gadaí a thréigean.

Sin mar a fuarthas ag an mbeirt an uair sin; agus os a gcionn sin bhí Philéas Fogg ag gluaiseacht timpeall lena neamhchorrabhuais nósmhórga. Bhí a chúrsa mórthimpeall na cruinne á chomhlíonadh go dleathach aige sin, agus gan pioc suime aige sna foréiltíní a bhí ag gluaiseacht mórthimpeall air féin.

Ach, faoi mar a deir lucht réalteolaíochta, tharla in aice leis réalt achrainn ar cheart di corraí éigin a chur i gcroí an duine uasail sin. Níor chuir, áfach! Theip ar áilleacht Áúda agus ba mhór an ionadh le Passepartout sin. Má tharla corraí ina chroí, ní miste a rá gur dheacra é a mhothú ná corraí Úránais, ba thriúg le Neiptiún, pláinéad, a chur ar aithne dúinn.

Is ea, agus bhí an ionadh ag dul i méid ar Phassepartout in aghaidh an lae, mar léadh sé i súile na mná óige a mhéid buíochas a bhí aici dá mháistir! B'fhollas don tsaol gurbh é dála chroí an Fhoggaigh an gaisce a bheith ann gan pioc den ghrá. Maidir le smaointe a theacht dó de bharr cúrsaí an turais sin, ní raibh a rian ná a dtuairisc air. Ach Passepartout féin ba thaibhreamh síor dó an saol sin. Bhí sé lá, agus a chliathán leis an ráille os cionn an *engine room* agus é ag féachaint ar an inneall neartmhar ag obair. Uaireanta bhíodh an t-inneall ag casadh go tréan, agus uaireanta eile faoi mar a luascadh an t-árthach, thugadh an scriú bonnóg as an uisce. D'éalaíodh an ghal as na sliogáin le gach bonnóg, agus chuir sin fearg ar an mbuachaill fiúntach.

"Níl leath a ndóthain gaile sna sliogáin sin!" ar seisean in ard a chinn is a ghutha. "Ní ag gluaiseacht ar aghaidh atáthar! Ní fhacamar riamh a mhalairt ó na Sasanaigh! Is mairg nach i mbád Meiriceánach atáimid. B'fhéidir go bpléascfadh fúinn, ach ar aon chuma dhéanfaimis luas!"

# CAIBIDIL XVIII

*Ina bhfuil Philéas Fogg is Passepartout is an Fisceach agus gach duine acu i mbun a ghnó féin*

Bhí an aimsir dona go leor na laethanta deiridh ar an turas. D'éirigh an stoirm go han-gharbh. Bhí an ghaoth ag síortheacht aniar aduaidh agus chuir sin i gcoinne an bháid go mór. Ó ba rud é nár bhád róshocair í an *Rangún*, luasc sí ina sheó; agus na tonnta arda uafásacha a tógadh ina haghaidh, chuir siad fraoch cuthaigh ar na daoine a bhí inti.

I rith an dá lá sin, an tríú agus an ceathrú lá de mhí na Samhna, shéid sé gála. Bhuaileadh an ghreadghaoth an fharraige le fuinneamh is le fraoch. B'éigean an *Rangún* a thiomáint go righin ar feadh leathlae, agus áireamh casadh an scriú a choimeád ar a deich, i slí is go bhfreagródh sí do luascadh na dtonn. B'éigean na seolta go léir a fhilleadh; ach ina dhiaidh sin bhí an iomad troscáin uirthi agus an ghaoth ag feadaíl tríd.

Tuigfear as sin gur laghdaigh go mór ar ghluaiseacht an bháid agus ceapadh go sroichfeadh sí Hong Cong 20 uair an chloig chun deiridh ar an am ceart, nó b'fhéidir níos mó ná sin, mura rachadh an stoirm chun ciúnais.

Chuaigh Philéas Fogg ag féachaint ar an bhfarraige fhraochmhar a bhí, dar leat, ag obair go lom díreach ina choinne, agus é go fuaraigeantach mar ba ghnách leis. Níor dhoirchigh ar a éadan ar feadh oiread an nóiméid, ar shon go gcuirfeadh moill 20 uair an chloig é bunoscionn lena ghnó, de bhrí go gcaillfeadh sé an bád ó Hong Cong go Yokohama. Ach an fear fuaraigeantach sin níor thaispeáin sé aon chomharthaí den mhífhoighne ná den bhuairt aigne. Is amhlaidh ba dhóigh le duine air go raibh an stoirm ghaoithe sin scríofa aige ina leabhar taistil, agus go raibh sí áirithe roimh ré aige. Bhíodh Áúda ag comhrá leis i gcaitheamh na haimsire agus níor bhraith sí corraí ná corrabhuais air.

Ní fearg a bhí ar an bhFisceach, ámh, mar gheall ar na rudaí a bhí ag titim amach. Níorbh ea, ar aon chor. Is amhlaidh a chuir an stoirm áthas thar meán air. Agus bheadh lúcháir thar teorainn air, dá mb'éigean don *Rangún* casadh ar a cúla roimh fhorneart na gaoithe. Thaitin gach saghas moilliúcháin leis, de bhrí go dtiocfadh dá mbarr fiacha a bheith ar an bhFoggach, duine uasal, fuireach roinnt lá i Hong Cong. Tar éis an tsaoil nárbh fhollas an spéir is an ghreadghaoth is an stoirm a bheith ar a thaobh féin? Bhí sé breoite go maith, ach ba chuma leis é. Ba chuma leis an t-urlacan; agus an fhaid a bhí a cholann ag unfairt i dtaomanna na breoiteachta bhí a spiorad go meidhreach le neart áthais.

Dála Phassepartout, féadfar a mheas gur dó ba dheacair an fhearg a bhrú chuige aimsir na cruála. Go dtí sin bhíothas ag dul chun cinn go breá! Bhí an talamh tirim is an fharraige fhliuch ag fónamh le dúthracht dá mháistir. Bhí na báid ghaile is na traenacha umhal dó. An ghaoth agus an ghal bhí siad ag obair d'aon toil ina fhabhar. An amhlaidh a bhí tráth na dtionóiscí buailte leo faoi dheoidh? Níor fhan sonas ná sásamh ar Phassepartout, ach oiread agus dá mba as a phóca féin a thiocfadh an £20,000. Chuir an stoirm sin fearg air, agus chuir an ghreadghaoth fraoch nimhneach air; agus ba leis ba bhreá a bheith ag gabháil de lasc fhuipe ar an bhfarraige mhí-ómósach sin! An buachaill bocht! Shéan an Fisceach air an t-áthas a bhí air féin; agus ba mhaith an scéal go ndearna, mar dá mb'eol do Phassepartout an t-áthas croí a bhí ar an bhFisceach gheobhadh an Fisceach céanna sciolladh nach bhfágfadh a chuimhne go ceann i bhfad.

Tríd an stoirm go léir d'fhan Passepartout ar deic an *Rangún*. Ní fhéadfadh sé fanacht laistíos. Théadh sé suas na crainn. Chuir sé ionadh ar fhoireann an bháid lena aclaíocht is an fonn oibre a bhí air. Chuir sé ceist agus céad ar an gcaptaen is ar na hoifigigh is ar na mairnéalaigh, agus níor fhéad siad sin gan gáirí uime agus a fuadar a bhí faoi. Theastaigh ó Phassepartout fios cruinn a bheith aige an fada a d'fhanfadh an gála ar siúl. Thaispeáin siad an bairaiméadar dó ach ní raibh aon fhonn air sin snámh in airde. Thug Passepartout croitheadh maith dó, ach bheadh sé chomh maith aige ligean dó; níor thug sí toradh ar an gcroitheadh ná ar an achasán a chaith sé leis.

CHUIR SÉ IONADH AR FHOIREANN AN BHÁID LENA ACLAÍOCHT
IS AN FONN OIBRE A BÍ AIR

Faoi dheoidh chiúnaigh ar an anfa. I gcaitheamh an cheathrú lá de mhí na Samhna bhí an fharraige ag ísliú is ag druidim chun socrachta. D'aistrigh an ghaoth dhá phointe ó dheas agus bhí sí fabhrach arís.

Gheal ar Phassepartout leis an aimsir. B'fhéidir na seolta uachtair is íochtair a leathadh, agus luigh an *Rangún* ar ghluaiseacht arís le luas seoigh.

Ach an aimsir a bhí caillte níorbh fhéidir é a bhuachaint thar n-ais. B'éigean géilleadh don bhacaíocht agus níor thángthas i radharc talún go dtí an séú lá, ar a cúig ar maidin. De réir leabhar taistil Philéas Fogg ba cheart don bhád teacht i dtír an cúigiú lá. Níor tháinig sí sí go dtí an séú lá. B'shin 24 uair an chloig chun deiridh é, agus ina theannta sin gan amhras, bhí an bád go Yokohama caillte aige.

Ar a sé a chlog tháinig píolóta ar bord an *Rangún* agus chuaigh in airde ar an droichead chun an t-árthach a stiúradh an chanáil isteach go caladh Hong Cong.

Tháinig an-dúil do Phassepartout ceist a chur chun an duine sin agus a fhiafraí de an raibh bád Yokohama imithe fós ó Hong Cong. Ach ba leatheagal leis é a dhéanamh, agus b'fhearr leis gan an dóchas a ligean uaidh go dtiocfadh an nóiméad deireanach. Chuir sé a imní in iúl don Fhisceach, agus dhírigh an sionnach glic sin ar chomhbhrón a dhéanamh leis, á rá go mbeadh an Foggach in am don chéad bhád eile. Is amhlaidh a chuir sin racht cuthaigh ar Phassepartout.

Ach má ba rud é nach leomhfadh Passepartout ceist a chur chun an phíolóta, ní baol go raibh scáth ar an bhFoggach; tar éis don duine uasal sin a *Bhradshaw* a chuardach, dhruid sé leis an bpíolóta agus d'fhiafraigh sé de go ciúin is go modhúil an raibh a fhios aige cathain a bheadh bád ag fágáil Hong Cong is ag dul go Yokohama.

"Ar maidin amárach leis an tuile," arsa an píolóta.

"An mar sin atá?" arsa an Foggach agus gan an comhartha ba lú d'aon ionadh air.

Bhí Passepartout ag éisteacht agus gan aon agó thabharfadh sé barróg cheanúil don phíolóta sin; bhí an Fisceach ann leis ach is amhlaidh ba mhian leis sin casadh nó dhó a bhaint as muineál an phíolóta.

"Agus cad is ainm don bhád sin?" arsa an Foggach.

"An *Carnatic*," arsa an píolóta.

"Nach inné a bhí sise le himeacht?"

"Is ea leis, a dhuine uasail, ach d'imigh tionóisc ar cheann dá coirí agus beidh sí anseo á deisiú go dtí amárach."

"Go raibh maith agat," arsa an Foggach. Ansin de chéimeanna innealta, ghluais sé síos thar n-ais go seomra mór an *Rangún*.

Rug Passepartout ar lámh ar an bpíolóta, agus ag croitheadh na láimhe sin go calma dúirt sé: "A phíolóta, a chroí istigh, fear as feara is ea thú!

Is dócha nár thuig an píolóta bocht riamh conas a thuill an beagán cainte a bhí déanta aige an moladh sin. Séideadh fead, agus siúd leis in airde ar an droichead arís. Stiúir sé an bád i measc na gcabhlach siúncanna is tancánna is báid iascaigh is soithí de gach saghas a bhí ag cúngracht ar a chéile ar chanálacha Hong Cong.

Ar a haon a chlog bhí an *Rangún* cois calaidh, agus an líon a bhí inti chuaigh siad i dtír.

Ní foláir a admháil go raibh an t-ádh leis an bhFoggach go sonraíoch sna cúrsaí sin. Mura mbeadh gur theastaigh deisiú ó choirí an *Charnatic*, bheadh sí imithe an cúigiú lá den mhí, agus na daoine a raibh a dtriall ar an tSeapáin chaithfidís fuireach i Hong Cong go ceann seachtaine ag feitheamh leis an gcéad bhád eile. Is fíor go raibh an Foggach 24 uair an chloig chun deiridh de réir a chairte, ach ní féadfadh an méid sin teacht go ródhian ina choinne ar feadh an chuid eile dá mhórchuairt.

Go deimhin bhí ceangal aimsire idir an bád ag dul trasna an Aigéin Chiúin ó Yokohama go dtí San Francisco, agus an bád ó Hong Cong go Yokohama, agus ní fhéadfadh an dara ceann imeacht ó Yokohama go dtiocfadh an ceann eile isteach ann. B'fhollas go mbeifí 24 uair an chloig chun deiridh ag Yokohama leis, ach bhuafaí thar n-ais an méid sin le linn an 22 lá a bheifí ag dul trasna an Aigéin Chiúin. Mar sin, ní raibh Philéas Fogg ach tuairim is 24 uair chun deiridh ar a chairt, agus é aistear 35 lá amach ó Londain.

Agus ó ba rud é nach mbeadh an Carnatic ag imeacht go dtí maidin lá arna mhárach ar a cúig, bhí 16 uair a chloig ag an bhFoggach chun dul i mbun a ghnótha féin, mar atá cúrsaí Áúda a shocrú. Thairg sé uillinn di, ag teacht as an mbád agus thionlaic í go dtí palaincín. Fuair sé amach ó lucht iompair na bpalaincíní go raibh teach ósta sa chathair darbh ainm Teach an Chlub. Ghluais leis an bpalaincín faoina dhéin sin, agus Passepartout ag siúl ina ndiaidh, agus i gcionn 20 nóiméad bhí sroichte acu.

Fuarthas seomra faoi leith don bhean óg agus thug an Foggach aire mhaith chun gan aon ní a bheith d'uireasa uirthi. Ansin dúirt sé le hÁúda go rachadh sé láithreach bonn ag iarraidh a cara gaoil úd ar gheall sé í a fhágáil faoina chúram i Hong Cong. San am céanna d'ordaigh sé do Phassepartout gan chorraí as an teach ósta go bhfillfeadh sé féin, i slí nach bhfágfaí ina haonar an bhean óg.

Ansin rinne sé eolas roimhe go dtí Áras na gCeannaithe. Gan amhras bheadh aithne mhaith san áit sin ar an gceannaí Parsach a bhí ar na daoine ba shaibhre sa bhaile mór.

An ceannaí ar labhair an Foggach leis, dúirt sé gurbh aithnid dó an Parsach; ach go raibh dhá bhliain ann ó d'fhág sé an tSín. Go raibh airgead a dhóthain bailithe aige agus go ndeachaigh sé chun cónaithe áit éigin ar Mhór-roinn na hEorpa, go ndeirtí gur san Ollainn é; de bhrí gur le lucht ceannaíocht na tíre sin ba mhó a bhí déileáil aige le linn a ré margaíochta.

D'fhill Philéas Fogg ar Theach an Chlub. D'imigh sé ceann ar aghaidh go dtí seomra Áúda agus d'iarr sé a ligean isteach. Ansin gan tuilleadh moille chuir sé in iúl di nach i Hong Cng a bhí cónaí feasta ar a fear gaoil, ach san Ollainn de réir gach dealraimh.

Níor labhair Áúda go ceann tamaill. Tharraing sí bos thar a héadan, agus d'fhan ag machnamh léi féin ar feadh scaithimh. Ansin dá guth caoin dúirt sí: "Cad is córa dom a dhéanamh?"

"Is furasta an cheist sin a fhreagairt," arsa an Foggach. "Cad eile a dhéanfá ach gluaiseacht romhat chuig Mór-roinn na hEorpa."

"Ach ní cóir dom a bheith ag déanamh ceataí—"

"Níl aon cheataí agat á dhéanamh domsa, ná aon díobháil don ghnó atá idir lámha agam. A Phassepartout!" ar seisean.

"Teacht, a mháistir," arsa Passepartout.

"Éirigh go dtí an *Carnatic* agus cuir trí cinn de sheomraí in áirithe dúinn inti."

Ar Phassepartout a bhí an t-áthas um an mbean óg a bheith tuilleadh slí ina gcuideachta, agus a mhánlacht a bhí sí leis féin; agus d'fhág sé Teach an Chlub gan mhoill ar a theachtaireacht.

# CAIBIDIL XIX

*Ina gcuireann Passepartout beagán suime sa bhreis*
*ina mháistir agus an rud a thagann as dó*

Oileán beag is ea Hong Cong agus ó chonradh Nancing, tar éis cogaidh bliain a 1842, tá sé i mbuanseilbh Shasana. I gceann roinnt blianta ina dhiaidh sin, de bharr a aosáidí a dhéanann Sasana a choilíniú, bhí baile mór ar a bhoinn ann, agus caladh déanta lena ais, ar a dtugtar *Caladh Victoria*. Ar inbhear abhainn Chanton atá an t-oileán, agus níl idir é féin agus baile Mhacao na Portaingéile, ar an taobh eile den inbhear ach 60 míle slí. Gan amhras níorbh fholáir do Hong Cong buachan ar Mhacao i gcúrsaí tráchtála agus cheana féin is trí Hong Cong a ghabhann formhór na n-earraí a théann sa tSín nó a thagann aisti. Tá longlanna inniu ann, agus ospidéil agus céanna agus tithe stórais agus ardeaglais Ghotach agus *government house* agus sráideanna macadamaithe, i gcás gur dhóigh le duine gur ceann de na bailte poirt i gKent nó i Surrey é, a chuaigh timpeall na cruinne is a chuir faoi sa chúinne sin den tSín, geall leis ar íochtar an domhain.

Ghluais Passepartout agus a lámha ina phócaí aige ag siúl go breá réidh faoi dhéin *Chaladh Victoria*; é ag féachaint ar na palaincíní is ar na baraí seoil a ndéantar úsáid díobh fós in Impireacht an Oirthir, is ar na sluaite Síneach is Seapánach is Eorpach a bhí ag siúl na sráideanna. Ba chosúil an áit sin ina lán slite le Bombay is le Calcúta is le Singeapór, agus cheap an buachaill macánta go raibh siad go léir ar aon dul beagnach. Tá, mar a déarfaí, lorg de bhailte Sasanacha timpeall an domhain.

Tháinig Passepartout go cé Victoria. Ón áit sin chonaic sé béal abhainn Chanton amach mar a bheadh saithí loingeas de gach saghas agus ó gach tir faoin spéir. Bhí árthaí ó Shasana ann, is ón bhFrainc, ó Mheiriceá is ón Ollainn, idir loingeas cogaidh is tráchtála; bhí soithí ón tSín is ón tSeapáin ann, idir siúncanna is seampananna, is tancánna; agus ina dteannta sin go léir bhí na bláthbháid ba chosúil le gairdíní ag snámh ar bharr uisce. Sa tsiúlóid sin thug Passepartout faoi deara cuid de sheanfhondúirí na háite is cultachta buí orthu agus a dhealramh orthu go raibh aois mhaith mhór acu. Chuaigh sé isteach i dteach bearbóra chun go ndéanfaí a bhearradh sa nós Síneach, agus ó ba rud é gur labhair an duine sin an Béarla go cuibheasach, fuair sé amach uaidh sin na seandaoine úd a bheith ceithre fichid bliain d'aois an chuid is lú de, mar ar shroicheadh na haoise sin do dhuine sa tSín is féidir leis an buí, an dath ríoga a chaitheamh. B'ait le Passepartout sin, bíodh is nach maith ab eol dó cad ina thaobh é.

Tar éis a bhearradh d'imigh sé ar an gcé le hais an *Charnatic*. San áit sin fuair sé radharc ar an bhFisceach agus é ag siúl síos suas ann. Níor chuir sin aon ionadh air. Ach b'fhollas ar ghnúis an lorgaire go raibh díomá is corrabhuais thar na bearta air

"Is ea!" arsa Passepartout leis féin, "ní maith mar atáthar ag uaisle an *Reform Club!*"

Dhruid sé go gealgháiriteach faoi dhéin an Fhiscigh ach níor lig air gur thug sé faoi deara a chráiteacht a bhí a chompánach.

Is deimhin nach gan chúis a bhí díomá is buairt aigne ar an duine sin. Bhí an mí-ádh á leanúint. Bhí an barántas fós gan teacht! Is amhlaidh a bhí an barántas ag tarraingt ina dhiaidh; agus ní raibh dul aige ar a fháil gan fanúint roinnt lá i Hong Cong. Agus mar bharr an an donas, ba é Hong Cong an talamh deireanach de chuid Shasana a rachfaí tríd, agus ní raibh a mhalairt de dhealramh air ach go n-éalódh an Foggach úd uaidh i ndeireadh na dála mura n-éireodh leis é a choimeád sa bhaile mór.

"Is ea, a Fhiscigh," arsa Passepartout, "an bhfuil socair agat teacht in éineacht linn go Meiriceá?"

"Tá," arsa an Fisceach agus é ag gíoscadh na bhfiacal.

SA tSIÚLÓID SIN THUG PASSEPARTOUT FAOI DEARA CUID DE
SHEANFHONDÚIRÍ NA hÁITE

"Féach air sin anois!" arsa Passepartout, agus ghabh racht
ardgháire é, "bhí a fhios agam go maith nach bhféadfá scarúint linn.
Seo, téanam ort go gcuire tú seomra in áirithe duit féin. Gluais ort!"

Chuaigh siad ar aon isteach in oifig na mbád agus cuireadh in
áirithe seomraí do cheathrar. D'inis an cléireach dóibh go raibh

críochnaithe ar dheisiúchán an *Charnatic* agus gur ar a hocht
tráthnóna an lae sin a bheadh sí ag gluaiseacht, agus nach ar maidin
lá arna mhárach faoi mar a fógraíodh.

"Go maith, mhuise!" arsa Passepartout. "Oirfidh sin do mo
mháistirse. Caithfidh mé an t-athrú a chur in iúl dó."

Láithreach bonn shocraigh an Fisceach ar bheart neamhchoitianta
a dhéanamh. Bheartaigh sé ina aigne an rún go léir a ligean chun
Passepartout. Ba é sin an t-aon slí amháin, dar leis, a bhí aige chun
Philéas Fogg a choinneáil i Hong Cong.

Ag fágáil na hoifige dóibh, d'fhoráil an Fisceach deoch dá
chompánach. Shíl Passepartut go raibh aimsir a dhóthain aige agus
ghlac sé le tairiscint an Fhiscigh.

Bhí teach tábhairne ar an gcé agus féachaint ghalánta air. Bhuail
an bheirt isteach ann. Fuair siad iad féin i halla mór, dea-dhathaithe;
ar chúl an halla bhí leaba thacair lena throscán cúisíní; ar an leaba sin
bhí roinnt daoine ina gcodladh.

Bhí tuairim 30 duine de lucht taithí na háite agus iad ina suí
timpeall na mionbhord a bhí socraithe ar fud an mhórsheomra sin;
cuid acu sin ag diúgadh pionta de bheoir Shasanach, lionn nó pórtar,
agus tuilleadh acu ag ól gloiní biotáille, *gin* nó branda. Ina theannta
sin bhí a bhformhór ag ól píopaí fada ruachré; sna píopaí sin bhí
ceirtlíní beaga de shú chodlaidín arna thomadh i rósuisce. Ó am go
ham thagadh meisce ar dhuine acu; thiteadh sé faoin mbord;
thagadh beirt ghiollaí de mhuintir an tí; bheiridís ar cheann is ar
chosa air; agus shínídís sa leaba é i bhfochair na droinge a bhíodh
inti cheana. Bhí tuairim is 20 spaid acu sínte mar sin taobh le taobh,
is iad ar deargmheisce, gan anam gan urlabhra.

Ba léir don Fhisceach is do Phassepartout gur i dteach sú
chodlaidín a chaitheamh a bhí siad, mar a dtaithíodh bochtáin
mhífhortúnacha, tanaí, trochailte, spadánta. Dóibh sin is dá leithéid
is ea a sholáthraíonn ceannaithe ó Shasana 10 milliún punt sa bhliain
den phosóid mhallaithe ar a dtugtar sú codlaidín. A chreach láidir é,
sin iad na milliúin a fhaightear go holc, a rá gur de bharr an
drochnóis is measa a chleacht daonnaí riamh a bhailítear iad.

Bíonn rialtas na Síne ag síorchur dlíthe i bhfeidhm i gcoinne an ndrochnóis sin, ach teipeann a leigheas orthu. I measc uaisle na tíre d'éirigh an nós ar dtús; is acu sin amháin a bhí cead sú codlaidín a chaitheamh; ach tá an drochbhéas leata inniu i measc na coitiantachta, i slí nach féidir cosc a chur ar an lomscrios a dhéanann sé. Caitear sú codlaidín i gcónaí i ngach roinn den Impireacht. Géilleann fir agus mná don nós mí-ámharach sin; agus a thúisce a théitear i dtaithí an deatach sin a ól, ní féidir maireachtáil ina éagmais gan treighid a fhulaingt. D'ólfadh duine ina shláinte oiread is ocht bpíopa de sa ló, ach más ea, gheobhadh sé bás i gcionn cúig bliana dá dheasca.

Tá tithe den tsórt sin go líonmhar i Hong Cong féin; agus isteach i gceann acu is ea a chuaigh an Fisceach is Passepartout. Ní raibh aon airgead ag Passepartout, ach níor thaispeáin sé aon doicheall roimh fhéile an duine eile mar bhí sé ullamh chun an comhair a dhíol nuair a bheadh an chaoi aige.

Glaodh ar dhá bhuidéal de phortfhíon; d'ól an Francach breis thar a chuid féin díobh. Ní dheachaigh an Fisceach ródhomhain ar an ól, ach bhí sé ag faire go géar ar a chompánach. Chuir siad a lán rudaí trína chéile agus go háirithe an dea-chomhairle ar ar shocraigh an Fisceach a bheith d'aon bhuíon leo ar an gCarnatic. Agus ag tagairt di sin, ó tharla í a bheith ag imeacht tamall roimh an tráth a bhí ceaptha di, agus an dá bhuidéal a bheith ólta acu, d'éirigh Passepartout chun imeachta agus an scéal a insint dá mháistir.

Choisc an Fisceach é.

"Fan nóiméad," ar seisean.

"Cad atá uait?" arsa Passepartout.

"Tá gnó mórthábhachta agam díot," arsa an Fisceach.

"Ach! Socróimid é sin amárach. Níl uaim agamsa chuige anois," arsa Passepartout, ag ól an dríodar fíona a bhí i mbun a ghloine féin.

"Fan mar a bhfuil agata," arsa an Fisceach. "Tá baint ag an ngnó seo le do mháistir!"

D'iniúch Passepartout a chéile comhrá go géar.

Bhí dreach neamhchoitianta, dar leis, ar cheannaithe an Fhiscigh. Shuigh sé arís.

"Cad tá agat le hinsint dom?" ar seisean.

Bhuail an Fisceach lámh ar leathghualainn an duine eile agus ag ísliú ar a ghuth, dúirt sé: "Tá tomhaiste agat cé hé mise."

"Tá, dar fia!" arsa Passepartout ag beag-gháirí.

"Agus ar an ábhar sin táim chun an scéal go léir a leagan os do chomhair—"

"Tá tú anois, a dhuine mo chroí, agus fios an scéil go léir agam féin! Arú ach nach lách atáimid! Tiomáin leat, áfach. Agus sula dtosnóidh tú ní miste liom a insint duit nach ndearna na daoine uaisle úd ach costas gan ghá a chur orthu féin."

"Costas gan ghá!" arsa an Fisceach. "Is breá bog a thagann an chaint chugat! Is furasta a fheiceáil nach bhfuil a fhios agat cad é an méid airgid atá i gceist!"

"Agamsa atá a fhios sin," arsa Passepartout, "£20,000!"

"Ní hea, ach £55,000!" arsa an Fisceach, ag breith ar lámh ar an bhFrancach.

"Cad é sin a deir tú?" arsa Passepartout. "£55,000! Cá leomhfadh an Foggach féin é! Tá go maith, más ea! Is amhlaidh is móide is ceart domsa gan nóiméad a chailleadh," ar seisean, agus phreab sé ina sheasamh arís.

"Is ea, £55,000!" arsa an Fisceach, agus chuir d'fhiacha ar Phassepartout suí athuair. Ansin d'ordaigh sé flagún branda a thabhairt chucu, "agus má éiríonn liom," ar seisean, "buafaidh mé duais £2,000. Tabharfaidh mé 5% as sin duitse, ar choinníoll go gcabhróidh tú liom."

"Ar choinníoll go gcabhróidh mé leat," arsa Passepartout, agus leath an dá shúil air le neart alltachta.

"Is ea," arsa an Fisceach, "chun an Foggach a choimeád i Hong Cong ar feadh roinnt laethanta!"

"Arú, cad é sin agat á rá?" arsa Passepartout. "Féach air sin mar scéal!" ar seisean, "Níl na daoine uaisle úd sásta le faireachán i ndiaidh mo mháistir, agus amhras a dhéanamh ar a dhúthracht; ní foláir leo, fairis sin, é a chosc uathu féin. Mo náire iad!"

"Arú, cad a mheasann tú a rá?" arsa an Fisceach.

"Deirimse," arsa Passepartout, "agus deirim go dána é, nach bhfuil ann ach corp calaoise. Bheadh sé chomh maith acu a lámha a chur i bpóca an Fhoggaigh agus a chuid airgid a thógáil as!"

"Agus sin é go díreach a theastaíonn uainn a dhéanamh!"

"Agus ar ndóigh, cogar cealgach is ea é sin!" arsa Passepartout, de ghuth ard; is amhlaidh a bhí an branda ag dul sa tsúil air, mar choinnigh an Fisceach an deoch chuige, agus lean sé air ag ól i ngan fhios dó féin,— "cogar cealgach diail!" ar seisean. "Daoine uaisle agus comrádaithe! Preit!"

Bhí an scéal ag dul thar thuiscint an Fhiscigh.

"Comrádaithe, más é do thoil é," arsa Passepartout, "agus comhaltaí den *Reform Club*! Ach bíodh a fhios agat, a Fhiscigh, gur fear macánta mo mháistirse, agus nuair a chuireann sé geall is mian leis é a bhreith go dleathach."

"Ach cad is dóigh leat cad é mise?" arsa an Fisceach, is an dá shúil aige á gcur trí Phassepartout.

"Dar fia, tá a fhios agam gur lorgaire thú, a chuir baill áirithe de chuid an *Reform Club* i ndiaidh mo mháistir, chun é a mhoilliú agus cosc a chur air. Agus is náireach an gníomh acu é. Ach ar shon gur fada atá do thoisese agamsa, níor lig mé an rún leis an bhFoggach fós!"

"Agus nach bhfuil a fhios aigesean aon ní mar gheall air?" arsa an Fisceach go prap.

"Pioc," arsa Passepartout, agus d'ól sé an méid dí a bhí ina ghloine.

Tharraing an lorgaire lámh thar chlár a éadain, ag déanamh righnis sula labhróidh sé a thuilleadh. Cad ba chóra dó a dhéanamh? Bhí dearmad ar Phassepartout, dá dheimhní a bhí sé, ach mhéadaigh an dearmad sin ar chruas a ghnó féin. B'fhollas gurb í an fhírinne ghlan, faoi mar a cheap sé féin í a d'inis an buachaill seo dó, agus nach raibh baint ná páirt aige in obair a mháistir, ar shon gurb eagal leis an bhFisceach go dtí sin go raibh.

"Go maith, más ea," ar seisean leis féin, "ón uair nach bhfuil sé páirteach sa choir, cabhróidh sé liomsa"

Bhí an bhuntáiste arís leis an lorgaire. Ach ina dhiaidh sin ní raibh aon am le spáráil aige. Níorbh fholáir an Foggach a mhoilliú i Hong Cong ar áis nó ar éigean.

"Fan socair," arsa an Fisceach de ghuth obann, "agus éist liomsa go fóill. Tá iarracht de dhearmad ort i mo thaobhsa. Ní lorgaire ó bhaill áirithe de chuid an *Reform Club* mé—"

"Caith uait!" arsa Passepartout go magúil.

"Lorgaire constábla is ea mé agus tá gnó ar siúl agam faoi chúram oifig na Príomhchathrach—"

"Agus an lorgaire constábla thusa!"

"Is ea, agus déanfaidh mé é a dhearbhú duit," arsa an Fisceach. "Seo í mo phaitinn."

Tharraing an lorgaire blúire páipéir as a leabhrán póca, agus thaispeáin dá chompánach é. Paitinn a bhí ann, agus ainm uachtarán Chonstáblacht na Príomhchathrach léi. Thit an lug ar an lag ag Passepartout. Ní dhearna sé ach féachaint ar an bhFisceach is fanacht ina thost.

"An geall a chuir an Foggach," arsa an Fisceach, "ní raibh ann ach leithscéal daoibhse, is é sin, duitse is dá chomhaltaí féin sa *Reform Club*; de bhrí gur oir dó sibhse a thabhairt isteach sa ghnó agus dalladh púicín a chur oraibh."

"Cad ina thaobh, arú?"

"Go réidh anois. An 28 Meán Fómhair seo caite goideadh £55,000 as Banc Shasana; agus an fear a rinne é tá a chomharthaí againn. Féach, sin iad na comharthaí, agus freagraíonn an Foggach dóibh ar gach ponc."

"Díth céille, a dhuine!" arsa Passepartout in ard a ghutha, agus buille maith doirn á bhualadh aige ar an mbord. "Dá siúlfá an domhan ní bhfaighfeá ann fear is macánta ná mo mháistirse."

"Cá bhfios duitse sin?" arsa an Fisceach. "Níl aithne cheart agatsa air fós. Nach é an lá a d'fhág sé an baile a chuaigh tú ar aimsir chuige? Agus nár imigh sé chun siúil go hobann. Leithscéal bacach aige á thabhairt uaidh; é ar uireasa trunc. Agus suaitheantas airgid ina nótaí bainc ar iompar aige? Agus ina dhiaidh sin tá de dhánaíocht ionat a rá gur fear macánta é!"

"FAN SOCAIR," ARSA AN FISCEACH DE GHUTH OBANN, "AGUS ÉIST LIOMSA GO FÓILL."

"Agus is ea!" arsa an buachaill bocht leis an oiread croí agus a fuair sé ann féin chuige.

"Ar mhaith leat go ngabhfaí thú thar ceann a bheith páirteach sa ghadaíocht?

Bhuail Passepartout a cheann idir a dhá lámh agus is é a bhí go doilíosach is go cráite. Ní leomhfadh sé féachaint ar an lorgaire. A rá gur ghadaí é Philéas Fogg. An fear a tharrthaigh Áúda, agus a bhí go fial is go cneasta le gach aon duine! Ach féach ina dhiaidh sin a dhéine a bhí an scéal ina choinne! Rinne Passepartout iarracht láidir ar an amhras a bhí ag éirí dó a bhrú faoi. Níor mhian leis a mheas go mbeadh a mháistir ciontach ina leithéid.

"Agus mar bharr ar an scéal, cad é an gnó atá agat díomsa?" ar seisean leis an lorgaire, bíodh gur scorn leis na focail a rá.

"Féach anseo," ar an Fisceach. "Tá an Foggach leanta agam go dtí an áit seo, ach ní bhfuair mé fós an barántas gabhála a d'iarr mé ar mhuintir Londain a chur chugam, Caithfidh tusa mar sin cabhrú liom chun é a choiméad anseo i Hong Cong—"

"Cad é sin! Cabhrú leat—"

"Agus roinnfidh mé leat an £2,000, duais atá geallta ag Banc Shasana."

"Ní dhéanfainn go deo é!" arsa Passepartout. Thug sé faoi éirí ach thit sé siar arís, agus mhothaigh mar a bheadh a chiall is a neart in éineacht á thréigean.

"A Fhiscigh," ar seisean go briotbhalbh, "b'fhéidir gur fíor gach a ndeir tú liom—'s gurb é mo mháistir a rinne an ghadaíocht a bhfuil tú ag tagairt di—rud nach gcreidim—táimse le tamall—agus táim fós i mo sheirbhíseach aige—'s ní fhaca mé riamh uaidh ach an mhaitheas agus an fhéile.... Ach a bhrath—ní dhéanfaidh mé choíche é—ní dhéanfainn é ar ór an domhain go léir.... Tháinig mise ó bhaile beag nach gcaitear an sórt sin bia ann!"

"An ndiúltaíonn tú?"

"Diúltaím."

"Is ea, scaoilimis tharainn é mar scéal," arsa an Fisceach, "is bímis ag ól."

"Is ea, bímis ag ól!"

Mhothaigh Passepartout an mheisce ag breith an lámh in uachtar air diaidh ar ndiaidh. B'shin é an rud a theastaigh ón bhFisceach mar nárbh fholáir leis é a scaradh óna mháistir. Bhí roinnt phíopaí ar an mbord agus iad lán de shú chodlaidín. Shleamhnaigh an Fisceach ceann acu i lámh Phassepartout. Ghlac seisean é, agus chuir ina bhéal. Ansin dhearg é agus bhain tarraingt nó dhó as. Thit a cheann i leataobh agus d'imigh idir chiall is mhothú uaidh faoi oibriú na posóide sin.

"Faoi dheoidh," arsa an Fisceach nuair a chonaic sé Passepartout sínte ina phleist. "Ní bhfaighidh an Foggach scéala ar imeacht an *Charnatic*. Ar aon chuma, má imíonn sé, is in éagmais an Fhrancaigh mhallaithe seo a imeoidh sé!"

Ansin dhíol sé an táille agus d'imigh sé amach.

# CAIBIDIL XX

*Ina bhfuil déileáil ag an bhFisceach le Philéas Fogg féin.*

An fhaid a bhí an comhrá sin ar siúl, agus ar shon go mb'fhéidir go rachadh chun dochair don Fhoggach san am a bhí chuige, bhí seisean agus Áúda ag dul trí shráideanna an bhaile mhóir. Ón uair a bhí glactha ag Áúda lena thairiscint chun í a thionlacan chun na hEorpa, níorbh fholáir cuimhneamh ar ullmhú chun aistir fhada. Ba chuma mar gheall air féin, ó ba Shasanach é, do dhéanamh cuairte an domhain is gan de chóir aige ach an máilín canbháis a bhí ar iompar aige; ach bean uasal, ní fhéadfadh sí sin a leithéid de thuras a dhéanamh ar an aiste chéanna. B'éigean baill éadaigh a cheannach agus rudaí eile a measadh a bheith riachtanach i gcomhair an turais. Rinne an Foggach a chion féin go ciúin, faoi mar ba ghnách leis; agus ba é freagra a bhíodh aige i gcónaí do leithscéalta is do chonstaicí na baintrí óige i dtaobh a ghrástúlachta ná: "Téann sin i dtairbhe don fheidhm atá orm; tá sé ar an gcairt agam."

Tar éis na hearraí a cheannach, chas an Foggach is Áúda ar an teach ósta agus d'ith siad dinnéar sóúil. Bhí iarracht de thuirse ar Áúda agus chuaigh sí go dtí a seomra féin tar éis croitheadh lámh, ar nós na Sasanach, leis an bhfear dochorraithe a rinne a tarrtháil.

Thug an duine uasal sin féin an tráthnóna uile ag léamh an *Times* agus an *Illustrated London News*.

Dá mba dhuine é a dhéanfadh ionadh d'aon ní, thabharfadh sé faoi deara sula ndeachaigh sé a chodladh, nach raibh a bhuachaill aimsire tagtha abhaile. Ach de bhrí gur mheas sé nach mbeadh bád Yokohama ag fágáil Hong Cong go dtí maidin lá arna mhárach, ní dhearna sé aon smaoineamh ar an gceist. Agus lá arna mhárach níor tháinig Passepartout ar ghlaoch an Fhoggaigh féin.

Ní fhéadfadh aon duine beo a rá cad é an tuairim a bhí ag an duine uasal den scéal, nuair a insíodh dó nár fhill a ghiolla ar an teach ósta in aon chor. Ní dhearna sé ach breith ar a mháilín agus dul ag triall ar Áúda, agus fios a chur ar an bpalaincín

Bhí sé a hocht a chlog an uair sin; agus an lán mara go mbéarfadh an *Carnatic* air chun an chanáil amach a ghabháil, ní bheadh sé tagtha go dtí leathuair tar éis a naoi.

Ar shroicheadh doras an teach ósta don phalaincín shocraigh an Foggach is Áúda iad féin go compordúil ann; ghluais siad orthu agus a gcuid troscáin á leanúint ar bhara seoil.

Leathuair an chloig ina dhiaidh sin thuirling siad dá gcóiste ar an gcé agus is ansin a tuigeadh don Fhoggach an *Carnatic* a bheith imithe ó thráthnóna inné roimhe sin.

Cheap an Foggach go bhfaigheadh sé an buachaill is an bád roimhe; ach b'éigean dó déanamh ina n-éagmais araon. Má bhí díomá air níor thaispeáin sé ina ghnúis í; agus nuair a d'fhéach Áúda air dúirt sé léi: "Níl ann, a bhean uasal, ach ceann de na hanacraí a thiteann amach do dhuine anois is arís."

I láthair na huaire sin tháinig faoina dhéin fear eile a bhí á iniúchadh go géar. Fisc, lorgaire, a bhí ann. Bheannaigh sé don Fhoggach is dúirt: "Nach raibh tú, a dhuine uasail, mar a bhí mé féin, ar an *Rangún* a tháinig isteach inné?"

"Bhí," arsa an Foggach go neamhchúiseach, "ach tá an bhuntáiste agat orm—"

"Gabhaim pardún agat, ach cheap mé go bhfeicfinn do bhuachaill aimsire anseo."

"An bhfuil a fhios agat in aon chr cá bhfuil sé?" arsa an bhean go tapa.

"Ach aidhe!" arsa an Fisceach, á ligean air go raibh ionadh air, "agus nach bhfuil sé in éineacht libh?"

"Níl," arsa Áúda. "Ní fhacamarna ó inné é. Ní fheadar an mbeadh sé imithe i ngan fhios dúinn ar an g*Carnatic*?"

"Aililiú!" arsa an lorgaire. "Ná tógaigí orm an ceistiúchán, ach an raibh sibh ar aigne imeacht ar an gCarnatic, mar sin?"

"Bhí," a dhuine chóir.

"Bhí mise ar an aigne chéanna, a bhean uasal, ach chaill mé an bád agus tá díomá an tsaoil orm. Bhí deisiú an Charnatic críochnaithe is d'fhág sí Hong Cong 12 uair an chloig roimh ré gan fógra a thabhairt d'aon duine. Agus anois ní foláir fanúint go ceann seachtaine don chéad bhád eile!"

Le linn na bhfocal sin "go ceann seachtaine" a rá don Fhisceach mhothaigh sé a chroí a léimneach le háthas. Seachtain! An Foggach a choimeád i Hong Cong go ceann seachtaine! Bheadh uain ag an mbarántas gabhála chun teacht. Bhí an t-ádh le fear an dlí faoi dheoidh.

Féadfar a mheas, mar sin, cad é an t-uafás a ghabh é nuair a chuala sé Philéas Fogg á rá de ghuth ciúin réidh:

"Ach tá árthaí eile, dar liom, seachas an Carnatic i gcuan Hong Cong."

Thairg an Foggach uillinn d'Áúda, agus ghluais siad leo faoi dhéin na longlann ag iarraidh árthach a bheadh ullamh chun imeachta.

Lean an Fisceach iad is é i riocht titim i bhfanntais. Níor mhiste a rá gur cheangal snátha a bhí idir é féin agus an Foggach.

Agus féach, cheapfadh duine go raibh an t-ádh ag tréigean an duine sin a raibh sé ar a thaobh go dtí sin. Ar feadh trí huaire an choig lean Philéas Fogg dá shiúl síos suas an ché chun gur shocraigh sé ar bhád faoi leith a fháil, dá mba ghá é, chun iad a bhreith go Yokohama. Níor thug sé faoi deara, ámh, ach árthaí á n-ualú nó á bhfolmhú, agus nach bhféadfaidís ar an ábhar sin gluaiseacht láithreach. D'éirigh a mhisneach san Fhisceach arís.

Ach níor tháinig aon laghdú misnigh ar an bhFoggach; agus leanfadh sé air ag iarraidh bháid dá mbeadh air dul chomh fada le Macao féin. Chuir mairnéalach stró air ag ceann na cé.

"An ag iarraidh bháid atá d'onóir?" ar seisean ag baint a chaipín de.

"An bhfuil bád agat ullamh chun imeachta?" arsa an Foggach.

"Tá, a dhuine uasail; bád píolóta, uimhir a 43, an bád is fearr ar a chabhlach féin."

"An ngluaiseann sí go mear?"

"An ag iarraidh bháid atá d'onóir?"

"Naoi míle farraige an uair an chloig geall leis. Ar mhaith leat í a fheiceáil?"

"Ba mhaith."

"Beidh tú sásta léi, a dhuine uasail. An ar thuras pléisiúir atá sibh?"

"Ní hea, ach ar aistear fada."

"Aililiú!"

"An ngabhfá ort féin sin a bhreith go dtí Yokohama?"

Stad an mairnéalach mar a raibh sé, a dhá lámh ag síneadh uaidh, agus dhá bholgshúil air.

"Ag magadh fúm atá d'onóir?" ar seisean.

"Ní hea. Theip orm breith ar an gCarnatic; agus ní foláir dom a bheith i Yokohama an 14ú lá den hí, an chuid is sia de, chun breith ar an mbád go San Francisco.

"Tá cathú orm ina thaobh," arsa an mairnéalach, "ach ní féidir a dhéanamh."

"Tabharfaidh mé céad punt sa lá duit agus dhá chéad punt mar dhuais mar bhím ann in am."

"An dáiríre atá tú?" arsa an píolóta.

"Dáiríre cruinn," arsa an Foggach.

D'imigh an píolóta i leataobh. D'fhéach sé ar an bhfarraige amach, agus b'fhollas é a bheith i gcás idir an dúil a bhí aige san airgead mór a fháil agus an eagla a bhí air dul chomh fad ó bhaile. Bhí an Fisceach i riocht an t-anam a chailleadh le neart eagla.

Lena linn sin d'iompaigh an Foggach chun Áúda.

"An mbeadh eagla ortsa, a bhean uasal?" ar seisean.

"Ní bheadh, a dhuine uasail, an fhaid a bheifeása ann," ar sise.

D'fhill an píolóta faoi dhéin an Fhoggaigh arís, agus a chaipín á chasadh aige idir a dhá lámh.

"Cad deir tú leis, a phíolóta?" arsa an Foggach.

"Is amhlaidh mar atá an scéal, a dhuine uasail," arsa an píolóta, "ní chuirfinnse i gcontúirt mé féin ná sibhse, ná mo chuid fear, ina fhaid sin de thuras, ar bhád nach bhfuil 20 tonna ar éigean, agus an taca seo de bhliain go háirithe. Ina theannta sin ní shroichfims in am, mar tá sé 1,650 míle slí idir Hong Cong agus Yokohama.

"Níl sé ach 1,600."

"Mar a chéile é."

Tharraing an Fisceach anáil mhaith fhada.

"Ach," arsa an píolóta, "b'fhéidir go bhféadfaí an scéal a shocrú ar chuma eile."

Stad ar anáil an Fhiscigh.

"Conas?" arsa an Foggah.

"Dul go Nagasaki ar an gceann is sia ó dheas den tSeapáin, turas 1,100 míle farraige. Nó gan dul thar Shanghai, turas 800 míle slí as seo. Ag dul go Shanghai níor ghá coimeád rófhada ó chiumhais-eanna na Síne. Ba mhór an bhuntáiste é sin, agus gan a áireamh gur ó thuaidh a ritheann sruthanna na farraige."

"A phíolóta," arsa an Foggach, "ag Yokohama atá ormsa breith ar an mbád Meiriceánach is ní ag Shanghai ná ag Nagasaki."

"Cad ina thaobh é sin?" arsa an píolóta. "Ní ag Yokohama a thosnaíonn an bád a thuras go San Francisco. Is amhlaidh a stadann sí tamall ag Yokohama, agus tamall ag Nagasaki; ach ó Shanghai is ea a chuireann sí chun siúil."

"An bhfuil tú deimhnitheach de sin?"

"Lándeimhnitheach.

"Cad é an lá a bheidh an bád ag fágáil Shanghai?"

"An 11ú lá den mhí, ar a seacht um thráthnóna. Mar sin tá ceithre lá againn chuige. Ceithre lá, sin 96 uair an chloig. Má dhéanaimid ocht míle farraige san uair agus an t-ádh a bheith orainn, agus má leanann an ghaoth anoir aneas is an fharraige a bheith go ciúin, féadfaimid na 800 míle slí idir an áit seo agus Shanghai a dhéanamh sa méid sin aimsire."

"Cathain a bheifeá ullamh chun gluaiseachta?"

"I gcionn uair an chloig. Níl uainn ach lón a cheannach is na seolta a ardú."

"Bíodh ina mhargadh más ea. An leat féin an bád?"

"Is liom. Is mise John Bunsby, máistir an *Tankadère*."

"Ar mhaith leat beagán airgid roimh ré?"

"Mura mbeinn ag déanamh ceataí de d'onóir."

"Seo duit dhá chéad as an táille. A chara," arsa an Foggach ag iompú chun an Fhiscigh, "ar mhaith leatsa a bheith—"

"Bhí mé díreach," arsa an Fisceach go dána, "chun a fhiafraí díot an gcuirfeá faoin mórchomaoin sin mé.

"Tá fáilte romhat. Beimidne ar bord i gcionn leathuair an chloig."

"Cad mar gheall ar an mbuachaill bocht úd?" arsa Áúda, mar bhí cúrsaí Phassepartout ag déanamh buartha di i gcónaí.

"Déanfaidh mé mo dhícheall chun é a fháil," arsa Philéas Fogg.

D'imigh an Fisceach faoi dhéin an bháid agus fearg is díomá is creathán air. Ghluais an bheirt eile san am céanna go dtí oifig na gconstáblaithe i Hong Cong. Thug Philéas Fogg dóibh comharthaí Phassepartout agus d'fhág acu an oiread airgid is a bhéarfadh abhaile arís é. Rinneadh an rud céanna in oifig Chonsal na Fraince sa chathair sin. Ansin tháinig an palaincín chun an teach ósta mar ar fágadh an troscán agus tugadh an bheirt thar n-ais go dtí an ché.

Bhí sé ar bhuille a trí a chlog an uair sin. Bád píolóta uimhir a 43, bhí sí ullamh chun gluaiseachta. Bhí a foireann ar bord is a cuid lóin i dtaisce.

Árthach beag álainn ab ea an *Tankadère*, toilleadh 20 tonna aici, brollach an-chaol aici; dealramh soghluaiste uirthi agus faid uirthi os cionn an uisce, i gcás gur dhóigh le duine gur bád ráis a bhí inti. A humha agus é ag spréacharnach, a hiarann agus é stánaithe, agus a chláir chailce, thaispeáin siad sin uile go raibh a fhios ag a máistir, John Bunsby, conas aire a thabhairt di. Bhí an dá chrann seoil ag fiaradh bagán siar suas. Bhí ar iompar aici seol bairc is seol tosaigh, laitín is tríchúinneach is seol reatha, agus d'fhéadfaí an-chóir a chuir uirthi dá mbeadh an ghaoth ina cúla. Bhí luas thar na bearta aici de réir dealraimh, agus bhuaigh sí a lán duaiseanna i rásaí bád píolóta.

Ceathrar fear a bhfochair an mháistir b'shin foireann an *Tankadère* Mairnéalaigh "stálaithe" ab ea iad go léir, mar ba é a ngnáthobair dul i bhfiontar a n-anama i ngach saghas doininne ag iarraidh árthach a threorú. Agus bhí togha an eolas acu ar na farraigí úd. Fear ab ea John Dunsby a bhí tuairim le 45 bliain d'aois, é cuisleannach calma; dea-luisne ón ngrian air; dhá shúil bheoga aige;

gnúis bhríomhar agus ceann staidéartha air; eolas maith aige ar a ghnó; agus chuirfeadh sé misneach sa chroí ba chreathánaí dár tháinig riamh.

Chuaigh Philéas Fogg agus Áúda ar bord. Bhí an Fisceach ann rompu. Síos staighre i ndeireadh an árthaigh chuaigh siad go dtí gur shroich siad cábán cearnógach. Bhí sínteán socair ciorclach timpeall an chábáin; agus lastuas de sin i bhfoirm bolg nó at ar na bail bhí na mionleapacha. I lár baill an tseomra bhí bord cruinn; agus lampa ar crochadh den tsíleáil. Bhí an áit go cúng ach bhí sé go deas.

"Is oth liom gan malairt is fearr agam le tairiscint duit," arsa an Foggach leis an bhFisceach. Chrom an Fisceach a cheann ach ní dúirt sé focal.

Mhothaigh an lorgaire saghas náire air féin de chionn dánaíocht a dhéanamh ar fhéile an Fhoggaigh.

"Fágaim le huacht," ar seisean leis féin, "gur buachaill dea-bhéasach é, ar shon gur cladhaire é!"

Deich nóiméad tar éis a trí leathadh na seolta uile. Cuireadh bratach Shasana ar luascadh de gha an árthaigh. Bhí an lucht taistil ina suí ar chlár an bháid. Thug an Foggach agus Áúda súilfhéachaint ar fhaid an chalaidh féachaint an mbeadh Passepartout in aon bhall ann.

Ní gan eagla a bhí an Fisceach. Cá bhfios cad é an ghaoth a sheolfadh chun na háite sin an buachaill bocht ar thug seisean an drochúsáid thar meán dó. Dá dtagadh sé ann níorbh fholáir don lorgaire an scéal a mhíniú agus ní tairbhe a thiocfadh as dó. Ní fhacthas an Francach, ámh. Ní baol ná go raibh sé fós faoi mheisce na posóide.

Faoi dheoidh d'fhógar John Bunsby, máistir, cur chun gluaiseachta; agus an *Tankadère* ag fáil na gaoithe faoina barcsheol is faoina seol tosaigh is faoina seolta laitín, scinn sí go buacach an fharraige amach.

"IS OTH LIOM GAN MALAIRT IS FEARR AGAM LE TAIRISCINT DUIT,"
ARSA AN FOGGACH LEIS AN bhFISCEACH.

# CAIBIDIL XXI

*Inar dhóbair d'fhear an Tankadère £200 duaise a chailliúint.*

Ba chontúirteach an turas é na 800 míle úd a dhéanamh in árthach 20 tonna, agus go háirithe an taca sin den bhliain. Is gnách garbh iad farraigí na Síne, de bhrí go ngabhann séideán callóideach gaoithe tharstu go sonraíoch an dá uair den bhliain a bhíonn oíche agus lá ar comhfhad; agus tosach na Samhna a bhí ann an uair sin.

Is folas gurbh é leas an phíolóta a lucht taistil a bhreith go Yokohama de bhrí gur ar phá lae a bhí sé ag obair. Ach ba mhór é a mhíchiall agus tabhairt faoina leithéid de thuras fada ina leithéid sin d'aimsir; go deimhin ba dhána an gníomh aige—ródhána b'fhéidir—dul go Shanghai féin. Ach bhí iontaoibh ag John Bunsby as an *Tankadère*; luascadh sí ar na tonnta mar a dhéanfadh faoileán; agus b'fhéidir an ceart a bheith aige.

Ar theacht dheireadh an lae sin bhí canálacha corracha Hong Cong curtha di ag an *Tankadère*, agus i ngach cor dá mbaintí aisti, cibé treo a bheadh an ghaoth, d'iompair sí í féin ar fheabhas.

"A phíolóta," arsa Philéas Fogg chomh luath agus a bhí sí ar an bhfarraige mhór amuigh, "is dócha nach gá dom a rá leat an dithneas a dhéanamh."

"Ná bíodh aon cheist ar d'onóir i mo thaobhsa," arsa John Bunsby. "Maidir le seolta, tá gach ruainne in airde againn dá lamhálann an ghaoth dúinn a chur suas. Níorbh aon tairbhe dúinn na scóid a chur leis. Is amhlaidh a chuirfidís breis ualach ar an tácla agus choimeádfadh sin siar sinn."

"Fútsa atá an gnó, a phíolóta, is ní fúmsa. Ortsa atáim ag brath."

D'fhan an Foggach ina sheasamh ar nós mairnéalaigh, agus é ag féachaint ar bheiriú na mara, a cholainn go díreach is í gan luascadh, agus a dhá chos i bhfad ó chéile. Bhí an bhean óg ina suí i ndeireadh an bháid agus í go breacbhuartha ag féachaint ar an bhfarraige sin á dorchú le titim na hoíche agus í féin ag dul uirthi in árthach anbhann. Os a cionn bhí na seolta bána ag luascadh, i dtreo gur mheas sí, ag féachaint uaithi, gur sciatháin ollmhóra iad. Nuair a ghabh na seolta an ghaoth, ba dhóigh le duine gur ag eitilt a bhí an t-árthach beag.

Thit an oíche. Bhí an ré ag dul sa chéad cheathrú, agus ba ghairid go ndeachaigh a beagsholas in éag faoin gceo in íochtar na spéire. Bhí scamaill ag éirí anoir, agus cheana féin leathfholaigh siad an spéir.

Las an píolóta na soilse; sin cúram nach foláir a dhéanamh ar na farraige úd, mar a mbíonn an-chuid árthaí ag déanamh ar thalamh. Ní annamh a bhuaileann dhá long i gcoinne a chéile ansiúd; agus ón luas a bhí faoin árthach beag dhéanfadh an buille is lú smidiríní di.

D'fhan an Fisceach i mbroinní an bháid agus é mar a bheadh sé ag taibhreamh. Chuaigh sé i leataobh, mar bhí a fhios aige a chiúineacht a bhí an Foggach, agus nach raibh ródhúil i gcomhrá aige. Ina theannta sin ba leasc leis dul chun cainte leis an duine sin, ar mbeith dó féin, don Fhisceach, faoi chomaoin aige. Bhí sé ag cuimhneamh leis ar an aimsir a bhí rompu. Ba dheimhin leis nach stadfadh an Foggach ag Yokohama, ach go rachadh sé i mbád gan mhoill ag dul go San Francisco, d'fhonn Meiriceá a shroicheadh, agus go mbeadh sé beag beann ar an saol go léir sa tír mhór fhairsing sin. Ba rómhaith a thuig sé an bheart a cheap Philéas Fogg a dhéanamh.

In ionad dul an cóngar díreach sna Stáit ó Shasana, mar a dhéanfadh an cladhaire coitianta, is amhlaidh a ghabh an Foggach an timpeall ag siúl trí treana an domhan chun a bheith róchinnte de shroicheadh Mheiriceá; sa tír sin, tar éis éalú ó na constáblaí, chaithfeadh sé ar a shuaimhneas an t-airgead a goideadh ón mbanc. Ach cad a dhéanfadh an Fisceach, ar a dteacht i dtír sna Stáit dóibh? An ligfeadh sé don fhear úd? Ní ligfeadh! Ní baol go ligfeadh. Ná ní fhágfadh sé é ar feadh nóiméid chun go bhfaigheadh sé barántas iasachta. B'shin é a dhualgas, agus chomhlíonfadh sé ar fad é. Cibé ní a thitfeadh amach, bhí rud maith amháin déanta: ní bheadh Passepartout i bhfochair a mháistir a thuilleadh; agus ba mhór an scéal é an máistir is an buachaill a bheith deighilte ó chéile feasta, go háirithe tar éis don Fhisceach a rún a ligean chun Passepartout.

BHÍ AN BHEAN ÓG INA SUÍ I nDEIREADH AN BHÁID AGUS Í GO
BREACBHUARTHA AG FÉACHAINT AR AN bhFARRAIGE.

Níor fhéad Philéas Fogg gan a bheith ag cuimhneamh ar a bhuachaill aimsire agus ar a aiteacht a bhí an chuma inar imigh sé uaidh. Tar éis an scéal go léir a chur trí chéile dó, cheap sé go mb'fhéidir gur imigh an buachaill bocht ar an g*Carnatic* trí dhearmad éigin. B'shin é tuairim Áúda leis, agus bhí an-chathú uirthi de chionn a chailliúna agus a mhéid a bhí sí faoi chomaoin aige. B'fhéidir mar sin go bhfaighidís arís é ag Yokohama; agus dá mbeadh sé ar an g*Carnatic*, b'fhurasta a fhios sin a fháil.

Tamall roimh a deich a chlog neartaigh ar an ngaoth. B'fhéidir nár mhiste filleadh beagán ar na seolta; ach mhionscrúdaigh an píolóta an spéir agus d'fhág sé an tácla mar a bhí sé. D'fhreagraíodh an *Tankadère* dá seolta go hálainn, mar bhí an-tarraingt aici san uisce; ach ullmhaíodh i gcomhair reatha dá dtagadh an gála.

Ar uair an mheán oíche chuaigh an Foggach is Áúda síos sa chábán. Bhí an Fisceach ann rompu is é sínte in airde ar cheann de na leapacha beaga. An píolóta agus a chuid fear d'fhan siad thuas i gcaitheamh na hoíche.

Lá arna márach, an 8 Samhain, le héirí gréine, bhí breis is 100 míle slí déanta ag an árthach beag. Chuirtí na maidí tomhais go minic agus fuarthas a luas a bheith idir a hocht is a naoi de mhílte slí. Bhí an *Tankadère* faoi lán an tseoil agus an séideán go cothrom inti, agus ar an ábhar sin dhéanadh sí dícheall luais. Dá bhfanadh an ghaoth mar sin, bhí an t-ádh léi.

I gcaitheamh an lae sin ní dheachaigh an *Tankadère* rófhada ó chósta na tíre, agus bhí na sruthanna mara léi. Bhí an talamh ar a clé, i ngoireacht cúig mhíle di, ar feadh na haimsire, agus uaireanta le glanspéir b'fhéidir cealtair cham na tíre a fheiceáil ón mbád. Ó tharla an ghaoth ag teacht ón talamh, ní raibh róbhorradh ar an bhfarraige; agus mar sin b'fhearr don árthach beag é, de bhrí go gcuireann borradh na mara go dian ar bháid bheagthoillidh, ag cosc ar a luas nó á "marú", mar a deir na mairnéalaigh.

Ag druidim le meán lae laghdaigh ar an ngaoth iarracht bheag is d'iompaigh sí anoir aneas; chuir an píolóta na scóid in airde; ach faoi cheann dhá uair an chloig b'éigean a mbaint anuas, mar d'éirigh an ghaoth arís.

Ba mhaith an mhaise don Fhoggach is don bhean óg é, níor tháinig tinneas farraige orthu, agus is iad a d'ith go sobhlasta bia is cannaí is brioscaí an bháid. Tugadh cuireadh don Fhisceach chun ite ina gcuibhreann, agus b'éigean dó teacht; ba leasc leis a dhéanamh, áfach, agus ní thiocfadh mura mbeadh gur thuig sé nárbh fholáir an goile a lastú chomh maith le bád ar bith. Ní maith a chuaigh dó taisteal ar chostas an Fhoggaigh, agus a chuid lóin a chaitheamh. Mar sin féin b'éigean dó ithe—agus d'ith sé.

Ach tar éis an bhéile, ní beadh sé sásta gan an Foggach a tharraingt i leataobh is a rá leis: "A dhuine uasail—"

Ba dhóigh le duine air gur scól an focal féin a theanga, agus b'éigean dó a mheabhair a chruinniú ar eagla lámh a leagadh ar an "duine uasal" céanna.

"A dhuine uasail," ar seisean, "is rófhial an tairiscint seo atá tugtha agat domsa chun teacht ar bord do bháid. Ar shon nach bhfuil ar mo chumas airgead a chaitheamh chomh fialmhar leatsa, táim ar aigne mo chuid féin a dhíol—"

"Ná bíodh ceist ort ina thaobh sin, a chara," arsa an Foggach.

"Ach, ní bheidh mé sásta—"

"Ná cloisim focal eile mar gheall air," arsa an Foggach, de ghuth nach raibh dul uaidh ag aon duine. "Rachaidh sin sa chostas coitianta!"

Ghéill an Fisceach dó. D'éirigh mar a bheadh cnap ina scornach; ghluais sé amach i mbéala an bháid; luigh sé siar ansin, agus níor labhair sé focal eile i gcaitheamh an lae sin.

Bhíothas ag gluaiseacht go mear. Bhí John Bunsby lán de dhóchas. Is minic a dúirt sé leis an bhFoggach go sroichfidís Shanghai in am. Ní deireadh an Foggach ach amháin gur air sin a bhí sé ag brath. Chrom an fhoireann chun na hoibre i ndáiríre. Bhréag an duais iad. Mar sin níor fhan téad gan feistiú, ná seol gan lánleathadh! Agus an fear stiúir ní dhearna sé oiread is camchasadh. Ní fearr a sheolfaidís í dá mba i rás faoi chúram an *Royal Yacht Club* a bheidís.

Um thráthnóna nocht an maide tomhais iad a bheith 220 míle ó Hong Cong agus níor mhiste do Philéas Fogg a mheas nach mbeadh sé pioc chun deiridh ar a chairt ar shroicheadh Yokohama dó. Bhí a dhealramh ar an scéal, mar sin, an chéad tionóisc cheart a bhuail uime, nach ndéanfadh sé aon cheataí dó.

An oíche sin tamall roimh lá ghluais an *Tankadère* go haosáideach isteach i gcaolas Fukien atá idir oileán Formosa agus cósta na Síne, agus ghabh sí thar Thrópaic an Phortáin. Sa chaolmhuir sin bhí an fharraige an-gharbh, toisc na cuilithe guairneáin a dhéanadh frithshruthanna mara ann. Bhí an t-árthach beag in anfa an tsaothair. Chuireadh na tonnta tiubha ar seachrán í, agus ba dheacair seasamh díreach ar an deic.

Le fáinne an lae d'éirigh an ghaoth. Bhí dealramh gála ar an spéir. Ina theannta sin d'fhoilsigh an bairaiméadar gur ghairid uathu athrú san aimsir mar bhí gluaiseacht neamhrialta uirthi, agus an t-airgead beo ann ag bíogadh go guagach. Chonacthas an fharraige ag éirí soir ó dheas uathu ina bhorradh fairsing, faoi mar a bheadh sí ag tuar stoirme. Tráthnóna an lae roimhe sin, chuaigh an ghrian faoi ina cheo dearg a chuir mar a bheadh tine chreasach ag spréacharnach de dhromchla na mara.

D'fhan an píolóta ar feadh i bhfad ag iniúchadh na drochspéire sin, agus briotaireacht éigin cainte ar siúl aige. Tráth dá raibh sé in aice leis an bhFoggach dúirt sé leis de ghuth íseal: "Ar mhiste an fhírinne a insint do d'onóir?"

"Níor mhiste," arsa an Foggach.

"Beidh stoirm ann gan mhoill."

"Cé acu aneas nó aduaidh a thiocfaidh sí?"

"Aneas. Féach í; tá tíofún chugainn!"

"Is maith é an tíofún aneas," arsa an Foggach, "tiomáinfidh sé an bóthar ceart sinn."

"Ó, más mar sin a mheasann tú é," arsa an píolóta, "níl a thuilleadh le rá agamsa."

B'fhíor do John Bunsby. Mura mbeadh a dhéanaí sa bhlian a bhí sé, de réir mar a deir ardollamh le healaín na Síne, rachadh an tíofún tharstu ina chaise lonrach de thinte leictreachais; ach i dtaca comhfhad lae agus oíche sa gheimhreadh ba bhaolach go bpléascfadh sé orthu.

Bhí an píolóta ullamh ina chomhair. Filleadh seolta an bháid; íslíodh na slata is cuireadh ina luí ar feadh na deice iad. Leagadh na mionchrainn. D'imigh an fhoireann i dtosach an bháid, feistíodh na haistí go daingean, i gcás nach bhféadfadh braon uisce dul i gcabhail an árthaigh. Sheol tríchúinneach amháin de chanbhás teann a cuireadh in airde i mbroinní an bháid, d'fhonn deireadh an bháid a choinneáil i gcoinne na gaoithe. D'fhan siad ar an gcuma sin.

D'iarr John Bunsby ar an lucht taistil dul síos sa chábán; bhí an áit cúng, ámh, is an t-aer go gann ann; agus le léimneach an bháid roimh an ngreadghaoth, níor chompordach an áit é. Ní rachadh an Foggach ná Áúda ná an Fisceach féin síos; agus d'fhan siad thuas mar a raibh siad.

Ag déanamh ar a hocht a chlog bhuail an stoirm ghaoithe agus fearthainne an bád beag. Thógtaí an *Tankadère* agus an giota beag seoil uirthi leis an ngreadghaoth mar a thógfaí cleite den talamh. Ní féidir cur síos ar neart na stoirme sin nuair a d'iompaigh sí amach ina hanfa. Dá gcuirfí a luas i gcomparáid le luas inneall gaile ag imeacht ar bharr reatha agus é a mhéadú faoina ceathair, bheadh an t-áireamh sin féin faoina bhun.

I gcaitheamh an lae sin bhí an t-árthach ag rith ar an gcuma sin ó thuaidh, tonnta uafásach á hiompar agus í ar aon luas leo, rud ba mhaith di féin. Fiche uair ba ródhóbair go slogfaí í i nduibheagáin na mórthonnta a bhí ag teacht sa bhuaic uirthi; ach bhí an píolóta ar an stiúir agus thagadh sí saor i gcónaí. Thiteadh cúr beiriúcháin na mara ina cheathanna ar an lucht taistil ach d'fhulaing siad gan ghearán. Níor mhaith leis an bhFisceach é, gan amhras. Maidir le hÁúda, ní fhéadfadh sí a súile a bhaint den Fhoggach, ach í ag déanamh ionadh dá réchúis aigne; rinne sí féin aithris air, agus sheas sí sa bhearna gualainn ar ghualainn leis. Dála Philéas Fogg féin ba dhóigh le duine air gurb amhlaidh a bhí an tíofún sin ar a chairt aige ó thús.

THÓGTAÍ AN *TANKADÈRE* AGUS AN GIOTA BEAG SEOIL UIRTHI LEIS
AN nGREADGHAOTH MAR A THÓGFAÍ CLEITE DEN TALAMH.

Go dtí sin bhí an *Tankadère* á seoladh ó thuaidh i gcónaí; ach ar
theacht an tráthnóna sin, d'aistrigh an ghaoth trí cheathrú go dtí go
raibh sí aniar aduaidh. Bhí cliathán an árthaigh chun na dtonnta
agus luascadh sí ina sheó. Bhuaileadh an fharraige í le neart a

chuirfeadh critheagla i gcroí an duine nach mbeadh a fhios aige a dhaingne agus a cheanglaítear bád le chéile.

Breis nirt a ghabh an t-anfa leis an oíche. Ar John Bunsby a bhí an aigne anacair nuair a mhothaigh sé an doircheacht ag teacht agus an stoirm ag dul i méid. D'fhiafraigh sé de féin nár mhithid cur isteach i gcuan éigin agus chuaigh sé i gcomhairle lena fhoireann.

Tar éis na comhairle sin, dhruid John Bunsby faoi dhéin an Fhoggaigh agus dúirt: "Is dóigh liom i gcead do d'onóir, gur fearr dúinn déanamh ar bhaile poirt éigin ar chósta na Síne."

"Is dóigh liom féin é leis," arsa Philéas Fogg.

"An mar sin é?" arsa an píolóta, "ach cé acu?"

"Ní heol domsa ach an t-aon cheann amháin ann," arsa an Foggach go breá socair.

"Cad é an ceann é sin?"

"Shanghai."

Ar dtús chuaigh den phíolóta a thuiscint cad é an bhrí a bhí leis an bhfreagra si, ná cad é an tseasmhacht agus an cheanndánaíocht a bhí laistiar de. Ach a thúisce a thuig dúirt sé: "Tuigim anois é. Tá an ceart ag d'onóir. Go Shanghai linn!"

Agus coinníodh ceann an *Tankadère* ó thuaidh i gcónaí.

Ba í sin an oíche uafásach! Ba mhíorúilt ó Dhia nach ndeachaigh an t-árthach beag go tóin poill. Faoi dhó bhí sí faoi uisce agus dá mba rud é go mbrisfeadh na téadáin, shlogfaí í. Bhí Áúda bhocht tabhartha, ach níor lig sí focal aisti ag gearán. Ní aon uair amháin ná dhá uair ab éigean don Fhoggach rith faoina déin, á díon ar neart na dtonnta.

Tháinig an lá arís. Bhí an t-anfa fós ag stealladh go fraochmhar. Ach d'athraigh an ghaoth arís go raibh sí ag séideadh anoir aneas. Bhí sin i bhfabhar na *Tankadère*, agus thiomáin sí léi ar an bhfarraige gharbh. Na tonnta aduaidh bhí siad ag bualadh i gcoinne na dtonnta aneas a thóg an ghaoth nua. Bhí de neart sna tonnta mar a bhuailidís i gcoinne a chéile go mbrisfí barc ba lú taitheag ná í siúd.

Anois is arís b'fhéidir cósta na talún a fheiceáil le glanadh an cheo, ach níor tugadh long ná bád faoi deara. Bhí an *Tankadère* ina haonar ar an bhfarraige mhór.

I dtaca an mheán lae bhí comharthaí ciúnais ann, agus mhéadaítí orthu sin de réir mar a dhruideadh an ghrian siar síos go híochtar na spéire.

Neart an anfa féin faoi deara a ghiorracht a sheas sé. Bhí an lucht taistil séidte glan, ach faoi dheoidh d'fhéad siad rud éigin a ithe agus dul a chodladh.

An oíche sin bhí sé ciúin go leor. Chuir an píolóta na seolta suas, ach cnaipe a bhaint díobh. Bhí an bád ag imeacht go han-luath lá arna mhárach, an 11ú lá, nuair a fuarthas radharc ar chósta na tíre dhearbhaigh John Bunsby nach rabhthas thar 100 míle slí ó Shanghai.

Céad míle slí agus gan acu chun an méid sin a dhéanamh ach an lá sin! Níorbh fholáir don Fhoggach a bheith i Shanghai um thráthnóna, dá mb'áil leis breith ar an mbád go dtí Yokohama. Mura mbeadh an t-anfa úd ar chaill sé mórchuid ama dá dheasca, bheadh sé anois i ngaireacht 30 míle slí de Shanghai.

Chuaigh an ghaoth i laghad go maith agus ar ámharaí an tsaoil thit an fharraige léi. Cuireadh in airde gach orlach de chanbhás. Ardaíodh mionscóid, is seolta ar théadáin, is frithsheolta, go dtí go raibh cúr ar an bhfarraige i ndiaidh an bháid.

Ar uair an mheán lae bhí an *Tankadère* tuairim is 45 míle ó Shanghai. Bhí sé huair an chloig aici chun breith ar an mbád a bhí ag dul go Yokohama.

Bhí eagla ar gach duine dá raibh ar bord. Ba mhaith leo a bheith in am cibé rud a thitfeadh amach. Bhí croí an uile dhuine—ach amháin croí an Fhoggaigh gan amhras—ag preabarnach le corp mífhoighne. Níorbh fholáir don árthach beag naoi míle slí a dhéanamh in aghaidh gach uair an chloig. Agus bhí an ghaoth ag síordhul i laghad! Leoithne aimhréidh a bhí inti, agus puthanna beaga ag teacht anois is arís ón talamh. Agus nuair a scoir siad sin, tháinig breis ciúnais ar an bhfarraige.

Ach bhí d'éadromacht sa bhád agus d'airde is d'fhíneáilteacht sna seolta gur ghabh siad an ghaoth mírialta sin go hálainn; bhí na sruthanna mara leo mar chúnamh; ar a sé a chlog mar sin mheas John Bunsby nach raibh siad thar 10 míle ó Inbhear Shanghai; tá an baile mór féin 12 mhíle, an chuid is lú de, suas an abhainn.

Ar a seacht a chlog bhíothas fós trí mhíle slí ó bhéal na habhann. Lig an píolóta eascaine mhór as. Dhealraigh an scéal go gcaillfeadh sé an dá chéad punt de dhuais. D'fhéach sé ar an bhFoggach. Ní raibh cor as an bhfear sin, ar shon go raibh a chuid den tsaol ar na cranna an nóiméad sin.

Chonacthas láithreach ar íor na farraige simléar fada dubh báid agus mar a bheadh fleasc deataigh ar a bharr. B'shin í an bád Meiriceánach ag imeacht.

"Go n-imí an diabhail léi!" arsa John Bunsby, agus thug sracadh obann den stiúir á tharraingt isteach.

"Glaoitear uirthi!" a ndúirt Philéas Fogg.

Bhí canóin bheag phráis i mbroinní an bháid. Dhéantaí úsáid di ag bagairt le linn ceo.

Ualaíodh an chanóin go gob; ach díreach agus an píolóta chun sméaróid a chur léi, dúirt an Foggach: "Bratach in airde!"

Ardaíodh an bhratach leath slí. Is é sin an comhartha dá nochtar éigeandáil, agus bhí súil acu go stadfadh an bád Meiriceánach ar feadh tamaill, nuair a d'fheicfí iad, agus go dtiocfadh i gcabhair ar an árthach beag.

"Tine!" arsa an Foggach.

Agus airíodh i ndoimhne na spéire fuaim na beagchanóna.

# CAIBIDIL XXII

*Ina mbraitheann Passepartout gur maith an rud do dhuine in íochtar an domhain féin airgead a bheith ina phóca aige.*

D'fhág an *Carnatic* Hong Cong, an 7 Samhain, leathuair tar éis a sé um thráthnóna, agus ghluais roimpi faoi lán seoil chun na Seapáine. Bhí inti lánualach earraí is lucht taistil. Bhí dhá bhothóg i ndeireadh an bháid folamh, áfach. Ba iad sin an dá cheann in áirithe do Philéas Fogg.

Ar maidin lá arna mhárach baineadh geit as na fir a bhí ag obair i mbroinní an bháid, nuair a chonaic siad ag teacht as bothóg den dara grád taistealaí a raibh dhá shúil mhaola air is a ghruaig go mothallach, agus é ag teacht anuas ar dheic an bháid agus ag dul faoi dhéin suíocháin ann.

Ba é Passepartout féin a bhí ann. Seo mar a tharla dó:

Tamall beag tar éis don Fhisceach imeacht as teach an tsú chodlaidín, tháinig beirt ghiollaí de mhuintiur an tí is chuir siad Passepartout ina luí ar an leaba i gcomhair lucht ólta na bpíopaí. Ach i gceann trí uair an chloig, dhúisigh Passepartout, mar bhí smaoineamh daingean amháin ina aigne, agus sin le linn na speabhraídí féin, agus níor fhéad sé gan oibriú i gcoinne na posóide suain a bhí á mhúchadh. Ba é smaoineamh é sin ná a dhualgas a bheith gan chomhlíonadh aige. Léim sé den leaba agus bulla báisín is mearbhall air; chuireadh sé lámh le balla á stiúradh féin; thiteadh agus d'éiríodh arís; ach bhí an smaoineamh úd i gcónaí ina cheann, mar a bheadh saghas éigin dúchais, agus é á bhrostú. Faoi dheoidh d'fhág sé an teach, agus luigh ar bhéicíl mar a bhéicfeadh duine trí thaibhreamh: "An *Carnatic*! An *Carnatic*!"

Bhí an bád os a chomhair agus í ullamh chun gluaiseachta. Ní raibh le tabhairt ag Passepartout ach roinnt coiscéimeanna. Chuaigh sé de ruthag an dréimire isteach, ghlan an bhearna roimhe agus thit ina mheaig i dtosach an bháid, díreach agus an *Carnatic* ag bogadh chun gluaiseachta.

Bhí taithí ag na mairnéalaigh ar a leithéid sin, agus ní dhearnadh ach cuid acu a bhreith air is é a iompar eatarthu go dtí bothóg den dara grád; agus níor athdhúisigh Passepartout go maidin lá arna mhárach, agus 150 míle slí ó chósta na Síne.

Sin é an fáth a bhfuarthas Passepartout an mhaidin sin ar bhord an *Charnatic* agus flosc air chun aer fionnuar na farraige a ligean trína scamhóga. Thug an t-aer úr chuige féin é. Chrom sé ar a mheabhair a bhailiú chuige, ach ní gan dua a d'éirigh leis. Faoi dheoidh chuimhnigh sé ar an mball a raibh sé aréir roimhe sin agus ar a chomhrá leis an bhFisceach, agus ar an rud a thit amach ina dhiaidh.

"Is follas," ar seisean leis féin, "gur ar deargmheisce a bhí mé! Agus cad a déarfaidh an Foggach? Cibé scéal é, níor chaill mé an bád, agus is mór an ní é sin."

"Ansin chuimhnigh sé ar an bhFisceach.

"Tá súil agam go bhfuilimid réidh leis an mbearránach sin," ar seisean leis féin, "agus tar éis na cainte a dúirt sé liomsa, nach mbeidh de dhánaíocht ann sinn a leanúint ar an g*Carnatic*. Lorgaire constábla ar shála mo mháistir, agus a rá go ndearna sé goid as Banc Shasana! Ar airigh aon duine riamh a leithéid! Tá oiread gadaíochta déanta ag an bhFoggach is atá de dhúnmharú agamsa!"

Ar cheart do Phassepartout na nithe sin a insint dá mháistir? Ar chóir a chur in iúl dó an ladar a bhí ag an bhFisceach sa ghnó? Nárbh fhearr fanúint go dtiocfaidís thar n-ais go Londain, agus ansin a insint dó lorgaire ó Chonstáblaí na Príomhchathrach á leanúint mórthimpeall an domhain, agus gáirí in éineacht leis um an scéal? B'fhearr gan amhras. Ar aon chuma, níor mhiste machnamh air mar chúrsa. Ach ba é an chéad rud ba cheart dó a dhéanamh, dul ag triall ar an bhFoggach agus maithiúnas a iarraidh air ina dhroch-iompar gránna.

D'éirigh Passepartout ina sheasamh. Bhí an fharraige garbh agus bhí an bád ag luascadh go tréan. Ní raibh na cosa go róláidir fós faoin mbuachaill macánta, ach shroich sé deireadh an bháid mar ab fhearr ab fhéidir leis.

Thuas ar an deic ní fhaca sé aon duine i gcosúlacht dá mháistir ná d'Áúda.

"Maith mar a tharla," ar seisean, "níl Áúda ina suí fós. Maidir leis an bhFoggach, beidh aithne curtha aige ar dhuine éigin a d'imreodh fuist leis, agus faoi mar is gnách les—"

Le linn na cainte sin bhí Passepartout ag dul síos sa seomra mór. Ní raibh an Foggach ansin, ámh. Ní raibh le déanamh ag Passepartout ach aon ní amháin, dul ag triall ar an sparánaí agus a fhiafraí de cad é an bhothóg a bhí ag an bhFoggach. Dúirt an sparánaí leis nach raibh aon duine den ainm sin ar an mbád.

"Gabhaim pardún agat," arsa Passepartout, ag éirí dána air, "ach an duine uasal seo a bhfuilim ag tagairt dó, fear ard cúlánta righin is ea é, agus tá bean uasal óg in éineacht leis—"

"Níl aon bhean uasal óg ar bord againn," arsa an sparánaí. "Ach seo duit áireamh ainmneacha an lucht taistil agus féadfaidh tú féachaint tríd."

Léigh Passepartout é tríd síos.

Ní bhfuair sé ainm a mháistir ann.

Mhothaigh sé mar a bheadh bulla báisín ag teacht air. Ansin tháinig smaoineamh obann chuige.

"Cogar," ar seisean, "an ar an g*Carnatic* atáimid?"

"Is ea," arsa an sparánaí.

"Ag dul go Yokohama?"

"Deimhnitheach."

Is amhlaidh a buaileadh isteach in aigne Phassepartout nach raibh sé ar an mbád ceart. Ach bíodh go raibh sé féin ar an g*Carnatic* ba dhearbh leis nach raibh a mháistir uirthi.

Thit Passepartout ina shuí i gcathaoir shocair. Cuireadh sceon ann. Ba ghearr, áfach, gur réitigh sé an cheist. Chuimhnigh sé ar aistriú na huaire ina mbeadh an *Carnatic* ag imeacht, gur cheart dó féin an scéal a chur in iúl dá mháistir, ach nach ndearna sé é! Air féin a bhí a mhilleán, mar sin, gur chaill an Foggach agus Áúda an bád!

Air féin gan amhras; ach ní saor ó mhilleán a bhí an brathadóir a chuir ar meisce é d'fhonn é a dheighilt óna mháistir is d'fhonn an duine uasal sin a choimeád i Hong Cong! Ansin is ea thuig sé an cleas a bhuail an lorgaire air. Ba dheimhin leis feasta an Foggach a bheith briste gan dabht ar domhan; a gheall arna chailliúint aige; é gafa agus sa phríosún, b'fhéidir! A thúisce is a chuimhnigh Passepartout air sin chrom sé ar a bheith ag stoitheadh na gruaige de féin. Á! Dá bhfaigheadh sé greim choíche ar an bhFisceach cad é an socrú cuntas a bheadh ann!

Chun scéal gairid a dhéanamh de, tar éis do Phassepartout an taom iontais a chur de, d'fhill a mheabhair is a chiall air, agus luigh sé ar mhachnamh ar an ngnó. Níor mhaith le duine a bheith ina leithéid sin de chás. B'shin é ansin é ar stáir chun na Seapáine. Thiocfadh sé ann gan aon agó; ach conas a d'fhágfadh sé an áit? Bhí an spaga go follamh aige. Níor fhan scilling ná oiread na scillinge aige! Cibé ar domhan é, bhí íoctha roimh ré as a thuras is as a chothú ar an mbád. Mar sin bhí a cúig nó a sé de laethanta aige chun comhairle a dhéanamh leis féin. Ní mian linn cur síos ar an gcuma inar ith agus inar ól sé i gcaitheamh an turais sin. I bhfochair a choda féin, d'ith sé cuid Áúda is cuid a mháistir. D'itheadh sé faoi mar nach mbeadh sa tSeapáin, ar a dhul inti, ach fásach fiáin nár fhás ábhar bia riamh inti.

An 13ú lá den mhí leis an lán mara ar maidin ghluais an *Carnatic* isteach i gcuan Yokohama.

Ní suarach an ball stad é sin ar aon chor, mar bíonn glaoch ann ag an uile bhád litreach is taistealaithe idir tuaisceart Mheiriceá agus an tSín, is an tSeapáin is oileáin Mhalaeise. Cathair ar chiumhais chuan Yeddo (nó Tóiceo). Is í an dara cathair mó in Impireacht na Seapáine í. Nuair a bhí an taikún ina impire ar an tír ann a chónaíodh sé. Agus ba í cathair chéile Miako (no Kyoto) í, mara gcónaíonn an Mikado, impire eaglasta na Seapáine agus scoth de shliocht na ndéithe.

Stad an *Carnatic* cois taobh an chalaidh ag Yokohama, le hais lamairne a tógadh ann, agus in acie le Teach an Chustaim. Bhí anchuid árthaí ann ó gach tír faoin spéir.

Ní ró-ard an misneach a bhí i gcroí Phassepartout ag cur a chos ar thalamh ait seo Chlann na Gréine. Ní raibh le déanamh aige ach siúl roimhe gan treoir ar shráideanna na cathrach.

Ar dtús bhraith Passepartout féachaint Eorpach ar an gcathair; tithe faoi éadain ísle a bí ann, agus a scáilí béal tí a bhfacthas fúthu póirsí ornáideach; sráideanna is cearnóga na cathrach, mar aon lena longlanna agus a tithe stórais is iad a líon an bhall go léir ó Ros an Chonartha go dtí an abhainn. Cheap sé gur mar a chéile a bhí an chathair sin agus Hong Cong nó Calcúta. Bhí na sráideanna dubh le daoine; Meiriceánaigh ann, is Sasanaigh, is Sínigh is Ollannaigh. Lucht ceannachais ann a bhí ullamh chun aon ní a dhíol nó chun aon ní a cheannach. Bhí oiread den iasacht ar an bhFrancach bocht ina measc agus a bheadh dá mba i dtír an *Hottentot* a sheolfaí i gcuan é.

Bhí seift amháin ag Passepartout, áfach, a d'fhéadfadh sé dul ag triall ar chonsal Shasana, nó ar chonsal na Fraince i Yokohama ag iarraidh cúnaimh; ach ba leasc leis a scéal a insint mar gheall ar an méid a bhain sé le cúrsaí a mháistir; agus sula gcuirfí chuige sin é ba mhian leis feidhm a bhaint as seift éigin eile.

Tar éis siúl tríd an gcuid Eorpach den chathair dó, gan aon ní ar mhaithe leis a bhualadh uime, ghabh sé tríd an gcuid Sheapánach di, agus a aigne socair aige ar dhul go Yeddo, dá mba ghá é.

Benten an t-ainm atá ar an roinn dúchasach sin de Yokohama; agus ó bhandia na farraige a adhartar ar na hoileáin timpeall na háite is ea a fuair sé an t-ainm. Bhí le feiceáil ann ranganna breátha crann giúise agus céadair; na geataí coisricthe agus déantús iasachta orthu; droichid a bhí leathchlúdaithe faoi bhambúnna is faoi ghiolcacha; teampaill faoi dhúshraith shollúnta seanchéadar; agus sna foirgnimh sin chaitheadh sagairt Bhúda is Khongfusi a saol; sráideanna síorfhada a bhféadfaí barra leanaí a bhaint orthu agus gruanna dearga ar na leanaí céanna; iad díreach faoi mar a ghearrfaí as clúdach Seapánach iad.

Ar na sráideanna bhí mar a bheadh saithí daoine, agus iad ag síorghluaiseacht; sagairt ina mbuíonta agus bodhráin á mbualadh go liosta acu; *yakuni* .i. oifigí custaim nó constáblachta, is ceannbhearta bioracha de lásaí orthu, agus dhá chlaíomh ar crochadh de chrios gach duine acu; saighdiúirí i gcultacha den chadás ghorm agus síoga bána orthu, agus gunnaí pléascáin ar iomar acu; cuid de gharda coirp an Mhikado, agus casóga síoda umpu, agus uchtphláta orthu is lúireach; an-chuid lucht airm de gach saghas—mar sa tSeapáin tá meas ar ealaín an tsaighdiúra de réir mar a dhímheastar sa tSín í. Bhí ann leis bráithre bochta ag iarraidh déirce; oilithrigh faoi róbaí fada; lucht na cathrach féin, agus gruaig chíordhubh thaitneamhach orthu, is cinn mhóra is bráide fada is loirgne caola; gan acu ach airde bheag; agus a gceannaithe ar an uile dhath ón dubhumha go dtí an bán, ach nach mbíodh aon duine acu ar nós na Síneach; mar ní cosúil le chéile iad sin is na Seapánaigh ar aon chor. Bhí roinnt bhan ann leis, agus iad ag siúl i measc na gcóistí is na bpalaincíní, na gcapall is na *normon* taobhdhearg le dath lacha, agus na g*kango* compordúil— saghas leapacha den bhambú iad sin. Ná mná sin gan a bheith ródhathúil; fáinní dubha timpeall a súl; a mbráide go clárach; dath dubh ar a bhfiacla de réir gnás na haimsire; iad ag siúl de bheag-chéimeanna a mbeagchos; bróga canbháis nó cuaráin tuí nó buataisí adhmaid ar a gcosa acu; ar an uile dhuine acu bhí *kimono* álainn, an chulaith dhúchais; saghas róba seomra is ea é, agus scairf shíoda trasna anuas air, crios air agus snaidhm an-mhór ar an gcrios laistiar; ó bhantracht na Seapáine de réir dealraimh is ea a fuair mná Pháras inniu taithí an bhall éadaigh sin.

Ar feadh roinnt uair an chloig d'fhan Passepartout ag siúl i measc an tslua éagsúil sin. Níorbh é a dhearmad gan féachaint ar na siopaí breátha saibhre, ná ar na tithe margaíochta mar a gcruachtaí le chéile seoda daora Seapánacha; ná ar na tithe bia lena n-ornáidí is lena mbratacha, nach raibh cead dul isteach aige iontu; nár ar na tithe tae mar a n-óltar ina cupáin an deoch the shobhlasta arna meascadh i *saki*, saghas biotáille a dhéantar de bhraich na ríse; ná ar na tithe sócúla tobac mar a gcaitear tobac an-éadrom, in ionad sú chodlaidín—earra ar ar éigean atá aon taithí air sa tSeapáin.

Ina dhiaidh sin bhuail Passepartout amach faoin tuath, mar a bhfaca sé goirt mhóra ríse. Thug sé faoi deara caiméiliaí gléigeala, nach ar thoir a fhásann ach ar chrainn; agus a mbláthanna ag leathadh amach orthu agus boladh milis ag éirí astu; crainn silíní is plumaí is úll ag fás istigh i gclóis bhambú. Crainn iad sin nach ar son a mbláthanna ach ar son a dtorthaí a chuirtear iad; an-chuid ceann púca ar maide ann, is inneall cadrála, chun gealbháin is colúir is préacháin is éin eile a scanrú. Ní raibh céadar ard ann gan iolar i bhfolach ina dhuilliúr; ní raibh saileach ghalláin gan chorr uirthi is í ina seasamh go huaigneach ar leathchos. D'fheictí i ngach treo baill cága is lachain is seabhaic is géanna fiáine, agus mórán corr iasc a mbíonn meas "tiarnaí" ag na Seapánaigh orthu de bhrí gur dóigh leo go dtuarann na héin sin saol fada agus sonas do dhuine.

Sa tsiúlóid do Phassepartout chonaic sé roinnt sailchuach i measc na luibheanna ar an talamh.

"Maith mar a tharla!" ar seisean, "tá ábhar suipéir agam anseo."

Ach nuair a chuir sé lena shrón iad, ní bhfuair sé boladh ar bith astu.

"Tá teipthe orm!" ar seisean ina aigne féin.

Bhí ciall a dhóthain ag an mbuachaill macánta, admhaímid, agus béile a ithe ar maidin sular fhág sé an *Carnatic*; ach tar éis dó an lá a thabhairt ag siúl timpeall bhí an goile ag cur air go dian. Thug sé faoi deara na siopaí búistéara a bheith in easnamh feoil chaorach is ghabhar is mhuc. Bhí a fhios aige gur peaca marfach leo mart a mharú, de bhrí go ndéantar úsáid díobh chun curadóireachta. Buaileadh isteach ina aigne an fheoil a bheith an-ghann i ríochtaí na Seapáine. Bhí an ceart aige sa méid sin. Ach d'uireasa feoil bhúistéar ní dhiúltódh sé do cheathrúna fiaigh nó toirc allta, do phatraisce nó do ghearr goirt, d'éanlaith tí nó d'iasc; is orthu sin agus ar an rís a chothaíonn na Seapánaigh iad féin. Ach b'éigean dó an miangas a bhrú faoi, agus fanúint ina throscadh, go maidin ar aon chuma.

Thit an oíche. D'fhill Passepartout ar an roinn dúchasach den chathair; bhí sé ag siúl na sráideanna, mar a raibh lóchrainn ildaite agus é ag féachaint ar fhuirseoirí ag déanamh cleasanna iontacha, agus ar réadairí i lár na sráide agus na daoine ag bailiú timpeall orthu féin is a ngloiní cianamhairc. Chuaigh sé thar n-ais go dtí an cuan ansin mar a bhfaca sé tinte na n-iascairí a bhí ag iascach le solas lóchrann.

Faoi dheoidh bhí na sráideanna folamh ó dhaoine. Nuair a bhí an slua imithe níor fhan ag siúl timpeall ach na *yakuni*. Bíonn cultacha breátha ar na hoifigidh sin, agus lucht leanúna acu i gcónaí i gcás nach míchosúil le leagáidí iad; agus gach uair dá gcastaí dream acu sin ar Phassepartout deireadh sé go sultmhar leis féin:

"Aililiú! Sin leagáid eile is a lucht leanúna ar stáir go dtí an Eoraip!"

# CAIBIDIL XXIII

*Ina dtéann faid mhíchuibheasach
ar shrón Phassepartout.*

Maidin lá arná mhárach bhí ocras agus tuirse ar Phassepartout, agus dúirt sé leis féin nárbh fholáir béile a sholáthar ar áis nó ar éigean, agus dá luaithe a gheofaí é gurb amhlaidh ab fhearr. Chuimhnigh sé ar a uaireadóir a dhíol, ach ba thúisce a d'fhulaingeodh sé bás den ocras ná mar a scarfadh leis sin. Anois nó riamh bhí an chaoi ag an mbuachaill chun feidhm a bhaint as an nguth láidir béil a bhí aige ó dhúchas, bíodh is nach raibh an guth sin go róbhinn.

Bhí roinnt amhrán Fraincise is Béarla ar eolas aige agus shocraigh sé ar thriail a bhaint as cuid acu. Ba cheart an t-an-chion a bheith ag na Seapánaigh ar cheol, dar leat, agus a liacht tabhairt amach a bhíodh acu féin agus a mhéid a thaithídís bualadh ciombal is tamtam is bodhrán. Níor bhaol ná go dtaitneodh leo iarrachtaí amhránaí ó Mhór-roinn na hEorpa.

Ach b'fhéidir a bheith buille daith ar maidin fós chun coirm cheoil a chur ar bun; agus an lucht éisteachta dá ndúiseofaí rómhoch iad, cá bhfios an le hairgead na tíre a dhíolfaidís an t-amhránaí?

Shocraigh Passepartout leis féin ar fanacht ag siúl roimhe go ceann roinnt uair an chloig eile. I lár na siúlóide dó chuimhnigh sé ar fheabhas a chuid éadaigh, agus nach mbeadh a leithéid ar amhránaí siúil; agus mheas sé nár mhiste dó a chulaith a mhalartú ar cheann eile ab fhearr a d'oirfeadh do dhuine ina chás. Ba chóir go mbeadh beagán airgid aige de bhárr na malairte sin, agus d'fhéadfadh sé cuid den airgead sin a chaitheamh ar an ocras a chloí.

Bhí rún déanta aige air sin agus níor theastaigh uaidh ach an mhalairt a dhéanamh. Ach b'fhada dó ag cuardach sula bhfuair sé aon cheannaí dúchasach. Agus nuair a fuair, d'inis sé dó an rud a bhí uaidh. Thaitin culaith an Eorpaigh leis an gceannaí, agus ba ghairid ina dhiaidh sin go raibh Passepartout ag fágáil an tsiopa agus seanfhallaing fhada Sheapánach uime, agus caipín i bhfoirm turbain bhreac-caite ar a leathcheann. Ach ar an taobh eile den scéal, bhí píosaí éigin airgid ag gliogarnach i mbun a spaga aige.

"Go maith, más ea," ar seisean leis féi, "ligimid orainn gur ar aonach atáimid!

Ar mbeith "Seapánaithe" ar an gcuma sin do Phassepartout, ba é an chéad rud a rinne sé dul isteach i dteach tae, áit nach raibh róthaibhseach, agus sa teach sin is ea a d'ith sé i gcomhair bricfeasta fuílleach de chearc agus lán doirn nó dhó de rís, agus mar a bheadh duine nach mbeadh a fhios aige cad as a dtiocfadh an chéad bhéile eile.

"Is ea," ar seisean leis féin, nuair a bhí a dhóthain ite agus ólta aige, "ní foláir gan an mheabhair a ligean chun siúil. Ní féidir an chulaith seo a mhalartú ar chulaith níos Seapánaí fós. Ní foláir dúinn seift éigin a dhéanamh chun imeacht go luath as an tír seo na gréine agus is deorach an chuimhne a fhanfaidh agamsa uirthi!"

Cheap Passepartout ansin gur mhaith an rud dó éirí ag féachaint na mbád a bhí ag dul go Meiriceá. Bheadh cócaire nó seirbhíseach d'uireasa ar bhád éigin acu. Thairgfeadh sé é féin agus ní iarrfadh sé mar thuarastal ach a phasáiste is a chothú. Dá mbeadh sé i gcathair San Francisco féin, b'fhurasta dó a bhóthar a dhéanamh roimhe as sin amach. Ach níorbh aon dóithín na 4,700 míle slí den Aigéan Ciúin idir an tSeapáin agus Meiriceá a chur de.

Agus ó ba dhuine é Passepartout a dhéanfadh rud a thúisce is a chuimhneodh sé air, dhírigh sé ar shiúl faoi dhéin chaladh Yokohama. Ach de réir mar a bhí sé ag teacht i ngaobhar do na longlanna, an gníomh a chuir sé roimhe is nár dheacair, dar leis, a dhéanamh nuair a chuimhnigh sé ar dtús air, bhí sé ag éirí an-dodhéanta. Cad chuige a mbeifí ar uireasa chócaire nó seirbhísigh i mbád

Meiriceánach? Cad é an tuairim a bheadh ag daoine de agus an chulaith sin air? Cá raibh a phas? Cad é an teistiméireacht a bhí aige?

BHÍ PASSEPARTOUT AG FÁGÁIL AN tSIOPA

AGUS SEANFHALLAING FHADA SHEAPÁNACH UIME

Ag machnamh mar sin dó, tharla gur leag sé a dhá shúil ar fhógra mór a bhí ar iompar agu saghas geocaigh ar fud shráideanna Yokohama. I mBéarla a bhí an fógra agus an chaint seo ann:

## DREAM SEAPÁNACH LE GLEACAÍOCHT
### FAOI CHÚRAM
## AN DUINE ONÓRAIGH WILLIAM BATULCAR

---

## NA CLEASANNA DEIREANACHA DÓIBH
sula rachaidh siad go Sasana Nua
# NA FADSRÓNAIGH!
## ATÁ FAOI DHLÚTH-THEARMAN TINGU DIA!
Greann Thar Meán!

"Sasana Nua arú!", arsa Passepartout in ard a ghutha. "Sin é go díreach an rud a theastaíonn uaimse!"

Lean sé fear an fhógra, agus ba ghearr go raibh sé sa roinn dúchasach den chathair arís. I gceann cheathrú uaire ina dhiaidh sin stad sé os comhair cábáin. Bhí an-chuid bratach leis an ngaoth os cionn an chábáin agus pictiúir de dhream iomlán geocach tarraingthe ar an taobh amuigh dá bhallaí adhmaid. Dathanna gléineacha sa phictiúr agus a fhoireann ar fhiarsceabha.

Ba é sin teach agus áitreabh Bhatulcar "onóraigh"; saghas Bharnum ab ea é. Bhí sé ina cheann ar dhream cleasaithe, is fuirsirí, is geocach, is téadghleacaithe, is cothromóirí is lúthchleasaithe; agus de réir an fhógra bhí siad chun Impireacht na Gréine a fhágáil gan mhoill agus dul go Sasana Nua.

Bhuail Passepartout isteach an póirse i dtosach an tí agus chuir fios ar Mr Batulcar. Tháinig Mr Batulcar féin chuige.

"Cad tá uaitse?" ar seisean. Is amhlaidh a cheap sé ar dtús gur Sheapánach é Passepartout.

"An mbeadh seirbhíseach ag teastáil uait?"

"Seirbhíseach arú?" arsa an Barnum úd, agus dhírigh sé an lámh a chuimilt den dlúthmheigeall liath a bhí ar crochadh dá smig. "Tá dhá sheirbhíseach agam cheana féin; agus is iad atá go humhal agus go dúthrachtach. Níor fhág siad riamh mé agus ní iarrann siad de phá orm ach a gcothú. Sin iad iad." Agus shín sé uaidh a dhá lámh théagartha a raibh féitheacha orthu ar raimhre na dtéad ar olldord.

"Nach mbeadh aon ghnó agat díomsa?"

"Pioc."

"An riabhach air mar scéal! Agus a bhreáthacht a thiocfadh liom a bheith ag imeacht in éineacht libhse."

"Is é is dóigh liomsa," arsa Batulcar onórach, "go bhfuil oiread den tSeapánach ionatsa is atá den mhoncaí ionamsa! Cad chuige an chulaith seo, mar sin?"

"An chulaith a fhaightear is é a chaitear!"

"Is fíor sin. Nach Francach thusa?"

"Is ea, agus Párasach ó Pháras."

"Tá go maith. Nach eol duit mar sin conas drannadh gnúise a chur ort féin?"

"Dar fia," arsa Passepartout, agus fearg air um a leithéid sin de cheist a chur air de bharr a dhúchais, "is fíor gurb eol dúinne, Francaigh, conas drannadh gnúise a dhéanamh, ach buann na Meiriceánaigh orainn caoch."

"Buann gan amhras. Agus ó tharla nach bhféadfaidh mé glacadh leatsa i do sheirbhíseach, beidh tú agam i do gheocach. Tuigeann tú an méid sin, a bhuachaill. Is amhlaidh mar atá an scéal, sa Fhrainc déantar úsáid de gheocaigh iasachta, agus i dtíortha iasachta déantar úsáid de gheocaigh na Fraince!"

"Tuigim an méid sin!"

"Fear teann is ea thú, nach ea?"

"Is ea, agus go sonraíoch tar éis béile."

"An féidir leat amhrán a ghabháil?"

"Is féidir," arsa Passepartout. Tráth dá raibh sé, dhéanadh sé a chion féin i mbuíon cheoil ar na sráideana.

"Ach an féidir leat amhrán a ghabháil, agus tú i do sheasamh ar do cheann, agus caiseal ag casadh ar bhonn do choise clé agus faobhar claímh sínte ar leithead boinn do choise deise?

"Thabharfainnse faoi!" arsa Passepartout, agus é ag cuimhneamh ar ghleacaíocht a óige.

"Tá go maith, ní beag an méid sin!" arsa Batulcar onórach.

Réitigh siad le chéile láithreach baill.

Bhí post oibre ag Passepartout dá dhroim sin. Bhí brath le mórchúnamh uaidh sa trúpa Sheapánach. Níorbh aon phost róghradamach é, ach faoi cheann seachtaine bheadh sé ar an bhfarraige ag dul go San Francisco.

An ghleacaíocht a bhí fógartha leis an oiread sin griothalán ag Batulcar onórach, bhí sé le tosnú ar a trí a chlog, agus cheana féin bhí torann agus gleo á dhéanamh ag an doras le bualadh na mórghléas a bhaineann le foireann cheoil sa tSeapáin, mar atá bodhrán is tamtam (nó drumaí). Féadtar a thuiscint nach raibh ar a chumas ag Passepartout fós a chion féin den ghnó a thaithí; ach iarradh air cúnamh a dhá chruaghualainn a thabhairt sa chleas mór a dtugtaí an "Chruach Dhaonna" air, agus a dhéanadh Fad-shrónaigh Thingu dia. B'shin é an "greann thar meán" agus ba leis sin a chuirfí críoch ar an ngleacaíocht.

Bhí an cábán lán go béal roimh a trí a chlog. Eorpaigh is dúchasaigh, Sínigh is Seapánaigh, rinne siad ionradh ar na formaí cúnga is ar na "boscaí," a bhí ar aghaidh an ardáin amach. D'fhág na ceoltóirí an doras agus chuaigh siad isteach. Bhí an bhuíon cheoil go léir i dteannta a chéile ansin agus a gcuid clog is tamtam is cnáimhíní, is feadóg, is bodhráin agus drumaí móra á bpléascadh acu, agus dhírigh siad ar bheith ag seinm is ag bualadh in ainm an riabhaigh.

Níor mhíchosúl a ngleacaíocht le gleacaíocht dá sórt i dtíortha eile. Ní foláir a admháil, ámh, gur i measc na Seapánach atá na cothromóir is fearr sa domhan. Bhí duine ann agus gaothrán aige is giotaí beaga páipéir, agus dhéanadh sé leosan cleas na bhféileacán is na mbláthanna. Bhí duine eile ann, agus leis an ngal bhreacghoirm a tharraingíodh sé as a phíopa scríobhadh sé san aer roinnt focal ag moladh na ndaoine a bhí i láthair. Ansin chasadh sé ar chleasaíocht is bhíodh ag imirt le coinnle ar lasadh; mhúchadh sé na coinnle ina gceann is ina gceann de réir mar a tharraingítí os comhair a bhéil iad; ansin lasadh sé arís iad ina gceann is ina gceann, agus an chleasaíocht eile ar siúl aige san am céanna. Théadh duine eile ag cleasaíocht le caisil a bhíodh ag casadh timpeall, agus dhéanadh iontais leo. Ba dhóigh le duine, agus an fheidhm a bhaineadh sé astu, agus an síorchasadh is an crónán a dhéanaidís, go raibh anam faoi leith iontu. Léimidís thar chosa píopaí, is thar faobhar claimhte, agus thar shreangáin nach raibh raimhre ribe gruaige iontu, is a bhíodh ar síneadh ó thaobh go taobh an ardáin. Rithidís timpeall mórárthaí gloine. Théidís suas is anuas dréimirí bambú. Phreabaidís isteach sna cúinní, mar a ndéanaidís ceol éagsúil nuair a ghabhadh a gcrónáin le chéile. Bhíodh na geocaigh ag cleasaíocht leo, agus á gcasadh bunoscionn san aer. Bhuailidís uathu iad, mar a bhuailfí spól de lámhchlár, ach d'fhanadh na caisil ag casadh is ag casadh i gcónaí. Shádh na fir isteach ina bpócaí iad, agus nuair a thugtaí amach iad, bhídís ag casadh fós. Faoi dheoidh scaoileadh cnaipe agus rinne tinte ealaíne díobh!

Ní gá cur síos ar na héachtaí a rinne lúthchleasaithe is gleacaithe na droinge úd. Rinneadh go hiomlán is go beacht cúrsa ar dhréimirí is ar chuaillí, ar liathróidí is ar bhairillí, agus ar a lán nithe eile. Ach bhí an cleas ab fhearr le teacht; ba é sin cleas na "bhFadshrónach" agus sin cleas nach bhfuil eolas air i Mór-roinn na hEorpa fós.

Buíon faoi leith ab ea na Fadshrónaigh agus cuireadh iad faoi thearmann Thingu dia. Culaith órga mar a bheadh ar laochra meánaoiseacha. Péire álainn de sciatháin ar slinneáin. Ach bhí ar gach duine acu, mar chomhartha speisialta, srón fhada ar ceangal dá cheannaithe; agus bhainidís feidhm faoi leith as na sróna sin. Ní raibh iontu ach cuaillí bambú ó chúig throithe go deich dtroithe ar fhad; cuid acu díreach, tuilleadh acu cam; cuid acu sleamhain réidh, tuilleadh acu is fadharcáin nó fadhbanna orthu. Is ea, is ar na hearraí sin a dhéanaidís a gcleasa go léir; agus cheanglaítí díobh go daingean iad. Dáréag fear den lucht leanúna sin Tingu shínidís tharstu ar fhleasc a ndroma. Ansin thagadh a gcomrádaithe i bhfoirm fearsad na splancacha, de léim ar a sróna. Léimidís ó shrón go srón acu; agus dhéanaidís éachtaí léimní orthu.

Chun deireadh a chur leis an ngleacaíocht bhí fógartha acu do mhuintir na cathrach go ndéanfaí go sonraíoch an "Chruach Dhaonna" a mbeadh inti leathchéad Fadshrónach is í ar cosúlacht "cathaoir Jagannát." In ionad an chruach a dhéanamh ar ghuaillí a chéile is ina seasamh ar shróna a chéile a bhíodh foireann Bhatulcar onóraigh. Tharla go raibh imithe uathu duine den dream a bhíodh in ionad na mbonn faoin gcathaoir; agus ó ba rud é nár theastaigh ina chomhair ach duine teann aclaí, tugadh Passepartout chun dul san áit sin.

Ní miste a rá go raibh an buachaill macánta go huaigneach, agus go ndearna sé cuimhneamh go brónach ar aimsir a óige, a thúisce a bhí an chulaith sin ón tseansaol air, agus péire sciathán ildaite air, agus srón sé troithe ar fhad ar ceangal dá cheannaithe! Ach ba í an tsrón sin a chuirfeadh an corcán ag fiuchadh dó, agus d'fhill a mhisneach air.

Ghluais Passepartout ar an ardán agus shín thairis i bhfochair an chuid eile san áit a bhí ceaptha dó faoi chathaoir Jagannát. Bhí siad go léir ar fhleasc a ndroma agus a sróna in airde acu. Tháinig dream eile agus shocraigh siad iad féin ar bhearanna na srón sin. Chuaigh an tríú dream in airde orthu sin arís; ansin an ceathrú dream; agus mar sin dóibh ar bhearanna shrón a chéile go dtí gur sroicheadh fraitheacha an tí.

Lena linn sin mhéadaigh ar ghárthaíl is ar bhualadh bos i measc an phobail a bhí láithreach. Phléasc an ceol mar a bheadh toirneach. Láithreach baill chrith an chruach agus chlaon sí ar fiarsceabha. Bhí srón in easnamh faoina bun. Thit an chruach chun talún mar a thitfeadh teach a dhéanfaí as cártaí.

Ar Phassepartout a bhí an locht. D'fhág sé a ionad féin. Léim sé den ardán gan chúnamh a sciathán; agus chuaigh ag dreapadh suas go dtí an lochta ar dheis, agus chaith sé é féin ar a ghlúine os comhair duine a bhí ann agus dúirt: "Ó, a mháistir! A mháistir!"

"An tú sin?"

"Is mé!"

"Is ea, agus ós tú, seo linn go dtí an bád, a bhuachaill!"

An Foggach a bhí ann, agus Áúda in éineacht leis. D'imíodar féin agus Passepartout ar feadh chliathán an tí go dtí gur shroich siad an doras agus chuaigh siad amach. Lasmuigh, ámh, bhí Batulcar onórach rompu, agus fearg air, ag iarraidh scoit sa "díobháil" a bhí déanta. Thug Philéas Fogg lán doirn de nótaí bainc dó, agus mhaolaigh an gníomh sin ar a chuthach. Leathuair tar éis a sé, díreach agus an bád Meiriceánach ar tí gluaiseachta, chuaigh an Foggach is Áúda is Passepartout ar bord uirthi. Bhí sciatháin fós ar Phassepartout, agus an tsrón sé troithe ar fhad, mar ní raibh d'uain aige iad a bhaint de!

# CAIBIDIL XXIV

*Ina ngabhtar trasna an Aigéin Chiúin.*

Ní deacair tuairim a dhéanamh dár thit amach an tráth úd lámh le Sanghai. Na bagairtí a rinne muintir an *Tankadère* chonaic bád Yokohama iad. Chonaic an captaen bratach is í leath slí in airde agus d'iompaigh a bhád i dtreo an árthaigh bhig. Ansin dhíol Philéas Fogg as a phasáiste ag cur i lámh John Bunsby £450 airgid. Ina dhiaidh sin chuaigh sé féin is Áúda is an Fisceach ar bord an bháid ghaile agus d'iompaigh sí sin ar a bóthar féin arís go Nagasaki is Yokohama.

Shroich Philéas Fogg an áit sin an 14ú lá ar uair na maidine, agus é de réir a chairte. D'fhág sé slán ag an bhFisceach agus d'imigh ar bord an *Charnatic* ag cur tuairisc Phassepartout. Insíodh dó rud a chuir áthas ar Áúda—agus air féin leis, b'fhéidir, ar shon nár lig sé air é—an Francach a bheith i gcathair Yokohama ó inné roimhe sin.

D'imigh an Foggach gan mhoill ar thóir a ghiolla, de bhrí go mbeadh an bád ag gluaiseacht um thráthnóna go San Francisco. Ar dtús chuaigh sé ag triall ar chonsail na Fraince agus Shasana ach ba chuairt in aisce aige é. Ansin d'fhann sé ag siúl sráideanna Yokohama, agus gan tada de thuairisc Phassepartout a fháil. Faoi dheoidh sheol gaoth éigin den fhortún é isteach in amharclann Bhatulcar onóraigh. Ní gá dom a rá nach n-aithneodh sé a bhuachaill aimsire agus an trealamh éagsúil gleacaí a bhí air; ach Passepartout, agus é ina luí ar fhleasc a dhroma, chonaic sé a mháistir in airde ar an lochta. Níor fhéad sé gan a shrón fhada a chorraí. Chuir sin an chruach dhaonna ar fiarsceabha, agus is eol dúinn gach ar thit amach ina dhiaidh sin.

Ba í Áúda féin a d'inis do Phassepartout na tuairiscí uile sin, agus d'inis sí dó ina theannta sin an chaoi ar tháinig siad ó Hong Cong go Yokohama ar an *Tankadère* agus duine uasal ar shloinne dó Fisc in éineacht leo.

An fhaid a bhí sí ag trácht ar an bhFisceach, níor lig Passepartout aon ní air. Cheap sé ina aigne féin nach raibh an t-am tagtha fós chun labhairt lena mháistir mar gheall ar ar tharla idir é féin agus an feidhmeannach constábla. Ar an ábhar sin sa chuntas a thug Passepartout ar a eachtraí, chuir sé an milleán air féin, agus ba é leithscéal dó de bharr sú codlaidín a chaitheamh i dteach tábhairne i Hong Cong.

D'éist an Foggach leis an scéal ach ní dúirt sé focal; ansin thug sé dá bhuachaill an oiread airgid is a cheannódh dó ar bord malairt éadaigh ní b'oiriúnaí ná an chulaith a bhí air. Ar éigean a bhí uair an chloig imithe tharstu nuair b'shiúd an buachaill macánta agus a shrón (an ceann fada) agus a sciatháin bainte de aige, agus gan pioc uime a thabharfadh chun a chuimhne lucht leanúna Tingu dia.

An bád gaile a bhí ag déanamh an turais sin ó Yokohama go San Francisco, bhain sí le Cuideachta an *Pacific Mail Steam*, agus an *General Grant* an t-ainm a bhí uirthi. Galtán mór le rothaí ab ea í; toilleadh 2,500 tonna aici; í go dea-chóirithe is go han-luath. Bhí uirthi garma ghluaiste a bhíodh ag síorchasadh síos suas os cionn dheic an bháid. Ar an dara ceann den gharma sin d'oibríodh an tslat súiteacháin agus ar an gceann eile an tslat ceangail; an tslat cheangail sin d'athraíodh sí an ghluaiseacht ón díreach go dtí an ciorclach, agus bhí sí ar ceangal díreach d'fhearsaid na rothaí. Cóiriú bairc trí chrann a bhí ar an *General Grant*, agus an-tarraingt gaoithe aici, rud a chabhraigh go mór lena neart gaile. Dá ndéanfadh sí 12 míle slí san uair, rachadh sí trasna an Aigéin Chiúin i 21 lá. Níor mhiste do Philéas Fogg, mar sin a mheas go sroichfeadh sé San Franciso an 2 Nollaig, go dtiocfadh sé go Nua-Eabhrac an 11ú lá den mhí sin, agus go mbainfeadh sé amach Londain an 20ú lá, agus ar an gcuma sin go mbeadh sé roinnt uair an chloig chun tosaigh ar lá na cinniúna.

Bhí an lucht taistil líonmhar go leor sa bhád. Sasanaigh orthu agus an-chuid Meiriceánach; mórscuainí "cúilí" ag dul go Meiriceá; agus roinnt áirithe oifigeach d'arm Shasana san India, ar a laethanta saoire, is iad ag siúl rompu timpeall an domhain.

Le linn an turais sin níor thit puinn amch ar fiú cur síos air. Is beag luascadh a dhéanadh an bád, ach a mór-rothaí fúithi is a mórsheolta uirthi á tiomáint. Níor mhiste an tAigéan Ciúin a thabhairt air an bhfarraige úd. Bhí an Foggach go ciúin is go righin mar ba ghnách leis. Bhraith an bhean óg a meas ar an bhFoggach ag dul thar teorainn an bhuíochais. Bhí de chiúnas agus d'fhéile air a mhéadaigh thar meán ar a tuairim de, agus i ngan fhios di féin d'éirigh di smaointe nár bhain an cor ba lú as an bhFoggach rúnda.

Ina theannta sin chuir Áúda ardspéis i gcúrsaí an duine uasail sin. Bhíodh buaireamh aigne uirthi um rudaí a chuirfeadh é bunoscionn lena thuras a thabhairt. Ba mhinic í ag labhairt le Passepartout ina thaobh; agus an buachaill macánta sin ba rómhaith a thuig sé cad a bhí ar siúl ina chroíse istigh. Bhí an-mheas ar fad aige sin ar a mháistir; ní stadadh sé ach ag moladh a mhacántachta is a fhlaithiúlachta is a dhílseachta. Deireadh sé le hÁúda go dtiocfadh an turas chun críche i gceart; go raibh an chuid ba dhóchúla de curtha díobh acu ó d'fhág siad críocha éagsúla na Síne is na Seapáine; nach raibh rompu feasta ach críocha rialta; go bhfaighfí traein ó San Francisco go Nua-Eabhrac, agus bád ó Nua-Eabhrac go Londain; agus nárbh fholáir nó gur leor an méid sin chun an turas neamhchoitianta sin a dhéanamh san am a bhí leagtha amach dó.

Aistear naoi lá amach ó Yokohama bhí an Foggach leath slí go díreach timpeall na cruinne domhanda.

Is amhlaidh mar a bhí, an 23 Samhain ghabh an *General Grant* thar an 180ú fadlíne; agus is uirthi sin atá in íochtar an domhain an ball atá faoi bhonna Londain. 80 lá a bhí ag an bhFoggach i gcomhair an turais. Bhí caite aige den mhéid sin 52 lá; agus níor fhan fós gan chaitheamh ach 18 lá. Ach ní miste an méid seo a chur in iúl: má ba rud é nach raibh an duine uasal sin ach leath slí "de réir na bhfadlínte," bhí tabhartha aige i ndáiríre breis agus dhá dtrian den turas. Nár mhór an timpeall é gabháil ó Londain go hÁidin, is ó Áidin go Bombay, is ó Chalcúta go Singeapór, agus ó Shingeapór go Yokohama? Dá leanfadh sé an 50ú leitheadlíne timpeall ós uirthi sin atá Londain, ní bheadh le taisteal aige ach tuairim is 12,000 míle; ach chuir na háiseanna iompair turas 26,000 míle air agus bhí timpeall le 17,500 míle díreach roimhe, agus ní raibh an Fisceach ann chun cosc a chur leis.

An lá céanna sin thit rud amach a chuir áthas ar Phassepartout. Is cuimhin linn a cheanndánacht a lean sé d'am Londain a choimeád san uaireadóir clúiteach úd a tháinig dó óna shinsir, agus a léire a mheasadh sé nach i gceart a bhíodh an t-am in aon tír dá ngabhadh sé tríthi. An lá san, áfach, bíodh is nár chuir sé an t-uaireadóir chun tosaigh ná chun deiridh, bhí sé ar aon dul le crónaiméadair an bháid.

Féadtar a mheas cad é an mhóiréis a bhí ar Phassepartout dá bharr sin. Ba mhaith leis a fhios a bheith aige cad a déarfadh an Fisceach dá mbeadh sé i láthair.

"An cladhaire sin, agus an ráfla éithigh a d'inis sé dom ar na fadlínte is ar an ngrian is ar an ngealach!" arsa Passepartout. "Aidhe, na bligeaird! Dá nglacfaí a gcomhairle sin, nach ait an t-am a choimeádfaí! Bhí a fhios agam go socródh an ghrian í féin le m'uaireadóirse lá éigin!

Níorbh eol do Phassepartout an méid seo, dá roinnfí aghaidh a uaireadóra ina 24 uair a chloig, faoi mar a dhéantar ar chloig na hIodáile, nach mbeadh aon chúis mhórála aige. Dá mbeadh sin amhlaidh, nuair a bheadh sé a naoi a chlog ar maidin ar bhord an bháid, thaispeánfadh a uaireadóir sin a naoi um thráthnóna .i. an 21ú huair ó mheán oíche aréir roimhe sin. Agus sin é go díreach an difríocht atá idir am Londain agus an 180ú fadlíne.

Ach dá mbeadh ar a chumas ag an bhFisceach an ponc léinn sin a mhíniú is dócha nach bhféadfadh Passepartout é a thuiscint nó dá dtuigeadh féin nach n-admhódh sé é. Ar aon chuma dá dtarlódh an rud nárbh fhéidir a thitim amach, agus go mbeadh an lorgaire ar bord ar láthair na huaire sin, is dealraitheach go gcuimhneodh

Passepartout ar a sheanfhala agus go mbeadh socrú eatarthu ar a mhalairt de rud agus sin ar a mhalairt de chuma.

Cá raibh an Fisceach an uair sin?

Bhí sé ar bord an *General Grant* féin.

Seo mar a tharla. A thúisce is a thángthas go dtí Yokohama, d'fhág an lorgaire an Foggach, mar bhí a fhios aige go mbuailfidís um a chéile arís i gcaitheamh an lae. D'imigh sé air go dtí oifig Chonsal Shasana. Fuair sé roimhe ansin faoi dheoidh an barántas gabhála a bhí ag teacht ina dhiaidh ó d'fhág sé Bombay, agus a bhí anois 40 lá d'aois. Is amhlaidh a seoladh ina dhiaidh ó Hong Cong é ar an g*Carnatic* féin, mar is uirthi sin a measadh é a bheith. Féadtar a mheas cad é an díomá is an mearbhall a bhí air! Ní raibh aon mhaith sa bharántas ansin! Bhí an Foggach tar éis na tíortha a bhain le Sasana a fhágáil! Níorbh fholáir barántas iasachta feasta chun breith air.

"Tá go maith!" arsa an Fisceach leis féin tar éis an chéad taom feirge a chur de. "Ní fhónann an barántas dom anseo, ach fónfaidh sé i Sasana. Tá a dhealramh ar an gcladhaire seo go bhfillfidh sé ar a thír dhúchais, á mheas go raibh dalladh púicín curtha aige ar na constáblaí. Tá go maith. Leanfaidh mise ann é. Dála an airgid, nár lige Dia go mbeidh sé go léir caite! Ach tá breis agus £5,000 scaipthe aige cheana féin ar mharcaíocht is ar dhuaiseanna, ar dhlí agus ar bhannaí, ar eilifintí is ar gach saghas costais. Ach tar éis an tsaoil tá an banc saibhir!"

Nuair a bhí a aigne socraithe aige uime sin ghluais sé gan mhoill ar bord an *General Grant*. Bhí sé ann nuair a shroich an Foggach agus Áúda an bád. Is air a bhí an t-ionadh nuair a chonaic sé Passepartout ina chulaith gheocaigh. Chuaigh sé i bhfolach ina bhothóg, d'fhonn gan leithscéal díobhála a dhéanamh; agus de bharr a líonmhaireacht a bhí an lucht taistil ann a bhí súil aige nach bhfeicfeadh Passepartout é; ach an lá sin féin casadh an bheirt ar a chéile go hobann i dtosach an bháid.

Léim Passepartout ar scornach ar an bhFisceach, gan oiread is focal a rá. Bhí roinnt Mheiriceánach ag féachaint orthu le háthas, agus luigh siad ar bheith ag cur geall eatarthu féin ar an mbeirt, agus thug Passepartout don fheidhmeannach tachtadh breá a thaispeáin a fheabhas atá cleas na ndorn sa Fhrainc thar mar atá i Sasana.

Nuair a bhí críochnaithe ag Passepartout, tháinig ciúnas agus sólás in éineacht air. D'éirigh an Fisceach ina sheasamh, agus ní maíte an cruth a bhí air. D'fhéach sé ar a chéile comhraic agus dúirt go fuaraigeantach: "An bhfuil críochnaithe agat?"

"Tá, den chor seo."

"D'oirfeadh dom mar sin beagán cainte a dhéanamh leat."

"Ní bheidh aon—"

"Is é leas do mháistir é."

Ní fhéadfadh Passepartout seasamh in aghaidh fhuaraigeantacht an lorgaire; d'imigh siad araon agus shuigh siad i dtosach an bháid.

"Tá cíorláil tugtha agat dom," arsa an Fisceach. "Tá ach bhí súil agam léi. Ach éist liomsa. Go dtí seo bhínn i gcoinne an Fhoggaigh. Beidh mé ar a thaobh feasta."

"Aililiú!" arsa Passepartout, "agus an dóigh leat gur duine macánta é?"

"Ní dóigh liom é," arsa an Fisceach go righin; "is dóigh liom gur cladhaire é. Ceap do shuaimhneas! Fan socair agus lig domsa labhairt. An fhaid a bhí an Foggach ag taisteal tíortha a bhaineann le Sasana, ba é mo leas-sa é a mhoilliú go dtí go dtiocfadh an barántas gabhála. Rinne mé mo dhícheall chun é a choimeád siar. Mise a chuir ar a thóir na sagairt úd ó Bhombay. Mise a chuir thusa ar meisce i Hong Cong. Mise a dheighil thusa de do mháistir. Mise faoi deara dósan bád Yokohama a chailleadh—"

Bhí Passepartout ag éisteacht agus a dhoirne iata aige.

"Ach," arsa an Fisceach, "samhlaím go bhfuil an Foggach ar aigne dul thar n-ais go Sasana. Tá go maith, leanfaidh mise ann é. As seo amach, déanfaidh mé mo dhícheall chun gan aon chosc a chur leis, ní hionann is mar a dhéanainn go dtí seo. Tá malairt imeartha agam á tharraingt chugam, an dtuigeann tú mé, ar an ábhar gurb é mo leas an mhalairt imeartha a dhéanamh. Deirim ina theannta sin gurb é do leas-sa leis é, mar gur i Sasana féin a bheidh a fhios agat i gceart cé acu le coirpeach nó le duine macánta atá tú ar aimsir!"

Bhí Passepartout ag éisteacht go haireach leis an bhFisceach, agus ba dhearbh leis an fhírinne a bheith á insint ag an bhfeidhmeannach.

"Is ea, an cairde sinn?" arsa an Fisceach.

"Ní hea," arsa Passepartout, "ach comhpháirtithe, agus cead an margadh a shéanadh agamsa. Ar an gcomhartha is lú den dúbláil uaitse, bainfidh mise casadh as do scrogall."

"Bíodh ina mhargadh," arsa an lorgaire constábla go ciúin.

Aon lá dhéag ní ba dhéanaí .i. an 3 Nollaig ghabh an *General Grant* cuan i mbá an Gheata Órga, agus shroich sí San Francisco.

Agus an uair sin féin ní raibh an Foggach oiread is lá amháin chun tosaigh ná chun deiridh.

# CAIBIDIL XXV

*Ina bhfaightear súilfhéachaint ar chathair San Francisco.*

Bhí sé a seacht a chlog ar maidin nuair a chuir Philéas Fogg is Áúda is Passepartout cos ar mhórthír Mheiriceá, más féidir an t-ainm sin a thabhairt ó cheart ar an gcaladh snámha ar tháinig siad air as an mbá. Is amhlaidh a bhíonn na calaí snámha sin, éiríonn is íslíonn siad leis an taoide agus ar an ábhar sin bíonn siad áisiúil le linn ualaithe is folmhaithe bháid. Bhí ar scor ansiúd clipéir de gach saghas agus galtáin ó gach tír ar domhan, agus cuid de na báid ghaile a mbíonn a lán urlár orthu agus a ndéantar úsáid díobh ar abhainn Sacramento is ar na mionaibhneacha a ritheann inti. Is ansiúd a bhí cruachta ábhar tráchtála ó Mheicsiceo, is ó Pheiriú, ón tSile is ón mBrasaíl, ón Eoraip agus ón Áise agus ó oileáin an Aigéin Chiúin.

Bhí an oiread sin áthais ar Phassepartout um leithead a dhá bhonn a leagan ar thalamh Mheiriceá, gur mheas sé nár mhiste dó pocléim a thabhairt mar ab fhearr a bhí sí aige. Ach an ball den chaladh ar tháinig sé air, bhí sé lofa agus ídithe ag cruimheanna agus dóbair dó titim tríd. Baineadh preab as de bharr a ghreannmhaire agus "a chuir sé cos" ar an talamh nua. Lig an buachaill macánta scread uafásach as; scread a chuir sceon i mórealta murúchaillí agus peileacán a thaithíonn calaí snámha i gcónaí.

An Foggach, a thúisce a chuaigh sé i dtír fuair sé eolas an ama a mbeadh an chéad traein go Nua-Eabhrac ag gluaiseacht. Ar a sé a chlog tráthnóna a bheadh sí ag imeacht. Mar sin bhí an lá ar fad ag an bhFoggach i bpríomhchathair Chalifornia. Chuir sé fios ar chóiste dó féin agus d'Áúda. Chuaigh Passepartout in airde ar an suíochán. Trí dhollar a chosain sé iad a thabhairt go dtí an *International Hotel*.

ACH AN BALL DEN CHALADH AR THÁINIG SÉ AIR, BHÍ SÉ LOFA AGUS
ÍDITHE AG CRUIMHEANNA AGUS DÓBAIR DÓ TITIM TRÍD.

Óna ionad féin in airde bhíodh Passepartout ag féachaint go
fiosrach timpeall air sa chathair mhór Mheiriceánach sin. Chonaic sé
na sráideanna fairsinge; tithe ísle is iad ina línte díreacha; eaglaisí is
teampaill de dhéantús Ghotach na Sasanach; longlanna móra; tithe

stóir mar a bheadh páláis, cuid acu arna ndéanamh d'adhmad is tuilleadh acu de bhrící; cóistí go líonmhar ar na sráideanna agus busanna is carranna, is ráillí tramanna; na cosáin is iad dubh le daoine; agus ní amháin Meiriceánaigh is Eorpaigh a bhí ann, ach Sínigh is Indiaigh leis, de bhrí gur díobhsan go léir an 200,000 duine agus tuilleadh a chónaíonn sa chathair sin.

Ionadh a bhí ar Phassepartout de bharr a bhfaca sé. Bhí brath aige le cathair is tuairisc ón mbliain 1849 uirthi; ach chathair úd na ladrann is na bhfear dóiteáin, is na n-argthóirí, a mbíodh tóir acu i ndiaidh cnapán óir; an Mór-Chafarnáúm úd na n-aindleathach, mar a gcuirtí brúscar óir i ngeall, piostail sa dara lámh ag gach cearrbhach, agus scian sa lámh eile aige. Ach bhí "an aimsir bhreá sin" imithe. Bhí féachaint an mhórionaid tráchtála tagtha ar chathair San Francisco. Túr ard ar Halla na Cathrach, mar a mbíodh an lucht faireacháin; an túr sin i bhfad in airde os cionn na mbóithre is na sráideanna; iad sin ag rith díreach trasna a chéile; cearnóga glasa thall is abhus; baile Síneach ann, agus é ar chuma gur dhóigh le duine air gurb amhlaidh a tugadh ó Impireacht an Oirthir é istigh i mbosca áilleagáin. *Sombreros* ná léinte dearga ar nós na mianadóirí, Indiaigh na gcleití, níor fhan a dtuairisc sin ann; ina n-ionad sin tháinig hata síoda is cultacha dubha is an-chuid daoine uaisle a bhíodh ag obair go griothalánach. A lán sráideanna ann—agus *Montgomery Street* ina measc agus, díreach mar atá *Regent Street* i Londain, is an *Boulevard des Italiens* i bPáras agus *Broadway* i Nua-Eabhrac, bhí sise agus siopaí móra galánta ar gach taobh di agus earraí an domhain uile le feiceáil laistigh dá bhfuinneoga.

Ar shroicheadh an *International Hotel* do Phassepartout, níor cheap sé go raibh siad tar éis Londain a fhágáil ar aon chor.

Tábhairne mór ab ea seomra urláir an teach ósta sin; saghas teach bia a bíodh ar síoroscailt do gach aon duine. Roinntí in aisce ann feoil tur, nó anraith oisrí nó brioscaí is cáis. Ní dhíoltaí ach amháin as an deoch .i. beoir nó fíon, dá n-iarrfaí iad. B'an-Mheiriceánach le Passepartout an gnás sin.

Áit chompordach ab ea seomra bia an teach ósta. Shuigh an Foggach is Áúda chun boird ann, agus freastalaíodh orthu go flúirseach ó lámha Afracach ba ghoirme ar bith cneas.

Tar éis a mbricfeasta a ithe d'fhág an Foggach is Áúda an teach ósta chun dul go dtí oifig Chonsal Shasana d'fhonn an pas a dhearbhú. Ar an gcosán amuigh bhuail Passepartout umpu agus d'fhiafraigh sé den Fhoggach nár cheart dóibh roinnt dosaen de ghunnaí Enfield nó de phiostail Cholt a cheannach i gcomhair a dturais ar bhóthar iarainn an Aigéin Chiúin. D'airigh Passepartout trácht ar ghasraí *Sioux* is *Pawnee* a argain traenacha ar nós sladaithe Spáinneacha féin. D'fhreagair an Foggach agus dúirt nár ghá an saothar ach d'fhág faoin ngiolla a rogha rud a dhéanamh. Ansin shiúil faoi dhéin oifig an chonsail.

Ar éigean a bhí sé imithe céad slat nuair "ar ámharaí an tsaoil," cé a bhuailfeadh uime ach an Fisceach. Bhí ionadh an domhain, dar leat, ar an lorgaire. Cad ina thaobh a mbeadh! An Foggach agus é féin a theacht sa bhád céanna trasna an Aigéin Chiúin agus gan chasadh ar a chéile! Ar aon chuma ní fhéadfadh an Fisceach gan a rá go raibh ardáthas air de dhroim gur athchasadh é féin agus an Foggach ar a chéile, agus a mhéid a bhí sé faoi chomaoin ag an duine uasal sin; go raibh gnó aige san Eoraip; agus gur bhreá go léir leis an chuid eile den turas a dhéanamh ina gcuideachta thaitneamhach.

D'fhreagair an Foggach á rá gur air féin a bheadh an t-áthas; agus de bhrí gur theastaigh ón bhFoggach gan an duine eile a ligean as radharc, d'iarr sé air ar mhiste leo é a dhul lena gcois ag féachaint ar chathair San Francisco. Dúirt an Foggach nár mhiste.

Siúd iad Áúda agus Philéas Fogg agus an Fisceach chun siúil go breá réidh trí shráideanna na cathrach. Ba ghairid go raibh siad i Sráid Montgomery, mar a raibh uafás Éireann de dhaoine. Bhí siad ann ina sluaite, ar na cosáin is i lár na sráide, ar ráillí na dtramanna in ainneoin a mhire is a mhinice a ghabhadh cóistí is busanna thar bráid; bhí siad ar fhuinneoga na dtithe agus in airde ar an díon féin. Bhí lucht fógraíochta ag siúl timpeall ina measc, bratacha agus bandaí ag bogadaíl leis an ngaoth; liúireach is béicíl i ngach aon bhall.

"Kamerfield abú!"

"Mandiboy abú!"

Ar *meeting* nó dáil a bhíothas. Ba é sin tuairim an Fhiscigh, cibé scéal é, agus chuir sé a thuairim in iúl don Fhoggach; ansin dúirt: "Tá sé chomh maith againn gan dul i measc an tsloigisc seo; níl le fáil ann ach buillí crua."

"Is fíor duit é," arsa an Foggach, "agus buillí is ea buillí, bíodh is gur i gcúrsaí polaitíochta a bhuailtear iad!"

Níor fhéad an Fisceach gan gáire a dhéanamh ar chloisteáil na cainte sin dó; agus ar intinn gan brú tríd an ngramaisc sin, chuaigh sé féin agus Áúda agus an Foggach in airde ar bharr dreapa a bhí ar bhéala tí in uachtar Shráid Montgomery. Ós a gcomhair amach ar an taobh eile den stráid, idir scioból a bhain le ceannaí guail agus teach stórais a bhain le ceannaí ola, socraíodh ardán amuigh faoin spéir, agus chun an ardáin sin a bhí aghaidh an uile dhuine.

Cad chuige an dáil sin, más ea? Cad é an gnó a bhí le déanamh ann? Ní raibh pioc dá fhios ag Philéas Fogg. An amhlaidh a bhíothas chun oifigigh airm nó stáit, nó uachtarán nó ball den *Chongress* a thoghadh ann? Níor mhiste a mheas gur rud éigin tábhachtach dá shórt a bhí ar bun ann agus an fothram is an mórghleo a bhí ar fud na cathrach.

Láithreach baill ghabh corraí neamhchoitianta an slua sin. Bhí lámh an uile dhuine in airde. Cuid de na lámha sin bhí siad iata go daingean; d'ardaítí agus d'íslítí go mear iad; agus d'airítí béiceach. B'shin slí fhuinniúil chun guth a thabhairt. Dhruid an slua i ndiaidh a gcúil. Luascadh na meirgí; d'íslítí iad ar feadh nóiméid; ansin d'ardaítí iad, agus iad ina ngiobail. An ghluaiseacht a ghabh an slua shroich sé bun an dreapa; cinn na ndaoine ag luascadh síos suas mar a bheadh dromchla na mara á ghreadbhualadh le gála obann gaoithe. Chonacthas go soiléir an t-áireamh hataí dubha ag dul i laghad; agus baineadh de ghnáthairde a lán acu.

"Dáil pholaitíochta is ea é sin gan aon agó," arsa an Fisceach, "ní foláir nó tá ceist anamúil mar bhun leis. Níorbh ionadh liomsa dá mba é cúrsaí *Alabama* a bheadh ar siúl acu fós, ar shon go bhfuil sé socair cheana féin."

"B'fhéidir é," a dúirt an Foggach.

"Ar aon chuma," arsa an Fisceach, "tá beirt ghaiscíoch ar aghaidh a chéile ann, Kamerfield agus Mandiboy onórach."

Sheas Áúda, is í ar uillinn ag an bhFoggach, ag féachaint le barr iontais ar an únfairt sin fúthu. Bhí an Fisceach chun a fhiafraí de dhuine éigin in aice leis cad ba chúis leis an bhfiuchadh is leis an ngleo go léir, nuair a d'éirigh an torann ina dheargruathar. Mhéadaigh faoi dhó ar an liúireach is chualathas caint mhaslach á stealladh go tiubh. Rinne airm bhuailte de chuaillí na meirgí. Ní lámha a bhí in airde ansin ach doirne; doirne i ngach aon áit. Stadadh ar chóistí is ar charranna agus bhítí ar a mullaí sin, ag gabháil de bhuillí dorn ar a chéile. Ba bheag rud nár baineadh feidhm as chun teilgthe. Chaití buataisí is bróga faid urchair; agus deirtear gur chualathas i bhfarradh na screadaíola roinnt urchar piostail .i. an t-arm "náisiúnta"

Bhí an ghramaisc ag síordhruidim i gcóngar an dreapa chun gur bhrúcht siad thar na céimeanna íochtaracha air. B'fhollas gur cuireadh an ruaig ar dhream éigin den dá dhream, ach duine a bheadh ag amharc orthu ní fhéadfadh sé a dhéanamh amach cé acu le Mandiboy nó le Kamefield a bhí an bua.

"Ní deirim ná gur fearr dúinn an ball seo a fhágáil," arsa an Fisceach, mar níor oir dó "a dhuine féin" a dhul i mbaol a ghortaithe dá mbeadh drochobair ann; "dá mbainfeadh an gnó seo le Sasana, agus go dtabharfaí faoi deara sinne, níor shlán dúinn i measc an tsloigisc sin thíos."

"Aon duine a rugadh is a tógadh i Sasana—" arsa Philéas Fogg.

Ach níor ligeadh dó an chaint a chríochnú. Airíodh an scréachach uafásach laistiar de ar an lochta ar bharr an dreapa.

"Hurá! Mandiboy abú, abú!" a deirtí.

B'shin gasra eile a bí ag teacht i gcúnam dá muintir féin; agus tháinig siad aniar aduaidh ar mhúintir Khamerfield.

An Foggach is Áúda is an Fisceach, is iad a bhí i dteannta. Bhí sé ródhéanach chun éalú. Níorbh fhéidir seasamh i gcoinne an bhrú sin de dhaoine buile agus cannaí ualaithe is cleitheanna ailpín ar iompar acu. Rinne Philéas Fogg is an Fisceach tearmann don bhean óg, ach bascadh go maith iad féin. Níor thréig a ghnáthrighneas an Foggach, ar shon go ndearna sé úsáid den arm a chuir Dia ar cheann na ngéag ar an uile Shasanach. Ba róbheag an mhaith dó é, áfach, Tháinig scriosaire d'fhear mór garbhghéagach; féasóg rua air, gnúis deargluisneach air, agus guaillí leathana aige; a dhealramh air gurbh é a bhí ina cheann ar an mbuíon sin; d'ardaigh sé a dhorn os cionn an Fhoggaigh i slí go ngortófaí go dian an duine uasal mura mbeadh gur chaith an Fisceach é féin sa tslí, is gurb é a fuair an buaille in ionad an Fhoggaigh. D'fhás gan mhoill cnapán d'at mór faoi iamh an hata shíoda ar an bhFisceach. Rinneadh smidiríní den hata.

"A Phoncáin!" arsa an Foggach agus thug féachaint mhaslach ar an gcladhaire.

"A Shasanaigh diail," arsa an fear eile. "Feicfimid a chéile arís!"

"Aon uair is maith leat."

"Cad is ainm duit?"

"Philéas Fogg. Cad is ainm duitse?"

"Cornal Stamp W. Proctor."

Ansin ghluais an brú daoine tharstu. Leagadh an Fisceach, agus nuair a d'éirigh sé arís , bhí a chuid éadaigh ina ghiobail air, bíodh is nár leonadh puinn é. Sracadh a chasóg mhór ina dhá cuid éagothroma. Níor mhíchosúil a thriús leis an mball éadaigh úd a chaitheann Indiaigh áirithe, ar béas leo gan a chaitheamh go mbaintear an tóin de ar dtús. Ba é críoch an scéil gur tháinig Áúda saor, agus nach bhfuair an Fisceach ach an t-aon bhuille úd.

"Go raibh maith agat," arsa an Foggach leis an lorgaire chomh luath agus a bhí siad saor ón slua.

"Ní fiú teacht thairis é," arsa an Fisceach. "Téanam ort, áfach."

"Canad?"

"Go dtí siopa táilliúra."

CHAITH AN FISCEACH É FÉIN SA tSLÍ.

Go deimhin níor mhiste dóibh araon dul ann. Bhí oiread giobal ar sileadh den bheirt agus a bheadh dá mbeidís ag comhrac ar son Khamerfield nó Mhandiboy féin.

I gcionn uair an chloig ina dhiaidh sin bhí culaith agus ceannbheart oiriúnach ar cheachtar acu. D'fhill siad ansin ar an *International Hotel*.

Bhí Passepartout ag feitheamh lena mháistir agus leathdhosaen de phiostail sé urchar aige. Dhubhaigh aige nuair a chonaic sé an Fisceach i bhfochair a mháistir; ach gheal air arís tar éis d'Áúda a insint dó go hachomair cúrsaí na tionóisce a tharla dóibh. B'fhollas nár namhaid dóibh feasta an Fisceach, ach gur cúntóir é. Bhí sé ag seasamh dá fhocal.

Tar éis an dinnéir cuireadh fios ar chóiste chun an dream go léir is a gcuid earraí a bhreith go dtí stáisiún an bhóthar iarainn. Le linn dul isteach sa chóiste dóibh dúirt an Foggach leis an bhFisceach: "Nach bhfaca tú Cornal Proctor ó shin?"

"Ní fhaca," arsa an Fisceach.

"Tiocfaidh mé thar n-ais go Meiriceá ar a thuairisc," arsa an Foggach go righin. "Níor chuí do Shasanach a ligean d'aon duine a bheith leis mar siúd."

Bhris chun beag-gháire ar an lorgaire, ach ní dúirt sé focal mar fhreagra. Feictear dúinne, áfach, an Foggach a bheith ar an drong Sasanach nach gceadaíonn an comhrac aonair ina dtír féin ach ina dhiaidh sin, a dhéanann comhrac i dtíortha iasachta má chuirtear orthu.

Shroich na taistealaithe an stáisiún ceathrú chun a sé, agus bhí an traein ullamh chun gluaiseachta.

Nuair a bhí an Foggach chun dul isteach sa traein, ghlaoigh sé ar phóirtéir chuige gur fhiafraigh de:

"Cogar," ar seisean, "nach raibh bruíon éigin i San Francisco inniu?"

"Cruinniú polaitíochta ab ea é, a dhuine uasail," arsa an póirtéir.

"Mar sin féin, cheap mé gur thug mé faoi deara gleo éigin ar na sráideanna."

"Ní raibh ann ach cruinniú chun duine a thoghadh."

"An ag toghadh uachtarán airm a bhíothas?" arsa an Foggach.

"Ní hea, a dhuine uasail, ach giúistís síochána."

Arna chloisteáil sin don Fhoggach léim sé isteach sa traein agus ghluais sí chun siúil go mear.

# CAIBIDIL XXVI

*Ina bhfaightear marcaíocht ar thraein mhear*
*ar bhóthar iarainn an Aigéin Chiúin.*

"Ó mhuir go muir"—sin mar a deir na Meiriceánaigh féin é; agus is é sin an t-ainm ab oiriúnaí don *grand trunk* a shíneann trasna Stáit Aontaithe Mheiriceá sa bhall is mó leithead iad. Ina ionad sin, áfach, is amhlaidh atá an *Pacific Railroad* arna roinnt ina dhá chuid, mar atá an *Central Pacific*, idir San Francisco agus Ogden, agus an *Union Pacific* idir Ogden agus Omaha. Ag Omaha tagann le chéile cúig cinn faoi leith de bhóithre iarainn ar féidir dul orthu ón gcathair sin go Nua-Eabhrac.

Tá anois ribín iarainn gan bhearna ar síneadh idir Nua-Eabhrac agus San Francisco, agus an ribín sin tuairim is 3,786 míle fearainn. Idir Omaha agus an tAigéan Ciúin téann an bóthar iarainn trí dhúichí mar a dtaithíonn fós Indiaigh is ainmhithe allta. Sna críocha fairsinge sin is ea chuir na Mormannaigh fúthu sa bhliain 1845, nuair a ionnarbadh as Illinois iad.

Fadó bhaineadh sé leathbhliain ar a laghad de dhuine chun dul ó Nua-Eabhrac go San Francisco. Anois déantar an turas sin i seacht lá.

Sa bhliain 1862 socraíodh ar an mbóthar iarainn a dhéanamh idir domhanleithead 41 agus domhanleithead 42 ar shon go raibh na Baill Chomhdhála ón Deisceart ina choinne, de bhrí gurb áil leo é a chur níos sia ó dheas. Ba é an tUachtarán Lincoln féin a thogh cathair Omaha i Stát Nebraska, mar cheann ar an saothar nua. Cromadh ar an obair láithreach baill, agus leanadh di leis an bhfuinneamh is dual don Mheiriceánach; agus sin earra nach mbaineann moill ná meirg leis. Dá mhire agus a rinneadh an obair níor baineadh pioc dá bharr ó fheabhas an iarnróid. Ar na *prairies* .i. an fásach, dhéantaí míle go leith iarnróid in aghaidh an lae. Bhíodh inneall gaile ar maidin inniu ag gluaiseacht ar na ráillí a leagadh inné, agus ráillí i gcomhair an lae inniu ar iompar aici, agus mar sin dóibh ó lá go lá.

Tá an-chuid géag ar síneadh as an *Pacific Railroad* trí stáit Iowa, is Kansas, is Colorado is Oregon. Lasmuigh d'Omaha téann an t-iarnród ar feadh bhruach chlé an abhainn Platte, go dtí an ball a dtagann an Platte Thuaidh agus an Platte Theas le chéile. Leanann sé an Platte Theas ansin; téann sé trasna dúiche *Laramie*, agus sléibhte *Wahsatch*; ritheann sé timpeall Loch an tSalainn go sroicheann Cathair Loch an tSalainn, príomhchathair na Mormannach; ansin téann sé trí Ghleann na *Tuilla*, agus thar an ngaineamhlach Meiriceánach, thar Sliabh Céadair is Sliabh Humboldt, thar abhainn Humboldt is an *Sierra Nevada*; agus síos leis ansin trí chathair Sacramento go sroicheann sé cósta an Aigéin Chiúin. An fhána atá leis ar na Sléibhte Carraigeacha féin, níl sí thar 112 troigh sa mhíle slí.

B'shin é an bóthar fad a mbeadh ar thraein a chur di ar an taobh istigh de sheacht lá; dá dhroim sin bhí súil ag Philéas onórach Fogg breith ar an mbád ag fágáil Nua-Eabhrac an 11ú lá den mhí, ag dul go dtí Learpholl.

An carráiste a raibh Philéas Fogg ann ba gheall le bus fada é; dhá fhráma faoi; agus ceithre roth faoi gach fráma acu sin. Is furasta dá leithéid dul timpeall cúinní cúnga. Laistigh den charráiste ní bhfuarthas aon chábán; dhá shraith de shuíocháin ann; sraith ar gach aon taobh; na suíocháin arna gcur trasna os cionn na gcrann iompair; pasáiste idir an dá shraith suíochán, ag síneadh faoi dhéin bothóg níocháin, ⁊rl.; na bothóga sin ar gach carráiste. Bhí tóchar beag ó charráiste go chéile ar fhaid na traenach, i slí go bhféadfaí dul ó cheann go heireaball ann, agus feidhm a bhaint as carráiste bia is dí is tobac. Níor theastaigh ach carráistí amharclainne, ach ní foláir nó beidh siad sin ann lá éigin.

Ar na pasáistí bhíodh síorghluaiseacht ag lucht páipéar is leabhar, agus iad go griothalánach ag díol. Ina bhfarradh sin bhí mangairí biotáille is lóin ag todóg ann, agus ní miste a rá ná go raibh éileamh ar a n-earraí.

D'fhág ár ndaoine muinteartha stáisiún Oakland ar a sé a chlog um thráthnóna. Bhí an oíche tar éis titim agus í go fuar is go dorcha; bhí an spéir go mogallach agus í ag tuar shneachta. Níor imigh an traein go rómhear. Ag áireamh na stad a dhéanadh sí, ní imíodh sí thar 20 míle san uair; mar sin féin ba leor di an méid sin chun dul trasna na Stát san am a bhí ceaptha di.

Ní mór de chaint ná de chomhrá a rinneadh sa charráiste úd. Ba ghearr gur thit a gcodladh ar an lucht taistil. Bhí Passepartout ina shuí le hais an lorgaire, ach níor labhair sé leis. Le tamall anois ní raibh siad ach go patuar le chéile. Bhí deireadh leis an mbáúlacht is leis an gceanúlacht eatarthu. Níor tháinig aon athrú ar iompar an Fhiscigh. Maidir le Passepartout, choinnigh seisean go righin a chomhairle féin, agus bhí sé ullamh ar a sheanchara a thachtadh dá bhfaigheadh sé gaoth an amhrais air.

I gceann uair an chloig tar éis imeacht na traenach thosnaigh an sneachta ag titim. Sneachta mion ba ea é, agus ba mhaith don lucht taistil é sin, mar ní mhoilleodh sé ar an traein. Ag féachaint trí na fuinneoga ní fheicfí pioc ach mar a bheadh braillín mór bán, a thug dath breacliath ar an ngal a bhí ag éirí as an inneall.

Ar a hocht a chlog tháinig stíobhard isteach sa charráiste agus dúirt gur mhithid dul a chodladh. An carráiste sin a rabhthas ann *sleeping-car* nó carráiste leapachais ab ea é, agus i gcionn roinnt nóiméad rinne suanlios de. Scaoileadh dromanna na suíochán; dícheanglaíodh go cliste leapacha a bhí i bhfolach is cuireadh ina seasamh iad gan mhoill; bhí ag gach taistealaí cábáinín agus leaba chompordach, is éadaí ina thimpeall á chosaint ar shúile lucht fiosrachta. Bhí na braillíní go glan, is na hadhairteanna go bog. Ní raibh le déanamh ach luí agus dul a chodladh; agus sin mar a rinne gach aon duine, díreach mar dá mba i mbothóg báid ghaile a bheadh sé; agus lena linn sin bhí an traein ag imeacht ar dícheall trasna Stát Chalifornia.

AN CARRÁISTE SIN A RABHTHAS ANN *SLEEPING-CAR*
NÓ CARRÁISTE LEAPACHAIS AB EA É.

Dúiche réidh neamhchnapánach atá idir San Francisco is cathair Sacramento. An chuid den bhóthar iarainn ar a dtugtar an *Central*

*Pacific Railroad*, bhí a cheann ar dtús i Sacramento, agus ghluaiseadh sé as sin soir i gcoinne an bhóthair a bhí á dhéanamh ó Omaha. An bóthar idir San Francisco is príomhchathair Chalifornia, téann sé soir ó thuaidh le hais Abhainn na Meiriceánach, a ritheann isteach i mBá San Pablo. An 120 míle idir an dá mhórchathair sin gabhadh tharstu i sé huair an chloig; agus timpeall an mheán oíche, agus an lucht taistil ina dtromchodladh, ghluais siad thar chathair Sacramento. Ní fhaca siad aon phioc den chathair mhór sin mar a bhfuil teach rialtais Stát Chalifornia, ná ní bhfuair siad amharc ar a chalaí áille ná ar a shráideanna fairsinge, ar a tithe galánta ósta, ar a cearnóga ná ar a heaglaisí.

Tar éis don traein stáisiún Shacramento is an tAcomhal is Roclin, Auburn agus Colfax a chur di, d'imigh sí roimpi suas sléibhte *Sierra Nevada*. Bhí sé a seacht a chlog ar maidin agus í ag dul trí stáisiún Cisco. Uair an chloig ina dhiaidh sin rinne carráiste coiteann den tsuanlios arís, agus b'fhéidir radharc a fháil trí na fuinneoga ar cheantar álainn úd na sléibhte.

Lean bóthar na traenach d'aimhréidhe na sléibhte; anseo d'fháisceadh sé ar feadh cliathán sléibhe; ansiúd ritheadh ar feadh bharr aille; shéantaí caolchúinní agus ghabhtaí an timpeall; ghabhadh sé trí chomanna sléibhe ar dhóigh le duine nach mbeadh aon teacht astu. Bhí an t-inneall gaile agus mar a bheadh tine chreasa ag éirí as; soilse geal ag spréacharnach as a shimléar; a chlog airgid á bhualadh; a "ghaiste bó" ar síneadh roimhe mar a bheadh spor; a scréachach is a bhúireach arna mheascadh trí thorann na gcaisí is na n-easanna; agus a chuid deataigh á lúbadh féin trí chraobhacha crónghlasa na gcrann.

Fíorbheag de phluaiseanna ná de dhroichid a bhí ar an mbóthar sin. Ghabhtaí timpeall cliathán na sléibhte gan bacadh le "díreach gach conaire" agus gan éigean a imirt ar éagasc na tíre.

Timpeall a naoi a chlog, shroich an traein Stát Nevada trí Ghleann Carson agus í i gcónaí ag gluaiseacht soir ó thuaidh. Ar uair an mheán lae d'fhág sí Reno, mar ar stadadh 20 nóiméad i gcomhair lóin.

Ón áit sin bhí aghaidh an bhóthar iarainn ó thuaidh tamall ar feadh bhruach Abhainn Humboldt. Ansin d'iompaigh sé soir gan an abhainn a fhágáil go dtí gur sroicheadh Sliabh Humboldt. Is ar an sliabh sin ar an taobh thoir de Stát Nevada atá foinse na habhann.

Tar éis lóin shuigh an Foggach is a chuideachta ar ais ar a suíocháin féin sa charráiste. Bhí an ceathrar mar siúd ina suí ar a sástacht, agus radharc acu ar an dúiche éagsúil mar a shleamhnaíodh sí tharstu. Bhí fásach fairsing ann agus slébhte is a gcinn sa spéir acu; agus *creeks* nó cumair mar a dtiteadh an t-uisce ina chúr. Uaireanta d'fheictí i gcéin mórthréad bíosún ag bailiú le chéile agus iad i bhfoirm mórchlaí a bheadh ag corraí. Is minic a chuireann mórtháinte de na hathchogantaigh sin cosc obann le traenacha. Ar feadh uaireanta an chloig bheadh na mílte gan áireamh acu, is iad ina ranganna dlútha i ndiaidh a chéile ag dul trasna an bhóthar iarainn. Is éigean don traein stad go dtí go dtéann siad go léir thar bráid.

Tharla sin an uair úd. Ag déanamh ar a trí a chlog sa tráthnóna thángthas ar mhórthréad acu ó 10,000 go dtí 12,000 míle acu, agus iad ag gabháil trasna an bhóthar iarainn. Laghdaíodh ar luas an innill ghaile, agus tugadh faoin "ngaiste bó" a shá trí chliathán an cholúin líonmhair ach b'éigean stad d'eagla a mhéid agus a dhlúithe a bhí siad.

Chonacthas na hainmhithe sin—buabhaill a thugann Meiriceánaigh orthu, ach ní ainm ceart é sin—agus iad ag gluaiseacht rompu ar a mbogstróc, agus uaireanta ag búireach go huafásach. Is treise i leith crutha iad ná tairbh na hEorpa; na cosa is an t-eireaball go gairid; baic ard mhuiníl orthu agus í mar a bheadh cruit chrua fhéitheogach; adharca orthu is a mbioranna ar scaradh ó chéile; a gceann is a muineál is a slinneáin arna gclúdach le fionnadh fada garbh. Níorbh fhéidir cuimhneamh ar chosc a chur leis an tréad gluaiste sin. Is amhlaidh a bhíonn na bíosúin sin: nuair a ghabhann siad dul i dtreo áirithe, leanann siad de sin gan casadh ar dheiseal ná ar tuathal. Is geall le tuile feola é, nach bhféadfadh claí dá airde a chosc.

Bhí lucht na traenach ina seasamh ar thóchair na gcarráisti is iad ag féachaint uathu ar an radharc ait sin. Ach Philéas Fogg, an té ar chóra dó ná cách an dithneas a bheith air, d'fhan sé ina shuí ina ionad féin ag feitheamh ar na táinte sin go dtí gur mhian leo an bealach a fhágáil. Bhí fearg cuthaigh ar Phassepartout de bharr na moille sin a chuir na hainmhithe ar an traein. Theastaigh uaidh a raibh de thine sna piostail a scaoileadh tríothu.

THÁNGTHAS AR MHÓRTHRÉAD ACU Ó 10,000 GO dTÍ 12,000 MÍLE
ACU, AGUS IAD AG GABHÁIL TRASNA AN BHÓTHAR IARAINN

"An bhfaca aon duine riamh a leithéid de dhúiche!" ar seisean. "Traenacha á gcosc is á moilliú ag na beithígh féin ann, an fhaid a bhíonn siad ag gluaiseacht thar bráid go breá réidh dóibh féin, díreach faoi mar nach mbeidís ag toirmeasc ar aon ní! Dar fia! Ba mhaith liom a fhios a bheith agam cé acu an raibh an tionóisc seo áirithe roimh ré ina chairt ag an bhFoggach nó nach raibh! Agus an tiománaí lagchroíoch atá againn, ní leomhfadh sé a mheaisín a shá tríd an táin bheithíoch sin!"

Ní dhearna an tiománaí an dara hamas faoi thréada an toirmisc, agus is aige a bhí an ceart. Na bíosúin tosaigh a bhuailfí, is dearbh go mbrúfaí iad le gaiste bó an innill; ach dá threise d'uirlis an t-inneall gaile, ba róghearr go gcaithfeadh sé stad, mar bhainfí an traein de na ráillí agus ansin bheifí i gcruachás.

Ba í an fhoighne ab fhearr a dhéanamh, mar sin, agus breis luais ina dhiaidh sin chun an t-am a bhí caillte a bhuachan thar n-ais. Ar feadh trí uair an chloig d'fhan na buabhaill ag gabháil thar bráid, agus bhí titim na hoíche ann nuair a bhí an bóthar ar oscailt arís. Díreach agus an táin deiridh ag dul trasna an bhóthar iarainn bhí na táinte tosaigh ag éalú faoi íor na spéire ó dheas.

Dá dheasca sin bhí sé a hocht a chlog sular chuir an traein comanna Shléibhte Humboldt di, agus leathuair tar éis a naoi sular shroich sí Dúiche Utah, mar a bhfuil Mórloch an tSalainn i gcríocha éagsúla na Mormannach.

# CAIBIDIL XXVII

*Ina bhfaigheann Passepartout,*
*ar luas fiche míle slí san uair,*
*cuntas ar stair na Mormannach.*

I gcaitheamh na hoíche idir an 5 agus an 6 Nollaig ghluais an traein soir ó dheas ar feadh 50 míle slí nó mar sin; ansin chas sí ó thuaidh i gcoinne an chnoic an fhaid chéanna, agus í ag druidim faoi dhéin Mórloch an tSalainn.

Timpeall a naoi a chlog ar maidin chuaigh Passepartout ag siúlóid ar na pasáistí. Bhí an aimsir fuar agus an spéir go mogallach, ach bhí an sneachta tar éis stad. Bhí an-mhéid i bhfáinne ghrian na maidine de dheasca na scamall, i slí gur fhéach sí mar a bheadh bonn ollmhór óir. Bhí Passepartout ag iarraidh a dhéanamh amach an mó píosa sabhairn a bheadh inti, nuair a chonaic sé chuige duine éagsúil a chuir bunoscionn é leis an saothar fónta úd a chríochnú.

Ag stáisiún Elko tháinig an duine sin isteach sa traein. Fear caolard ab ea é; croiméal ciardhubh air; stocaí dubha aige; hata ard dubh síoda air, agus veist dubh; bhí a thriús dubh agus a charbhat bán; agus lámhainní dubha de chraiceann gadhair á gcaitheamh aige. Ar a dhealramh déarfaí gur mhinistir é. Ghluais sé ó cheann ceann na traenach agus cheangail de dhoirse gach carráiste fógra lámhscríofa.

Dhruid Passepartout faoi dhéin fógra acu sin agus léigh ann, an "tElder" nó an Seanóir, William Hitch, aspal Mormannach; a bheith i dtraein 48, agus go dtabharfadh uaidh, idir a 11 a chlog agus uair an mheán lae, i gcarráiste 117 léacht ar an Mormannachas. Bhí cuireadh ann do gach aon duine ar mhian leis eolas a fháil ar rúndiamhra creidimh "Naoimh na Laethanta Déanacha."

"Rachaidh mé ann gan teip," arsa Passepartout leis féin. Ní raibh d'eolas aige ar an Mormannachas ach amháin an t-ilphósadh a chleachtadh .i. bunghnás saoil na Mormannach.

Bhí tuairim is céad taistealach sa traein agus ba ghearr gur ghluais an scéal eatarthu. Timpeall 30 acu sin ar an gcuid is mó de, a bhí ina suí de dheasca an fhógra ar fhormaí charráiste 117. Bhí Passepartout i measc an bhfíréan sin ar an bhforma tosaigh. Níorbh fhiú leis an bhFoggach ná leis an bhFisceach dul ann.

Ar uair a 11 d'éirigh William Hitch, Elder, ina sheasamh agus de ghlór fhraochmhar, faoi mar go gcuirfí ina choinne roimh ré, dúirt sé

"Deirimse libhse gur mairtíreach é Joe Smyth, agus gur mairtíreach é Hiram Smyth, a dheartháir; agus an t-anfhorlann agus an ghéarleanúin seo atá á n-imirt ag Rialtas na Stát ar na fáithe, deirim go ndéanfaidh siad mairtíreach fós de Bhrigham Young! Cé a chuirfidh i mo choinne sa mhéid sin?"

Níor labhair aon duine i gcoinne an aspail, agus ba mhór an difríocht a bhí idir a ghuth ardghlórach is an ghnúis réidh a fuair ó dhúchas. Ba é rud a chuir an fhearg air gan dabht ná an bhuairt a bhí á fulaingt an uair sin ag Mormannaigh. Bhí Rialtas na Stát Aontaithe tar éis na saobhchreidmhigh sin a thabhairt faoi smacht, ach ní gan a lán dá ndua a fháil. Tugadh Utah thar n-ais faoi réim na Stát, agus faoina ndlínse. Bhí Brigham Young sa phríosún agus meirleachas agus ilphósadh curtha ina leith. Ansin luigh deisceabail an fháidh ar obair go dian agus dhírigh siad ar bheith ag caint i gcoinne aon éilimh ón Rialtas orthu, bíodh is gur shéan gníomh a dhéanamh.

Agus feicimid féin conas mar a bhí William Hitch, Elder, ag iarraidh daoine a bhéagadh chuige ar an mbóthar iarainn féin.

Ansin d'ardaigh sé a ghuth agus ag déanamh gothaí lena dhá lámh d'inis sé stair na Mormann ó aimsir an tSean-Tiomna. Conas mar mhair fáidh Mormannach de threibh Iósaf in Iosrael, agus gur scríobh sé annála an chreidimh nua, is gur fhág sé le huacht iad ag Morom, a mhac; conas mar a rinneadh, na céadta bliain ina dhiaidh sin, aistriú ar an leabhar luachmhar sin as teanga na hÉigipte le

Joseph Óg Smyth, feirmeoir i Stát Vermont; go raibh sé amuigh ar an bhfear sin sa bhliain 1825 gurbh fháidh rúndiamhair é; agus conas mar a taispeánadh dó, i gcoill shoilseach, teachtaire ó neamh, a thug dó "annála an Tiarna."

Leis sin d'fhág cuid den lucht éisteachta an carráiste; ní puinn blas a fuair siad ar chaint an aspail; ach lean William Hitch ar a chomhrá á insint: conas mar a tháinig Smyth Óg, mar aon lena athair is a bheirt dearthár is roinnt deisceabal, i dteannta a chéile, agus gur chuir siad ar bun creideamh Naoimh na Laethanta Déanacha; conas mar a glacadh leis, ní amháin i Meiriceá ach i Sasana is i gCríocha Lochlann is sa Ghearmáin, agus go raibh ar a lucht leanúna a lán lucht ceirde agus daoine a chleachtadh ollúnacht léinn; conas mar a rinneadh áitreabh in Ohio; conas mar a tógadh teampall a chosain $200,000 agus cathair ag Kirkland; conas mar a fuair Smyth gairm fir mhóir banc, agus mar a fuair sé ó fhear mumaí a thaispeáint, paipír ina raibh scéalta ó lámh Abrahám is a lán Éigipteach mórchlú.

Bhí an scéal ag dul i bhfad um an dtaca sin agus d'imigh tuilleadh den lucht éisteachta leo; níor fhan ach timpeall 20 duine.

Ach an tréigean sin na ndaoine, níor chuir sé corrabhuais ar bith ar an Elder. Lean sé air á insint: conas mar a briseadh Joe Smyth sa bhliain 1837, conas mar a cuireadh casóg cleití is tarra air ag daoine a chaill a chuid tríd; conas mar a fuarthas é, faoi bhreis onóra is ghradaim roinnt bliana ina dhiaidh sin ag Independence i Missouri, agus é ina cheann ar threibh líonmhar a raibh inti 3,000 deisceabal, den chuid ba lú de, agus ina dhiaidh sin uile, de dhroim fuatha na nGinte, conas mar ab éigean dóibh teitheadh i bhfad siar.

Bhí deichniúr nó mar sin fanta sa charráiste, agus ina measc Passepartout macánta, agus cluas le héisteacht air. Lean an fear eile ar a chaint á insint conas mar a d'fhill Smyth, tar éis dó mórchuid géarleanúna a fhulaingt ar Illinois arís, agus gur chuir sé ar bun ar bhruach na Mississippi, cathair álainn Nauvoo, mar a raibh cónaí ar 25,000 duine; conas mar a toghadh Smyth mar mhéara is mar ardbhreitheamh is mar cheannfort ann; conas mar a d'iarr sé sa bhliain 1843, bheith ina Uachtarán ar na Stáit; agus conas mar a rugadh air in oirchill ag Carthage, agus mar a cuireadh i bpríosún é, agus mar a maraíodh é le buíon d'fhir is ceannaithe púca orthu.

"AGUS TUSA, A BHRÁTHAIR NA bhFÍRÉAN," ARSA AN tELDER...

Ba é Passepartout an t-aon duine amháin den éisteachta a bhí um an dtaca sin sa charráiste. D'fhéach an tElder idir an dá shúil air chun gur bhain sé den bhuachaill bocht cibé beagán meabhrach a bhí aige, agus chuir i dtuiscint dó, i gcionn dhá bhliain tar éis bhás Smyth, gur toghadh mar cheann feadhna ina ionad an fáidh eolgaiseach Brigham Young; gur thréig seisean Nauvoo; gur chuir sé faoi ar bhruach Loch an tSalainn mar aon lena lucht leanúna; go raibh dúiche thar barr acu sa bhall sin agus tír an-torthúil agus í ar cóngar na ndaoine a théadh ag triall ar dhúiche nua Chalifornia; agus a bhuí don ilphósadh a chleachtann na Mormannaigh go rabhthas ag dul i líonmhaireacht go tiubh ann.

"Agus sin é an fáth," arsa William Hitch, "go bhfuil éad ar an g*Congress* linn! Sin é an fáth ar phreab saighdiúirí na Stát Aontaithe isteach in iatha Utah chugainn! Sin é an fáth ar dúnadh i gcarcair ár gceann feadhna, Brigham Young, fáidh, gan cóir ná cothrom a thabhairt dó! An ngéillfimidne do neart na naimhde? Ní ghéillfimid choíche! Ar shon gur cuireadh an ruaig orainn as Vermont agus as Illinois, agus as Ohio agus as Missouri, agus as Utah, gheobhaimid fós tír neamhspleách éigin, mar a bhféadfaimd cur fúinn go síochánta. Agus tusa, a bhráthair na bhfíréan," arsa an tElder, agus an dá shúil ghlinniúla aige á gcur trí Phassepartout, "nach gcuirfidh tusa fút leis faoi scáth ár mbrataíne?"

"Ní chuirfead, muise," arsa Passepartout go calma agus d'imigh seisean ansin ag fágáil an duine fhiáin úd ina dhiaidh chun labhairt leis na suíocháin fholmha.

Le linn na cainte sin go léir, áfach, bhí an traein ag gluaiseacht go mear , agus tuairim is leathuair tar éis meán lae bhí sí ar an bpointe is sia thoir thuaidh de Mhórloch an tSalainn. Sa bhall sin b'fhéidir radharc a fháil ar iomlán an locha fairsinge sin, a dtugtar an Mhuir Mharbh mar mhalairt ainm air, agus a bhfuil abhainn Iordáin Mheiriceánach ag rith isteach inti. Loch mór álainn is ea í; carraigeacha arda garbha mórthimpeall air; slaod de shalann bán ar na carraigeacha sin. Bhí tuilleadh méide sa loch iontach sin tráth dá raibh, ach de réir mar a ghluais an aimsir thairsti, d'éirigh a bhruacha agus dá dheasca sin chuaigh sí féin i laghad, agus chuaigh an t-uisce i ndoimhneacht ann.

LOCH MÓR ÁLAINN

Tá Loch an tSalainn timpeall 70 míle ar fad, agus 35 míle ar leithead. 3,800 troigh os cionn mara atá sí. Ar a mhalairt de chuma go díreach atá Loch Asphaltite, nó an chéad Mhuir Mharbh, atá 12 troigh faoi réidh na mara. Ina theannta sin tá uisce Loch an tSalainn an-ghoirt, agus na hábhair sholadacha arna meascadh san uisce ann a dhéanann an ceathrú cuid dá mheáchan. 1,170 a shainmheáchan, má áirítear 1,000 d'uisce driogtha. Ní mhaireann iasc ann. An t-iasc a thagann ann tríd an Iordáin nó an Feber, nó na cumair eile, faigheann siad bás gan mhoill. Ní fíor a rá, ámh, go bhfuil de thiús san uisce nach bhféadfadh duine fothragadh ann.

Bhí an talamh mórthimpeall an locha á shaothrú go maith, mar tá na Mormannaigh go cliste ag curadóireacht. Bhí "rainsí" agus banracha ann do bheithígh; goirt cruithneachta is arbhair is sorgaim; páirceanna breátha féir; sceacha rós ar na claíocha ar gach taobh; toir acáise is eofoirbia; sin mar a bheadh aghaidh na tíre leathbhliain ní ba dhéanaí; ach an tráth sin bhí brat tanaí sneachta agus é ina phúdar ar an talamh.

Tuirlingíodh den traein ag Ogden ar a dó a chlog. Bheifí ar stad ansin go dtí a sé, agus bhí d'uain ag an bhFoggach is a chuideachta cuairt a thabhairt ar Chathair na Naomh ar an mbóthar gairid ó Ogden. Ba leor dhá uair an chloig chun an chathair ró-Mheiriceánach úd a fheiceáil. Is amhlaidh a tógadh an chathair sin faoi mar a tógadh cathracha uile na Stát .i. i bhfoirm clár fichille, lena línte fada fíorfhuara le "doilíos duairc na ndronuillinneacha" faoi mar a dúirt Victor Hugo. An fear a chuir ar bun Cathair na Naomh ní fhéadfadh sé dul ón dúil i gcomhfhreagracht a leanann na hAngla-Sacsanach. Sa tír sin, bíodh is nach bhfuil feabhas ar na daoine de réir a saothar láimhe, déantar gach ní go "cearnógach" ann idir chathracha is thithe is fiú na seafóidí.

Ar a trí a chlog bhí na taistealaithe ag siúl sráideanna na cathrach a tógadh idir bruach abhain Iordáine agus bun Shléibhte *Wahsatch*. Fíorbheagán eaglaisí a thug siad faoi deara ann, ach bhí teach an fháidh ann, is teach na cúirte, agus an longfort. Ina éagmais sin bhí tithe a rinneadh de bhrící breacghorma; póirsí is hallaí leo; garraithe beaga ina dtimpeall mar ar fhás crainn acáise, is pailme is lócaiste. Balla dóibe is mionchloch a rinneadh sa bhliain 1853 a bhí timpeall na cathrach. Sa tsráid ard, mar a mbíonn an margadh, atá na tithe ósta, is grianáin leo. Teach acu sin is ea *Salt Lake House*.

Ní bhfuarthas an iomad daoine ar na sráideanna. Bhí siad folamh, geall leis, mura n-áireofaí, b'fhéidir, an roinn den chathair a bhfuil an teampall ann, agus níor thángthas go dtí an ball sin ach tar éis a lán siúlóide ar ranna eile a raibh ráillí adhmaid timpeall orthu. Bhí na mná líonmhar go leor ann, ach b'fhurasta sin a thuiscint óna éagsúlacht a bhíonn teaghlaigh Mhormannacha. Ní ceart a mheas, mar sin féin, go dtaithíonn na Mormannaigh go léir an t-ilphósadh. Tá cead a chinn ag gach n-aon; ach ní miste a rá gurb iad mná Utah is mó ar mian leo pósadh, mar de réir chreideamh na Mormannach ní ghabhann mná aonta i seilbh an tsonais shíoraí ar neamh. Na créatúir bhochta sin, ní ar a dtoil ná ar a sástacht a bhí siad, dar le duine. Bhí cuid acu, an chuid ba shaibhre gan amhras, agus chaithidís casóg ghairid síoda; í ar oscailt faoin mbráid; calla nó seál beag an-bhanúil ar a guaillí os cionn na casóige. An chuid eile, éadach Indiach a chaitheadh gach duine acu.

Passepartout féin, tar éis ar airigh sé dá stair, ní gan iarracht d'eagla a d'fhéachadh sé ar na ban-Mhormannaigh a raibh d'fheidhm orthu fónamh ina n-ilí don aon. De réir mar a thuig seisean an scéal, is é an fear ba mhó a thuill trua. Cheap sé gurbh uafásach mar dhualgas ar dhuine aonair an oiread sin ban a thionlacan i dteannta a chéile trí anacraí an tsaoil seo, agus a dtabhairt leis amhlaidh go párthas na Mormannach, agus a bheith de chrann air iad go léir a athghabháil mar sheilbh thall le saol na saol i bhfochair Smyth ghlórmhair ba phríomhornáid ar bhall sin an aoibhnis. Ní raibh dúil ar bith aige sa tsórt sin saoil. Bhí sé deimhnitheach de sin. Cheap sé leis—ach b'fhéidir dearmad a bheith air—go raibh cuid de mhná *Salt Lake City* ag féachaint buille beag dána air.

Ba mhaith an scéal dó nár fanadh rófhada i gCathair na Naomh. Roinnt nóiméad roimh a ceathair a chlog shroich na taistealaigh an stáisiún arís, agus chuaigh siad isteach sa traein.

Lig an t-inneall fead as. Díreach agus an traein ag bogadh chun gluaiseachta airíodh duine éigin ag liúireach "Stad! Stad!"

Ní stadtar traein atá díreach ag tosnú ar ghluaiseacht. Mormannach éigin a bhí déanach a rinne an liúireach sin, gan amhras. Bhí sé in anfa an tsaothair óna rith. Ar ámharaí an tsaoil, ní raibh balla ná geata ar an stáisiún. Thug sé ruthag ar feadh na ráillí; léim ar ardán an charráiste dheiridh; agus thit ar fhorma ann, agus é go tnáite.

Bhí Passepartout agus ionadh air ag féachaint ar an ngleacaíocht sin; agus chuaigh sé chun stró a chur ar fhear a dhéanta. Méadaíodh ar an ionadh air, a thúisce is a tuigeadh dó gurbh é ba thrúig leis an teitheadh ná bruíon sa bhaile.

Nuair a d'fhill an anáil ar an bhfear bocht, d'fhiafraigh Passepartout go modhúil macánta de an mó bean a bhí aige dó féin, de bhrí go measfadh duine agus an fuadar a bhí faoin Mormannach go raibh 20 bean aige ar an gcuid ba lú de.

"Duine amháin, a bhráthair!" arsa an Mormannach, agus thóg sé a dhá lámh os a chionn. "Duine amháin, ach níor bheag de chúram í sin!"

# CAIBIDIL XXVIII

*Ina dteipeann ar Phassepartout dea-chomhairle*
*a thabhairt d'aon duine.*

Ar bhfágáil Mhórloch an tSalainn is stáisiún Ogden don traein ghluais sí ó thuaidh ar feadh uair an chloig go dtí gur shroich sí abhainn Feber. Bhí sí ansin tuairim is 900 míle slí ó San Francisco. D'iompaigh sí soir arís agus chuaigh sí trasna Sléibhte garbha *Wahsatch*. Sa dúiche atá idir na sléibhte sin *Wahsatch* agus na Sléibhte Carraigeacha féin is ea fuair innealtóirí na Stát Aontaithe a lán de dhua an bhóthar iarainn le linn a dhéanta. Bhí duais in aghaidh na míle slí á díol ag rialtas na Stát, agus i measc na sléibhte ansiúd tugadh $48,000 in ionad $16,000 ar an talamh réidh. Ach faoi mar a dúramar cheana, ní éigean a d'imir na hinnealtóirí ar éagasc na tíre; bhuail siad bob uirthi trí dhul timpeall na gconstaicí; agus dá dheasca sin ní dhearnadh ar fhaid an bhóthair ach tollán amháin 14,000 troigh mar dhoras isteach sa chom mór ar bharr na sléibhte.

Ag Lóch an tSalainn féin a bhí barr airde ar an mbóthar go dtí sin. Ón áit sin bhí a chealtair mar a bheadh scríob fada cam anuas go bun an ghleanna ar a dtugtar Bitter Creek; as sin d'éirigh sé arís gur sroicheadh an droim talún mar a scarann uiscí na nAigéan ó chéile. Bhí an-chuid cumar sa dúiche gharbh sin. B'éigin droichid a dhéanamh trasna ar Abhainn na Lathaí is ar an Abhainn Ghlas is ar aibhneacha nach iad.

Bhí mífhoighne ag teacht ar Phassepartout de réir mar a bhí sé ag cur an bhóthair de. Níor thaise don Fhisceach é, b'fhearr leis a bheith scartha leis na dúichí garbha. Bhí eagla air go ndéanfaí a moilliú, nó go mbuailfeadh tionóisc éigin fúthu. Ba mhó den dithneas a bhí air go Sasana ná mar a bhí ar Philéas Fogg féin.

Ar a deich a chlog san oíche stad an traein ar feadh tamaill bhig ag stáisiún Fort Bridger. Tar éis 20 míle slí a chur di ina dhiaidh sin, bhí sí istigh i Stát Wyoming—cuid den tSean-Dakota. Chuaigh sí ar feadh ghleann Bhitter Creek, mar a ritheann ceann de na haibhneacha a théann ó dheas trí Cholorado.

Lá arna mhárach, an 6 Nollaig, stadadh ar feadh ceathrú uaire ag stáisiún na hAbhann Glaise. Bhí an sneachta tar éis titim go flúirseach i gcaitheamh na hoíche; ach tháinig an fhearthainn ina dhiaidh, agus leádh ar an sneachta, i dtreo nár choisc sé an traein. Chuir an doineann sin, áfach, ardimní ar Phassepartout, mar dá dtitfeadh breis sneachta ar an iarnród, rachadh sé in achrann i rothaí na traenach agus chuirfeadh sin moill orthu.

"Agus nárbh ait an obair ag mo mháistir é," ar seisean leis féin, "an turas seo a tharraingt air féin i gcaitheamh an gheimhridh! Cad ina thaobh nár fhan sé go Bealtaine is gur fearr an chaoi a bheadh aige chuige?"

Ach an fhaid a bhí an buachaill macánta á bhuaireamh féin ar an gcuma sin, um dhoircheacht na spéire, is um méad an fhuachta, bhí buaireamh nár lú ná sin ar Áúda, agus a mhalairt ar fad de chúis aici leis.

Is amhlaidh a thuirling roinnt daoine den traein ag stáisiún na hAbhann Glaise agus bhí siad ag siúl síos suas port an stáisiúin ag feitheamh go mbeadh an traein ag imeacht arís. Is ea, bhí an bhean óg ag féachaint amach an fhuinneog, agus d'aithin sí i measc na ndaoine úd Cornal Stamp W. Proctor, an Poncán a bhí go drochiompair in aghaidh Philéas Fogg le linn na dála i San Francisco. Níor mhian le hÁúda go bhfeicfí í, agus dhruid sí siar ón bhfuinneog.

Chuir an rud sin an-eagla ar an mbean mhaith. Bhí sí ag éirí an-cheanúil ar an bhFoggach, mar, d'ainneoin a phatuaire a bhí sé, thaispeánadh sé in aghaidh an lae di a bháúlacht a bhí sé léi. Níor thuig sí, gan amhras, cad é méad an cheana a bhí aici ar an té a tharrthaigh í; buíochas croí a thugadh sí fós ar an gcion sin. I ngan fhios di féin, áfach, bhí rud ba mhó ná buíochas ann. Ar an ábhar sin, ba gheall le daigh trína croí radharc a fháil ar an bhfear a gcasfadh an Foggach luath nó mall ag lorg shásamh na drochbhirte air. Níorbh fhios cad é an ghaoth a scaoil Cornal Proctor isteach sa traein sin; ach bhí sé inti, agus níorbh fholáir an Foggach a choimeád uaidh ar áis nó ar éigean.

Tar éis don traein gluaiseacht arís, thit múisiam codlata ar an bhFoggach agus d'inis Áúda an scéal don Fhisceach is do Phassepartout.

"Agus tá Proctor ar an traein seo!" arsa an Fisceach. "Is ea, ná cuireadh sin aon chorrabhuais ort, a bhean uasal. Sula socróidh sé leis an duine uasal—, leis an bhFoggach, caithfidh sé cuntas a shocrú liomsa! Is dóigh liom, tar éis an tsaoil, gur mise is mó a fuair masla uaidh!"

"Agus ina theannta sin," arsa Passepartout, "rachaidh mise ina chúram, abair is gur cornal féin é."

"Ní dóigh liom féin, a Fhiscigh," arsa Áúda, "go ligfidh an Foggach d'aon duine sásamh a bhaint amach thar a cheann féin. Nach ndúirt sé go bhfillfeadh sé ar Mheiriceá ag iarraidh an mhaslaitheora úd? Má fhaigheann sé radharc ar an gCornal ní fhéadfaimid a gcosc ó chomhrac, agus ní fios cad a thiocfadh as sin. Ná feicidís a chéile, mar sin."

"Tá an ceart agat, a bhean uasal," arsa an Fisceach, "dá dtéadh sé chun comhraic aonair eatarthu, loitfí gach aon ní. Cé acu go mbuafadh an Foggach nó nach mbuafadh, chuirfí moill air agus—"

"Agus," arsa Passepartout, "rachadh sin i dtairbhe do dhaoine áirith sa *Reform Club*. Féach! I gcionn ceithre lá beimid i Nua-Eabhrac! Is ea, mura bhfágfaidh mo mháistir an carráiste seo i gcaitheamh na gceithre lá sin, is é is dóichí nach bhfeicfidh sé an Poncán mallaithe úd. Féadfaimidne go haosáideach é a chosc ar—"

Stadadh de chaint ansin. Bhí an Foggach ina dhúiseacht arís is é ag féachaint ar an dúiche tríd an bhfuinneog a bhí breac-chlúdaithe le sneachta. Tamall ina dhiaidh sin, is gan Áúda ná a mháistir ag éisteacht, dúirt Passepartout leis an bhFisceach: "An fíor go rachfá chun comhraic ar a shon?"

"Dhéanfainn aon ní chun é a thabhairt beo thar n-ais go Sasana!" arsa an Fisceach, de ghuth a nocht a dhaingneacht aigne.

Mhothaigh Passepartout mar a bheadh taom creatha ag rith tríd féin ach níor laghdaigh pioc ar a dheimhnitheacht um macántacht a mháistir.

Agus féach, arbh fhéidir seift a dhéanamh chun an Foggach a choimeád istigh sa charráiste sin, d'fhonn comhrac a chosc idir é féin is an Cornal? Níor ródheacair é gan amhras, mar níorbh fhear corraitheach ná fiosrach ar aon chor é. Cibé scéal é, cheap an lorgaire go raibh an cheist réitithe aige. I gcionn tamaill bhig dúirt sé le Philéas Fogg: "Aistear fada righin is ea é seo, in ainneoin a thabhairt i dtraein.

"Is ea," arsa an Foggach, "ach bíonn an aimsir ag imeacht i gcónaí."

"Nuair a bhíteá ar bord loinge," arsa an lorgaire, "nár ghnách leat fuist a imirt?"

"Ba ghnách," arsa an Foggach, "ach is deacair a dhéanamh anseo, agus mé gan chártaí ná páirtnéirí."

"Maidir le cártaí, féadfaimid iad a cheannach go haosáideach. Bíonn gach aon tsaghas earraí ar díol sna traenacha i Meiriceá. Agus maidir le páirtnéirí, b'fhéidir go bhféadfadh an bhean uasal—"

"Féadaim go maith," ar sise go tapa. "Tá taithí agam ar an bhfuist ó bhí mé ar scoil i Sasana."

"I mo thaobh féin," arsa an Fisceach, "ní olc an lámh mé ar an gcluiche sin. Sin triúr againn, agus ball easnaimh—"

"Tá go maith, a chara," arsa an Foggach agus ardáthas air a bheth i mbun an tseanchluiche ar an traein féin.

Cuireadh Passepartout ag iarraidh córa ar an stíobhard is ba ghearr gur fhill sé agus dhá phaca cártaí aige mar aon le biorán is scríobóidí agus bord beag is éadach air. Tosnaíodh ar imirt. Bhí eolas maith go leor ag Áúda ar an bhfuist agus mholadh an Foggach doshásta féin anois is arís í. Maidir leis an lorgaire, seancheardaí ab ea eisean, agus níorbh aon díobháil a chur i gcomórtas leis an bhFoggach.

"Is ea," arsa Passepartout leis féin, "tá beirthe againn air. Ní bhogfaidh sé feasta!"

Ar uair a haondéag ar maidin shroich an traein mullach an uiscedhroma mar a scarann uiscí an dá aigéan ó chéile. Bridges Pass is ainm don bhall sin, agus tá sé 7,524 troigh os cionn leibhéal na farraige. Tá an áit sin ar na mullaí is airde dá dtéann an bóthar iarainn tharstu ar a chúrsa trí na Sléibhte Carraigeacha. Tar éis tuairim is 200 míle a chur díobh, bhí an lucht taistil faoi dheoidh ar mhachaire de na machairí fairsinge réidhe a leathann soir go bruach an Aigéin, agus a fhónann thar na bearta d'iarnróid.

An chliathán na sléibhte ag dul faoi dhéin an Aigéin a bhí ag teacht le chéile na sruthanna beag a ritheann in Abhainn Platte Thuaidh. Bhí íor na spéire soir agus ó thuaidh arna clúdach leis an mbrat mór leathchiorclach sin a rinne deisceart na Sléibhte Carraigeacha, agus Cruach Laramie ag éirí os a gcionn. Idir teorainn an chiorcail sin agus agus an bóthar iarainn a bhí machairí fairsinge is an-chuid aibhneacha ag rith tríothu. Ar thaobh na láimhe deise den bhóthar iarainn bhí cnapóga tosaigh na sléibhte a chonacthas á sínedh féin ó dheas go foinsí Abhainn Arkansas, ceann de na fo-aibhneacha is mó dá ritheann isteach in Abhainn Mhissouri.

Leathuair tar éis an dá uair déag sa ló fuarthas amharc ar Longfort Hallek, baile cinn na dúiche sin. Faoi cheann cúpla uair an chloig eile a bheifí glan ó na Sléibhte Carraigeacha. B'fhéidir a mheas nach mbuailfeadh tionóisc um an traein ag dul trasna na garbhdhúiche sin. Stad an sneachta agus d'imigh an aimsir i bhfuaire is i dtriomacht. Éanlaith mhóra ann. Scanraigh an t-inneall gaile iad, agus scinn siad leo i gcéin. Fia ná mathúin ná mac tíre ní fhacthas ar na machairí sin. Ní raibh ann ach an fásach agus é go fairsing agus go lom.

Fuair an Foggach is a chuideachta a lón sa charráiste a raibh siad ann. Ina dhiaidh sin bhí siad ag tosnú arís ar an seanfhuist nuair a airíodh de gheit feadaíl ard ón inneall. Ansin stad an traein.

Sháigh Passepartout a cheann an doras amach ach ní fhaca sé aon ní ba thrúig stad a chur leis an traein. Ní raibh aon stáisiún le feiceáil ann.

Bhí eagla ar Áúda is ar an bhFisceach go bhfágfadh an Foggach a ionad féin. Is é rud a rinne sé ná iompú chun a bhuachalla is a rá leis: "Éirighse is féach an bhfuil aon ní bunoscionn.

Thug Passepartout léim as an gcarráiste. Bhí timpeall daichead fear amuigh cheana féin, agus Cornal Stamp W. Proctor orthu sin.

Is amhlaidh a cuireadh bratach dhearg ina seasamh roimh an traein; é sin faoi deara di stad. Bhí an tiománaí is an stiúrthóir tar éis tuirling ar an talamh, agus iad ag caint in ard a gcinn is a ngutha le fear faireacháin ó Mhedicine Bow. Ba é sin an chéad stáisiún eile rompu, agus chuir an ceann oird an fear faireacháin le fógra ina gcoinne. Dhruid cuid de na daoine eile i gcóngar an triúir úd agus luigh siad go léir ar chaint. Ní baol ná go raibh Cornal Proctor ann, agus é go hardghlórach is go mustarach.

Ar theacht is láthair do Phassepartout chuala sé an fear faireacháin á rá seo: "Níl aon dul thairis agaibh! Tá droichead Mhedicine Bow corrach is ní sheasódh sé meáchan na traenach."

Droichead crochta ab ea é, droichead a cuireadh trasna ar chumar a tharla tuairim is míle slí ón mball a raibh an traein ar stad ann. Díreach mar a dúirt an fear faireacháin, bhí sé i mbéal a bhriste, mar bhí a lán de na téada iarainn scoite, agus níor shlán don traein dá dtugadh sí faoi dhul thairis. Ar an ábhar sin, ní ag cur leis an scéal a bhí an fear faireacháin nuair a dúirt sé nach raibh dul thairis aici. Agus má chuimhnímd ar a dhánaíocht a bhíonn Meiriceánaigh, ní miste a rá nuair a ghabhann siadsan le críonnacht, gurb é ár leas féin aithris a dhéanamh orthu.

Ní leomhfadh Passepartout dul isteach agus an scéal a insint dá mháistir. D'fhan sé amuigh ag éisteacht agus a fhiacla ag greamú ar a chéile, agus gan chor as ach oiread agus a bheadh ar dhealbh chloiche.

"Is ea, is dócha!" arsa Cornal Proctor, "Ní hamhlaidh atáimid chun fanacht anseo agus cur fúinn sa tsneachta!"

"Tá sreangscéal curtha go hOmaha, a Chornail," arsa an stiúrthóir, "ag iarraidh traenach eile, ach ní dócha go sroichfidh sí Medicine Bow go ceann sé huaire an chloig."

"Sé huaire an chloig, arú!" arsa Passepartout.

"Is ea," arsa an stiúrthóir. "Ach bainfidh sé an méid sin aimsire dínne chun an stáisiún a shroicheadh de chos."

"Cheap mé nach raibh sé ach míle slí uainn," arsa duine éigin eile.

"Agus níl leis ach tá sé ar an taobh eile den abhainn."

"Nach bhféadfaí dul trasna na habhann i mbád?" arsa an Cornal.

"Ní fhéadfaí. Tá an t-uisce éirithe sa chumar de dheasca na doininne. Easach sléibhe is ea é, agus beidh orainn dul 10 míle slí ó thuaidh chun teacht ar áth."

Dhírigh an Cornal ar eascainí go tiubh ar mhuintir an bhóthar iarainn, is ar stiúrthóir na traenach; agus bhí de bhuile feirge ar Phassepartout gur bheag nár chrom sé ar chuidiú leis. B'shin toirmeasc orthu anois nach bhféadfadh a raibh de nótaí bainc ag a mháistir a leigheas.

Is díomách a bhí an lucht taistil go léir, de bhrí gur thuig siad go maith, agus gan an mhoill a chur san áireamh, go mbeadh orthu aistear 15 míle a chur díobh de shiúl a gcos sa tsneachta. Bhí an oiread sin griothaláin is gleo ann nár bhaol ná go dtabharfadh Philéas Fogg faoi deara é mura mbeadh a dhlúithe a bhí sé sáite ina chluiche féin.

Ach b'éigean do Phassepartout an scéal a chur in iúl dó. Bhuail sé a cheann faoi agus bhí sé ag iompú ar a shála chun dul faoi dhéin an charráiste nuair a d'airigh sé focal a dúirt tiománaí na traenach. Fíor-Phoncán darbh ainm Forster ab ea é. Dúirt sé in ard a ghutha: "B'fhéidir, a dhaoine uaisle, go bhféadfar dul trasna ar chuma áirithe."

"Ar an droichead?" ar duine.

"Is ea," ar an tiománaí.

"Agus sinn sa traein?" arsa an Cornal.

"Is ea, leis."

Stad Passepartout agus a bhéal is a dhá shúil ar leathadh, ag éisteacht le caint an tiománaí.

"Ach tá an seandroichead rólofa," arsa an stiúrthóir.

"Is cuma ina thaobh sin," arsa Forster. "Is dóigh liomsa dá dtagadh an traein chun an droichid ar bharr luais go mb'fhéidir go rachadh sí slán thairis."

"Rachadh chun an riabhaigh!" arsa Passepartout leis féin.

Bhí cuid den lucht taistil agus thaitin caint an tiománaí go breá leo. Bhí ardáthas ar fad ar Chornal Proctor. B'fhurasta é a dhéanamh dar leis an mbuaileam sciath sin. Ba chuimhin leis innealtóirí á rá go bhféadfaí dul trasna abhann gan aon droichead uirthi ach carráistí na dtraenacha a dhlúthcheangal dá chéile agus na traenacha féin a bheith ina táinrith. I ndeireadh na tréimhse bhí gach duine dá raibh ann ar aon aigne leis an tiománaí.

"Shlánóimis é leathchéad uair as an gcéad," arsa duine.

"Dhéanfaimis agus 80 uair!" arsa duine eile.

"Agus 90 uair!" arsa duine eile arís.

Ní raibh a fhios ag Passepartout cad ab fhearr dó a dhéanamh; bíodh go raibh sé ullamh i gcomhair aon saghas iarrachta chun Medicine Creek a chur de, bhí an iarracht seo "ró-Mheiriceánach", dar leis.

"Agus," ar seisean leis féin, "b'fhéidir é a dhéanamh go breá aosáideach, is féach nach gcuimhneodh aon duine acu seo air! Is dóigh liomsa, a dhuine uasail," ar seisean le duine den lucht taistil, "gur baol dúinn má leanaimid comhairle an tiománaí. Ach—"

"80 uair!" arsa an duine sin, agus chas sé ar a shála ó Phassepartout.

"Tá a fhios agam é sin go maith," arsa Passepartout, agus d'iompaigh sé chun duine eile, "ach dá gcuimhneofaí ar—"

"Ná bac aon chuimhneamh anois, níl gá leis!" arsa an fear sin, ag baint crothadh as a shlinneáin. "Nach ndúirt an tiománaí go slánófaí e!"

"Dúirt, gan amhras," arsa Passepartout, "agus slánófar; ach b'fhéidir gur mhóide ár stuaim dá—"

"Ár stuaim don riabhach!" arsa Cornal Proctor. An focal sin, a d'airigh sé ar éigean a bhain geit as. "Ar bharr luais, deirtear leat! Nach dtuigeann tú é? Ar bharr luais!"

"Tá a fhios agam. Tuigim é," arsa Passepartout. Ní ligfí dó an rud a bhí ina aigne aige a thabhairt amach. "Ach mura dtaitníonn an focal stuaim leat, is dóigh liom gur mhóide ár gciall—"

"Cad é féin? Cad é an rud é? Conas? Cad atá ar an bhfear sin?" Sin iad na ceisteanna a d'airítí ar gach taobh de.

Ní raibh a fhios ag an mbuachaill bocht cé leis a labhródh sé.

"An amhlaidh atá eagla ort?" arsa Cornal Proctor.

"Eagla ormsa, ariú?" arsa Passepartout. "Bíodh agaibh, más ea! Cuirfidh mise in iúl don dream seo gur féidir le Francach a bheith chomh Meiriceánach leo féin!"

"Bítear istigh! Bítear istigh!" arsa stiúrthóir na traenach.

"Is ea, bítear istigh!" arsa Passepartout, "bítear istigh! Agus sin gan mhoill! Ach deirimse tar éis an tsaoil gur mhóide ár gciall sinne a dhul de chos trasna an droichid seo agus an traein a theacht inár ndiaidh!"

Ach níor airigh aon duine an chomhairle stuama sin, ná ní admhódh aon duine an ceart a bheith ann.

Casadh ar na carráistí. Shuigh Passepartout ina ionad féin, gan focal a rá mar gheall ar an méid a tharla lasmuigh. Bhí aigne na gcearrbhach ar an gcluiche fuist.

Lig an t-inneall gaile fead ard as. D'iompaigh an tiománaí gluaiseacht na traenach is d'imigh sí i ndiaidh a cúil tuairim is míle slí faoi mar a dhéanfadh duine d'fhonn ruthag chun léime.

Ansin ligeadh fead eile, agus ar aghaidh léi arís. Ghéaraigh ar an ngluaiseacht. Ba ghearr go raibh an luas go huafásach. Níor airíodh ach mar a bheadh fead fhada amháin as an inneall. Na slata suíocháin thugaidís buille in aghaidh gach soicind. Théigh moil na rothaí. Measadh, dá n-abraínn é, agus an traein ag gluaiseacht 100 míle san uair, nár bhain sí pioc le ráillí an iarnróid, ach gurb amhlaidh a mhill an luas an troime.

BHÍ AN TRAEIN GLAN THAR AN gCUMAR, ÁMH,
NUAIR A PHLÉASC AN DROICHEAD

Thángthas slán! Agus mar a bheadh splanc. Ní fhacthas faic den droichead. Is amhlaidh a léim an traein, mar a déarfá ó thaobh taobh thairis. Níor éirigh leis an tiománaí an t-inneall gaile a thabhairt faoi smacht arís go dtí go rabhthas imithe cúig mhíle ar an taobh eile den stáisiún.

Ar éigean a bhí an traein glan thar an gcumar, ámh, nuair a phléasc an droichead agus a thit ag cnagarnach síos i nduibheagáin Mhedicine Bow.

SAN ÁIT SIN ATÁ AN tARD IS UACHTARAÍ
AR AN mBÓTHAR IARAINN

# CAIBIDIL XXIX

*Ina n-aithristear éachtaí nach dtiteann amach
ach amháin ar bhóithre iarainn na Stát Aontaithe.*

Níor tharla aon tionóisc don traein an tráthnóna sin; d'fhág sí Longfort Sanders ina diaidh, ghluais thar Bhearnas Cheyenne agus shroich sí Bearnas Evans. San áit sin atá an t-ard is uachtaraí ar an mbóthar iarainn; tá sé 8,091 troigh os cionn leibhéal na farraige. Bhí fána leo feasta trasna rémhachairí gan teorainn go dtí go sroichfidís an tAigéan.

Ón nGrand Trunk san áit sin is ea a théann an ghéag den bhóthar iarainn go Denver, príomhchathair Cholorado. Tá an-chuid mianach óir is airgid sa dúiche sin, agus um an dtaca a bhfuilimid ag tagairt dó bhí breis is 50,000 duine tar éis cur fúthu ann.

Bhíothas an uair sin aistear trí 1,382 míle slí ó San Francisco, agus an méid sin déanta i dtrí lá is trí oíche. I gceann ceithre lá is ceithre oíche eile ba chóir don traein a bheith i Nua-Eabhrac, mura mbuailfeadh tionóisc uimpi. Mar sin bhí Philéas Fogg ag taisteal de réir a chairte.

I gcaitheamh na hoíche sin gabhadh thar Longfort Walbah, baile atá ar thaobh na láimhe deise. Abhainn bheag ansiúd darb ainm *Lodge Pole Creek*, ritheann sí ar feadh chliathán an iarnróid agus is í sin an teorainn atá idir Stát Wyoming is Stát Cholorado. Ar a haondéag a chlog thángthas isteach i Nebraska, gabhadh thar Sedgwick, agus stadadh ar feadh nóiméid ag Julesburgh ar an ngéag ó dheas d'Abhainn Platte.

Sa bhall sin is ea a rinneadh oscailt an 23 Deireadh Fómhair 1867, ar an *Union Pacific Railroad* faoi riar G. M. Dodge an t-innealtóir cinn. Tháinig ann an lá sin an dá mhórinneall ghaile a thug ann naoi gcinn de charráistí lán de dhaoine a fuair cuireadh ann, agus ina measc a bhí Thomas C. Durant, leasuachtarán. Is ann a tugadh na trí gháir ar chnoc. Is ann a taispeánadh cath bréige Indiach idir gasraí *Sioux* agus *Pawnie*; is ann a scaoiledh san aer na tinte ealaíne; agus is ann a cuireadh i gcló, ar inneall sa traein, an chéad uimhir den pháipéar úd an *Railway Pioneer.* Ar an gcuma sin is ea a rinneadh oscailt ar an mbóthar mór iarainn sin; bóthar atá ina áis don amhantar is don tsibhialtacht; bóthar a rinneadh trasna ar fhásach fiáin, agus bóthar a bhfuil i ndán dó a bheith ina cheangal idir sráidbhailte is cathracha nach bhfuil a rian ná a dtuairisc ann fós. Is é fead an innill ghaile—ceol is cumhachtaí ná ar seinneadh riamh ar chruit Amphion—atá chun iad a chur ag eascairt gan mhoill ar ithir Mheiriceá.

Ar a hocht a chlog ar maidin bhíothas imithe thar Longfort MhacPherson. Tá an áit sin 357 míle ó Omaha. Leanadh an t-iarnród ar thaobh na láimhe clé gach cor agus casdh dá dtugadh an ghéag theas d'Abhainn Platte. Ar a naoi a chlog sroicheadh North Platte, sráidbhaile mór sa ghabhal mar a ndéanann an dá abhainn le chéile agus mar a ndéanann aon abhainn amháin díobh, agus uisce na habhann sin ag rith isteach in Abhainn Mhissouri tamall beag leastuas d'Omaha.

Bhíothas thar an 111ú domhanfhad.

Bhí an Foggach agus a pháirtnéirí tar éis tosnú ar imirt arís. Ní dhearna duine acu gearán um a fhad a bhí an bóthar. "An lámh thacair" féin níor ghearán. I dtosach báire bhuaigh an Fisceach roinnt ghinithe, ach bhí a dhealramh air go gcaillfeadh sé arís iad; níor lú dúil san imirt é, ámh, ná an Foggach féin. Ó mhaidin bhí an t-ádh ina thulca ar an duine uasal sin. Bhí na máite is na ríchártaí á radadh féin leis. Tráth dá raibh sé, agus bang dána á bheartú aige, rug sé ar spéireata chun é a imirt, nuair a airíodh ón taobh thiar den fhorma an guth á rá: "Muileata a d'imreoinnse—"

Thóg an Foggach is an Fisceach is Áúda a gcinn. Cornal Proctor a bhí ann.

"MUILEATA A D'IMREOINNSE——"

D'aithin an Cornal is Philéas Fogg a chéile ar an toirt.

"Tusa atá ann, a mhic an tSasanaigh," arsa an Cornal, "tusa a d'imreodh an spéireata!"

"Is mé, agus táim á imirt," arsa Philéas Fogg go fuaraigeanta, agus leag sé an deich spéireata ar an mbord.

"Is ea, agus d'imreoinnse muileata," arsa an Cornal agus iarracht d'fhearg ina ghlór.

Agus shín sé lámh uaidh faoi mar a bheadh sé chun breith ar an gcárta, á rá san am céanna: "Ní fiú biorán an t-eolas atá agat ar an gcluiche sin."

"B'fhéidir go mbeinn níos cliste ar chluiche éigin eile," arsa Philéas Fogg is é ag éirí ina sheasamh.

"Tabhair faoi do rogha chluiche, a choileáin d'ál Sheáin Bhuí," arsa an bodach mínáireach.

D'iompaigh chun mílí ar Áúda bhocht. Stad a raibh d'fhuil ina cuisleanna agus luigh ar rith faoi dhéin a croí. Leag sí lámh ar leathghualainn Philéas Fogg, ach thóg seisean an lámh go modhúil is go réidh. Bhí Passepartout ullamh chun tabhairt faoin Meiriceánach a bhí ina sheasamh ansin agus an dá shúil aige á gcur trí Philéas Fogg le barr mí-iompair. Ansin d'éirigh an Fisceach ina sheasamh agus dhruid faoi dhéin an Chornail.

"Tá dearmad éigin ort," ar seisean, "mar is ormsa a théann socrú leat. Ní amháin gur mhaslaigh tú mé, ach bhuail tú mé leis!"

"Gabhaim pardún agat, a Fhiscigh," arsa an Foggach, "ach is fúmsa amháin atá an cheist seo a shocrú. Breis mhasla a thug an Cornal dom nuair a dúirt sé nár cheart an spéireata a imirt, agus ní foláir dó sásamh a thabhairt dom ann."

"Cibé uair agus cibé áit is maith leat," arsa an Cornal, "agus do rogha féin d'arm."

Bhí Áúda ag iarraidh an Foggach a choimeád socair, ach theip uirthi. Theastaigh ón lorgaire an troid a tharraingt air féin, ach níor éirigh leis. Is é ba mhian le Passepartout an Cornal a chaitheamh i ndiaidh a chinn an doras amach, ach bhagair a mháistir air is dúirt leis fanacht socair. D'imigh Philéas Fogg as a gcarráiste agus do lean an Cornal é go dtí go raibh siad ar an tóchar amuigh.

"A leithéid seo," arsa an Foggach, "tá an-dithneas ormsa thar n-ais chuig an Eoraip; dá ndéanfainn an mhoill ba lú, thiocfadh sé i mo choinne go géar."

"Ní fheicimse conas a bhaineann sin liomsa," arsa Cornal Proctor.

"Is amhlaidh mar atá," arsa an Foggach go nósmhar, "an lá sin ar casadh ar a chéile sinn i San Francisco rinne mé rún i m'aigne um theacht thar n-ais go Meiriceá ar do thóirse nuair a bheadh an gnó atá idir mo lámha curtha i gcrích agam."

"Aililiú!"

"An bhfuilir sásta coinne a dhéanamh liom sé mhí ó inniu?"

"Cad ina thaobh nach sé bliana ó inniu é?"

"Sé mhí ó inniu, a deirimse," arsa an Foggach, "agus beidh mé ann in am is i dtráth."

"Arú níl sa chaint sin ach leithscéal!" arsa Cornal Proctor. "Anois an t-am chuige, nó scaoilimis tharainn go deo é.

"Táimse ullamh," arsa an Foggach. "Cá bhfuil do thriallsa. Ar Nua-Eabhrac an ea?"

"Ní hea."

"Ar Shiceagó?"

"Ní hea."

"Ar Omaha, b'fhéidir?

"Is cuma duitse. An bhfeadraís cá bhfuil *Plum Creek*?"

"Ní fheadar," arsa an Foggach.

"Is é an stáisiún is giorra dúinn é. Beidh an traein ann i gcionn uair an chloig, agus fanfaidh sí ann deich nóiméad. I gcaitheamh na ndeich nóiméad sin b'fhéidir roinnt urchar a ligean as piostal."

"Tá go maith," arsa an Foggach. "Stadfaidh mise ag *Plum Creek*."

"Is ea, agus is dóigh liom go bhfanfaidh tú ann leis," arsa an Cornal le barr dailtíneachta.

"An aimsir a inseoidh sin, a bhráthair," arsa an Foggach, agus chuaigh sé isteach ina charráiste féin arís go neamhchorra-bhuaiseach faoi mar ba ghnách leis.

Ansin dhírigh sé ar Áúda a thabhairt chun suaimhnis á rá nár ghá do dhuine eagla a bheith air roimh bhuaileam sciath. D'iarr sé ar an bhFisceach seasamh tánaiste dó sa chomhrac. Ba dheacair leis an bhFisceach a dhiúltú. Ansin chrom Philéas Fogg go breá ciúin ar an imirt arís agus chaith sé an spéireata go soineanta is go ciúin.

Ar a haondéag a chlog lig an t-inneall fead as, comhartha go rabhthas ag teacht cóngarach do stáisiún *Plum Creek*. D'éirigh an Foggach ina sheasamh agus d'imigh amach ar an tóchar agus an

Fisceach ag a shála. Lean Passepartout iad, agus péire piostal ar iompar aige. Bhí Áúda ina haonar sa charráiste agus dreach an bháis uirthi.

I gcionn nóiméad osclaíodh doras an charráiste ar a n-aghaidh anonn, agus tháinig amach ar an tóchar Cornal Proctor agus a thánaiste sin, Poncán eile d'aon ál leis féin. Ach díreach agus an bheirt fhear troda ag tuirlingt den traein, rith an stiúrthóir chucu á rá: "Ní thuirlingítear anseo, a dhaoine."

"Cad ina thaobh arú?" arsa an Cornal.

"Sinn a bheith fiche nóiméad chun deiridh, agus ar an ábhar sin ní stadann an traein ach nóiméad amháin anseo."

"Ach ní foláir dom féin agus don duine uasal seo comhrac aonair a dhéanamh anseo."

"Is oth liom an comhrac a chosc, ach táimid chun gluaiseachta láithreach. Éist, sin é an clog ag bualadh!"

Buaileadh an clog agus d'imigh an traein chun siúil arís.

"Tá an-chathú orm in bhur dtaobh, a dhaoine muinteartha," arsa an stiúrthóir. "Níor mhiste liomsa tamall aimsire a thabhairt daoibh, mura mbeadh an greim a bheith orm. Agus ó tharla nach raibh an chaoi agaibh ansin thiar níl a bhac oraibh cath a bhualadh sa traein."

"B'fhéidir nach n-oirfeadh sin mo dhuine muinteartha anseo," arsa an Cornal de ghuth magaidh.

"D'oirfeadh go breá," arsa Philéas Fogg.

"Níl aon dabht air ná gur i Meiriceá atáimid," arsa Passepartout ina aigne féin, "is ná gur togha duine uasail é ár stiúrthóir!"

Agus tar éis an méid sin machnaimh lean sé a mháistir.

An bheirt fhear comhraic is an bheirt thánaiste lean siad an stiúrthóir ó charráiste go chéile chun gur shroich siad deireadh na traenach. Ní raibh sa charráiste deiridh ach tuairim is deichniúr taistealaí. D'fhiafraigh an stiúrthóir díobh ar mhiste leo dul amach ar feadh roinnt nóiméad mar go raibh beirt daoine uaisle ann ar theastaigh an áit uathu chun "caingean onóra" a shocrú.

Is amhlaidh a bhí ardáthas ar an deichniúr de chionn a bheith ar a gcumas rud a dhéanamh ar an mbeirt sin, agus d'imigh siad go léir amach ar an tóchar.

Bhí an carráiste sin timpealll leathchéad troigh ar fhad agus ar an ábhar sin bhí sé oiriúnach go maith don ghnó. D'fhéadfadh an bheirt fhear teacht i gcoinne a chéile, duine acu ó gach taobh, ag siúl ar an gcosán i lár baill agus ag scaoileadh na bpiléar de réir mar ba mhaith leo. B'fhurasta an comhrac a rialú. Chuaigh an Foggach is Cornal Proctor isteach sa charráiste, agus dhá phiostal sé n-urchar an duine acu. D'fhan an dá thánaiste lasmuigh is dhún siad na doirse. Ar an gcéad fhead ligfeadh an t-inneall gaile bhíothas chun díriú ar phléascadh na n-urchar. Ansin, i gcionn dhá nóiméad an chloig, rachfaí isteach is thabharfaí amach gach ar fhan beo den bheirt.

Saoráideach go leor, a déarfar. Bhí de shaoráidí ann gur airigh an Fisceach is Passepartout a gcroíthe araon ag preabarnach nó gur dhóbair go mbrisfidís.

Mar sin dóibh ag feitheamh le fead ón inneall, nuair de gheit, airíodh an liú fiaigh amuigh. Chualathas urchair á scaoileadh les, ach níor tháinig siad sin i ngaobhar don charráiste a raibh an bheirt ann. I dtosach na traenach agus i lár baill uirthi a bhí na hurchair á bpléascadh go tiubh. Airíodh ón taobh istigh den traein béicíl is liacharnach eagla.

Stad Cornal Forster is an Foggach dá ngnó féin, agus piostal i ngach lámh leo, agus rith siad ceann ar aghaidh faoi dhéin thosach na traenach, an áit ba dhéine a bhí an liúireach agus pléascadh na n-urchar.

Tuigeadh dóibh gur fogha a bhí á dhéanamh ar an traein ag foireann *Sioux*.

Níorbh é sin an chéad amas ag na hIndiaigh dhána a thabhairt ar thraenacha; ba mhinic roimhe sin a chreach siad iad. Mar ba bhéas leo níor fhan siad go stadfadh an traein, ach phreab timpeall céad pearsa acu de léim ar throithíní na gcarráistí, agus in airde ansin mar a rachadh geocach ar chapall is an capall ar cosa in airde.

Bhí airm thine ag na *Sioux* sin. Na gunnaí sin is ea a rinne an pléascadh a airíodh. Bhí piostail ag formhór na dtaistealaithe agus scaoil siad sin go tiubh leis an ndream eile. I dtosach báire rinne na *Sioux* ar an inneall gaile. Leathmharaíodh an tiománaí is an gualadóir le buillí gunna. Bhí taoiseach *Sioux* ann, agus mheas sé an traein a thabhairt chun staid; ach níorbh eol dó conas cos an rialadóra a láimhseáil; agus in ionad na teanga a dhúnadh is amhlaidh a d'oscail sé í; chuir sin an t-inneall as réir, agus ba ghearr go raibh an ghluaiseacht go huafásach.

San am céanna d'ionsaigh na *Sioux* na carráistí; rith siad ar feadh a mbarr mar a dhéanfadh moncaithe buile; bhris siad na doirse isteach is dhírigh siad ar chomhrac le lucht na traenach. Briseadh truncanna agus fuadaíodh a raibh iontu, agus ansin caitheadh na doirse amach iad. Níor tháinig aon stad ar an liúireach ná ar an lámhach.

Lena linn sin bhí lucht na traenach á gcosant féin go meanmnach. Dúnadh carráiste áirithe, i slí gur tharla foslongfort orthu, agus go raibh siad mar a bheadh daingin siúil a bheadh ag gluaiseacht céad míle slí san uair an chloig.

Ón uair a thosnaigh an bhruíon d'iompair Áúda í féin go misniúil. Bhí piostal ina lámh aici á cosaint féin go calma, agus gach tráth dá bhfaigheadh sí radharc ar dhuine den treibh fhiáin scaoileadh sí leis tríd an bhfuinneog bhriste. Tuairim is fiche *Sioux* a fuair goin an bháis, agus thit siad marbh ar an mbóthar; agus an méid díobh a shleamhnaigh de na tóchair ar ráillí an iarnróid, bhrúigh rothaí na traenach iad faoi mar a bhrúfaidís cruimheanna.

Dianleonadh cuid den lucht taistil ó philéir is ó bhuillí gunna, is bhí siad sin ina luí ar fhormaí na gcarráistí.

Ach gá dtám leis? Bhí an bachram tar éis a bheith ar siúl ar feadh deich nóiméad, agus mura stadfaí an traein ní bheadh de chríoch ar an ngnó ach na *Sioux* an lámh in uachtar. Bhíothas i ngoireacht dhá mhíle do Longfort Kearney. Bhí gasra saighdiúirí d'arm na Stát Aontaithe ina gcónaí sa bhall sin; agus dá ngluaisfí thairis sin, níor bhaol ná go mbeadh an traein i seilbh na *Sioux* tráth éigin idir stáisiún Kearney agus an chéad stáisiún eile rompu.

Bhí an stiúrthóir ag troid ar ghualainn na Fhoggaigh, gur leag piléar é. Le linn titim dó dúirt sé leis an gcuid eile: "Tá deireadh linn mura stadfar an traein laistigh de chúig nóiméad!" "Stadfar í!" arsa Philéas Fogg agus d'iompaigh sé ar a shála chun dul de léim as an gcarráiste.

"Fansa anseo, a mháistir," arsa Passepartout leis. "Bíodh a chúram sin ormsa."

Ní raibh d'uain ag Philéas Fogg an buachaill misniúil a chosc. D'oscail Passepartout doras de dhoirse an charráiste, agus shleamhnaigh faoi gan aon duine de na hIndiaigh á thabhairt faoi deara. Mar sin, agus an bhruíon ar siúl os a chionn, is na piléir á bpléascadh, tharraing sé chuige a luail choirp is a aclaíocht gheocaigh, agus shleamhnaigh roimhe faoi urlár na gcarráistí. D'imigh sé ar aghaidh ar feadh na slabhraí, is bheireadh ar chrainn na gcoscán, is ar tháirseacha na bhfuinneog; agus dhéanadh lámhacán ó charráiste go carráiste le barr gastachta go dtí gur shroich sé tosach na traenach. Ní fhacthas é; go deimhin ní fhéadfaí é a fheiceáil.

Ar shroicheadh na háite sin dó, chroch sé é féin dá leathlámh idir carráiste an troscáin agus gualbhosca an innill, agus leis an lámh eile scaoil sé na snaidhmeanna eatarthu; ach de dheasca na tarraingthe ní fhéadfadh sé go brách an barra cúplála a scaoileadh, mura mbeadh gur thug an t-inneall preab obann is gur scaoil an phreab sin an barra saor; ansin d'fhan an traein chun deiridh, diaidh ar ndiaidh, agus ghluais an t-inneal chun siúil le breis luais.

Ón bhfuinneamh a bhí leis an traein thiomáin sí roimpi ar feadh roinnt nóiméad, ach b'fhéidir na coscáin a oibriú ón taobh istigh de na carráistí, agus faoi dheoidh stad an traein le céad slat ó stáisiún Kearney.

Na saighidiúirí a bhí sa longfort d'airigh siad pléascadh na bpiléar agus rith siad go mear faoi dhéin na traenach. Níor fhan na *Sioux* leo. Sular stad an traein in aon chor, bhí siad go léir imithe chun siúil.

Ach nuair a thángthas chun áireamh an lucht taistil ar phort an stáisiúin, fuarthas amach go raibh cuid acu ar easnamh agus orthu sin bhí an Francach calma arbh é a dhílseacht a shaor ón anachain iad.

CHROCH SÉ É FÉIN DÁ LEATHLÁMH IDIR CARRÁISTE AN TROSCÁIN
AGUS GUALBHOSCA AN INNILL

# CAIBIDIL XXX

*Ina gcomhlíonann Philéas Fogg*
*a dhualgas féin.*

Triúr de lucht traenach a bhí ar easnamh, agus duine den triúr ab ea Passepartout. An amhlaidh a maraíodh san achrann iad? Nó an amhlaidh a sciob na *Sioux* leo iad? Ní fheadair aon duine fós.

Líonmhar go leor bhí lucht na gcréachtaí ach más ea níor goineadh aon acu thar fóir. Duine den dream ba dhéine a leonadh ab ea Cornal Proctor; sheas sé an gleo go teann go dtí go bhfuair piléir sa bhléin a leag ar lár é. Iompraíodh go dtí an stáisiún é féin agus an líon nárbh fholáir féachaint ina ndiaidh gan mhoill.

Tháinig Áúda slán. Philéas Fogg, ar shon nach díomhaoin a bhí sé ní bhfuair sé oiread is scríob. Leonadh an Fisceach ar an leath-ghualainn ach níorbh fhiú trácht air mar ghoin é. Ach bhí Passepartout ar easnamh agus d'éirigh na deora ina dhá súil chun na mná óige.

Um an dtaca sin bhí gach aon duine lasmuigh den traein. Tugadh faoi deara na rothaí agus fuil orthu, na moil is na spócaí is sceathrach feola ar ceangal díobh. Chonacthas faid radhairc duine an machaire bán agus baill dearga air. Agus chonachtas an dream deireanach de na hIndiaigh agus iad ag imeacht as radharc ó dheas ar feadh bruach an *Republican River*.

Bhí an Foggach ina cholgsheasamh ansiúd is a dhá lámh faoina ascaill aige. Bhí le déanamh aige comhairle nár chomhairle go dtí é. Áúda ina seasamh lena ais; í ag féachaint air is gan focal á rá aici as a béal amach. Thuig seisean go maith cad air a raibh sí ag smaoineamh. Dá mba rud é go mbeadh beirthe ar a ghiolla sin, nár cheart gach ní a chur i mbaol agus eisean a thabhairt saor as lámha na nIndiach?

"Beo nó marbh, tabharfaidh mé liom thar n-ais é," ar seisean le hÁúda.

"Mo—mo ghairm thú!" ar sise, "má fhéadaimid imeacht gan mhoill."

Ar ghlacadh na comhairle sin don Fhoggach chuir sé i mbaol a chailliúna é féin is a ghnó in éineacht. Ba gheall le breith a dhaortha féin é. Aon lá amháin eile chun deiridh agus ní bhéarfadh sé ar an mbád ó Nua-Eabhrac. Bheadh an mórgheall caillte aige. Ach "Is é seo mo dhualgas," a dúirt sé leis féin, agus ruaig sin gach cuimhneamh eile as a aigne.

An ceann oird ar Longfort Kearney, bhí sé i láthair. Tuairim le céad fear a bhí faoina réir, agus iad in eagar aige chun an stáisiún a chosaint dá ndéanadh na *Sioux* amas air.

"A cheann oird," arsa an Foggach leis an gcaptaen, "tá triúr dár muintir in easnamh orainn."

"An marbh atá siad?" arsa an captaen.

"Marbh nó gafa," arsa Philéas Fogg. "Sin é an rud nach foláir a fháil amach. An bhfuil sé ar aigne agat imeacht ar thóir na *Sioux*?"

"Is mór an cheist í sin, a bhráthair," arsa an captaen, "cá bhfios domsa an mbéarfaí ar an hIndiaigh sin ar an taobh seo d'Abhainn Arkansas? Ní fhéadfainnse an longfort seo a thréigean, agus é faoi mo chúram."

"Nach bhfeiceann tú," arsa an Foggach, "go bhfuil anamacha triúir i gceist?"

"Feicim é. Ach an amhlaidh a chuirfidh mé anamacha céad i gcontúirt d'fhonn triúr a shábháil?"

"Ní fheadarsa cad is dóigh leat féin, ach tá a fhios agam cad ba cheart duit a dhéanamh."

"Bíodh a fhios agatsa," arsa an captaen, "nach mbaineann le haon duine beo anseo a chur in iúl domsa cad ba cheart dom a dhéanamh."

"Tá go maith," arsa an Foggach go neamhchúiseach, "imeoidh mise i m'aonar!"

"Cad é sin a deir tú?" arsa an Fisceach, ag teach faoina ndéin, "níor mhain leat imeacht i d'aonar ar thóir na nIndiach úd?"

"Agus an dóigh leat go bhfágfainn i mbaol an buachaill bocht úd a sciob ón mbás an uile dhuine againn anseo? Táimse ag imeacht."

"Más ea, ní i d'aonar é!" arsa an captaen. Corraíodh in ainneoin a dhíchill é. "Ní hea in aon chor! Tá croí maith fail agat!—" Ansin d'iompaigh sé chun a chuid saighdiúirí: "Teastaíonn deichniúr ar fhichid uainn. Cé atá toilteanach?"

Rith siad go léir faoina dhéin. Ní raibh le déanamh ag an gcaptaen ach an deichniúr is fiche a thoghadh as an dream sin na calmachta. Rinneadh an toghadh agus cuireadh seansáirsint os a gcionn.

"Táim buíoch díot, a chaptaein," arsa an Foggach.

Ar mhiste leat mise a dhul in éineacht libh?" arsa an Fisceach.

"Tar linn más maith leat é," arsa an Foggach, "ach dá ndéanfá rud ormsa d'fhanfá anseo agus aire a thabhairt d'Áúda. Agus dá mbuailfeadh tionóisc liomsa—"

Bhán ar a ghnúis ag an lorgaire. A rá go scarfadh sé leis an bhfear san tar éis a chúramaí is a dhlúithe agus a lean sé go dtí sin é! Agus a rá go ligfeadh sé uaidh faoin bhfásach ansin é! Chuir an Fisceach a dhá shúil tríd an duine uasal, agus má rinne in ainneoin a amhrasaí a bhí sé, agus a mhéid a luigh galar na gcás air, chúb sé roimh fhéachaint chiúin oscailte an Fhoggaigh.

"Fanfaidh mé anseo mar sin," ar seisean.

Ansin d'fhág an Foggach slán ag an mbean óg, agus leag faoina cúram an máilín a raibh na nótaí bainc ann. Ansin d'imigh sé chun siúil, é féin is an sáirsint is an bhuíon bheag fear.

Ach sular chorraigh siad cos dúirt sé leis na saighdiúirí: "A bhráithre, tá míle punt ag dul daoibh má thugaimid na bránna saor!"

Bhí sé roinnt bheag nóiméad tar éis meán lae an uair sin.

Chuaigh Áúda isteach i dteach beag an stáisiún agus ina haonar san áit sin dhírigh sí ar fhaire is ar smaoineamh ar Philéas Fog, ar a mhórfhéile gan chaime is ar a chalmacht gan taibhse. Cheana féin chuir an Foggach a mhaoin shaolta i mbaol a cailliúna; anois bhí a anam á imirt aige; agus sin go léir gan éiginnteacht aigne is gan chaint ina dtaobh, ach amháin d'fhonn a dhualgas a chomhlíonadh.

Dála an Fhiscigh, níorbh iad sin na smaointe a tháinig chuige; ar éigean a d'fhéad sé a mhíchéadfa a bhrú faoi. Dhírigh sé ar bheith ag siúl go neamhshocair síos suas port an stáisiúin. Ba ghearr, áfach, gur tháinig sé chuige féin. Bhí an Foggach imithe agus ansin is ea a thuig sé i gceart a dhíth céille féin agus ligean dó imeacht. Is ea, agus a rá gur dá lántoil a scar sé leis an bhfear sin tar éis dó é a leanúint mórthimpeall an domhain! Fuair a mheon dúchais an lámh in uachtar arís air; chrom sé ar a bheith ag casaoid is ag gearán air féin; agus dhaor sé é féin díreach dá mba é Stiúrthóir Constáblacht na Príomhchathrach é ag daoradh lorgaire a mbuailfí bob air.

"Rinne mé mo bhotún!" ar seisean leis féin. "Ní baol ná gur inis an fear dó cé hé mise! Tá sé imithe agus ní thiocfaidh sé thar n-ais! Cá bhfaighidh mé breith air feasta. Ó, a Thiarna, nach mise a mealladh, agus a rá go raibh barántas i mo phóca agam chun breith air! Brealsún amadáin is ea mé gan aon agó!"

Ar an gcuma sin a bhí an lorgaire constábla ag déanamh a mhachnaimh agus an aimsir ag imeacht thairis go rómhall, dar leis. Ní raibh a fhios aige cad ab fhearr dó a dhéanamh. Uaireanta cheapadh sé an scéal go léir a nochtadh d'Áúda. Ach thuig sé ina aigne féin nach rómhaith a rachadh sin di. Cad a dhéanfadh sé in aon chor? Tháinig ina aigne dul trasna na machairí fódbhána fairsinge ar thóir an Fhoggaigh úd! Cheap sé nárbh fholáir nó bhéarfadh sé air i mball éigin. Bhí lorg na saighdiúirí le feiceáil sa tsneachta fós! Ach dá dtiteadh cith eile ba ghearr an mhoill air gach rian a mhilleadh.

Rug uireasa misnigh greim ar an bhFisceach. Tháinig dúil an-láidir dó i gcur suas den ghnó ar fad. Agus anois, féach, bhí an chaoi aige ar imeacht leis ó stáisiún Kearney agus tiomáint leis ar an turas úd na dtionóiscí is na mífhortún.

Timpeall a dó a chlog agus an sneachta ag titim ina chalóga móra tiubha airíodh anoir na glaonna fada feadaíola. Tháinig mar a

bheadh scáil mhór i leith; solas bánghorm roimhe amach; an ceo á
mhéadú go hiontach agus á nochtadh ar chruth nár shaolta.

THÁINIG MAR A BHEADH SCÁIL MHÓR I LEITH;
SOLAS BÁNGHORM ROIMHE AMACH

Ach ní raibh súil fós le haon traein anoir. An cúnamh ar cuireadh
fios air le leictreachas níorbh fhéidir dó teacht chomh luath sin; agus

an traein ó Omaha go San Francisco, ní bheadh sí ag imeacht thar bráid ann go dtí tráth éigin amárach a bhí chucu. Ba ghearr, ámh, go bhfuarthas fios fátha an scéil.

An t-inneall sin a bhí ag déanamh ar an stáisiún go bog réidh agus ag feadaíl go hard, ba é an t-inneall a scaoileadh roimhe sin den traein é. Ghluais sé chun siúil ar luas uafásach agus an gualadóir is an tiománaí ar iompar aige agus iad ar lár i bhfanntais. D'imigh sí leis an bóthar amach, ar feadh na mílte slí. Ansin chuaigh an tine i ndísc d'uaireasa guail; lagaigh ar an ngal, agus laghdaíodh ar an ngluaiseacht, diaidh ar ndiaidh, go cionn uair an chloig, gur stad sé timpeall 20 míle lasmuigh de stáisiún Kearnaigh.

Níor maraíodh an tiománaí ná an gualadóir, agus tar éis dóibh taom maith fanntaise a fhulaingt tháinig siad chucu féin.

Bhí an t-inneall tar éis stad uma an dtaca sin. Nuair a chonaic an tiománaí gur sa bhfásach a bhí siad, agus gan acu ach an t-inneall amháin, gan aon charráiste ar ceangal de, thuig sé go maith cad a tharla dóibh. Theip air a dhéanamh amach conas a scaoileadh an t-inneall de na carráistí; ach ní raibh pioc dá mhearaí air ná gur fágadh an traein in áit éigin laistiar díobh agus go raibh a foireann i gcruachás.

Níor stad an tiománaí chun machnamh ar cad ba cheart a dhéanamh. Ba mhaith agus ba chríonna an rud dó tiomáint faoi dhéin Omaha. Dá bhfillfeadh sé ar an traein agus na hIndiaidh á creachadh, cá bhfios cad é an chontúirt a bheadh ann ina chomhair. Ach ba chuma leis! Sádh isteach sa bhfoirnéis adhmad agus caoráin ghuail; fadaíodh an tine; d'éirigh an ghal arís agus timpeall a dó a chlog tháinig an t-inneall thar n-ais go stáisiún Kearney. Agus is é a bhí ag déanamh na feadaíola a airíodh tríd an gceo.

Ba mhór an sásamh aigne don lucht taistil an t-inneall a fheiceáil á chur leis an traein arís. B'fhéidir leo leanúint den turas sin an mhí-áidh.

Ar theacht na huirlise, d'fhág Áúda an teach a raibh sí ann agus chuaigh sí chun cainte leis an stiúrthóir.

"An bhfuil sibh chun imeachta?" ar sise.

"Táimid gan mhoill, a bhean uasal."

"Cad mar gheall ar na bránna úd, agus ár gcomrádaí bochta?"

"Ní fhéadaimse stad ar an mbóthar iarainn," arsa an stiúrthóir. "Táimid trí huaire an chloig chun deiridh cheana féin.

"Cathain a thiocfaidh an chéad traein eile ó San Francisco?"

"Um thráthnóna amárach, a bhean uasal."

"Tráthnóna amárach, arú! Beidh sé sin ródhéanach. Caithfear fuireach go—"

"Ní féidir é," arsa an stiúrthóir.

"Más man leat teacht linne, éirigh isteach sa traein."

"Ní imeoidh mé go deimhin," arsa an bhean óg.

Chuala an Fisceach an comhrá sin. Roinnt nóiméad roimhe sin agus é gan chaoi ar imeacht bhí a aigne socair aige ar stáisiún Kearney a fhágáil; ach anois bhí an traein ann is í ullamh chun gluaiseachta agus gan uaidh ach dul isteach i gcarráise agus suí ann, agus féach nár fhéad sé corraí. Bhí port an stáisiúin mar a bheadh sé ag dó na mbonn faoi ach fós níor fhéad sé bogadh. An cochall a tháinig air ón drochbhail á leanúint, bhí sé á chaochadh. Ach leanfadh sé den imirt go deireadh na scríbe.

Lena linn sin chuaigh an chuid eile d'fhoireann na traenach isteach sna carráistí agus shuigh siad iontu ar a socracht. Chuaigh Cornal Proctor isteach agus é gortaithe go maith. Chualathas coire an inill ag síosarnach is ag beiriú ó fhuadar na tine faoi, agus búireach na gaile ag éalú trí na píopaí feide. Bhog an traein chun siúil agus ba ghearr gur imigh sí as a radharc agus a deatach bán á meascadh ar na sraitheanna sneachta a bhí ag titim.

Níor imigh an Fisceach, ámh.

Ghluais roinnt uaireanta an chloig tharstu. Bhí an aimsir go handona is an fuacht go tréan. Shuigh an Fisceach ar fhorma sa stáisiún agus d'fhan ann is gan chor as. Ba dhóigh le duine gur ina chodladh a bheadh sé. In ainneoin na gairbhshíne d'fhágadh Áúda gach re nóiméad an teach beag ina raibh sí. Shiúladh sí port an stáisiúin ó cheann ceann ag iarraidh féachaint tríd an sneachta is tríd an dlúthcheo ina timpeall, agus ag éisteacht féachaint an gcloisfeadh sí an fhuaim ba lú. Ach ní fhaca ná níor chuala sí pioc. Théadh sí isteach ansin agus í leata leis an bhfuacht; agus théadh amach arís i gcionn cúpla nóiméad eile; ach bhíodh an turas in aisce aici i gcónaí.

Tháinig an tráthnóna agus níor fhill an bhuíon bheag fear. Cá raibh siad um an dtaca sin? Ar éirigh leo teacht suas leis na hIndiaigh? Ar tháinig sé chun comhraic eatarthu, nó an amhlaidh a bhí na saighdiúirí imithe amú sa cheo agus iad ar seachrán? Bhí an-bhuairt aigne ar cheann oird Longfort Kearnaigh, ar shon nár mhian leis go dtabharfaí faoi deara air é.

Tháinig an oíche agus laghdaigh beagán ar an sneachta, bíodh is go ndeachaigh an aimsir i bhfuaire. Chuirfeadh sé scanradh san fhear ba chalma nár mhair riamh ach féachaint ar an mórfhirmimint úd na doircheachta. Fuaim ná cor níor airíodh sa mhachaire mór-thimpeall. Eitilt éin ná gluaiseacht ainmhí allta níor bhris ar an gciúnas críochnaithe sin.

I gcaitheamh na hoíche go léir níor stad Áúda dá síorshiúl ar imeall an fhásaigh, a haigne ag tuar gach mí-áidh, is a croí bocht lán de dhoghraing. Bhíodh sí á cheapadh ina haigne féin go mbíodh sí imithe i bhfad amach, agus na mílte contúirt ina comhair. Ní féidir cur síos ar ar fhulaing sí i rith na haimsire fada sin a thug sí ag faireachán.

D'fhan an Fisceach ina shuí ar an bhforma céanna ach níor chodail sé néal. Tráth éigin den oíche tháinig fear chuige ann, agus dhírigh ar labhairt leis; ach chuir an lorgaire uaidh aris é, gan focal a rá ach a cheann a chroitheadh.

Ar an gcuma sin d'imigh an oíche tharstu. Ar maidin chonacthas an ghrian mar a bheadh leath méise ag éirí de dhroim scamaill cheo. An uair sin b'fhéidir rud a thabhairt faoi deara dhá mhíle ó bhaile. Ó dheas chuaigh Philéas Fogg agus an bhuíon a bhí in éineacht leis. Ach ní raibh dada le feiceáil san aird sin, ar shon go raibh sé a seacht a chlog ar maidin.

Bhí an-imní ar chaptaen an longfoirt. Ní raibh a fhios aige cad ba chóir dó a dhéanamh. Ar cheart dó buíon eile a chur amach do chúnamh na buíne ó aréir? Ar cheart dó dream nua a chur i gcontúirt agus a laghad dá dhealramh a bhí air go dtiocfadh leo an dream a bhí i gcontúirt cheana a shaoradh? Ach ní mór a mhachnaigh sé ar an gceist; bhagair sé i leith chuige duine dá oifigigh is bhí á aithint air dul, gasra fear, ar cuairt ó dheas nuair a airíodh gunnaí á bpléascadh. Ar chomhartha óna gcairde é sin? Rith na saighdiúirí geata an longfort amach, agus tuairim leathmhíle slí ó dheas chonaic siad chucu an bhuíon bheag fear ag teacht ar dea-eagar faoina ndéin.

I dtosach na buíne a bhí an Foggach, agus lena chos sin Passepartout agus an bheirt taistealaithe eile a sciobadh as lámha na *Sioux*.

Is amhlaidh a tharla bruíon timpeall deich míle ar an taobh theas de Longfort Kearney. Roinnt nóiméad roimh theacht an Fhoggaigh is a bhuíne dhírigh Passepartout is a bheirt chomrádaí ar throid i gcoinne a lucht gabhála, agus bhí triúr acu leagtha ag an bhFrancach le builleadh doirn nuair a phreab a mháistir is na saighdiúirí do chúnamh leo.

Ligeadh trí gháir ar chnoc ag fáiltiú rompu go léir ar theacht isteach sa stáisiún dóibh. Roinn Philéas Fogg ar na saighdiúirí an t-airgead a gheall sé dóibh. Dúirt Passepartout leis féin, is ní gan fáth é: "Ní foláir a admháil go deimhin gur daor an earra ar mo mháistir mise!"

Níor labhair an Fisceach focal, ach d'fhan ag féachaint ar an bhFoggach agus ba dheacair áireamh ar na smaointe a bhí in achrann ina chéile faoina iamh. Dála Áúda, rug sí ar lámh ar an duine uasal agus thug croitheadh di idir a dhá lámh féin, ach theip uirthi oiread is focal a thabhairt léi.

Nuair a tháinig Passepartout isteach sa stáisiún, d'fhéach sé ina thimpeall ag iarraidh na traenach. Cheap sé go mbeadh sí ann rompu, agus í ullamh chun gluaiseachta go hOmaha. Bhí súil aige go mbuafaí thar n-ais an t-am a bhí caillte.

"An traein! An traein, cá bhfuil sí?" ar seisean in ard a ghutha.

"Tá sí imithe," arsa an Fisceach.

"Agus an chéad traein eile, cathain a thiocfaidh sí?" arsa Philéas Fogg.

"Tráth éigin um thráthnóna."

"An mar sin atá?" a dúirt an duine uasal dochorraithe sin.

BHÍ TRIÚR ACU LEAGTHA AG AN bhFRANCACH
LE BUILLEADH DOIRN

# CAIBIDIL XXXI

*Ina gcuireann Fisc Feidhmeannach suim
i leas Philéas Fogg.*

Bhí Philéas Fogg 20 uair an chloig chun deiridh ar an am a leag sé amach dó féin. Passepartout faoi deara sin, bíodh is nach dá dheoin é, agus bhí éadóchas dá réir air. B'fhollas go raibh a mháistir creachta aige.

Ansin dhruid an lorgaire i leith chun an Fhoggaigh agus ag féachaint air idir an dá shúil dúirt sé: "An ndeir tú liom i ndáiríre go bhfuil dithneas ort?"

"Deirim," arsa an Foggach.

"Ní gan chúis a deirim é," arsa an Fisceach, "ach nárbh é do leas a bheith i Nua-Eabhrac an 11ú lá den mhí seo roimh a naoi a chlog tráthnóna, nuair a imeoidh bád Learpholl?"

"Ba é mo leas é gan dabht."

"Agus mura mbeadh gur chuir an t-amas seo na nIndiach thú bunoscionn le do chúrsa taistil, nach mbeifeá i Nua-Eabhrac an 11ú lá den mhí seo ar maidin?"

"Bheinn agus 12 uair an chloig agam roimh imeacht an bháid."

"Is ea, tá tú 20 uair an chloig chun deiridh. Idir 20 agus 12 tá a hocht de dhifríocht. Mar sin tá ocht n-uaire an chloig le buachan thar n-ais agat. Ar mhaith leat tabhairt fúthu?"

"Ar chois?" arsa an Foggach.

"Ní hea ach ar charr sleamhnáin," arsa an Fisceach, "ar charr sleamhnáin agus seolta air. Thairg fear an gléas marcaíochta san domsa.

Ba é sin an fear a tháinig chun cainte leis an lorgaire san oíche agus ar dhiúltaigh seisean dá thairiscint.

Nír thug Philéas Fogg aon fhreagra ar an bhFisceach. Thaispeáin an lorgaire dó an fear úd agus é ag siúl síos suas ar aghaidh an stáisiúin. Ghluais an Foggach faoina dhéin. I gcionn nóiméid ina dhiaidh sin d'imigh Philéas Fogg le cois an duine sin isteach i mbothán ar an taobh thíos de Longfort Kearney. Mudge an sloinne a bhí ar an bhfear.

Ar ndul isteach dóibh, chonaic an Foggach ann saghas éagsúil cairte mar a bheadh cabhail bosca a leagfaí anuas ar dhá shail mhóra adhmaid, agus tosach an dá shail sin ag éirí aníos mar a bheadh dhá leathlaí carr shleamhnáin, agus slí suite ann do chúigear nó seisear. Ar ceangal de bhroinne na cabhlach bhí crann an-ard agus seol fairsing bairc ar leathadh air. Bhí fáisceáin mhiotail ag coimeád an chrann seoil sin agus slat iarainn air chun scód mór a chur suas. Saghas stiúrach i ndeireadh na cairte sin chun é a dhíriú.

Carr sleamhnáin faoi thácla "slúpa" ab ea é. I gcaitheamh an gheimhridh nuair a bhíonn traenach ar stad ón sneachta agus an machare uile in aon sraith leac oighir, baintear feidhm as na huirlisí sin, agus déanann siad an turas ó stáisiún go chéile go han-mhear. Bíonn suaitheantas anairte ar iompar acu, breis thar arbh fhéidir a chur ar "chuitéar" ráis féin d'eagal a chur ar a tarr in airde. Agus dá mbeadh an ghaoth ina gcúl shleamhnóidís ar thoinn na machairí le luas na traenach ba mhire.

Ba ghearr go raibh margadh socair idir an Foggch agus fear an bháid sin na talún. Bhí an ghaoth go fabhrach; bhí sí ina séideán láidir aniar; agus bhí an sneachta go crua ar an talamh. Ba dhearbh leis an Uasal Mudge go mbéarfadh sé an Foggach i gceann roinnt uair an chloig go dtí stáisiún Omaha. Ón áit sin bíonn traenacha go hiomadúil; agus tá bóithre iarainn go líonmhar ann, chun dul orthu go Siceagó nó go Nua-Eabhrac. Cá bhfios ná go mbuafaí thar n-ais an t-am a bhíothas chun deiridh. Níor cheart moill a dhéanamh san iarracht.

Ansin is ea a bhí an Foggach i gcruachás. Níor mhaith leis Áúda a thabhairt an turas agus gan díon os a gcionn, de bhrí go méadófaí ar an bhfuacht ó mhire an tsiúil. Dúirt sé léi gurbh fhearr di fanúint ag stáisiún Kearney, agus Passepartout a thabhairt aire di. Go nglacfadh an buachaill macánta sin faoina chúram í agus go mbéarfadh sé leis chun na hEorpa í ar an mbóthar ab fhearr agus sa chóir ba thaitneamhaí.

Ach dhiúltaigh Áúda scarúint ón bhFoggach, agus bí áthas ar Phassepartout dá bharr sin. Ar shaibhreas an tsaoil ní fhágfadh sé a mháistir an fhaid a bheadh an Fisceach in éineacht leis.

Ba dheacair a rá cad é an tuairim a bhí ag an lorgaire constábla den scéal ansin. An raibh sé ar mhalairt aigne ina thaobh ó tharla gur fhill an Foggach ón tóir i ndiaidh na nIndiach? Nó an amhlaidh a cheap sé gur cladhaire an-ghlic é, a mheas tar éis a chúrsa mór-thimpeall na cruinne nár bhaol dó cur faoi i Sasana ina dhiaidh sin? B'fhéidir gur tháinig athrú ar an tuairim a bhí ag an bhFisceach den Fhoggach. Ach má tháinig níor lagaigh ar a dhúil ina dhualgas a chomhlíonadh; agus is é ba mhó mífhoighne dá raibh ar an mbuíon sin chun filleadh gan mhoill ar Shasana.

Ar a hocht a chlog bhí an carr sleamhnáin ullamh chun bóthair. Chuaigh an fhoireann—nó an lucht taistil—isteach ann agus bhuail siad a bhfallaingí go dlúth umpu. Cuireadh in airde an dá sheol mhóra, agus bhí de neart sa ghaoth gur shleamhnaigh an trucail sin ar an sneachta crua 40 míle slí san uair.

Ní thar 200 míle fearainn den chuid is sia de idir Longfort Kearney agus Omaha, an bealach díreach nó "an líne beiche" mar a deirtear i Meiriceá. Dá mbeadh an ghaoth leo chuirfidís an turas sin díobh i gcionn cúig uair an chloig. Mura mbuailfeadh matalang umpu bheadh an carr sleamhnáin i gcathair Omaha ar a haon a chlog sa lá.

A leithéid de mharcaíocht is a bhí acu! Brúdh i gcoinne a chéile iad, is níor fhéad siad labhairt. Fuacht na haimsire á ghéarú le mire an tsiúil, chiorraigh sin ar a gcaint. Shleamhnaigh an carr ar thoinn an mhachaire chomh buacach le hárthach ar dhromchla na farraige agus í gan borradh. Gach tráth dá dtagadh séideán maith gaoithe ag scuabadh na talún, cheapfadh duine go dtógfaí an carr den tír leis na seolta a bhí i gcosúlacht sciathán an-mhór. An tUasal Mudge a bhí á dhíriú, agus gach foléim dá dtugdh an uirlis, bhaineadh seisean casadh as an stiúir chun í a cheartú arís. Bhí sí faoi lán anairte. Socraíodh an tríchúinneach i slí nach raibh sé ar fhothain an tseoil mhóir. Feistíodh crann bairr agus ceanglaíodh dósan tríchúinneach eile i slí go raibh tarraingt gaoithe ann agus a neart ag dul le neart na seolta eile. Níorbh fhéidir an ghluaiseacht a mheas le cruinneas ach ní fhéadfadh a bheith níos lú ná 40 míle san uair.

BRÚDH I gCOINNE A CHÉILE IAD, IS NÍOR FHÉAD SIAD LABHAIRT.

"Mura scoiltfidh sé ar rud éigin," arsa an tUasal Mudge, "tiocfaimid ann in am."

Agus ba é leas Mr Mudge go dtiocfaí chun poirt in am, mar gheall an Foggach de réir a shean-nós féin, duais mhaith dá bharr dó.

An fásach a raibh an carr sleamhnáin ag déanamh go díreach thairis, bhí sé chomh réidh le droim na farraige. Ba gheall le lochán leac oighir é. An bóthar iarainn sa dúiche sin tagann sé ar dtús aniar aneas agus casann timpeall go mbíonn sé aniar aduaidh, mar gabhtar thar Oileán Mór agus Columbus—cathair i Stát Nebraska é sin— agus Schuyler, Fremont, agus as sin isteach go hOmaha. Leanann sé i gcónaí bruach deas Abhainn Platte. Ghabh an carr sleamhnáin an cóngar, de bhrí gur lean sé sreang an bhogha a dhéanann an bóthar iarainn. Ní raibh aon eagla ar an Uasal Mudge go stadfaí orthu ag Abhainn Platte sa bhall ina gcasann sí go hobann le hais Fremont, mar go raibh an leac oighir go crua uirthi. Sa tslí a bhí rompu amach, mar sin, níor tharla aon ní a choiscfeadh orthu. Níor bhaol do Philéas Fogg ach amháin an dá ní seo .i. tionóisc a bhualadh um an uirlis mharcaíochta, nó an ghaoth a iompú nó a dul i gciúnas.

Ach níor laghdaigh ar an ngaoth. Ina ionad sin is amhlaidh a ghéaraigh uirthi go dtí go raibh an crann seoil ag lúbadh in ainneoin a dhaingne agus a bhí sé á choimeád ag na fáisceáin iarainn. Bhí na fáisceáin sin ag crónán, mar a bheadh téad veidhlín a dtarraingeofaí bogha tharstu. Ar an gcuma sin ghluais an carr sleamhnáin agus an crónán brónach sin á dhéanamh aige.

"An cúigiú agus an t-ochtú a sheinneann na sreanga sin," arsa an Foggach.

Agus b'shin a ndearna sé de chaint le linn an turais. Bhí Áúda agus fallaingí olla agus clúimh uimpi i slí go raibh díon ón bhfuacht aici an oiread agus ab fhédir é.

Maidir le Passepartout, bhí a cheannaithe chomh dearg leis an ngrian is í ag dul faoi i measc scamall, agus tharraingíodh sé isteach an ghéarghaoth lena anáil. De dheasca a nádúrtha agus a thagadh an mheidhir air, bhí ag filleadh ar a dhóchas arís. In ionad a bheith i Nua-Eabhrac ar maidin an lae a bhí ceaptha acu, bheidís ann um thráthnóna, agus cá bhfios ná go mbeidís ann sula n-imeodh bád Learpholl?

Tháinig dúil láidir do Phassepartout croitheadh lámh leis an bhFisceach féin. Ní fhéadfadh sé a dhearmad gurbh é an lorgaire faoi deara an carr sleamhnáin a sholáthar, nuair nach raibh a mhalairt de sheift ná d'áis acu chun Omaha a shroicheadh in am trátha. Ach díreach faoi mar a bheadh réamhfhios éigin aige, bhrúigh sé an dúil faoi.

Cibé rud a thitfeadh amach bhí aon ní amháin nach ndéanfadh Passepartout dearmad air an dá lá shaoil agus a mhairfeadh sé; agus ba é rud é sin ná an ofráil a rinne an Foggach, dá lántoil féin, chun eisean a shaoradh as lámha na *Sioux*. Chuige sin chuir an Foggach a anam is a mhaoin shaolta i gcontúirt. Go brách na breithe ní dhéanfadh an buachaill macánta dearmad air sin!

An fhaid a bhí gach duine den lucht taistil mar sin i mbun a mhachnaimh féin, bhí an carr sleamhnáin ag eitilt trasna an díonbhrait fhairsing úd an tsneachta. Má ghabh sé thar chumair bheaga, mionghéaga den *Little Blue River*, ní fhacthas iad. Bhí gach aon ní, idir pháirceanna is aibhneacha folaithe faoin tsneachta. Duine ná daonnaí ní raibh le feiceáil ar na machairí. An dúiche sin dar teorainneacha an *Union Pacific Railroad* agus an ghéag den bhóthar idir Longfort Kearney agus St Joseph, is geall le hoileán mór uaigneach é. Níl ann sráidbhaile ná stáisiún ná oiread an longfoirt. Anois is arís d'fheicidís ag scinneadh tharstu crann goboscailte agus é ina chonablach bán ar fiarsceabha ón ngaoth. Uaireanta d'éiríodh rompu scuainí d'éanlaith fiáine. Uaireanta eile ritheadh i ndiaidh an charr sleamhnáin conairteacha d'fhaolchúnna an fhásaigh agus iad go hiomadúil is go tanaí is go hocrach ag iarraidh bia. Bhí Passepartout ullamh is piostal ina lámh aige chun urchar a scaoileadh faoi aon cheann acu a thiocfadh róchóngarach dó. Dá mbuailfeadh tionóisc faoin gcarr sleamhnáin an uair sin, agus na hainmhithe fraochta fola sin a thabhairt fogha faoin lucht taistil, bheidís i gcruachás gan aon agó. Ach sheas an carr sleamhnáin an fáscadh. Ba ghearr an mhoill air gluaiseacht tharstu, agus níorbh fhada ina dhiaidh sin go bhfágtaí ina dhiaidh na conairteacha úd na glamaíola.

I dtaca an mheán lae tuigeadh don Uasal Mudge ó chomharthaí áirithe go rabhthas ag dul trasna an leac oighir ar chúrsa Abhainn Platte. Ní dúirt sé focal ach bhí sé deimhnitheach de go sroichfidís stáisiún Omaha i gcionn 20 míle eile.

UAIREANTA RITHEADH I nDIAIDH AN CHARR SLEAMHNÁIN
CONAIRTEACHA D'FHAOLCHÚNNA AN FHÁSAIGH

Agus go deimhin, sula raibh uair an chloig eile caite lig an tiománaí cliste sin an stiúir uaidh agus ag déanamh ar théada na seolta d'fhill sé iad; ghluais an carr sleamhnáin ar aghaidh ón bhfuinneamh a bhí leis, go ndearna sé leathmhíle slí gan seol ar bith. Stad sé faoi dheoidh. Thaispeáin an tUasal Mudge dóibh carn de thithe agus iad bán ón sneachta agus dúirt: "Táimid tagtha."

Agus an dagha, tagtha a bhí siad chun an stáisiúin úd a mbíonn an-chuid traenach in aghaidh an lae idir é féin is oirthear na Stát!

Thuirling Passepartout agus an Fisceach, agus bhain siad searradh maith as a ngéaga stalctha. Ansin thug siad cúnamh don Fhoggach agus don bhean óg chun teacht anuas den charr sleamhnáin. Shocraigh Philéas Fogg go flaithiúil leis an Uasal Mudge; chroith Passepartout a lámh mar a chroithfeadh sé lámh charad; agus d'imigh siad go léir faoi dhéin stáisiún Omaha.

Ag an gcathair mhór sin i Stát Nebraska atá ceann bóthar iarainn an Aigéin Chiúin féin, an bóthar atá mar cheangal idir ceantar na Mississippi agus an Fharraige Mhór. Is féidir dul ó Omaha go Siceagó ar an mbóthar iarainn dá ngairmtear an *Chicago, Rock Island and Pacific*. Ritheann an t-iarnród sin díreach soir agus tá leathchéad stáisiún air.

Bhí sa stáisiún agus í ullamh chun gluaiseachta traein nach stadfadh ar an mbóthar. Ar éigean a bhí uain ag Philéas Fogg is a chuideachta chun dul isteach sa traein nuair b'shiúd chun siúil í. Ní bhfuair siad aon radharc ar Omaha féin, ach d'admhaigh Passepartout dó féin nár chás dóibh sin, mar nach d'fhonn na radhairc áille a fheiceáil a bhí siad ar an turas sin.

Ar bharr luais ghabh an traein isteach i Stát Iowa, trí Council Bluffs agus Des Moines agus Iowa City. San oíche chuaigh sí trasna na Mississippi ag Davenport agus ar shroicheadh Rock Island di bhí sí i Stát Illinois. Lá arna mhárach, an 10ú lá den mhí, ar a ceathair a chlog um thráthnóna bhíothas i Siceagó, an chathair a bhí tar éis aiséirí as an luaith, agus í ina suí arís chomh huaibhreach is a bhí sí riamh ar imill áille Loch Michigan.

Tá 900 míle slí idir Siceagó agus Nua-Eabhrac. Ní raibh traenacha ar easnamh ag Siceagó. Ní raibh le déanamh ag an bhFoggach ach an traein a raibh sé inti a fhágáil agus dul isteach i dtraein eile. Bhí inneall maith gaile faoi thraein an *Pittsburgh, Fort Wayne and Chicago Railroad* agus cuireadh chun siúil faoi lán gaile, díreach faoi mar a thuigfí nach raibh aon am le cailleadh ag an duine uasal sin. Ghluais an traein mar a bheadh splanc thar *Ohio* agus *Pennsylvania* agus *New Jersey*, í ag rith trí shráidbhailte a raibh ainmneacha seanda orthu; i gcuid acu sin bhí sráideanna is tramanna, ach bhí siad fós in éagmais tithe. Thángthas faoi dheoidh go dtí Abhainn Hudson; agus an 11 Nollaig, ceathrú tar éis a haondéag san oíche stad an traein sa stáisiún ar thaobh na láimhe deise den abhainn, díreach ar aghaidh an chalaidh mar a stadann báid ghaile na líne úd *Cunard*, nó an *British and North American Royal Mail Steampacket Company*, faoi mar a thugtar air. An *China*, an bád a bhí ag dul go Learpholl, ghluais sí chun siúil trí cheathrú uaire an chloig roimhe sin!

# CAIBIDIL XXXII

*Ina dtéann Philéas Fogg ag troid
i gcoinne an mhífhortúin féin.*

Ar imeacht don *China* rug sí léi, dar leat, deireadh an dóchais
ó Philéas Fogg.

Ní fhónfadh don duine uasal sin, aon cheann de na báid ghaile a
mbíonn a dtaisteal díreach idir Meiriceá agus an Eoraip, mar atá báid
Chomhlacht Atlantach na Fraince ná báid an *White Star Line*, na
galtáin Chomhlacht Inman, ná na báid úd de Líne Hambúrg ná aon
cheann eile.

An *Pereire* le *Compagnie Transatlantique* na Fraince, a bhí ar
comhluas agus ar bhreis compoird i gcóimheas le haon bhád eile dá
raibh orthu siúd go léir, ní bheadh sí ag imeacht go dtí amanathar a
bhí ina gcionn, is é sin, an 14 Nollaig. Agus mar bharr ar an donas,
ní ar Learpholl ná ar Londain a bhí triall na mbád úd ón bhFrainc is
ó Hambúrg ach ar le Havre. Chaithfeadh Philéas Fogg dul ó le
Havre go Southampton agus ní fhéadfadh a dhícheall teacht ón
aistear sin sa bhreis i ndeireadh na mbeart.

Dála na mbád úd Inman, bheadh ceann acu .i. an *City of Paris* ag
imeacht chun farraige lá arna mhárach a bhí chucu, ach ní fhéadfaí
cuimhneamh ar dhul uirthi sin. Lucht imirce is mó a mbíonn a
dtaisteal sna báid sin, agus níl puinn nirt ina ngléasanna gaile. Bíonn
oiread de bhrath acu ar an ngaoth is a bhíonn ar an ngal, agus ní
chleachtann siad gluaiseacht go mear. Chaithfeadh ceann acu tamall
sa bhreis ar an am a bhí ag an bhFoggach chun an gheall a bhreith.

Bhailigh an duine uasal an t-eolas sin go léir as a *Bhradshaw*, mar
a bhfuair sé cuntas ar theacht is ar imeacht na mbád in aghaidh an
lae.

Tháinig sceon i bPassepartout. Ba gheall le trúig bháis dó a rá gur chaill siad an bád de thrí cheathrú uair an chloig. Agus is air féin, ar Phassepartout, a bhí an locht, mar in ionad aon chúnamh a thabhairt dá mháistir is amhlaidh a bhíodh sé á shíorchosc! Ansin, nuair a chuimhnigh sé ina aigne féin ar ar thit amach le linn an turais; nuair a chomhair sé an t-airgead a díoladh ar a shon féin, agus an uile phingin de mar a chaithfí le fána na habhann é; nuair a chuimhnigh sé ar chailliúint an ghill mhóir, agus ar ardchostas an turais sin gan tairbhe, agus an chuma ina mbéarfaí an Foggach chun dealúis, dhírigh sé ar a aoradh féin go tiubh.

Níor chuir an Foggach aon mhilleán air; agus ag fágáil chaladh na mbád dó ní dúirt sé de chaint a bhéil ach amháin an méid seo: "Féachfaimid chuige ar maidin. Téanam."

Chuaigh an Foggach is Áúda is an Fisceach is Passepartout, a gceathrar, trasna na Hudson sa *Jersey City Ferry-boat*; ansin fuair siad cóiste agus tugadh iad go dtí Teach Ósta San Nioclás ar *Bhroadway*. Chuir siad fúthu san áit sin, agus chaith siad oíche ann. Ba ghairid le Philéas Fogg an oíche sin, mar is é a chodail go breá is go sámh; ach Áúda is an chuid eile acu, b'fhada leo í, mar bhí an sníomh chomh mór sin ar a gcroíthe nár chodail siad néal.

Ba é an lá amárach an 12 Nollaig. Ón 12ú lá ar a seacht a chlog ar maidin go dtí an 21ú lá, b'shin naoi lá is 13 huair an chloig, 45 nóiméad. Dá n-imeodh Philéas Fogg tráthnóna inné roimhe sin, ar an *China* agus ó ba rud é go raibh sí sin ar na báid ba mhire gluaiseacht dá raibh ag comhlacht *Cunard*, shroichfeadh sé ní amháin Learpholl, ach Londain in am trátha!

D'fhág Philéas Fogg an teach ósta tar éis dó a aithint ar a bhuachaill fuireach ann go bhfillfeadh sé féin, agus a rá leis a insint d'Áúda a bheith ullamh chun gluaiseachta aon nóiméad.

D'imigh an Foggach faoi dhéin bhruach na Hudson, agus scrúdaigh sé go haireach na hárthaí a bhí ar ceangal den chaladh nó ar ancaire sa tsruth agus a bhí ullamh chun imeachta an loch amach. Bhí an-chuid soithí ann agus a mbratach siúil in airde acu, agus iad á n-ullmhú chun gluaiseachta ar thaoide na maidine. Ba bheag lá nach n-imíodh céad éigin árthach as an gcuan mór sin i Nua-Eabhrac, agus a dtriall ar cheithre hairde an domhain. Ach árthaí seoil ab ea a bhformhór an lá sin, agus ní fhónfadh a leithéidí do Philéas Fogg.

Bhí ag teip ar an duine uasal sa chuardach, go dtí gur thug sé faoi deara bád tráchtála is í ar ancaire le hais an Battery, tuairim is faid chábla ón gcaladh. Bád le scriú ab ea í; cruth seolta uirthi; scamaill dubha deataigh ag éirí as a simléar, comhartha go rabhthas á hullmhú chun dul ar an bhfarraige.

Bhagair Philéas Fogg ar fhear bháid a theacht chuige; chuaigh sé isteach sa bhád agus tar éis cúpla buille rámha, bhí sé ag bun dréimire an *Henrietta*. Galtán ab ea í; íochtar iarainn uirthi is uachtar adhmaid.

Bhí captaen an *Henrietta* ar bord. Chuaigh Philéas Fogg in airde ar a deic ag cur tuairisce an chaptaein. Ba ghearr gur tháinig seisean.

Bhí sé timpeall leathchéad bliain d'aois; agus é ina fhaolchú mhara, agus in mhadra ghlamaíola nach ndéanfadh rud ar aon duine; bolgshúile air; dath crón ar a cheannaithe; folt rua air; muineál ramhar aige; agus é gan aon chomhartha den duine múinte sibhialta air.

"An tusa an captaen?" arsa an Foggach.

"Is mé," ar seisean.

"Mise Philéas Fogg ó Londain

"Mise Aindrias Speedy ó Cardiff."

"Cathain a bheidh tú ag imeacht?"

"I gcionn uair an chloig."

"Agus cá bhfuil do thriall?"

"Ar Bhordeau."

"Agus bhur n-ualach?"

"Grean. Táimid ag imeacht faoi lasta."

"An bhfuil aon duine ar bord agat?"

"Níl. Ní bhacaim riamh le daoine. Is amhlaidh a bhíonn siad sa tslí is ag iarraidh eolais."

"An t-árthach seo agat, an ngluaiseann sí go mear?

"Gluaiseann idir 11 is 12 de mhílte farraige san uair. Tá aithne mhaith ar an *Henrietta*."

"Ar mhaith leat mise a bhreith go Learpholl, mise agus triúr eile."

"Go Learpholl, arú! Cad ina thaobh nach go dtí an tSín é?'

"Go Learpholl a dúirt mé."

"Ní dhéanfaidh mé é!"

"Nach ndéanfaidh?"

"Ní dhéanfaidh. Go Bordeaux atá mo thriall, agus go Bordeaux is ea a rachaidh mé."

"Is cuma i dtaobh airgid?"

"Is cuma."

Labhair an captaen i nguth nár cheadaigh freagra thar n-ais.

"Ach an dream ar leo an *Henrietta*," arsa Philéas Fogg.

"An dream ar leo í," arsa an captaen, "sin mise. Is liom féin an bád."

"Cairtfhostóidh mé uait í."

"Ní chairtfhostóidh."

"Ceannóidh mé uait í."

"Ní cheannóidh."

Níor tháinig an t-athrú ba lú ar cheannaithe Philéas Fogg. Bhí sé i gcruachás, áfach. Níorbh ionann scéal dó i Nua-Eabhrac is i Hong Cong, ná níor mhar a chéile dó captaen an *Henrietta* agus fear an *Tankadère*. Go dtí sin d'osclaíodh airgead an duine uasail gach aon bhearna dó. Theip ar an airgead faoi dheoidh.

Ach b'éigean seift a dhéanamh chun dul trasna an Atlantaigh i mbád. Ní raibh a mhalairt d'áis ann, mura rachfaí trasna i mbalún, agus níorbh fhéidir sin a dhéanamh, agus gan a chontúirt a áireamh ar aon chor.

Mar sin féin bhí a dhealramh ar Philéas Fogg gur tháinig smaoineamh obann éigin dó. Dúirt sé leis an gcaptaen: "An mbéarfaidh tú leat mé chuig Bordeaux?"

"Ní bhéarfaidh, ná ní bhéarfainn dá dtabharfá dhá chéad dollar dom air."

"Tairgim dhá mhíle dollar dhuit."

"An méid sin an duine?"

"Is ea."

"Agus ceathrar atá sibh?"

"Is ea."

Dhírigh Captaen Speedy ar bheith ag tochas a éadain go dtí gur dhóbair dó an craiceann a shracadh de. Bhí $8,000 le déanamh aige is gan dul troigh as a shlí féin. B'fhiú dó a bhrú chuige thar a cheann sin an fuath a bhíodh aige do gach saghas taistealaigh. Agus ina theannta sin, lucht taistil ar $2,000 an duine, níor lucht taistil in aon chor iad ach earraí luachmhar.

"Beidh mise ag imeacht ar a naoi a chlog," arsa Captaen Speedy go hoscailte, "agus má bhíonn tú féin agus do chuideachta anseo—"

"Beimidne ar bord ar a naoi!" arsa an Foggach leis an oscailteacht chéanna.

Bhí sé leathuair tar éis a hocht an uair sin. D'fhág an Foggach an *Henrietta*, agus tháinig i dtír. Chuaigh isteach i gcóiste, agus tiomáineadh é go dtí Teach Ósta San Nioclás. D'fhill sé in éineacht le hÁúda is Passepartout, agus leis an bhFisceach féin, mar le barr dea-iompair thairg sé pasáiste dósan. Rinne sé an méid sin gan pioc griothaláin, ach é ar an imeacht ba ghnách leis.

A thúisce is a bhí an *Henrietta* ullamh chun gluaiseachta bhí siad a gceathrar ar bord.

Nuair a chuala Passepartout cad a chosnódh an turas deiridh sin, lig sé "Ó!" fada as, ag tosnú ar bharr scála an cheoil is ag teacht anuas ón nóta go chéile go dtí a bhun!

Dála Fisc, lorgaire, dúirt sé leis féin nár bhaol ná go mbeadh Banc Shasana gan suim maith airgid de dheasca na hoibre sin. Sula dtiocfaidí abhaile bheadh breis is £7,000 in easnamh ar mháilín na nótaí bainc, gan áireamh ar lán ladhrach nó dhó acu dá mba rud é go gcaithfeadh an Foggach an méid sin díobh isteach san fharraige!

# CAIBIDIL XXXIII

*Ina dtaispeánann Philéas Fogg*
*cad é an misneach a bhí ann.*

F gcionn uair an chloig ina dhiaidh sin bhí an *Henrietta* imithe thar bráid an teach solais atá ag béal an Hudson; ghabh sí timpeall rinn *Sandy Hook*, agus thug aghaidh ar an bhfarraige. I gcaitheamh an lae bhí a siúl ar feadh chliatháin an Oileáin Fhada agus lasmuigh de theach solais Oileán na Tine, mar ar iompaigh sí go mear soir.

Lá arna mhárach, an 13 Nollaig ar uair an mheán oíche chuaigh fear in airde ar an droichead chun an bád a stiúradh. Arbh é Captaen Speedy a bhí ann, an dóigh leat? Go deimhin níorbh é. Ba é Philéas Fogg, *Esquire*, a bhí ann.

Agus an captaen, bhí sé go socair faoi ghlas istigh ina chábán féin, agus é ag liúireach is ag eascainí ann ar chuma gur bhaol go scoiltfeadh air. Níor mhiste dó a bheith air.

Tharla simplí go leor. Theastaigh ó Philéas Fogg dul go Learpholl, ach ní bhéarfadh an captaen ann é. Ansin lig Philéas Fogg air go rachadh sé go Bordeaux agus sula raibh sé 30 uair an chloig ar bord bhain sé feidhm as an nótaí bainc úd gur bhréag sé chuige féin an uile dhuine den fhoireann, idir mhairnéalaigh is ghualadóirí. Ní raibh iontu ach foireann ar tasc, agus beag go leor an meas a bhí acu ar an gcaptaen. Sin é an fáth gurbh é Philéas Fogg a bhí ar an stiúir in ionad Chaptaein Speedy; sin é an fáth ar cuireadh an captaen faoi ghlas ina sheomra féin; agus sin é an fáth a raibh an *Henrietta* á díriú faoi dhéin Learpholl. Agus ón gcuma ina ndearna an Foggach an stiúradh, b'fhollas gur thug sé tamall dá shaol ina mhairnéalach.

An aimsir a d'inseodh conas a d'éireodh leo san eachtra. Bhíodh imní i gcónaí ar chroí Áúda, ar shon ná ligeadh sí uirthi le haon duine é. Ionadh agus alltacht a bhí ar an bhFisceach. Maidir le Passepartout ba mhór an greann leis é.

"Idir 11 is 12 de mhílte farraige san uair," a ndúirt an captaen; agus b'fhíor dó é, mar choinnigh an Henrietta an luas.

Is ea, dá mba rud é—bhí "rudaí" ann fós!—dá mba rud é nach n-éireodh an fharraige ina gcoinne, agus dá mba rud é nach n-iompódh an ghaoth anoir, dá mba rud é nach n-imeodh matalang ar an árthach, ná tionóisc faoin inneall gaile, dhéanfadh an *Henrietta* na 3,000 míle slí idir Nua-Eabhrac is Learpholl i naoí lá, á n-áireamh ón 12 Nollaig go dtí an 21ú lá den mhí chéanna. Agus ina theannta sin, dá n-éireodh féin leis Sasana a shroicheadh in am, bhí ceist an *Henrietta* le socrú ansin chomh maith le ceist an Bhainc, agus cá bhfios ná go gcuirfidís sin moill air nach raibh coinne aige leis, ná leigheas aige air.

Le linn na laethanta tosaigh dóibh ar an aistear ghluais siad chun cinn go breá. Bhí an fharraige gan a bheith rógharbh; d'fhan an ghaoth anoir aduaidh; cuireadh suas na seolta, agus d'imigh an *Henrietta* faoin anairt le luas an bháid mhóir féin.

Ar Phassepartout is ea a bhí an t-áthas. Tógadh a chroí leis an ngníomh deiridh seo a mháistir, bíodh is nár mhian leis tagairt don iarsma a leanfadh é. Ní fhacthas riamh ar an mbád sin aon bhuachaill ba láiche ná ab aclaí ná é. Fiche uair sa ló nascadh sé caradas le foireann an bháid, nó chuireadh sé ionadh orthu lena chleasa gleacaíochta. Thugadh sé ainmneacha ceana orthu, agus níor choinnigh uathu an deoch ab fhearr. Dar leis níorbh fhearr a d'oibreodh daoine uaisle an soitheach ná mar a dhéanadh an fhoireann sin é, agus níorbh fhearr a shaothródh laochra ná mar a dhéanadh na gualadóirí. Bhí a ghreann chomh tógálach sain gur ghabh cách é. Rinne sé dearmad ar an aimsir a bhí caite aige, ar a imní is ar a chontúirt. Ní chuimhníodh sé ar aon ní ach amháin ar chríoch an turais agus ar a chóngaraí dó a bhí sin ag teacht. Uaireanta ghabhadh beiriú na mífhoighne é, mar a bheadh dá dtéití é os cionn foirnéise an *Henrietta*. Ba mhinic leis a dhruideadh an buachaill macánta i gcóngar an Fhiscigh, agus thugadh srac-fhéachaint air; ach ní dheachaigh sé chun cainte leis, mar níor fhan aon charadas idir an bheirt.

Ní foláir a admháil nár thuig an Fisceach an gnó in aonchor. An *Henrietta* a ghabháil, an fhoireann a bhreabadh, agus an Foggach seo á stiúradh ar nós mharaí oilte, chuir sin go léir trína chéile é. Níor fhéad sé é a thuiscint! Ina dhiaidh sin, áfach, an té a thosnaigh le £55,000 a ghoid ba bheag leis bád a ghoid mar bhuille scoir. Ar an ábhar sin, b'fhurasta don Fhisceach a chreidiúint nach go Learpholl ach ar bhall éigin eile ina mbeadh an gadaí agus foghlaí mara sin saor ón dlí! Caithfear a admháil go raibh an-dealramh ar an scéal sin, agus tháinig ardchathú ar an lorgaire toisc aon bhaint a bheith aige leis an ngnó.

Dála Chaptaen Speedy, níor stad sé den liúireach ná den "spídiú" ina chábán. Ar Phassepartout a bhíodh bia agus deoch a thabhairt chuige ann; agus dá mheidhrí é, níorbh é a dhearmad gan a bheith go haireach um an bpost. Ba dhóigh le duine ar an bhFoggach féin nach raibh aon chaptaen ar bord ach é féin.

An 13ú lá ghabh siad thar bráid na bport iascaigh in aice le Talamh an Éisc. Sin ceantar an-chontúirteach. I gcaitheamh an gheimhridh go háirithe is annamh nach mbíonn ceo ann, agus fuinneamh thar meán leis an ngaoth. Ó inné roimhe sin bhí an baraiméadar tar éis ísliú, agus sin go hobann; agus d'athraigh ar an ngaoth go raibh sí aneas.

Ba mhór an trua sin. I slí is nach seolfaí ar seachrán ón treo cheart iad, b'éigean don Fhoggach an t-éadach a tharraingt anuas agus an ghal a mhéadú. Mar sin féin, laghdaigh ar ghluaiseacht an bháid de dheasca a airde a bhí an fharraige, agus na tonnta ag briseadh ar chúl an árthaigh. Luasctaí go borb agus ní ar mhaithe lena luas reatha é. Mhéadaigh ar an ngaoth, diaidh ar ndiaidh, go dtí go raibh sí ina gála agus chonacthas dóibh gur ghearr eile a d'fhéadfadh an *Henrietta* seasamh i gcoinne na dtonnta. Agus dá mbeadh uirthi teitheadh roimh an ngaoth níorbh fhios cad é an droch-chríoch a bhéarfadh iad.

Dhoirchigh ar cheannaithe Phassepartout le dorchú na spéire, agus ar feadh dhá lá níor fhág an t-anfa é. Maraí cliste ab ea Philéas Fogg, áfach, agus b'eol dó conas an t-árthach a stiúradh in aghaidh na dtonnta. Lean sé dá raon agus níor ghá leis laghdú ar an ngail. An uair nach bhféadfadh an *Henrietta* léim thar tonn théadh sí tríthi. Bháití a deic sa ghníomh sin, ach thagadh sí slán i gcónaí. Uaireanta bhuaileadh tonn ar airde sléibhe í ar chuma go n-éiríodh a deireadh aniar go glan as an uisce; nochtadh sin an scriú agus é ag casadh is ag casadh san aer, ach bhíodh an t-árthach ag dul ar aghaidh i gcónaí.

Ach níor éirigh an ghaoth an oiread agus a ceapadh a dhéanfadh sí. Níorbh aon ghreadghála í sin a d'imeodh tharstu 90 míle slí san uair. Choinnigh sí chuige cuibheasach mear ach ba é donas an scéil é gur fhan sí anoir aneas i dtreo nárbh fhéidir an anairt a chur suas. Agus de réir mar a thuigfear ar ball, b'an-áisiúil an rud é dá bhféadfaí a cur do chúnamh leis an ngal.

An 16 Nollaig, ba é sin an 75ú lá ón uair a d'fhág siad Londain. Níor tharla aon mhoilliú díobhálach don *Henrietta* fós. Bhí tuairim is leath an turais curtha di aici agus í slán thar na baill ba chontúirtí. Dá mba é an samhradh a bheadh ann níor bhaol ná go n-éireodh leo. Ach ba é an geimhreadh a bhí acu agus d'fhág sin ag strácáil leis an doineann iad. Ní bhíodh focal as Passepartout. Ní gan dóchas a bhí sé istigh ina chroí agus má theip an ghaoth féin orthu, bhí a sheasamh ar an ngal.

Is ea, tráth éigin i gcaitheamh an lae sin tháinig an tiománaí aníos ar an droichead. Bhí an Foggach ann agus chrom siad ar chaint go dúthrachtach le chéile.

Mhothaigh Passepartout mar a bheadh saghas míshuaimhnis ag teacht air; ní raibh a fhios aige cad chuige é, ach réamh-mhothú éigin ab ea é, gan dabht. Thabharfadh sé leathchluas anuas dá cheann ach go gcloiseadh an chluas eile cad a bhí á rá acu. D'airigh sé beagán focal, ámh, agus ina measc a bhí an méid seo dá ndúirt a mháistir: "An bhfuil tú deimhnitheach de sin?"

"Táim, a dhuine uasail," arsa an tiománaí. "Ná déan dearmad ar an méid seo: ón uair a d'fhágamar caladh tá na foirnéisí go léir ar siúl faoi lán guail again; agus ar shon go mbeadh gual ár ndóthain againn chun sinn a thabhairt faoi bheag-ghal ó Nua-Eabhrac go Bordeaux, níl oiread guail againn agus a bhéarfadh sinn faoi lán gaile ó Nua-Eabhrac go Learpholl!"

"Féachfaidh mé chuige," arsa an Foggach.

Ansin is ea fuair Passepartout tuiscint an scéil. Tháinig mar a bheadh anfa an bháis air.

Bhí an gual nach mór ídithe!

"Má thagann mo mháistir uaidh sin," ar seisean leis féin, "fear as fir is ea é, gan aon agó!"

Ansin bhuail an Fisceach uime agus níor fhéad sé gan an scéal a chur in iúl dó

"Agus an dóigh leat," arsa an lorgaire agus é ag gíoscadh na bhfiacla, "gur ar Learpholl atá ár dtriall?"

"Cén áit eile?"

"Arú, a bhrealláin!" arsa an lorgaire, agus chas sé uaidh gur chuir guaillí air féin.

Bhí Passepartout ar aigne a dhul sa chochall air an bhfear eile mar gheall ar an leasainm sin, ar shon nach ar fónamh a thuig sé cad ba bhrí léi. Ach dúirt sé leis féin nárbh fholáir nó bhí corrabhuais ar an bhFisceach bocht, agus é bréan go maith de féin, a rá go ndéanfadh sé a leithéid de bhotún agus lorg bréige a leanúint mórthimpell an domhain. Agus thóg Passepartout aghaidh a chaoraíochta de.

Cad a dhéanfadh Philéas Fogg feasta? Ba dheacair a rá. Bhí a dhealramh air gur chuimhnigh sé ar sheift éigin, mar, tráthnóna an lae sin, chuir sé fios ar an tiománaí agus dúirt leis: "Coinnigh an gual chun na dtinte go mbeidh sé go léir ídithe."

I gcionn roinnt nóiméad ina dhiaid sin, chonacthas na scamaill deataigh ag brúchtadh as simléar an *Henrietta*.

Lean an t-árthach dá cúrsa faoi lán gaile. Ach b'fhíor don tiománaí; agus dhá lá ní ba dhéanaí .i. an 18ú lá den mhí tháinig sé aníos le scéala go dteipfeadh ar an ngual i gcaitheamh an lae sin.

"Ná ligtear do na tinte dul in éag," arsa an Foggach; ach coinnítear an ghal ag obair."

I lár an lae sin, tar éis do Philéas Fogg airde na gréine sa spéir a thomhas agus an treo baill a rabhthas ann a áireamh, chuir sé fios ar Phassepartout agus dúirt leis dul ag iarraidh Chaptaein Speedy. I dtuairim an gharsúin mhacánta b'ionann sin agus a rá leis dul agus scaoileadh ar thíogar. Dúirt sé leis féin agus é ag gabháil síos an staighre: "Duine buile a bheidh ann gan dabht!"

Ba ghearr gur airíodh an challaireacht is na heascaíní, agus gur tháinig aníos an dréimire mar a bheadh sliogán tintí. Ba é Captaen Speedy an sliogán sin agus b'fhollas nárbh fhada uaidh pléascadh.

"Cá bhfuilimid?" B'shin iad na focail tosaigh a lig an fhearg chuthaigh dó a gcur as a bhéal, agus dá mba dhuine é a mbeadh dúchas na hapaipléise air ní miste a rá nach dtiocfadh sé as an racht sin go deo.

"Cá bhfuilimid?" ar seisean arís agus dath gorm ar a cheannaithe.

"Táimid 777 míle ó Learpholl," arsa an Foggach go breá righin.

"A fhoghlaí mara!" arsa Andrias Speedy.

"Is amhlaidh a chuir mé fios ort, a bhráthair—"

"A bhradaí farraige!" arsa an fear eile.

"—a bhráthair," arsa an Foggach, "chun a achainí ort an t-árthach a dhíol liom."

"Ní dhíolfaidh! Dar corp an diabhail, ní dhíolfaidh!"

"Ach caithfidh mise í a dhó."

"Mo bhádsa a dhó?"

"Is ea. A huachtar ar aon chuma, mar tá easnamh guail orainn."

"Mo bhádsa a dhó! Ar airigh aon duine riamh a leithéid!" arsa Captaen Speedy agus ar éigean báis a d'fhéad sé na focail a thabhairt leis. "Bád ab fhiú $50,000!"

"A FHOGHLAÍ MARA!" ARSA ANDRIAS SPEEDY.

"Seo duit $60,000 uirthi!" arsa Philéas Fogg, agus shín sé chuige beart de nótaí bainc.

Rinne sin an-athrú ar Aindrias Speedy. Is beag Meiriceánach a d'féadfadh fanúint socair agus $60,000 á dtairiscint dó. Ba róghearr a d'fhan ag an gcaptaen cuimhneamh ar an bhfear ná ar an mbraighdeanas ná ar ar fhulaing sé de dhrochúsáid faoi smacht an

Fhoggaigh. Bhí an t-árthach 20 bliain d'aois. Ba mhaith an margadh é! Ní fhéadfadh an sliogán úd pléascadh feasta. An tine a bhí faoi, bhí sí múchta ag an bhFoggach.

"An bhfágfaidh tú an chabhail iarainn agam?" ar seisean de ghuth bog réidh.

"Fágfad, a bhráthair, agus an t-inneall gaile in éineacht léi. Bíodh ina mhargadh."

"Bíodh ina mhargadh," arsa an captaen.

Sciob Aindrias an bheart nótaí bainc leis. Chomhair sé iad, agus do sháigh isteach ina phóca iad.

An fhaid a bhí an comhrá sin ar siúl bhí iompáil lí ag teacht ar ghnúis Phassapartout. Maidir leis an bhFisceach dhóbair go dtitfeadh an t-anam tur te as. B'shin timpeall £20,000 caite ag an bhFoggach, agus ina ainneoin sin, an chabhail agus an t-inneall—agus b'shiadsan formhór an árthaigh—dá gcasadh aige ar an té a dhíol iad! Ar an taobh eile den scéal, ámh, goideadh £55,000 as an mbanc!

Nuair a bhí an t-airgead ina phóca ag Aindrias Speedy, labhair an Foggach leis:

"A bhráthair," ar seisean, "ná déan ionadh dár tharla duit go dtí seo. Bíodh a fhios agat go gcaillfidh mise £20,000 mura mbeidh mé thar n-ais i Londain, an 21 Nollaig, ceathrú roimh a naoi tráthnóna. Is ea, chailleas an bád ag Nua-Eabhrac, ó bha rud é gur dhiúltaigh tusa mé a bhreith go Learpholl—"

"Agus dar a bhfuil de dhiabhail bhuí in ifreann," arsa Aindrias Speedy in ard a ghutha, "is mé a rinne go maith, mar tá $40,000 ar an gcuid is lú de, buaite agam dá bharr."

Ina dhiaidh sin dúirt sé de ghuth ní ba réidhe: "An bhfuil a fhios agatsa, a Chaptaein—?"

"Fogg."

"A Chaptaein Fogg, an bhfuil a fhios agat go bhfuil iarracht den Phoncán ionatsa."

Agus tar éis dó an t-ainm mór sin, dar leis, a thabhairt ar an bhFoggach, d'iompaigh sé ar a sháil uaidh. Ach dúirt Philéas Fogg les: "Nach liomsa an t-árthach seo anois?"

"Is leat gan dabht, ón gcíle go dtí barr na gcrann, a bhfuil d'adhmad inti!"

"Tá go maith. Gearrtar an troscán agus cuirtear sa tine é."

D'OIBRIGH AN FHOIREANN GO DÚTHRACHTACH.

Féadtar tuairim a dhéanamh den mhéid adhmaid tirim den tsórt sin, ab éigean a fháil chun dóthain gaile a sholáthar. An lá sin briseadh an deic deiridh is na bothóga is an leapachas is an deic bhréige.

Lá arna mhárach a bhí chucu, an 19 Nollaig, dódh na crainn seoil is na báid is na sparraí. Leagadh na crainn is gabhadh de thuanna orthu. D'oibrigh an fhoireann go dúthrachtach. Rinne Passepartout obair dheichniúir agus é ag bualadh is ag gearradh is ag scoilteadh. Bhí flosc ar gach duine chun a bheith ag leagadh.

Lá amanathar, an 20ú lá den mhí, dódh na ráillí agus gach ar fhan d'adhmad ar chliatháin an bháid, agus formhór den deic féin. Ní raibh aon dealramh báid ar an Henrietta ansin, ach í mar a bheadh cabhail mhaol.

An lá sin, áfach, fuair siad radharc ar thalamh na hÉireann, agus ar theach solais Charraig Aonair.

Ach ina dhiaidh sin ar a deich a chlog san oíche, ní raibh an t-árthach tagtha thar béal Chuan Chorcaí, lasmuigh de Chóbh. Níor fhan ag Philéas Fogg ach 24 uair an chloig chun dul go Londain! Agus féach go n-oirfeadh an méid sin aimsire don *Henrietta* chun Learpholl a bhaint amach—agus í faoi lán gaile leis. Agus bhí ag teip ar an ngal féin ag an duine uasal calma!

Bhí an-suim ag Captaen Speedy á chur i gcúrsaí gnó an Fhoggaigh. Tháinig sé chuige agus dúirt: "Tá an-trua agam duit, a dhuine uasail, ach tá gach aon ní i do choinne! Nílimid ach ar aghaidh Chóbh Chorcaí."

"Arú!" arsa an Foggach, "agus an é siúd an Cóbh ansiúd mar a bhfuil na soilse?"

"Is é."

"An bhféadfaimid dul isteach sa chuan?"

"Ní fhéadfaimd go ceann trí huaire an chloig eile, go mbeidh sé ina lán mara."

"Fanfaimid leis!" arsa Philéas Fogg go socair. Níor lig sé d'aon duine a fheiceáil ar a ghnúis go raibh smaoineamh eile ina cheann aige ná go ndéanfadh sé iarracht eile ar an mbua a fháil.

Baile poirt ar chósta na hÉireann is ea Cóbh agus mórbháid fharraige ag teacht ó Shasana Nua, stadann siad ansin chun na málaí litreacha a ligean díobh. Tugtar na litreacha sin go Baile Átha Cliath ar thraenacha meara, agus bíonn traein ag Cóbh ullamh chun imeachta i gcónaí. Ó Bhaile Átha Cliath tugtar na litreacha go dtí Learpholl i mbáid éasca. Ar an gcuma sin sáraíonn siad, de 12 uair an chloig, ar na báid is mire ar an bhfarraige.

An 12 uair sin bhuafadh na litreacha ó Mheiriceá, bhí sé ar a aigne ag Philéas Fogg a mbuachan freisin. In ionad dul go Learpholl ar an *Henrietta*, agus a bheith ann istoíche amárach, bheadh sé ann um meán lae; agus dá dhroim sin, bheadh am a dhóthain aige chun Londain a bhaint amach roimh cheathrú chun a naoi um thráthnóna.

Timpeall a haon a chlog ar maidin, ghluais an *Henrietta* leis an lán mara isteach i gCuan Chorcaí. Chroith Philéas Fogg agus Captaen Speedy lámha a chéile go teann. Ansin fágadh an captaen ar chabhail mhaol a árthaigh—earra ab fhiú fós leath an méid a fuair sé uirthi!

Chuaigh an lucht taistil i dtír gan mhoill. Tháinig an-dúil don Fhisceach chun an Foggach a ghabháil ansiúd. Ní dhearna sé é, áfach. Cad ina thaobh nach ndearna? Nó cad é an comhrac a bhí ar siúl laistigh ann? Arbh amhlaidh a bhí sé ar athrú aigne i dtaobh an Fhoggaigh? Nó arbh amhlaidh a thuig sé faoi dheoidh gur mealladh é? Ach níor thréig sé an Foggach. Léim sé isteach sa traein ag Cóbh in éineacht le Philéas Fogg is le hÁúda is le Passepartout, timpeall leathuair tar éis a haon déag san oíche. Bhí Passepartout in anfa an tsaothair ann. Shroich siad Baile Átha Cliath le breacadh an lae agus chuaigh siad ar bord ansin arís. An bád a ndeachaigh siad inti ba gheall le fearsaid iarainn í. Gléas mór gaile inti. Ba bheag aici éirí de léim thar na tonnta. Is amhlaidh a ghabhadh sí tríothu.

Fiche nóiméad chun meán lae, an 21 Nollaig, ghabh Philéas Fogg i dtír ar Ché Learpholl. Ní raibh sé ansin ach aistear sé huaire an chloig ó Londain.

An nóiméad sin, ámh, dhruid an Fisceach suas leis; chuir lámh ar a leathghualainn agus ag nochtadh an bharántais dúirt sé: "An tusa Philéas Fogg?"

"Is mé, a bhráthair," arsa an Foggach.

"Más ea, gabhaim thú in ainm na Banríona!"

"GABHAIM THÚ IN AINM NA BANRÍONA!"

# CAIBIDIL XXXIV

*Ina bhfaigheann Passepartout an chaoi ar áilteoireacht cainte*
*a bhí go drochmúinte agus nár cuireadh i gcló go dtí seo, b'fhéidir.*

Bhí Philéas Fogg faoi ghlas. Is amhlaidh a cuireadh é i stáisiún na gconstáblaí ag Teach an Chustaim i Learpholl i gcomhair na hoíche go dtí go mbeifí ullamh chun é a thionlacan go Londain.

Le linn na gabhála a theastaigh ó Phassepartout dul in achrann sa lorgaire. Bhí constáblaí láithreach, ámh, agus choinnigh siad siar é. Ghlac scanradh Áúda ag obainne an ghnímh, agus ó tharla nárbh eol di faic ina thaobh níor thuig sí aon ní mar gheall air. Ach chuir Passepartout in iúl di conas mar a bhí an scéal. An Foggach, an fear macánta calma a tharrthaigh ón mbás í, gabhadh é de chionn gadaíochta. Ghearán sí go hard i gcoinne a leithéid d'éitheach. Tháinig tocht ina croí. Agus shil sí deora ina bhfrasa nuair a thuig sí nár fhéad sí ar áis nó ar éigean fuascailt ar an té a d'fhuascail í féin.

Dála an Fhiscigh is amhlaidh a ghabh sé an duine uasal de bhrí gurb é a dhualgas é a ghabháil, cibé acu a ndearna sé an choir nó nach ndearna. An dlí a shocródh sin

Um an am sin is ea a tháinig smaoineamh uafásach do Phasse-partout. Buaileadh isteach ina aigne gurbh eisean faoi deara an mífhortún go léir. Cad chuige dó a thoisc siúd a cheilt ar a mháistir? Nuair a nocht an Fisceach dó a ghairm bheatha is an obair a bhí idir lámha aige, cad ina thaobh ar nasc sé air féin, ar Phassepartout, gan é a insint dá mháistir? Dá mbeadh fios an scéil ag an bhFoggach is deimhnitheach go dtaispeánfadh sé don Fhisceach nárbh é a bhí ciontach; chuirfeadh sé in iúl dó an dearmad a bheith air; agus cibé rud a thitfeadh amach, ní baol go mbéarfadh sé in éineacht leis ar a chostas féin, an feidhmeannach dial sin, gurbh é an chéad ní a rinne sé a mháistir a ghabháil chomh luath agus a chuir siad cos ar thalamh na Breataine. Ag machnamh mar sin don bhuachaill bocht ar a lochtaí is ar a mhístuaim féin a ghabh cathú thar meán é. Luigh sé ar gholán i slí gur ar éigean a d'fhan radharc na súl aige; theastaigh uaidh é féin a mharú.

In ainneoin a fhuaire agus a bhí an lá d'fhan sé féin agus Áúda ag feitheamh i bpóirse Theach an Chustaim. Níor mhaith le ceachtar den bheirt imeacht ón áit. Theastaigh uathu radharc eile a fháil ar an bhFoggach.

Maidir leis an duine uasal féin, bhí briste dáiríre air, agus sin i dtaca na huaire a raibh sé chun an chraobh a bhreith. Bhí an cluiche caillte aige de dheasca na gabhála. Fiche nóiméad roimh an meán lae shroich sé Learpholl an 21 Nollaig agus bhí aige a raibh as sin go dtí ceathrú roimh a naoi um thráthnóna chun a bheith sa *Reform Club* .i. naoi n-uaire an chloig is caoga nóiméad; ach níor theastaigh uaidh ach sé huaire an chloig chun Londain a shroicheadh.

Dá bhféadfaí radharc a fháil ar an bhFoggach ina charcair ansin i dTeach an Chustaim, d'fheicfí é ina shuí ar fhorma; é gan chor as; é gan fearg ná fústar air. Ní fhéadfaí a rá go raibh sé ar a shuaimhneas, ach an bhéim dheireanach a buaileadh air theip uirthi filleadh ná feacadh a bhaint as, i dtuairim duine. An amhlaidh a bhí fraoch folaithe á charnadh istigh ann; fraoch uafásach de dheasca an srian a bheith air; agus go bpléascfadh ar an bhfraoch sin i ndeiredh na tréimhse le neart tuile sléibhe? Ní fheadramar sin. Ach tá a fhios againn gur fhan Philéas Fogg ansiúd go ciúin ag feitheamh ar rud éigin. Cad air? An amhlaidh a bhí súil le fortacht aige? An amhlaidh a cheap sé go n-éireodh lei fós ar shon go raibh sé i gcarcair agus glas ar an doras air?

Cibé acu ar cheap sé nó nár cheap, leag sé a uaireadóir ar an mbord roimhe amach, agus dhírigh ar a bheith ag faire na snáthaidí ag gabháil timpeall. Níor thit oiread is focal óna bhéal, ach tháinig glinniúint mhíchuibheasach éigin ina shúile.

Cibé críoch a bhéarfadh é bhí sé i dteannta; agus ar mhaithe leis an dream nach féidir leo cúrsaí a aigne a thuiscint, is seo mar a bheadh deireadh an scéil dar leis:

Ba dhuine macánta é Philéas Fogg agus briseadh é.

Ba chladhaire é, agus gabhadh é.

Ar buaileadh isteach ina aigne aon iarracht a thabhairt ar éalú as an áit sin? Ar chuimhnigh sé ar chuardach féachaint an mbeadh poll nó póirse ann a bhféadfadh sé sleamhnú tríd? Ar chuimhnigh sé in aon chor ar theitheadh? B'fhéidir a mheas go ndearna, mar thug sé cúrsa amháin timpeall an tseomra. Bhí an doras feistithe go daingean, ámh, agus bhí barraí iarainn ar na fuinneoga. Shuigh sé arís, agus tharraing chuige as a phóca a leabhrán taistil. Bhí líne scríbhneoireachta ann mar seo:

"21 Nollaig, Dé Sathairn, Learpholl."

Agus chuir sé leis an méid sin:

"An 80ú lá, 11:40 ar maidin."

Ansin stad sé agus lean den fheitheamh.

Buaileadh a haon ar chlog Theach an Chustaim. Mhothaigh an Foggach a uaireadóir féin a bheith dhá nóiméad chun tosaigh ar an gclog.

B'shin dhá uair an chloig caite aige ann! Dá bhfaigheadh sé anois féin dul isteach i dtraein mhear, shroichfeadh sé Londain in am agus bheadh sé sa *Reform Club* roimh cheathrú chun a naoi. Bheag-dhoirchigh ar a cheannaithe—

Leathuair agus trí nóiméad fairis tar éis a dó, airíodh griothalán amuigh faoi mar a bheadh doirse á n-oscailt. Chualathas guth Phassepartout, agus chualathas guth an Fhiscigh.

Ar feadh nóiméad amháin gheal ar ghnúis Philéas Fogg.

Osclaíodh doras an phríosúin agus chonaic sé Áúda is Passepartout agus an Fisceach ag bualadh isteach chuige faoi fhuadar.

Bhí an Fisceach in anfa an tsaothair, agus a chuid gruaige ina mhothall achrainn air. Níor fhéad sé labhairt go cruinn!

"Dhuin' uasl'," ar seisean go leathbhalbh, "dhuin' uasl',—pardún 'gat—Cosúlacht nea'choitianta—Trí lá 'shin gabh' gadaí,—cead do chos 'gatsa—!"

Agus bhí cead a chos ag Philéas Fogg! Dhruid sé i gcóngar an lorgaire agus ag féachaint idir a dhá shúil air, rinne sé an t-aon ghníomh gasta amháin dá ndearna sé riamh nó dá ndéanfadh choíche lena bheo. Tharraing sé siar a dhá uillinn, agus le cruinneas an innill ar ghluaiseacht bhuail sé dhá bhuille dhoirn ar an lorgaire mí-ámharach.

"Tar slán!" arsa Passepartout; agus ag tarraingt chuige an ghearrchaint is dual don Fhrancach: "Dar fia," ar seisean, "ach ní miste dornálaíocht mhaith Shasanach a thabhairt air sin!"

Leagadh an Fisceach ach níor labhair sé focal. Ní bhfuair sé ach a raibh tuillte aige. D'fhág an Foggach is Áúda is Passepartout Teach an Chustaim. Chuaigh siad isteach i gcarráiste agus i gcionn roinnt nóiméad bhí siad ag stáisiún Learpholl.

D'fhiafraigh Philéas Fogg ann cathain a bheadh traein mhear agu dul go Londain.

Bhí sé 20 chun a trí an uair sin. D'imigh an traein mhear 25 nóiméad chun a trí.

Ansin d'ordaigh Philéas Fogg traein speisialta.

Bhí an-chuid luathinneall ann agus iad faoi chóir ghaile, ach níor fhág an traein speisialta an stáisiún go dtí a trí a chlog de bhrí nárbh fhéidir an t-iarnród a ghlanadh rompu go dtí sin.

Labhair Philéas Fogg leis an tiománaí mar gheall ar dhuais ab fhéidir a bhuachan agus ar a trí a chlog d'imigh sé chun siúil faoi dhéin Londain é féin agus an bhaintreach óg agus a ghiolla dílis.

Níorbh fholáir an bóthar sin idir Learpholl is Londain a dhéanamh i gcúig uair an chloig go leith; agus b'fhéidir é ach an tslí a bheith ullamh tríd síos. Cuireadh moill orthu anseo is ansiúd, ámh, agus ar shroicheadh an stáisiúin i Londain don duine uasal bhí sé deich nóiméad chun a naoi ar gach clog sa chathair.

Tar éis do Philéas Fogg dul mórthimpeall an domhain, d'fhill sé abhaile agus é cúig nóiméad chun deiridh!

Bhí an geall caillte aige!

# CAIBIDIL XXXV

*Ina bhfeictear nár ghá do Philéas Fogg a rá faoi dhó
le Passepartout rud a dhéanamh air.*

Lá arna mhárach a bhí chucu bheadh ionadh ar mhuintir *Saville Row* dá ndéarfaí leo go raibh an Foggach tagtha abhaile. Bhí na doirse is na fuinneoga go léir dúnta. Ní raibh athrú ar bith le feiceáil ar an taobh amuigh den teach.

Ag fágáil an stáisiúin dóibh, dúirt Philéas Fogg le Passepartout dul agus lón beatha a cheannach agus d'imigh sé féin abhaile.

D'fhulaing sé an anachain faoi mar ba ghnách leis gach ní a fhulaingt .i. go dochorraitheach. Briste a bhí sé! Agus ar an tuathalánaí de lorgaire úd a bhí an locht! Chuir sé de go cruinn an turas fada. Bhuaigh sé ar gach ní dár chuir cosc leis. Tháinig sé slán as gach contúirt. Agus rinne sé a bheag nó a mhór de mhaitheas i gcaitheamh an turais. Agus a rá gur theip air, i mbéal an dorais de dheasca gnímh amadáin; gníomh nach bhféadfadh sé a fheiceáil roimh ré, agus nach raibh cur ina choinne aige! Ba dhiabhalta an obair é sin! Ní raibh ina sheilbh aige ach fuílleach beag den airgead a thug sé leis agus é ag imeacht. Ní raibh de mhaoin shaolta aige ach an £20,000 úd i mBanc Mhuintir Baring; agus an tsuim sin féin ba lena chompánaigh sa *Reform Club* é feasta. Dá mbuadh sé an geall féin ní chuirfí puinn lena strus, de dheasca an chostais a bhí air; ach ní ag iarraidh shaibhris a bhí sé, de bhrí gur bhain sé leis an dream nach gcuireann geall ach ar son an ghill féin. Ar an taobh eile den scéal, dá gcailleadh sé an geall bheadh sé briste thar fóir. Bhí aigne socair aige, áfach. B'eol dó cad a bhí le déanamh aige.

Tugadh d'Áúda seomra faoi sa teach úd i *Saville Row*. Bhí an bhean bhocht i ndeireadh an dóchais. Thuig sí as caint éigin a thit ón bhFoggach go raibh rún tábhachtach éigin á cheapadh ina aigne aige.

Tá a fhios ag an saol cad é an tseift uafásach a tharraingíonn Sasanaigh chucu nuair a bheirtear róchrua orthu. Ar an ábhar sin, bhíodh Passepartout ag síorfhaire ar a mháistir, ar shon nár lig sé air é.

Ba é an chéad rud a rinne an buachaill maith ná dul go dtí a sheomra féin agus an goibín gáis a chur in éag, tar éis dó a bheith ar lasadh ar feadh 80 lá. Is amhlaidh a fuair sé i mbosca na litreach bille ó chomhlacht an gháis agus chuir sin i gcuimhne dó gur lánmhithid stad a chur lena chuid féin den chostas.

AN GOIBÍN GÁIS Á MHÚCHADH AG PASSEPARTOUT

D'imigh an oíche. Chuaigh an Foggach a chodladh; ach má chuaigh, ar chodail sé? Níor thit oiread is néal ar Áúda an oíche sin. Agus Passepartout féin, thug sé an oíche ag faireachán ar nós mhadra ag doras sheomra a mháistir.

Ar maidin amárach ina dhiaidh sin chuir an Foggach fios air agus dúirt leis i mbeagán focal bricfeasta a sholáthar d'Áúda agus cupán tae agus canta tósta dó féin. Nárbh fholáir d'Áúda a mhaitheamh dó i dtaobh gan a bheith láithreach le linn bricfeasta ná lóin, mar nach mór dó an lá go léir chun rudaí a chur i dtreo. Nach dtiocfadh sé anuas in aon chor. Ach um thráthnóna go n-iarrfadh sé cead ar Áúda dul chun cainte léir ar feadh tamaill bhig.

FUAIR SÉ I mBOSCA NA LITREACH BILLE Ó CHOMHLACHT AN GHÁIS

Mar sin a leagadh amach do Phassepartout obair an lae, agus níor fhan uaidh ach í a dhéanamh. D'fhéach sé ar a mháistir righin, agus ar éigean a d'fhéad sé an seomra a fhágáil. Bhí ualach ar a chroí agus an cathú á ghiobadh de bhrí gur air féin i gcónaí a bhí an milleán gan dabht! Dá mb'áil leis an scéal go léir a insint don Fhoggach, dá mb'áil leis cúrsaí an Fhiscigh a chur in iúl dó, ní bhéarfadh an Foggach an lorgaire leis go Learpholl, ná—

Theip ar Phassepartout é a bhrú faoi a thuilleadh.

"A mháistir, a chroí," ar seisean, "Cad ina thaobh nach gcuireann tú mallacht ormsa? Mise faoi deara gur—"

"Níl a mhilleán agamsa ar aon duine," arsa Philéas Fogg den ghlór ba chiúine. "Imigh leat."

D'fhág Passepartout an seomra agus d'imigh ag triall ar an mbean óg chun go n-inseodh sé di teachtaireacht a mháistir.

"A bhean uasal," ar seisean, nuair a bhí sin déanta aige, "ní fhéadaim féin cor a bhaint as mo mháistir. Níl aon toradh aige orm. B'fhéidir go bhféadfása—"

"Cad ab fhéidir domsa a dhéanamh?" arsa Áúda. "Níl toradh aige ar aon duine! Ar thuig sé riamh mo bhuíochas thar meán dó? Nó ar thuig sé riamh smaointe mo chroí? Ní foláir gan é a fhágáil chuige féin oiread is nóiméad amháin. Agus a ndeir tú gur mian leis teacht chun cainte liomsa um thráthnóna?"

"Deirim é, a bhean uasal. Is dócha go dteastaíonn uaidh tusa a chur ó bhaol an fhaid a bheidh tú i Sasana."

"Fan go bhfeicfimid," arsa an bhean óg agus luigh go hobann ar a machnamh a dhéanamh.

I gcaitheamh an Domhnaigh sin, bhí a dhealramh ar an teach sin i *Saville Row* nach raibh duine ar bith ina chónaí ann. Den chéad uair riamh ó chuir sé faoi ann ní dheachaigh Philéas Fogg go dtí an club nuair a bheadh sé leathuair tar éis a haondéag ar chlog mór na Parlaiminte.

Cad é an gnó a bheadh aige feasta sa *Reform Club*? Ní raibh súil ag a chompánaigh leis. Bhí an geall caillte aige ón uair a tharla dó gan a bheith sa *Reform Club* tráthnóna inné roimhe sin .i. an Satharn úd na cinniúna, an 21 Nollaig, ceathrú roimh a naoi a chlog. Agus níor ghá dósan dul go dtí an banc chun an £20,000 a tharraingt as. Bhí seic faoina lámh ag an dream eile agus ní raibh uathu ach í a líonadh agus í a bhreith go dtí teach Mhuintir Baring chun an £20,000 sin a fháil.

Ní raibh aon ghnó amach ag an bhFoggach agus ar ábhar sin ní dheachaigh sé amach. D'fhan sé ina sheomra féin ag cur a chuntas i dtreo. Níor stad Passepartout i rith an lae ach ag gabháil síos suas staighre an tí sin i *Saville Row*. B'an-fhada leis mar lá é. Stadadh sé ag éisteacht lasmuigh de dhoras seomra a mháistir, agus níor cheap sé go raibh pioc as an slí á dhéanamh aige ann! D'fhéachadh sé isteach trí pholl na heochrach agus níor mheas nár cheart dó sin! Cheap sé ón nóiméad go chéile go dtiocfadh buille na tubaiste. Chuimhníodh sé uaireanta ar an bhFisceach ach bhí sé ar athrú aigne ina thaobh sin. Níor fhan pioc den droch-chroí aige don lorgaire. Mealladh an Fisceach, faoi mar a mealladh an saol, i leith Philéas Fogg; agus nuair a chuaigh sé ar a thóir, agus nuair a ghabh sé é, ba é a dhualgas is a ghnó a bhí aige á dhéanamh. Thagadh an smaoineamh úd á cháibleáil i gcónaí go dtí gur mheas sé nach raibh a leithéid eile de naí trua ar dhroim talún.

Faoi dheoidh nuair a rug an míshuaimhneas greim ródhian air, agus nár fhéad sé fanúint ina aonar, d'imigh sé agus bhuail ar dhoras seomra Áúda. Chuaigh sé isteach agus shuigh ann i gcúinne ar leith, agus é gan focal as. Thug sé faoi deara an bhean óg a bheith ag síormhachnamh ar rud éigin.

Ag déanamh ar leathuair tar éis a seacht um thráthnóna, chuir an Foggach teachtaireacht go dtí Áúda á fhiafraí di ar mhiste léi é a dhul chun cainte léi. Ba ghearr ina dhiaidh sin go raibh siad a mbeirt ina n-aonar sa tseomra.

Shuigh Philéas Fogg i gcathaoir le hais an tinteáin ar aghaidh Áúda amach. Má bhí sníomh nó buairt ar a chroí níor léir ina ghnúis é. An Foggach úd a d'imigh is an Foggach seo a bhí tagtha thar n-ais, ba é an Foggach cruinn céanna é; an ciúnas céanna agus an righneas céanna ann.

D'fhan sé gan focal a rá ar feadh cúig nóiméad an chloig. Ansin thóg sé a shúile agus ag féachaint ar Áúda:

"A bhean chóir," ar seisean, "maith dom san éagóir a rinne mé ort agus thú a bhreith liom go Sasana."

"Cá bhfuil an éagóir ormsa ansin, a chara!" arsa Áúda agus í ag iarraidh sárbhualadh a croí a choimeád faoi shrian.

"Fansa, le do thoil, go mbeidh críochnaithe agamsa," arsa an Foggach. "Fear saibhir ab ea mé an tráth ar bhuail sé isteach i m'aigne tusa a thionlacan i bhfad ón tír ar bhaol duit ann; agus bhí sé ar intinn agam cuid de mo stór a bhronadh ort, i slí go mbeifeá ar do thoil agus ar do shuaimhneas. Ach fear bocht is ea mé inniu."

"Tá a fhios agamsa é," arsa an bhean óg; "agus fiafraím díot an maithfidh tú domsa san éagóir atá déanta agam ort agus tú a leanúint. Mise ba thrúig le moill a chur ort, agus cá bhfios nach amhlaidh a luathaigh sin ar an mbriseadh seo a ghabh thú."

"Ach ní fhéadfása fanúint san India agus níor shlán duit go mbeifeá a fhaid sin ó bhaile nach mbeadh fáil ag an ngramaisc úd arís ort."

"Ní raibh tú sásta mar sin le m'fhuascailt ó phriacail uafásach gan a mheá go mbeadh d'fhiacha ort mé a chur ó bhaol aon ghorta i dtír iasachta?"

"Ní rabhas," arsa an Foggach, "ach ní mar a shíltear a bhítear. Mar sin féin, tá beagán fágtha agam agus dá bhfaighinn do cheadsa bhronnfainn ort é."

"Agus dá ndéanfá sin, a dhuine, conas a mhairfeá fein?" arsa Áúda.

"Ní theastaíonn aon ní uaim féin," arsa an duine uasal go duaircaigeanta.

"Ach, a dhuine chóir, conas a fhéachann tú ar an gcinniúint atá i do chomhair?"

"Faoi mar is gnách liom féachaint ar gach ní," arsa an Foggach.

"Cibé rud a thitfeadh amach," arsa Áúda, "níor cheart go bhfaigheadh do leithéidse bás den ghorta. Do dhaoine muinteartha—

"Níl aon duine muinteartha agam, a bhean chóir," arsa an Foggach.

"Nó do chairde gaoil—"

"Ná níl aon ghaol agam."

"Is trua chroí liom do chás, mar sin, a chara liom. Is dólásach an rud a bheith i d'aonar agus gan aon duine agat a bhféadfá do chás a ghearán leis. Deirtear, áfach, nuair a bhíonn beirt sa chás céanna gur féidir an t-angar féin a fhulaingt.

"Deirtear é," arsa an Foggach.

"Féach," arsa Áúda ansin, agus d'éirigh sí ina seasamh gur shín a lámh dheas chun an duine uasail, "ar mhaith leatsa cara agus duine muinteartha a bheith agat? An nglacfaidh tú liomsa mar bhean?"

Leis sin d'éirigh na Foggach féin ina sheasamh. Tháinig mar a bheadh solas neamhchoitianta ina shúile agus mar a bheadh creathán ar a bhéal. D'fhan Áúda ag féachaint air. Bhí sé de dhílseacht is d'ionracas, de sheasmhacht is de mhilseacht sa mhallfhéachaint sin ón mbean uasal a dhéanfadh aon ní ar domhan chun fuascailt ar an té a d'fhuascail í féin, gur tháinig ionadh i dtosach air, agus gur thuig sé faoi dheoidh í. Dhún sé a shúile ar feadh nóiméid, faoi mar a theastódh uaidh gan ligean don fhéachaint sin dul níos sia siar ann. Ansin, nuair a d'oscail sé arís iad:

"Tá grá agam duit!" ar seisean. "Is fíor dom é. Tugaim gach a bhfuil rónaofa ar dhroim na talún go bhfuil grá agam duit agus gur leatsa mé!"

"Buíochas le Dia," arsa Áúda agus d'fháisc sí lámh an duine uasail chun a croí.

Buaileadh an cloigín agus tháinig Passepartout gan mhoill. Bhí lámh dheas Áúda fós ina lámh dheas ag an bhFoggach. Thuig Passepartout conas mar a bhí an scéal eatarthu agus gheal ar a ghnúis mhaith mhor mar a thaitneodh an ghrian i lár an lae sna dúichí teo.

D'fhiafraigh an Foggach de an raibh sé ródhéanach sa tráthnóna chun scéala a chur go dtí Samuel Ormhinneach *Wilson* i bparóiste *Marylebone*.

Lig Passepartout sméideadh gáire as mar ab fhearr ab eol dó é.

"Ní bheidh sé ródhéanach choíche," ar seisean.

Ní raibh sé ach cúig nóiméad tar éis a hocht an uair sin.

"An i gcomhair an lae amárach, is é sin an Luan, é?" ar seisean.

"An ea? arsa an Foggach ag féachaint chun Áúda.

"Is ea," ar sise.

D'imigh Passepartout ar bharr reatha.

# CAIBIDIL XXXVI

*Ina bhfuil "an Philéas Fogg"
in airde arís sa mhargadh.*

Ís mithid trácht ar an athrú tuairime a tharla sa Ríocht Aontaithe nuair a airíodh gur gabhadh fíorghadaí an Bhainc .i. duine a dtugtaí James Strand air, an 17 Nollaig i nDún Éideann.

Trí lá roimhe sin bithiúnach ab ea Philéas Fogg agus na constáblaí go dian ar a thóir. Ina dhiaidh sin bhí sé ina dhuine uasal thar barr, agus é ag cruinn-chomhlíonadh a chuairte éagsúla mórthimpeall an domhain.

A leithéid de ghleo is de ghriothalán agus a bhí sna páipéir! Tháinig athbheochan ar lucht na ngeall a chur ar a shon agus ina choinne, faoi mar a bheadh draíocht orthu, bíodh is go raibh an gnó nach mór imithe as a gcuimhne. Tháinig anam sa tseanmhargaíocht. Athnuadh na seanghill agus ní foláir a admháil gur díríodh ar gheallchur go mear arís. Bhí an "Philéas Fogg" in airde arís sa mhargadh.

Ní gan chathú a bhí an cúigear comrádaithe úd an Fhoggaigh sa *Reform Club* i gcaitheamh na dtrí lá sin. Philéas Fogg seo a raibh a chúrsaí imithe glan as a gcuimhne go dtí sin, an amhlaidh a thiocfadh sé thar n-ais i dtráth os comhair a súl? Cá raibh sé an nóiméad sin? An 17 Nollaig .i. an lá ar gabhadh James Strand—ba é sin an 79ú lá ó d'imigh an Foggach, agus tasc ná tuairisc níor airíodh ina thaobh! An amhlaidh a bhí sé marbh? An amhlaidh a chuir sé suas den iarracht? Nó an amhlaidh a bhí sé ag leanúint dá chuairt faoi mar a leag sé amach é? Agus ceathrú chun a naoi um thráthnóna Dé Sathairn, an 21 Nollaig, an amhlaidh a d'fheicfí é ina dhia beag cruinnis ag teacht chucu doras an *Reform Club* isteach?

Ní féidir cur síos ar an imní a rug greim ar lucht *Society* i Sasana le linn na dtrí lá úd. Cuireadh teachtaireachtaí go Meiriceá is chuig an Áise féachaint an mbeadh scéal Philéas Fogg acu! Ar maidin is um thráthnóna théití ag féachaint a thí i *Saville Row*. Níorbh eol don chonstáblacht féin cad a d'imigh ar Fisc, lorgaire, an duine a raibh sé de mhí-ádh air imeacht ina reathaí ar bholadh bréige. Níor stad na gill dá dhroim sin, ámh; go deimhin is amhlaidh a chuaigh siad i líonmhaireacht is i méid. Bhí Philéas Fogg, ar nós capall ráis, ag teacht chun deiridh a chúrsa. Ní 100 ar a haon ina choinne a bhíodh á thairiscint anois, ach 20 ar a haon, is 10 ar a haon, is a cúig ar a haon; agus sean-*Lord Albermarle* an ghúta, chuireadh seisean gill ar chothrom.

Níorbh aon ionadh é, mar sin, na sluaite a bhailiú ar *Pall Mall* agus ar na sráideanna ina thimpeall tráthnóna Dé Sathairn úd. Mheastaí gurbh amhlaidh a tháinig mórshlua ceannaitheoirí is gur chuir siad fúthu chun cónaithe i gcóngar an *Reform Club*. Níorbh fhéidir gabháil tríd an tsráid. Bhí troid ann, agus aighneas, agus callaireacht ar airgead á thairiscint ar "an Philéas Fogg" díreach faoi mar a thairgfí ar bhannaí Shasana é. Ar éigean a bhí ar chumas na gconstáblaí na sluaite móra sin a choimeád faoi réir; agus faoi mar a dhruideadh chucu an tráth ar chóir do Philéas Fogg a bheith ann, bhí an fothram is an gleo ag dul i méid dá réir.

Um thráthnóna an lae chéanna sin, casadh ar a chéile i halla an *Reform Club* an cúigear comrádaithe úd ár nduine muinteartha. An dá fhear bainc .i. Seán Ó Súilleabháin agus Samuel Failintín, bhí siad ann; bhí Aindrias Stíobhart, innealtóir, ann agus Uáitéar Ralf, duine de lucht stiúrtha Bhanc Shasana, agus Tomás Ó Flannagáin, bríbhéir; agus iad go léir ag feitheamh go himníoch.

Cúig nóiméad fichead díreach tar éis a hocht de réir an chloig sa halla mór, d'éirigh Aindrias Stíobhart ina sheasamh:

"A bhráithre," ar seisean, "i gcionn 20 nóiméad eile beidh críoch ar an gcairde eadrainn féin agus Philéas Fogg."

"Cathain a tháinig an traein deireanach ó Learpholl?" arsa Tomás Ó Flannagáin.

"Ag 23 nóiméad tar éis a seacht," arsa Uáitéar Ralf, "agus an chéad traein eile ní bheidh sí anseo go dtí deich nóiméad tar an mheán oíche."

"Is ea más ea," arsa Aindrias Stíobhart, "dá dtagadh Philéas Fogg leis an traein deireanach sin, bheadh sé anseo cheana. Tá an geall beirthe againn, is dóigh liom."

"Fanaimis go fóill," arsa Samuel Failintín, "agus ná bímis ró-obann. Tá a fhios agaibh cad é an saghas é ar gcara, agus is eol daoibh an leithleachas a bhaineann leis. Is eol do chách a chruinne atá sé ina ghnóthaí. Ní bheidh sé róluath ag teacht ná ní bheidh sé ródhéanach. Ní bheadh aon ionadh ormsa é a fheiceáil ag gabháil isteach anseo chugainn an nóiméad deiridh."

"I mo thaobhsa de," arsa Aindrias Stíobhart a bhí go critheánach mar ba ghnách leis, "dá bhfeicfinn féin é ní chreidfinn gurb é a bheadh ann."

"An dagha," arsa Tomás Ó Flannagáin, "duine gan chiall ab ea an Foggach agus an obair sin a tharraingt air féin. Dá chruinne é ní bheadh leigheas aige ar an moill, agus is mó moill a chuirfí air. Dá gcuirfí moill dhá lá nó a trí air ba leor an méid sin chun é a chur bunoscionn lena ghnó."

"Agus ina theannta sin," arsa Seán Ó Súilleabháin, "nár thug sibh faoi deara nach bhfuaireamar aon scéala uaidh ó d'imigh sé? Agus ní ar iarraidh a bhí an sreangscéal ina lán áiteanna ar feadh a chúrsa."

"Tá caillte aige, a bhráithre," arsa Aindrias Stíobhart. "Ní baol ná go bhfuil! Tá a fhios agaibh go léir gur tháinig an *China* chun cuain inné, agus ba í sin an bád deireanach ó Nua-Eabhrac arbh fhéidir leis í a ghabháil agus a bheith i Learpholl in am. Is ea, siod é áireamh na ndaoine a bhí inti, de réir mar a cuireadh i gcló iad sa *Shipping Gazette*, agus ní fheicim ainm Philéas Fogg orthu. Cuirimis i gcás go dtiteadh gach aon ní amach ina fhabhar, ní dócha go bhfuil sé tagtha go Meiriceá fós. Fiche lá ar an gcuid is lú de a bheidh sé chun deiridh, dar liomsa, agus beidh an Tiarna *Albermarle* ag caoineadh a £5,000."

"Is é is dóichí go mbeadh," arsa Uáitéar Ralf, "agus go bhféadfaimidne seic an Fhoggaigh a bhreith go dtí Muintir Baring amárach."

Bhí sé deich nóiméad chun a naoi ansin ar chlog an halla mhóir.

"Cúig nóiméad eile," arsa Aindrias Stíobhart.

D'fhéach an cúigear ar a chéile. Ní miste a mheas gur ghéaraigh beagán ar bhualadh a gcroíthe, mar nár shuarach an geall é i measc cearrbhach féin. Ach níor mhian leo an imní a ligean orthu agus ar thairiscint Samuel Failintín shuigh siad chun boird ag imirt.

"Ní thabharfainnse mo £4,000 féin den gheall," arsa Aindrias Stíobhart le linn suite dó, "ar £3,999, dá dtairgfí dom é."

Thaispeáin snáthaidí an chloig an nóiméad sin go raibh sé 18 nóiméad chun a naoi.

Luigh an cúigear ar imirt, ach níor fhéad siad gan a bheith ag féachaint gach re nóiméad ar an gclog. Ní miste a rá nár bhraith siad riamh nóiméad ba shia leo ná na nóiméid sin in ainneoin a dheimhnithí agus a bhí siad um an gceist.

"17 nóiméad chun a naoi," arsa Tomás Ó Flannagáin. Bhain sé de na cártaí agus shín chun Uáitéir Ralf iad.

Níor labhraíodh focal ar feadh nóiméid eile. Thit ciúnas ar a raibh sa halla mór sin an chlub. Airíodh lasmuigh gleo agus trustar an tslua agus liú ard anois agus arís. Airíodh tromán an chloig ag bualadh na soicindí le cruinneas gan cháim; agus d'fhéadfadh gach duine den chúigear na buillí sin a chomhaireamh de réir mar a chloiseadh sé iad.

"16 nóiméad chun a naoi!" arsa Seán Ó Súilleabháin. In ainneoin a dhíchill mothaíodh iarracht de chritheán ina ghlór.

Nóiméad amháin eile agus bheadh an geall beirthe acu. An Stíobhartach is a chuideachta, níor imir siad a thuilleadh. Chuir siad suas de na cártaí. Bhí siad ag comhaireamh na soicindí.

Ar an 40ú soicind ní rabhthas tagtha. An 50ú soicind agus bhíothas fós gan teacht!

Leis an 55ú soicind airíodh lasmuigh mar a bheadh toirneach; bhí gártha ann agus huránna agus fiú na mallachtaí agus iad ag teacht in aon ghlór ruthaig amháin.

D'éirigh na cearrbhaigh ina seasamh.

Leis an 56ú buille osclaíodh doras an halla mhóir agus ní raibh an 60ú buille buailte ag an tromán, nuair b'shiúd isteach ann Philéas Fogg agus slua buile ag a shála nárbh fhéidir a gcoimeád amuigh.

"A bhraithre, táim anseo," ar seisean dá ghuth ciúin réidh.

"A BHRAITHRE, TÁIM ANSEO," AR SEISEAN.

# CAIBIDIL XXXVII

*Ina dtaispeántar gan a bheith buaite ag Philéas Fogg
de bharr a thuras sin mórthimpeall an domhain,
b'fhéidir, ach an sonas.*

Philéas Fogg féin a bhí ann. Cuimhneofar ar Phassepartout á chur ag a mháistir cúig nóiméad tar éis a hocht um thráthnóna agus tuairim is 23 uair a chloig tar éis teacht i Londain dóibh ag iarraidh Samuel Oirmhinneach Wilson i slí go labhrófaí leis i dtaobh beirt áirithe a phósadh lá arna mhárach ina dhiaidh sin.

D'imigh Passepartout agus lán a chroí d'áthas air. Shiúil sé go mear go dtí gur bhain sé amach teach Samuel Oirmhinnigh Wilson, ach ní raibh seisean sa bhaile roimhe ar shon go raibh súil leis ann. B'éigean fanúint ansin ar fiche nóiméad, an chuid ba lú de.

Ach chun scéal gairid a dhéanamh de bhí sé 25 nóiméad chun a naoi nuair a d'fhág sé teaghlach an duine oirmhinnigh úd. Agus nach air a bhí an t-anfa! A ghruaig agus í ina mothall sractha; é gan luid den hata air; agus é ag rith faoi mar nach bhfacthas riamh fear ag rith; leagadh sé an lucht siúil agus radadh é féin ina gcoinne le neart maidhm sléibhe.

I gcionn trí nóiméad bhí sé thar n-ais sa teach i *Saville Row*. Rith sé in anfa an tsaothair isteach i seomra an Fhoggaigh.

Theip a chaint air.

"Cad tá ort?" arsa an Foggach.

"A mháistir—" ar seisean trína shaothar, "an pósadh úd—ní féidir a—"

"Ní féidir, ariú?"

"Ní féidir amárach."

"Cad ina thaobh?"

"Amárach…an Domhnach!"

"Ní hea ach an Luan," arsa an Foggach.

"Ní hea…inniu…an Satharn."

"An Sathairn, arú! Ní féidir é."

"Is féidir, is féidir," arsa Passepartout, "ní féidir a mhalairt! D'imigh dearmad lae amháin ort! Thángamar abhaile 24 uair an chloig chun tosaigh—níl fágtha agat de sin ach deich nóiméad!"

A GHRUAIG AGUS Í INA MOTHALL SRACTHA;
É GAN LUID DEN HATA AIR; AGUS É AG RITH FAOI MAR NACH
BHFACTHAS RIAMH FEAR AG RITH

Rug Passepartout ar bhóna a chasóige ar a mháistir agus tharraing ina dhiaidh ar éigean é!

Bhí d'obainneacht sa ghníomh sin nach raibh uain ag Philéas Fogg ar a mheabhair a bhailiú chuige. D'fhág sé a sheomra. D'imigh amach doras an tí. Léim sé isteach i gcab. Gheall sé £100 don tiománaí; agus tar éis dóibh dhá mhadra a leagadh agus tarraingt i gcoinne cúig cinn de charráistí, shroich siad an *Reform Club*.

Bhí sé díreach ceathrú chun a naoi ar chlog an halla mhóir nuair a chuaigh sé isteach!

Bhí cuairt an domhain tugtha ag Philéas Fogg in ochtó lá!

Bhí beirthe aige an £20,000 a chuir sé i ngeall.

Is ea, ach conas a tharla gur imigh dearmad lae ar a leithéid d'fhear cruinn cáiréiseach? Conas a tháinig ina aigne a mheas gur shroich sé Londain Dé Sathairn, 21 Nollaig, nuair a shroich sé dáiríre í Dé hAoine, 20 Nollaig .i. 79 lá tar éis imeachta dó.

Sin ceist ar furasta a réiteach. Seo mar a tharla:

I ngan fhios dó féin bhuaigh Philéas Fogg an lá le linn an turais, de bhrí gur soir a ghabhadh sé i gcónaí. Ní raibh de thrúig leis ach sin. Dá mba rud é gur siar a ghabhadh sé, chaillfeadh sé lá ar an gcuma chéanna.

Ag síorshiúl soir do Philéas Fogg is amhlaidh a bhí sé ag síorghabháil i gcoinne na gréine, agus dá bharr sin laghdaigh ar na laethanta ceithre nóiméad in aghaidh gach céime ar imlíne na cruinne dá dtéadh sé. Tá 360 céim ar imlíne na cruinne; agus na ceithre nóiméad arna méadú faoi 360, déanann sin 24 uair an chloig go díreach .i. an lá a buadh i ngan fhios. Nó féadtar a thaispeáint mar seo: ag síordhul soir do Philéas Fogg chonaic sé an ghrian ag dul trasna na fadlíne 80 uair. A chompánaigh i Londain, ámh, ní fhaca siadsan í ag dul trasna na fadlíne ach 79 uair. Ar an ábhar sin ba é an Satharn a bhí ann an lá sin, is níorbh é an Domhnach é, faoi mar a tuigeadh don Fhoggach; agus bhí a chomrádaithe ag feitheamh leis i halla mór an *Reform Club* an lá sin.

Agus thaispeánfadh uaireadóir shinsir Phassepartout an rud céanna sin, mar is é am Londain a choinnigh sé i gcónaí, dá bhféadfadh sé na laethanta a áireamh i dteannta na nóiméad is na n-uaireanta an chloig!

Bhí an £20,000 buaite ag Philéas Fogg. Ach ó ba rud é gur chaith sé ar an turas tuairim is £19,000, ar éigean ab fhiú a áireamh an sochar airgid a bhí dá bharr aige. Dúradh go minic i dtaobh an duine uasail sin an leithleachais nach chun airgead a dhéanamh as a chuir sé an geall ach chun bua a fháil. An £1,000 féin a bhí sa bhreis aige, roinn sé ar Phassepartout macánta is ar Fhisc an mhí-áidh, mar níor fhan aon olc ina chroí aige dósan. Ach ar scáth an dea-oird choinnigh sé óna bhuachaill aimsire fiacha an gháis a caitheadh le linn 1,920 uair an chloig.

An tráthnóna sin arís chuaigh an Foggach go dtí Áúda agus é go dochorraithe agus go righin mar ba ghnách leis agus dúirt sé: "A bhean chóir, an oireann an pósadh úd leatsa i gcónaí?"

"A Fhoggaigh," arsa Áúda, "an tusa atá á fhiafraí sin díomsa? Duine bocht ab ea thú inné. Fear saibhir is ea thú inniu."

"Gabhaim pardún agat," ar seisean. "Is leatsa an t-airgead sin go léir. Mura mbeadh thusa a chuimhneamh ar an bpósadh, ní rachadh an buachaill ag triall ar Samuel Oirmhinneach Wilson, ná ní chuirfí i dtuiscint domsa an dearmad a bhí orm, ná—"

"A Fhoggaigh, a chroí—" arsa an bhean óg.

"A Áúda, a ghrá—" arsa Philéas Fogg.

Ní gá a rá gur tharla an pósadh lá amanathar agus gurbh é Passepartout, agus é dathúil is go pioctha, a sheas ionad athar don bhean óg. Nárbh é féin a thug ón mbás í, agus nach dó ba chóra an onóra sin?"

Ar maidin lá arna mhárach a bhí chucu le breacadh an lae d'imigh Passepartout agus bhuail go hard ar dhoras sheomra a mháistir.

Osclaíodh an doras agus sháigh an duine uasal righin sin a cheann amach.

"Cad tá uait, a Phassepartout?" ar seisean.

"A leithéid seo, a dhuine uasail! Anois díreach a buaileadh isteach i m'aigne—"

"Is ea?"

"Go bhféadfaimis cuairt an domhain a dhéanamh laistigh de 78 lá."

"Is dócha é," arsa Philéas Fogg, "ach gan dul trasna na hIndia. Ach mura mbeadh gur ghabhas trasna na hIndia ní fhuasclóimis Áúda, ná ní bheadh sise agamsa mar bhean ná—"

Agus dhún an Foggach an doras go ciúin.

Mar sin is ea a rug Philéas Fogg an geall. Mar sin a thug sé an chuairt sin timpeall an domhain in ochtó lá. Chuige sin bhain sé feidhm as áiseanna iompair de gach saghas idir bháid ghaile is bhóithre iarainn is charráistí is báid seoil is árthaí tráchtála is charranna sleamhnáin, is fiú as eilifintí. Sa ghnó sin nocht an duine uasal úd an leithleachais an righneas aigne agus an cruinneas thar meán a bhí ann.

Agus cad chuige an saothar go léir? Cad a bhí aige de bharr a dhua? Cad a thug sé leis thar n-ais?

Pioc, a déarfar. B'fhéidir é, ach mura n-áireoimis bean álainn a bhronn sonas agus sólás air—dá iontaí mar scéal é.

Agus nach fíor go ndéanfaí ar rud ba lú ná sin Cuairt na Cruinne?

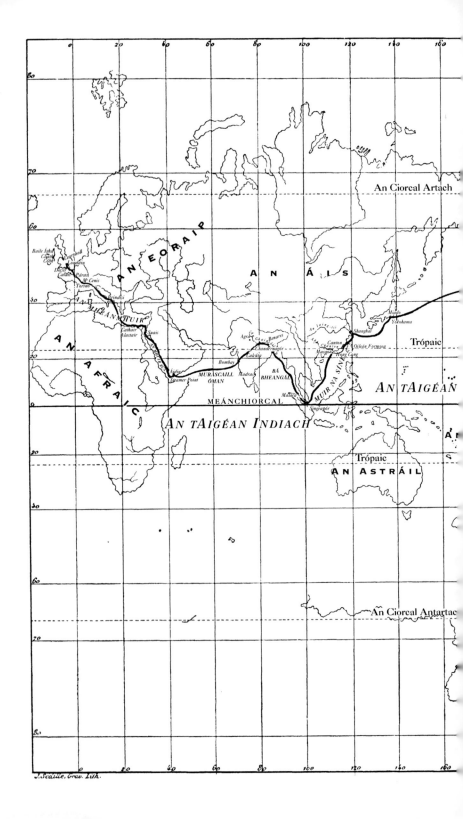

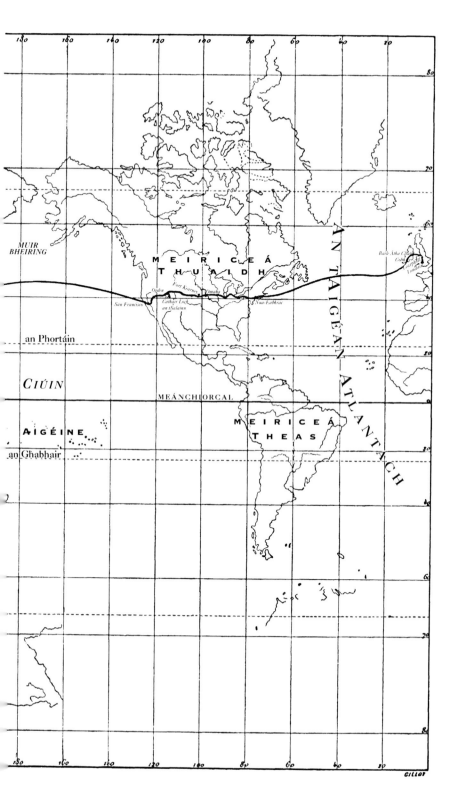

Lightning Source UK Ltd.
Milton Keynes UK
UKOW031413160912

199112UK00001B/27/P